Heinrich Spoerl
Das Beste

SERIE PIPER

Zu diesem Buch

Die drei berühmtesten Romane von Heinrich Spoerl in einem Band: die unvergeßliche »Feuerzangenbowle«, in der Oberprimaner Pfeiffer – »Pfeiffer mit drei f« – zum Helden zahlreicher Lausbubenstreiche wird und zum Schluß sogar die hinreißende Tochter des strengen Direktors zur Frau gewinnt. Und der Erfolgsroman »Der Maulkorb«, in dem ein Maulkorb das Denkmal des erlauchten Landesvaters entweiht und zum Corpus delicti einer formalistischen, obrigkeitsstaatlichen Justiz wird. Und schließlich die Geschichte von dem Gasmann Knittel in »Der Gasmann«, der durch eine Kette abenteuerlicher Verstrickungen alle Freuden und Schattenseiten des plötzlichen Reichtums erlebt. Liebenswürdig und mit leichter Feder nimmt Heinrich Spoerl die kleinen menschlichen Schwächen aufs Korn und entwirft ein lebendiges Zeitkolorit der dreißiger Jahre.

Heinrich Spoerl, geboren 1887 in Düsseldorf, verfaßte zahlreiche heitere Romane und Geschichten und wurde durch seinen mit Heinz Rühmann verfilmten Roman »Die Feuerzangenbowle« berühmt. Er starb 1955 in Rottach-Egern.

Heinrich Spoerl
Das Beste

Die Feuerzangenbowle
Der Maulkorb
Der Gasmann

Piper München Zürich

Von Heinrich Spoerl liegt in der Serie Piper außerdem vor:
Die Hochzeitsreise (929)

Ungekürzte Taschenbuchausgabe
1. Auflage Januar 2001
3. Auflage April 2002

Umschlag: Büro Hamburg
Stefanie Oberbeck, Katrin Hoffmann
Umschlagabbildung: pwe Kinoarchiv, Hamburg
Gesamtherstellung: Clausen & Bosse, Leck
Printed in Germany ISBN 3-492-23235-3

www.piper.de

Inhalt

Die Feuerzangenbowle

Eine Lausbüberei in der Kleinstadt

Dieser Roman ist ein Loblied auf die Schule,
aber es ist möglich, daß die Schule es nicht merkt.

Eine blutrote, dampfende Flüssigkeit.
Männer hocken um sie herum.
Der eine, der Älteste, hat in eiserner Zange einen dicken, kristallweißen Klumpen und hält ihn über das Gefäß.
Der zweite hat eine verstaubte Flasche in der Hand und gießt eine helle Flüssigkeit über den Klumpen.
Der Dritte setzt ihn in Brand. Eine gespenstische blaue Flamme züngelt hoch. Der weiße Klumpen knistert und fängt an zu schmelzen; dicke, zähe Tropfen lösen sich und fallen zischend in die rote Flut. Und ein leiser, betäubender Dunst zieht durch den Raum, steigt ins Gehirn.
Der vierte rückt die Gläser zurecht, der fünfte öffnet eine Kiste Brasilzigarren. Der sechste rührt das Gebräu.
Der siebente, der Jüngste, darf einschenken.
Geheimrat Froebel erhebt sich.
»Wir haben heute nachmittag unsern lieben, guten Pavian begraben. – Bitte lachen Sie nicht, meine Herren. Der Pavian hieß eigentlich Schmitz und war unser alter Lateinlehrer. Er hat uns mit Cäsar und Horaz gefüttert, wir haben ihm dafür Maikäfer mit in die Klasse gebracht oder die Tafel mit Fett eingerieben – kennen Sie das nicht? Das ist herrlich: Eine Tafel, die es nicht tut, die sich in schwarzes Schweigen hüllt. – Jetzt hat er seine wohlverdiente Ruhe und keine bösen Buben mehr, die ihn quälen. Hoffentlich fehlt es ihm da oben nicht. Auf sein Wohl!«
Die schweren, dampfenden Gläser klacken aneinander. Der Ventilator surrt, die Kerzen flackern; Rauchwolken ziehen über den Tisch. – »Auf sein Wohl!«
»Übrigens, was das anbelangt; er war keiner von denen, die hin-

einspuckten. Das kann ihm keiner nachsagen. Montags war er manchmal etwas müde; dann schlich er aufs Katheder, ließ uns irgendwas schreiben, nahm den Kopf zwischen die Hände und pennte. Aber wir Schwefelbande hatten dafür kein Verständnis, eines Tages haben wir uns verschworen und sind roh und herzlos einer nach dem andern ausgekniffen. Als er wach wurde, saß er vor leeren Bänken. – Meine Herren, Sie lachen zu früh. Die Sache endet tragisch, unser Pavian hat sich den Fall zu Herzen genommen, ist ein paar Tage nicht zur Schule gekommen – und hat sich das Saufen abgewöhnt.«

»Wir hatten auch so eine komische Kruke«, mischt sich der Justizrat ein, »der hatte nie ein Taschentuch und putzte sich seine Brille mit der Zunge ab. Als das einer von uns mal nachmachte, wurde er furchtbar böse und ließ uns einen Aufsatz schreiben über das Thema: Quod licet Jovi, non licet bovi.«

»Wir hatten einen, das war ein mißtrauisches Luder. Er ließ die Klasse nicht eine Sekunde aus den Augen, er kam sich vor wie ein Dompteur vor seinen Raubtieren. Sogar wenn er etwas an die Tafel schrieb, behielt er Front zu uns und schrieb mit seitlich ausgestrecktem Arm. Bei dem war nicht viel zu machen. Aber einmal haben wir ihn drangekriegt. Wir hatten uns verabredet und stierten die ganze Stunde unentwegt auf den Klassenschrank. Erst nahm er keine Notiz davon, er guckte nur von Zeit zu Zeit mißtrauisch nach dem Schrank hinüber, konnte aber nichts entdecken. Allmählich wurde er nervös, manövrierte sich unauffällig an den Schrank heran; es war nichts zu sehen. Schließlich wurde ihm die Sache unheimlich; vielleicht vermutete er eine Höllenmaschine. Blitzschnell riß er die Schranktür auf: Nichts. Ließ den Schrank ausräumen: Nichts.«

»Und was war mit dem Schrank?« fragt harmlos Dr. Pfeiffer.

Ein dröhnendes Gelächter war die Antwort.

Warum sind Lehrer Originale? Die Frage wird aufgeworfen und beantwortet: Erstens sind sie gar keine, die Phantasie der Jungens und die Übertreibung der Fama macht sie dazu. Zweitens müssen sie Originale sein. Kein Mensch, kein Vorgesetzter ist so unerbittlich den Augen einer spottlustigen und unbarmherzigen Menge ausgesetzt wie der Magister vor der Klasse. In dem Bestreben, seine Würde zu wahren und sich keine Blöße zu geben, wird er verbogen und verschroben. Oder er stumpft ab und läßt sich gehen.

»Wie zum Beispiel unser Mathematiker«, fügt der alte Etzel ein. »Er kam meistens halbangezogen in die Klasse. Einmal ohne Schlips, einmal mit verschiedenen Schuhen, manchmal auch ungenügend zugeknöpft. Wir feixten und hielten das Maul. Und ihm war es Wurst.«
»Wir hatten einen in Gesang, der hatte den merkwürdigen Ehrgeiz, uns bei jeder Schulfeier mit einem unendlichen Klaviervortrag zu beglücken. Einmal, zu Kaisers Geburtstag, legte er los mit der Pathetique. Die Aula ist mäuschenstill. ›Pirr-pirr‹, macht der Flügel; ›pirr-pirr, pirr-pirr-pirr‹. Es klang keineswegs pathetisch.«
»Ah, da habt ihr eine Kette über die Saiten gelegt? Es geht auch mit Seidenpapier. Wir haben mal –«
»Kennen Sie das: Wenn man Kreide in die Tinte tut, dann schäumt das über und gibt eine grandiose Schweinerei.«
»Wir haben mal einen nassen Schwamm auf den Kathederstuhl gelegt. Unser alter Heimendahl war außer sich über seine nasse Hose.«
Eine zweite Frage wird aufgeworfen: Warum quält man die Magister? Aus Bosheit, Notwehr, Langeweile, Unverstand, Instinkt? Der alte Etzel hat die Antwort: Weil es Spaß gibt.
Es gibt sogar heute noch Spaß, wenn man nur davon erzählt. Und unsere Lehrer haben es mit ihren Lehrern ja auch so gemacht. Jetzt sind sie wieder im Zuge. Jeder hat einen Beitrag, über den er selbst am meisten lacht, und jeder weiß noch etwas Schöneres und nimmt dem anderen das Wort aus dem Mund. Am liebsten möchten sie alle gleichzeitig erzählen. Sie freuen sich wie die Schulbuben, die würdigen Herren, von denen jeder sein halbes Jahrhundert auf dem Rücken hat. Sie lachen, daß ihnen die Tränen über die Backen kullern und die große Bowle sanfte Wellen schlägt.
Rauchschwaden ziehen durch den Raum; der Ventilator surrt; die Kerzen flackern. Der Küfer drückt sich im Hintergrund herum und wundert sich.
»Träumen Sie auch schon mal von der Schule?«
Oh, das taten sie alle. Besonders die Älteren.
Vor kurzem habe ich geträumt, ich ging mit meinem Jungen zusammen aufs Pennal. Aber nur zum Spaß. Ich hatte natürlich keinen Schimmer mehr; der Bengel mußte mir alles vorsagen. Ich hatte aber auch keine Angst; wenn es brenzlig wurde, brauchte

ich nur aufzustehen und zu sagen: »Was wollt ihr überhaupt? Ich bin nur aus Jux hier. Ich habe doch längst mein Abitur.«
»Ich träume immer nur, ich hätte mein Geschichtsbuch vergessen. Besonders dann, wenn ich abends schwer gegessen habe.«
»Sie Kümmerling. Ich hatte überhaupt nie die Bücher. Das Geld war mir zu schade; das wurde versoffen. Und wenn dann mal –«
»Habe ich Ihnen das schon erzählt? Es war der 1. April, da hat sich einer von uns –«
»Bei uns war immer April!«
»Wir hatten einen –«
»Wir haben mal –«
Sie gönnten sich gegenseitig nichts. Sie übertrumpften sich; Dichtung und Wahrheit flossen ineinander. Und die sechs Herren, Väter studierender Söhne und verheirateter Töchter, verjüngten sich zusehends.
Längst war der Küfer geflüchtet. Auch der Wirt hatte sich taktvoll verzogen. Jeden Augenblick mußte man darauf gefaßt sein, daß die entfesselten Herren anfingen, sich mit Papierkugeln zu werfen oder in die Beine zu pieken.
Nur einer sitzt trübselig guckend dabei. Es ist Dr. Hans Pfeiffer, der Benjamin der Gesellschaft. Er hat als junger Schriftsteller bereits einen großen Namen; der alte Etzel hat seine ersten Bücher finanziert, um die sich heute die Verleger reißen. Seine humoristischen Schriften sind weltberühmt, und mit den alten Herren kam er sonst prächtig zurecht.
Aber heute kommt er nicht mit. Er versteht nicht, was sie erzählen, begreift nicht, worüber sie lachen, er findet das alles ein wenig albern. Denn was ein richtiges Pennal ist, das weiß er nur aus Büchern, die es nicht gibt. Er selbst ist nie auf einem Gymnasium gewesen. Zum Abitur wurde er auf dem Gute seines Vaters von einem alten Hauslehrer vorbereitet, und mit dem konnte man keinen Fez machen, weil er ein so armes Luder war.
Hans Pfeiffer ist ganz niedergeschlagen und voll Neid. Es muß doch etwas Herrliches sein, so ein Pennal mit richtigen Magistern, richtigen Klassen und richtigen Kameraden. Mit seinen vierundzwanzig Jahren kommt er sich gegen die älteren Herrschaften wie ein Greis vor.
Und jetzt fangen sie auch noch an, ihn zu bedauern.
»Ach, Sie haben ja keine Ahnung, Pfeiffer.«
»Im Ernst, Pfeiffer, da haben Sie was versäumt. Das Schönste

vom Leben haben Sie nicht mitgekriegt.«
»Weiß Gott, das Schönste vom Leben! Und das können Sie auch nicht mehr nachholen. Prost Pfeiffer!«
Das kann er nicht mehr nachholen.
Die Feuerzangenbowle fängt an, kalt zu werden. Man redet zu viel und trinkt zu wenig. Pfeiffer schenkt ein. Die Brasilkiste geht rund.
Plötzlich schwirrt ein Gedanke durch den Raum. Ein kleiner, dummer Gedanke. Man weiß nicht, wer ihn aufgebracht, von wannen er kommt. Vielleicht aus der Feuerzangenbowle. Es ist auch nur ein Scherz, ein fauler Witz. Aber er ist da. Hakt sich in den Köpfen fest und läßt nicht mehr locker.
Man lacht darüber und schüttelt den Kopf; dann spricht man wieder von etwas anderem. Aber immer wieder taucht dieser Gedanke auf und ist nicht mehr umzubringen.
»Wie wär's, Pfeiffer, haben Sie Mut?«
Wozu Mut? Was kann ihm schon passieren?
Er kann jeden Tag wieder gehen, wenn es ihm nicht mehr paßt. Oder läßt sich hinausschmeißen, wenn er es zu bunt treibt. Sein Abitur hat er ja.
Pfeiffer hat Bedenken. Gewiß, es wird ein famoser Jux, vielleicht auch Stoff zu einem Roman oder Film. Und das Abenteuer reizt ihn gewaltig, ihn, den geheimen Romantiker. Aber –.
Kein Aber! Von allen Seiten stürmen sie auf ihn ein.
»Gewiß, Pfeiffer, Ihren Benz können Sie nicht mitnehmen.«
»Auch Ihre Marion nicht.«
»Und ein paar Monate ohne jeglichen Lebenswandel müssen Sie schon überstehen.«
Sie besprechen bereits die Einzelheiten, die Technik. Er sieht ja noch ziemlich jung aus; man kann auch nachhelfen. Die ganze Tafelrunde ist eine Begeisterung.
Der Ventilator surrt. Die Kerzen flackern. Rauchschwaden ziehen um die erhitzten Köpfe. In zweiter, vermehrter und verbesserter Auflage steigt die Feuerzangenbowle.
»Auf Ihr Wohl, Pfeiffer!«
»Wann geht's los?«
»Verdammt! Man möchte mitfahren.«
»Mensch! Ermorden könnte ich Sie!«
Wieder klacken die schweren Gläser aneinander. Werden nachgefüllt, klacken abermals.

Und langsam, aber sicher tut die Feuerzangenbowle ihre Schuldigkeit.
Eine Feuerzangenbowle hat es in sich. Nicht wegen des Katers; das ist eine Sache für sich. Eine Feuerzangenbowle ist keine Bowle. Sie ist ein Mittelding zwischen Gesöff und Hexerei. Bier sackt in die Beine. Wein legt sich auf die Zunge, Schnaps kriecht ins Gehirn. Eine Feuerzangenbowle aber geht ans Gemüt. Weich und warm hüllt sie die Seelen ein, nimmt die Erdenschwere hinweg und löst alles auf in Dunst und Nebel.
Aber der Gedanke blieb. Die Idee siegte. Und ein Wunschtraum wird zur Tat.

Es waren einige Vorbereitungen zu treffen. Zunächst zum Friseur. »Schnurrbart abnehmen und Haare schneiden, hinten kurz, und vorne zwei Zentimeter.«
»— — Wie, bitte?«
Dann zum Konfektionshaus. »Zwei Anzüge von der Stange. Jünglingsmodell, außerdem Hosen und Ärmel kürzen.«
»— — Wie, bitte?«
Dann zum Optiker. Die Schildpattbrille wird durch ein trauriges Nickelgestell ersetzt.
Nun die Papiere, Geburtsschein, Taufschein, Impfschein, und telegraphisch die Schulbücher. Er hat vom Abitur noch viel behalten; die Aufnahmeprüfung für Prima wird er schon schaffen.
Dann gepackt. Jeglicher Luxus wird verworfen. Ade, ihr Hemden aus Schantungseide! Ade, ihr englischen Socken, Lavendelsalz und Importen! Ade, Berlin WW mit Smoking, Frack und Pumps! Ade, Papierkorb, Majolikaschalen und ihr anderen kunstgewerblichen Gebilde!
Und ade, Marion!
Das Schwerste hatte er sich für zuletzt aufgespart. Marion war seine richtige Braut. Wenn man vier Jahre älter ist als der berühmte und preisgekrönte Bräutigam, und wenn man an den Vereinigten Werkstätten für Vaterländische Heimkunst arbeitet, dann ist man schon eine richtige Braut, eine seriöse Braut.
Schon einmal hatte sie ihm eine Reise verpatzt, damals, als ihn sein Verlag an den Nil schickte und sie durchaus mitfahren wollte. Ob sie jetzt auch —?

Als er daran dachte, ließ er das Auto kehrtmachen. Lieber telephonieren. Das war ungefährlicher.

»Ach, Hans, bist du da?«

Wie er ihre ernste Stimme hörte, war es mit ihm vorbei.

»Ja – nein, ich bin es nicht.« Hing ein. Nicht einmal telephonisch reichte sein Mut. Lieber schreiben.

Er fing an, warf den Bogen weg, fing von neuem an, warf ihn wieder weg. Als das Briefpapier zu Ende war, entschloß er sich, auf jeglichen Abschied zu verzichten. Das mit seiner Braut würde der alte Etzel schon in Ordnung bringen.

Endlich saß er im Zug. Nun konnte nichts mehr passieren. Im beschleunigten Personenzug nach Babenberg.

Bellebemm – bellebemm – bellebemm – bellebemm – bemm – bemm.

Da steht nun Hans Pfeiffer auf dem weiten Schulhof und hört zum ersten Male den blechernen Ton des Armsünderglöckchens, das bis auf weiteres den Rhythmus seines Lebens bestimmen wird.

Seine Oberlippe ist rasiert; auf dem blassen Gesicht sitzt kalt und fremd die Nickelbrille. Der Jünglingsanzug ist zu eng in Brust und Schultern und kneift unter den Armen. Hinten über dem niedrigen Rockkragen lugt das Kragenknöpfchen hervor. Und aus den gekürzten Ärmeln stehen überlebensgroß die Handgelenke. Er sieht richtig drausgewachsen aus. Nur die funkelnagelneue Pennälermütze ist etwas zu groß und sitzt ungemütlich und steif wie die Dienstmütze eines Stationsvorstehers auf dem bürstenförmig gestutzten Haar.

Hans Pfeiffer steht einsam herum und ist sichtlich enttäuscht. Das hatte er sich aber ganz anders vorgestellt. Gewiß war er hier nicht mehr Berlins gefeierter Schriftsteller; immerhin aber war er doch der neue Schüler und für das Babenberger Gymnasium die große Sensation. Bildete er sich ein. Jetzt mußten doch alle im dichten Kreise um ihn herumstehen, ihn begaffen, bestaunen, ausfragen. Er hatte sich sorgfältig zurechtgedacht, was er ihnen alles erzählen wollte.

Aber leider fragt ihn niemand. Leider beachtet ihn niemand. Sie tun so, als wäre er gar nicht da.

Das hatte er sich wirklich ganz anders vorgestellt.

Inzwischen haben die kleineren Jungen ihre Balgereien unterbrochen und wimmeln kolonnenweise in die Türen. Die großen schlenkern gemächlich hinterdrein. Nur die Lehrer gehen auf und ab. Für sie gilt erst das zweite Glockenzeichen. – Ob es nicht doch besser wäre, noch rechtzeitig umzukehren und auf die Folgen der Feuerzangenbowle zu verzichten? – Aber der Strom nimmt ihn auf, und ehe er es weiß, ist er schon im Klassenzimmer. Zum ersten Male sieht er einen solchen Raum von innen. Da sind die drei großen, sachlichen Fenster, in der unteren Hälfte mit Milchglas gedeckt, damit niemand hinausschaut – oder hereinblickt. Da sind die Schulbänke in zwei Reihen aufmarschiert, in der Mitte einen Gang lassend. In respektvollem Abstand davor ragt das hohe, engbrüstige Katheder, darüber der Alte Fritz in Gips. In der einen Ecke der Ofen mit einem schiefen Rohr und einem mächtigen Kohlenbecken; davor die große Schultafel, auf der noch Stücke der letzten Algebrastunde vor den Ferien stehen. In der anderen Ecke der große, eintürige Klassenschrank und unter dem ersten Fenster die Papierkiste. Ringsherum kahle Wände in grüngrauer Ölfarbe, verziert durch ein Thermometer und einige Tintenspritzer. Alles etwas verbraucht, etwas angestaubt, und vor allem unsagbar nüchtern. Über Nichtbeachtung kann sich Hans Pfeiffer jetzt nicht mehr beklagen. Er steht verlegen an der Wand herum und fühlt vierzehn Augenpaare, die an ihm herumgucken, ihn abtaxieren. Einige feindselig, die meisten mit einer spöttischen Überlegenheit. Hihi, der Neue! Wie sieht denn der aus?

Hans Pfeiffer fühlt, er hat sich doch etwas zu stark verpennälert. Die genähte Krawatte – der harte, etwas zu weite Kragen – der im Wachstum zurückgebliebene Rock – das hochstehende Bürstenhaar – er sieht aus, wie aus den Fliegenden Blättern entlaufen. Es ist Lärm in der Klasse, aber Hans Pfeiffer versteht nirgendwo ein Wort: offensichtlich reden sie über ihn. Ihm ist, als höre er zwischendurch leises Gelächter. Hans Pfeiffer fühlt, wie er rot wird. Er kommt sich vor wie auf der Bühne; er hat plötzlich zwanzig Arme und weiß nicht, wohin er blicken soll. Er weiß auch nicht, ob er stehenbleiben oder sich auf irgendeinen leeren Platz setzen muß. Wenn er nur schon wieder draußen wäre! Er könnte ja so tun, als hätte er sich verlaufen. Da erheben sich plötzlich die Schüler. Der Lärm bricht ab. Einer macht die Türe zu. Professor Crey ist eingetreten.

»Sätzen Sä sech!«
Hans Pfeiffer weiß nicht recht, ob er jetzt vortreten soll.
»Sä sollen sech sätzen!«
Hans Pfeiffer drückt sich in einen leeren Platz. Da sitzt er nun und weiß nicht, wie er sich als Schüler zu benehmen hat. Er lugt verstohlen nach rechts und nach links – muß man die Arme in bestimmter Weise legen – offenbar nicht – darf man die Beine übereinanderschlagen? – Er kommt sich vor wie jemand, der sich in die Kirche einer fremden Konfession geschlichen hat und alle Zeremonien mitmachen möchte, um nicht aufzufallen.
Inzwischen hat Professor Crey ihn bemerkt.
»Sä send der neue Schöler?«
Aber warum spricht er durch die Nase? Und warum sagt er »Schöler«?
»Ech heiße Sä em Namen onserer Lehranstalt ond em Namen der Oberprema herzlech willkommen. Ech hoffe, Sä werden sech recht wohl bei uns föhlen. Sätzen Sä sech da vorne, da kann ech Sä besser beobachten. – Sä heißen?«
»Pfeiffer, Johann.«
»Met einem oder met zwei äff?«
»Mit drei, Herr Professor.«
»? ?«
»Eins vor dem ei und zwei hinter dem ei.«
Die Klasse gluckst. Professor Crey aber sieht ihn mitleidig an. »Sä send etwas albern. Sä waren noch auf keiner Anstalt? Das spört man. Sä werden sech an strenge Scholzucht gewöhnen mössen.«
Im Anschluß daran hält er einen Vortrag über die von ihm befolgten Grundsätze klassischer Pädagogik, die in dem Satz gipfelt: »Met der Schole est es wie met einer Medizin – sä moß better schmecken, sonst nötzt sä nechts.«
Hans Pfeiffer hat sich langsam wieder gesetzt. Er hat nun Muße, seinen dicht vor ihm stehenden Lehrherrn aus der Froschperspektive des sitzenden Schülers näher zu inspizieren. Ganz dicht vor seiner Nase wölbt sich ein graziöser Spitzbauch, von einer blütenweißen Pikeeweste überzogen, und garniert mit einer kompliziert geschlungenen goldenen Uhrkette. Weiter oben kommt die taubengraue, kunstvoll gebauschte Krawatte mit einer offensichtlich echten Perle, und im Anschluß daran ein gepflegtes rosiges Gesicht, das sich vergeblich bemüht, seine Gutmütigkeit

hinter einem steilen Spitzbart und einem hochgewölbten Zwicker zu verbergen. Aus der äußeren Brusttasche des tadellosen mausgrauen Taillenrockes aber flutet ein mächtiges elfenbeinfarbenes Seidentuch, das häufiger als notwendig zum Betupfen des Gesichtes und der Nase verwendet wird.

Das Merkwürdigste allerdings war die Aussprache. Darüber kam Hans Pfeiffer nicht hinweg. Imitiert der Mann wirklich den Professor Heinzerling aus Ecksteins »Besuch im Karzer«? Oder will er nur seiner Stimme einen volleren Ton geben?

Inzwischen ist Professor Crey zum Ausgang seiner Betrachtung zurückgekehrt und spricht abermals von der »strängen Scholzocht« – da macht es plötzlich »päng«: Ein wohlgezieltes nasses Papierkügelchen ist dem Pädagogen an die Stirn geknallt.

Diese Freveltat wäre nicht erfolgt, wenn man sich vor dem Neuen nicht hätte aufspielen wollen.

»Wär est das gewäsen?«

Übrigens war es der erste Vormittag nach den Osterferien.

»Wär est das gewäsen?«

Selten ist es in einer Klasse so still wie bei derartigen rhetorischen Fragen.

»Aus welcher Rechtung est das gekommen?«

Von den vorderen Bänken schreit es: »Von hinten!« Die hinten Sitzenden brüllen: »Von vorn!«

Einige verdächtigen das offenstehende Fenster. Die Meinungen sind durchaus geteilt.

Da erhebt sich der lange Rosen, der Nachbar von Pfeiffers Hintermann: »Herr Professor, fragen Sie doch mal den Luck.«

Wie ein Pfeil schießt der kleine Luck in die Höhe. Er ist leichenblaß und kann vor Entrüstung nichts sagen.

»Rosen, haben Sä gesähen, daß das der Lock gewäsen est?«

»Ich habe nur gesagt, Sie möchten ihn fragen. Der ist so klug, der weiß doch immer alles.«

Die Klasse quietscht. Aber Professor Crey ist traurig. »Rosen, Sä send albern. Ehnen fählt die settliche Reife.«

Aber dann kommt Crey auf den Gedanken, das Papierkügelchen auseinanderzufalten und sorgfältig zu untersuchen. Ein listiges Lächeln geht über sein Gesicht. »Das Stöck Papier est aus einem Scholheft geressen. Zeigen Sä Ehre Hefte!«

Die ersehnte Untersuchung beginnt. Es sind vierzehn Schüler, mit Hans fünfzehn. Jeder hat fünf Hefte. Jedes Heft hat vierundzwanzig Seiten. Als Crey beim elften Schüler angelangt ist, ertönt das ersehnte Bellebemm – bellebemm – bellebemm. Die symbolische Handlung ist zu Ende.

»För die nächste Stonde wederholen Sä, was wir heute durchgenommen haben.«

Während er hinausschreitet, schießt ihm zum Abschied noch eine Papierkugel nach. Sie saust einen Zentimeter über seinen Kopf hinweg. Den Luftzug muß er gespürt haben.

Hans Pfeiffer ist begeistert. Daß es sowas noch gibt!

Er wurde sogar mutig und bahnte mit Ernst Husemann, seinem Banknachbarn, ein Gespräch an.

»Bitte sehr, was hatten wir eigentlich eben?«

»Geschichte.«

»Aha. Und das war wohl unser Ordinarius?«

»Ja. Das ist der Schnauz.«

»Danke schön.« – Also das war der Schnauz.

In der nächsten Stunde lernte Hans das genaue Gegenstück kennen. Ein kleiner, forscher Herr kommt hereinmarschiert. Bleibt vor dem Schüler stehen. Strammt sich vor ihm auf. Schnarrt etwas.

»Wie bitte?« fragt Hans mit gutgespielter Schüchternheit.

»Brett ist mein Name.«

Pfeiffer reißt sich zusammen und stellt sich ebenfalls vor. Beinahe hätte er »Doktor Pfeiffer« gesagt.

Brett pflanzt sich vor der Klasse auf. Kommandiert:

»Aufstehn! Aus den Bänken treten! Achtung! Arme – beugt! Arme – streckt! Knie – beugt! Knie – streckt!«

Er hat das Fenster geöffnet und macht mit dem Rücken zur Klasse die Übungen vor. Er machte das täglich mit seinen Schülern. Wenigstens bildete er sich das ein. Die Klasse dachte nämlich gar nicht daran, mitzumachen. Lässig lehnten die Jungen in den Bänken und betrachteten grinsend ihren Lehrer, wie er turnte, daß die Gelenke krachten.

»Arme – streckt! Arme – beugt! Hüften – rollt!«

Auch Hans Pfeiffer, der anfangs mitgetan hatte, läßt es bald sein und wundert sich, warum die anderen so ernst bleiben. Offenbar sind sie diese ungewollten Solodarbietungen ihres Erziehers gewohnt.

Nur der kleine Luck turnt mit. Es ist rührend, wie er die schmächtigen Arme schleudert, sich vor- und rückwärts beugt. Er erregt aber dadurch mitnichten das Wohlwollen seiner Kameraden. Jedesmal, wenn er sich nach vorne beugt, zwickt ihn Theo Schrenk in den hierfür besonders geeigneten Körperteil. Der kleine Luck scheint es für selbstverständlich zu halten.
Dr. Brett ist fertig. Er wendet sich triumphierend zur Klasse. Er strahlt. Und konstatiert: »So, jetzt sehen Sie schon ganz anders aus. Wie neugeboren. Mens sana in corpore sano! – Warum lachen Sie?«
Hans Pfeiffer sucht krampfhaft nach einer Ausrede: »Ach – ich muß eben an einen Witz denken, den Herr Professor Schnauz erzählt hat.«
Die Klasse freut sich unbändig. Dr. Brett verzieht keine Miene. Hans blickt mit scheinheiligem Erstaunen um sich:
»Ich bin erst seit heute hier. Ich kann doch nicht wissen, wie Herr Professor Crey richtig heißt.«
Brett überhört alles das. »Was war das für ein Witz? Erzählen Sie. Ganz schnell bitte. Ich werde beweisen, daß es kein Witz war, sondern eine Ausrede.«
Bums, sitzt Hans Pfeiffer fest. Er soll ganz schnell einen Witz erzählen. Natürlich fällt ihm keiner ein. Folglich muß er einen erfinden. Dafür ist man ja Schriftsteller.
»Ich weiß aber nicht, ob er geeignet ist, und ob er gut ist.«
»Wenn Kollege Crey ihn erzählt, ist er gut und geeignet. Also bitte!«
»Tja, also – es war einmal ein Mann. Und dieser Mann hatte drei Söhne.«
»Weiter!«
»Der erste Sohn war entsetzlich dumm. Der zweite war so mittel. Und der dritte war phantastisch begabt.«
»Weiter!«
»Ja, und die mußten doch nun alle drei etwas werden. Der erste, der Dumme, wurde Schafhirt. Der zweite, der mittelmäßig Begabte, wurde – Trichinenbeschauer.«
»Und der dritte?«
»Der dritte? Der ist Oberlehrer geworden.«
»So? – Und wo steckt da der Witz?«
»Das habe ich auch erst später gemerkt, daß das ein Witz ist.«
Einen Augenblick Totenstille. Dann dröhnt die Klasse los.

Dr. Brett lacht laut mit. Dann zwingt er sich zum Ernst. Und schaut dem neuen Schüler scharf in die Augen:
»Die Geschichte ist noch nicht zu Ende. Nach ein paar Jahren begab sich der Oberlehrer zu seinem Bruder, dem Schafhirten, und sagte: Du, wir wollen tauschen. Ich möchte lieber Schafe hüten.« – Diesmal lacht die Klasse nicht, und Hans hielt es für geraten, sich bescheiden auf seinen Sitz zu klemmen.
»Bleiben Sie stehen, Pfeiffer. Zeigen Sie Ihren Kameraden, daß Sie nicht nur Witze erfinden können, sondern auch etwas von sphärischer Trigonometrie verstehen.«
Hans muß an die große schwarze Tafel und der Klasse etwas vorrechnen. Er reißt sich gewaltig zusammen. Er fühlt, wie seine vierzehn Kameraden fieberhaft aufpassen und sich schon im voraus auf den Reinfall freuen. Vielleicht ist es nur gewöhnliche Schadenfreude. Vielleicht sind sie auch schon ein bißchen neidisch auf ihn. Er wird unsicher. Es geht ums Ganze; dessen ist er sich bewußt. Der Neue kann nichts. Nein, der Neue kann nichts? Oho, der Neue kann wohl was. Studienrat Brett fühlt mit ihm. Unmerklich hilft er. Er wittert jedes leichte Schwanken, jede Unklarheit. Er springt dazwischen mit harmlosen, doch sorgfältig überlegten Fragen, und so steuert er gewissermaßen aus dem Hintergrund die Lösung der Aufgabe immer wieder in die richtige Bahn.
Hans ist fertig. Voller Stolz hält er Umschau. Dreizehn Schüler heucheln Gleichgültigkeit und blicken in die Luft oder in die Bücher. Der kleine Luck beißt sich aufgeregt die Unterlippe und freut sich mit Hans. – Auch Dr. Brett lächelt den Neuen an.

Große Pause. Das Läuten der Glocke wird vom Primaner Ackermann besorgt, der auch noch einen zweiten Vertrauensposten innehat: Er darf die Milch austeilen; die meisten Schüler haben ihren halben Liter abonniert. Direktor Knauer sorgt für genügenden Vorrat an Strohhalmen, und auch die Strohhalme werden von Ackermann verteilt.
Das Wetter war schön. Die Schüler quirlten auf dem Schulhof durcheinander und packten ihr Schulbutterbrot aus. Hans stand einsam. Ein Schulbutterbrot hat er nicht. Daran hat er nicht gedacht, daß zum richtigen Pennäler auch das Schulbutterbrot gehört. Und merkwürdig, jetzt hat er sogar Hunger.

Inzwischen hatte die Oberprima beschlossen, den Neuen zu beschnuppern. Der lange Rosen bekam den Auftrag. Seine überlegene Stellung in der Klasse verdankte er dem Umstand, daß er eine sehr hübsche und kokette Schwester hatte. Das war wohl die einzige Eigenschaft an ihm. Aber sie genügte. Man riß sich um seine Freundschaft. Der zweite Mann der Abordnung war Rudi Knebel. Er galt als der Stärkste in der Klasse. Und man konnte ja nicht wissen.

Die beiden also, eine Art Pat und Patachon, denn Rudi war nur 1,44 groß, diese beiden promenierten mit gesuchter Unauffälligkeit an Hans Pfeiffer vorbei und warteten, ob er sie anspricht. Hans denkt nicht daran. Nun gerade nicht. Darum macht der lange Rosen den Anfang.

»Sie waren noch nie auf einem richtigen Pennal?«

»Nein.«

»Sie wollen hier bloß rasch Ihr Abitur machen?«

»Ja.«

»Da werden Sie sich aber wundern.«

»Och –.«

Das Gespräch versickert. Hans mag diese Art von Beschnüffelung nicht.

Der lange Rosen nimmt einen neuen Anlauf.

»Gefällt es Ihnen bei uns?«

Ob es ihm gefällt? Hans überfliegt den Schulhof, eine mit spärlichem Kies bestreute Oberfläche mit vereinzelten Kastanien. Straßenwärts eine zweimannshohe Mauer mit Eisentor. Im Winkel um den Hof der rote Backsteinbau. Die kleinen Jungen spielen Nachlaufen oder balgen sich. Die größeren trotten zu fünf oder sechs mit langen Schritten auf und nieder, die Hände auf dem Rücken wie Lehrer. Trotz strengen Verbots liegt hier und da Butterbrotpapier auf dem Kies. Oberlehrer Müller 2, der die Aufsicht führt, winkt einen Sextaner heran. Der Sextaner hat sofort ein schlechtes Gewissen, freut sich dann aber doppelt über den ehrenvollen Auftrag und sammelt, vor Diensteifer platzend, das Papier.

Ob es ihm hier gefällt? Hans zuckt die Achseln.

Pat und Patachon haben den Neuen nicht aus den Augen gelassen.

»So, es gefällt Ihnen also nicht?«

»Das weiß ich noch nicht.«

»Och, wir machen aber viel Fez.«
»Wohl hauptsächlich mit dem kleinen Luck?«
»Haben Sie was dagegen?«
»Geschmackssache.«
»Dann sind Sie wohl auch so eine Art Musterknabe?«
»Kann schon sein.«
»Vielleicht petzen Sie auch?«
»Vielleicht.«
Der lange Rosen versetzt dem kleinen Dicken einen Puff in die Seite. »Rudi, hast du gehört?«
Daraufhin greift Rudi Knebel ein. Er pflanzt sich dicht vor Hans Pfeiffer auf, fast in Tuchfühlung.
»Sie, wenn Sie petzen, dann kriegen Sie aber Freude bei uns.« Und fuchtelt ihm mit seiner rundlichen prallen Faust unter der Nase herum.
Hans Pfeiffer will die Faust mit einer lässigen Bewegung beiseite schieben. Diese körperliche Berührung wird von Rudi Knebel mißverstanden. Er versetzt dem Neuen einen wohlgezielten Boxhieb zwischen die Rippen und – legt sich, einer überirdischen Macht gehorchend, platt auf den Boden. Es war ein Jiu-Jitsu-Griff, den Hans Pfeiffer angewendet hatte. Derlei Griffe haben die wunderbare Eigenschaft, daß man zuerst die Wirkung sieht und hinterdrein die Ursache.
Die übrigen Primaner stehen im Kreise und kommen sich mitgetroffen vor. Man läßt sich nicht so gerne handgreiflich imponieren. Und andererseits imponierte es einem doch.
Der lange Rosen tut, als ginge ihn die ganze Geschichte nichts an, und schlenderte von dannen. Rudi erholt sich von seiner grenzenlosen Verblüffung und erhebt sich langsam.
Jetzt geht's los, denkt Hans und bringt seinen Füllhalter in Sicherheit. Aber es geschieht nichts Böses. Rudi lächelt den Neuen etwas mühselig an. »Du, das hast du fein gemacht. Den Griff mußt du mir mal zeigen.«
Hans erklärt den Griff und noch einige andere und macht sie dem kleinen Rudi vor. Die Oberprima ist begeistert. Rudi Knebel und Hans Pfeiffer aber legen den Grundstein zu einer Freundschaft.

Nach der Pause wurde Hans Pfeiffer zum Direktor befohlen.

Wenn ein Schüler zum Direktor muß, so ist das immer eine Sensation – nicht anders, als wenn ein friedlicher Bürger von der Polizei oder gar vom Finanzamt vorgeladen wird. Der Mensch hat selten ein reines Gewissen. Ein Primaner nie. Und auch dann nicht, wenn er, wie Hans Pfeiffer, erst seit zwei Stunden auf der Schule ist.

Von Direktor Knauer, allgemein »der Zeus« genannt, ist zu vermelden, daß er ein freundlicher Herr war, undefinierbaren Alters, bartlos, leise in jeder Beziehung und von unbestreitbarer Vornehmheit. Sein rundes, nur durch eine Brille unterbrochenes Gesicht war schwer zu behalten. Ein böser Quartaner hatte einmal einen großen Kreis an die Tafel gezeichnet und darin nebeneinander zwei kleine Kreise; die Karikatur wurde erkannt, und der Quartaner angemessen bestraft.

Direktor Knauer hatte alte und neue Sprachen studiert, war ein anerkannter Spezialist auf dem Gebiete der Shakespeare-Forschung und bereits seit langer Zeit Leiter des Gymnasiums von Babenberg. Er war das Gegenteil eines Schultyrannen; seine Größe bestand darin, alle überflüssigen Konflikte – und nach seiner Ansicht waren Konflikte immer überflüssig – zu vermeiden und die kleine Anstalt mit Wohlwollen und Sanftmut im Gleise zu halten. Außerdienstlich führte er ein vorbildliches Familienleben und besaß eine beachtliche Hühnerzucht. Dienstlich aber hatte er eine kleine Schrulle. Diese Schrulle bestand in einer kleinen Mappe, die er stets und ständig unter dem Arm trug. Die ältesten Schüler konnten sich nicht entsinnen, ihn jemals ohne diese blaue Mappe gesehen zu haben. Wahrscheinlich nahm er sie auch mit ins Bett. Aber das war leider nicht festzustellen. Diese Mappe schien das Symbol seiner Macht und der Inbegriff seiner Tätigkeit. Was sie enthielt, wußte kein Mensch. Vielleicht die Impfliste oder eine Statistik der elterlichen Berufe. Oder ein Verzeichnis der Freischwimmer oder der vom Singen Dispensierten. Bestimmt war es etwas höchst Belangreiches. Und wenn böse Zungen behaupteten, die Mappe sei leer, so war das bestimmt übertrieben.

Nun stand Hans Pfeiffer vor dem Gewaltigen.

»Sie kennen doch die Schulordnung, Pfeiffer?«

»Sie ist mir ausgehändigt worden.«

»Dann dürfen Sie auch wissen, daß meine Schüler nach 9 Uhr abends daheim zu bleiben haben.«

»9 Uhr schon?«
»Sie sind gestern abend gegen 10 Uhr im Gasthof Axmacher gesehen worden.«
»Natürlich. Ich wohne doch da, Herr Direktor.«
Direktor Knauer konnte fürs erste nichts erwidern. Er klappte nur den Mund auf und zu. »Das fängt ja gut mit Ihnen an.«
»Herr Direktor, ich hatte gedacht –«
Sobald man sich einem Vorgesetzten gegenüber erfrecht, etwas zu denken, bekommt man nach einem unabänderlichen Naturgesetz die Antwort: »Sie haben nicht zu denken.« Auch Hans Pfeiffer bekam diese Antwort.
»Ganz recht, Herr Direktor, ich will es mir abgewöhnen. Ich dachte nur, weil Axmacher ein hochanständiges Hotel ist –«
»Er denkt schon wieder.«
Das war keineswegs das friderizianische »Er«, sondern eine hilfesuchende Anrede an eine nicht vorhandene Zeugenschaft.
»Und dann dachte ich auch, weil da lauter bessere Herren verkehren – die Herren Professoren und der Rauchklub ‚Blaue Wolke' –«
»Er denkt ja immer noch.«
»Verzeihung, ich hatte nur gemeint –«
»Jetzt hat er auch noch eine Meinung.«
»Ich wollte sagen, ich hatte geglaubt –« – Das Glauben kann man keinem Menschen verbieten, dachte Hans.
»Nun schweigen Sie mal stille. Ich will nichts gegen den Gasthof Axmacher gesagt haben. Er wurde Anno 1750 von Friedrich dem Großen der eben gegründeten Stadt als Amtswirtshaus geschenkt und 46 Jahre später zum Rathaus umgewandelt. 1820 wurde er dann wieder Gasthof. Dies nebenbei. Im übrigen müssen Sie das richtig verstehen, Pfeiffer. Zunächst ist es viel zu kostspielig für Sie.« Hans Pfeiffer hat die Augen niedergeschlagen; aber er fühlt den prüfenden Blick über seinen Anzug. »Vor allen Dingen aber ist es ungehörig. Schüler einer höheren Lehranstalt können doch nicht in einem Wirtshaus wohnen. Was macht das für einen Eindruck? Und was sollen die Leute denken?«
»Daran habe ich allerdings nicht gedacht.«
»Sie sollen aber denken! Dafür sind Sie ein gebildeter Mensch.«
»Schön, dann will ich es mir wieder angewöhnen. Und dann gehe ich heute nachmittag auf Budensuche.«

»Budensuche? Was ist das nun wieder für ein Ausdruck? Eine Bude ist etwas Ungehöriges, ich möchte fast sagen Unmoralisches. Ein Schüler einer höheren Lehranstalt hat keine Bude, sondern, sofern er nicht zu Hause wohnt, eine ordentliche Kammer bei anständigen und rechtschaffenen Leuten. So, jetzt wissen Sie Bescheid.«

Am Nachmittag ging Hans Pfeiffer auf die Budensuche.
Der Gasthof Axmacher, den er jetzt verlassen mußte, war das schönste und größte Gebäude am Markt. Es war weithin erkenntlich durch seinen rosafarbenen Bonbonanstrich und durch die großen, kugelförmigen Lorbeerbäume am Portal. Daneben war die Post. Neben der Post die Apotheke. Vor der Post hielt der Omnibus, der zweimal am Tage fuhr; niemand wußte, woher und wohin. Aus der Tür der Apotheke roch es nach Aloe, und im Schaufenster wurde Knoblauchsaft gegen Arterienverkalkung empfohlen. Der Apotheker betrieb nebenbei eine Limonadenfabrikation und hieß Mäusezahl. Mäusezahl hieß übrigens auch der Schreinermeister, bei dem die Babenberger sich ihre Betten, Küchenschränke, Vertikos und Särge anfertigen ließen. Und Mäusezahl hieß auch das große Geschäft an der Ecke zur Mühlengasse, wo man Sensen, Türschlösser und Milchzentrifugen kaufen konnte. Hans Pfeiffer hatte in dem Adreßbuch, das so dick war wie ein Lokalfahrplan, festgestellt, daß nicht weniger als sechzehn Einwohner auf den Namen Mäusezahl hörten. Und das Merkwürdigste: sie waren alle etwas, diese Mäusezahls. Sie waren gewissermaßen die oberen Zehntausend des Städtchens oder, vielleicht besser gesagt, eine Art bürgerliche Dynastie. Nur einer war Kellner; aber er schrieb sich Mäusezal ohne h. Offenbar eine degenerierte Seitenlinie.
Es war noch früh am Nachmittag. Der Schutzmann Trommel, der mitten auf dem Markt den sogenannten Verkehr zu bändigen hatte, befand sich in Mittagsruhe. Denn solange er unter der Normaluhr stand, fuhren die Wagen, Karren und Radfahrer säuberlich die Ecken des Marktes aus. Wenn Trommel aber zu Tisch war, fuhren sie quer darüber weg.
Hans sog mit Behagen die Luft der kleinen Stadt in die Nase. Es roch hier nicht nach Asphalt und Benzin; aber es gab sehr viele Pferde und noch viel mehr Spatzen, denen die Säuberung

des kugeligen Pflasters oblag. Außerdem wurde auffallend viel radgefahren. Junge Frauen spazierten, ihren Kinderwagen schiebend, durch die Sonne. Andere standen hinter den Gardinen. An vielen Fenstern befand sich ein Spion. Die Häuser waren meist ein- oder zweistöckig und hatten breite Toreinfahrten, vor denen Männer in Hemdsärmeln standen. Alle hatten furchtbar viel Zeit. Niemand war eilig. Sogar die Fliegen schienen hier langsamer zu fliegen. Alles schwang seinen langsamen Pendelschlag.

Die einzige Ausnahme war der Herr Purz, wenn er in seinem Barbiersalon seine Kunden mit übertriebener Geschäftigkeit bediente. Hans ließ sich gern bei ihm rasieren; denn es tat ihm wohl, dort sozusagen wie ein Erwachsener behandelt zu werden. Der Laden war düster. Deshalb brannte Gas. Die Wasserleitung bestand in einem Reservoir an der Decke, das der Lehrling am Tage mehrmals vollpumpen mußte. Rasieren kostete mit »Kolonj« 20 Pfennig. Die Journale des Lesezirkels Petruschke waren ein Vierteljahr alt. Viel gekauft wurden Schnurrbartbinden.

»Guten Tag, Herr Pfeiffer. Wie geht's – wie steht's? Schon gut eingelebt? – Famoses Frauenzimmer, was?«

Er meinte damit ein Bild in der »Eleganten Welt«, in der Hans Pfeiffer herumblätterte.

»Famoses Frauenzimmer, was? Na, wenn man verheiratet ist, sind das alles platonische Dörfer. Ja, ja, meine Frau war mal ganz ähnlich in ihrer Jugend. Schönheit vergeht, Tugend besteht. Das heißt, heute gibt's keine Tugend mehr. Zu meiner Zeit war das anders, junger Herr. Als ich verlobt war, mußte immer der jüngere Bruder mitgehen. Meine Frau stammt nämlich aus einem besseren Hause. Alfons hieß ihr Bruder. Hat ganz nett dabei verdient. – Zufrieden mit dem Messer? – Von den Eltern bekam er jedesmal einen Groschen, daß er mitging, wenn ich mit seiner Schwester ausging. Und von mir einen Groschen, daß er nicht mitging. – Am Halse nicht gegen den Strich? Ganz wie Sie befehlen. – Aber dann verlangte Alfons zwei Groschen. Nun, man läßt sich nicht lumpen. Dann fünf Groschen. Was blieb mir anders übrig? Aber als er dann unverschämt wurde und eine Mark verlangte – wissen Sie, was wir dann gemacht haben? Da haben wir geheiratet. Heute ist Alfons ein wohlhabender Mann. Oben in der Gegend von Danzig. Sprit und so. – Kollonj angenehm? Bitte sehr.«

Am selben Nachmittag zog Hans Pfeiffer um. Und zwar zu Frau Windscheid, die ihm von Purz auf das wärmste empfohlen war.
Frau Windscheid wohnte in der Schrottgasse. Es war ein altertümliches Haus mit viel Efeu und einem schmalen Vorgarten. Im Erdgeschoß wohnte Sanitätsrat Steinhauer. Auf einem runden, halbkugelig vertieften Messingschild spiegelte sich ein Klingelknopf, den man waagerecht herausziehen mußte. Wenn man gezogen hatte, kam er einem mindestens einen halben Meter entgegen, und innen jammerte eine Schelle, die sich gar nicht beruhigen wollte.
Das kann ja lieblich werden, dachte Hans.
Aber es war nicht so schlimm. Sanitätsrat Steinhauer hatte seine Patienten streng erzogen. Sie wurden nachts nicht krank. Und wenn es ernst war, gingen sie zum jungen Dr. Vogel.
Hans durchschritt einen lächerlich breiten Flur mit alten Truhen, ausrangierten Schränken und einer großen Kiste mit leeren Weinflaschen. Hier im unteren Teil des Hauses roch es nach Doktor, oben bei der Witwe Windscheid nach Seife und Malzkaffee. Die breiten Treppenstufen krachten rebellisch unter den fremden Tritten.
Frau Windscheid zeigte Hans das Zimmer und redete unaufhörlich. Aber ihr Reden war sanft und angenehm; man konnte es stundenlang anhören, ohne zuzuhören. Hans besah sich die weißgescheuerten, sandbestreuten Dielen, das große, kastenförmige Bett, die wurmstichige, mit Intarsien verzierte Kommode und das an Wollkordeln aufgehängte Bücherbrett. Die drei eng aneinanderliegenden Fenster hatten Mullgardinen. Als er eins öffnete, schlug ihm frisches Grün entgegen; er sah in einen herrlich verwilderten Garten.
Am besten gefiel ihm freilich Frau Windscheid. Es war eine mollige, lebhafte Frau, Ende Vierzig, mit einem runden, rosigen Gesicht. Sie hatte glattes Haar, blond mit weißen Streifen. Man muß schon sagen, daß Hans Pfeiffer bei ihr gut aufgehoben war. Die wackere Frau erdrückte ihn fast mit ihrer mütterlichen Fürsorge. Zu melden hatte er nichts. Sie räumte seine Siebensachen aus dem Koffer und ordnete sie ein. Sie bestimmte, daß er morgens keinen Kaffee trank, sondern Kakao. Dazu mußte er zwei Spiegeleier mit Bratkartoffeln vertilgen. »Kinder in den Entwicklungsjahren haben das nötig. Besonders wenn sie so

tüchtig wachsen wie Sie. Meiner wollte nicht. Und dann hat er es bereut.«

Und wehe, wenn er von den mächtigen Butterbroten eines wieder mit heimbrachte!

Seine Lieblingsgerichte kochte sie ihm so oft, daß sie rasch aufhörten, Lieblingsgerichte zu sein. Nach Tisch mußte er schlafen, und dann durfte er nicht eher etwas tun, als bis er ausgiebig Kaffee getrunken hatte. Und abends erhielt er wiederum ein Leibgericht oder Grießpudding mit Himbeersoße.

»Das essen alle Kinder gern. Meiner bekam es jeden Tag.«

Wenn das so weitergeht, dachte Hans, werde ich hier fett wie ein Eunuch.

Aber er spreizte sich nicht, sondern ließ alles über sich ergehen. Er war eine Marionette. Er war eine Folge der Feuerzangenbowle.

Hans hatte nur einen bescheidenen Bruchteil seiner Bibliothek mitgenommen. Aber Frau Windscheid hörte nicht auf, sich zu wundern.

»Was die Kinder heute alles lernen müssen! Meiner hat auch die halbe Nacht durch gesessen. Es ist schrecklich mit den modernen Schulen.«

Natürlich war sie neugierig. Allerdings auf sympathische und mütterliche Weise.

»Wer ist denn die Dame? Sicher Ihre Frau Mama? Und noch so jung! Und die Ähnlichkeit. Eine aparte Frau. Bloß ein bißchen ernst. Sicher macht sie sich viel Sorge um Sie.«

»O ja«, brummte Hans.

Es war Marions Bild.

Wenn Hans Pfeiffer glaubte, bei Frau Windscheid wenig unter Aufsicht zu stehen, war er im Irrtum. Frau Windscheid wachte mit mütterlichem Auge über seinen Lebenswandel und warnte ihn vor schlechter Gesellschaft.

»Mit dem Herrn Knoll von nebenan, der das große Zimmer hat, mit dem müssen Sie sich gar nicht abgeben. Das ist kein Umgang für Sie. Keinen Abend kommt er vor halb elf nach Hause. Und denken Sie nur: der hat sogar ein Verhältnis.«

Aber Hans durfte es nicht mit ihm verderben.

Denn Herr Knoll hatte eine schätzenswerte Eigenschaft. Obwohl sie keine Eigenschaft war, sondern ein Gegenstand. Er besaß den Hausschlüssel! Und Hans war keineswegs darauf erpicht, sich

wie ein zwölfjähriges Baby abends um 9 Uhr ins Bettchen zu legen, wie es die Schulordnung und Frau Windscheid vorschrieben. Das war die Zeit, wo er in Berlin allmählich seinen Smoking zurechtlegte, um sich von der tanzwütigen Marion durch die Dielen und Bars schleifen zu lassen. Oder er begann um diese Zeit ernsthaft zu arbeiten; denn wie viele sensible Naturen war er ein ausgesprochener Nachtarbeiter.
Nun suchte er einen Vorwand, um Frau Windscheid zu entschlüpfen. Zunächst probierte er es mit Asthma; er müsse an die frische Luft. Frau Windscheid war anderer Ansicht und kochte ihm aus vielerlei Blättern einen Tee. Es war sicher ein sehr gesunder Tee; denn er schmeckte schauderhaft. Er half auch auf der Stelle; schon nach ein paar Schlückchen gab Hans das Asthma auf und kroch schleunigst ins Bett – um sich etwa nach einer Stunde mit Hilfe des geborgten Hausschlüssels von dannen zu schleichen.
Wohin?
Selbstverständlich hatte er Pennälermütze, Brille und Anzug gegen seine gewohnten Sachen vertauscht. Aber er fürchtete, trotzdem erkannt zu werden. So wichtig kam er sich vor. Und er wollte einen vorschnellen Schluß seiner neuen Laufbahn durchaus vermeiden.
Das Wandertheater, eine gutgemeinte Edelschmiere, hatte vor ein paar Tagen »Flachsmann als Erzieher« gespielt. Die Plakatreste hingen noch. Es würde erst in ein paar Wochen mit »Alt-Heidelberg« wiederkommen. Der Zirkus Gerani war in Aussicht, aber noch nicht da.
In den anständigen Kneipen würde er Magister treffen. Aber Herr Knoll hatte ihm ein kleines Café genannt, das von Magistern und anderen Honoratioren gemieden wurde. Dort bediente ein weibliches Wesen in einer seidenen Bluse, eine sogenannte Kellnerin. Hans Pfeiffer setzte sich trübselig an einen der runden, etwas angeschmuddelten Marmortische, trank klebriges Bier und spielte stumpfsinnig mit durchweichten Bierfilzen. An den Wänden herum saßen Liebespärchen, die sich langweilten. Von Zeit zu Zeit opferte jemand einen Groschen und ließ das elektrische Klavier laufen.
Auf diese Weise versah er sich einige Abende mit der erforderlichen Bettschwere.
Lange währte die Herrlichkeit nicht. Eines Abends, als er

wiederum auf Strümpfen die große Treppe hinaufschlich, fiel ihm vor lauter Behutsamkeit auf der obersten Treppenstufe sein schwerer eichener Spazierstock aus der Hand und donnerte mit einem höllischen Gepolter die Treppe hinunter. Die weiten Räume des alten Hauses gaben ein vielseitiges Echo. Man konnte es der wackeren Frau Windscheid nicht übelnehmen, daß sie darob erwachte. Hans Pfeiffer bekam eine regelrechte Gardinenpredigt. Das nahm dem jungen Schriftsteller die Lust an weiteren nächtlichen Ausschweifungen.

Ein fast noch größeres Problem als das Zubettgehen war das Aufstehen. Jeden Morgen, wenn um Viertel vor sieben der grelle Weckerton seinen Schlaf zerriß, wunderte er sich und brauchte geraume Zeit, um wieder zu wissen, wo und wer er war. Und wenn er dann unter dem ungeduldigen Klopfen der Frau Windscheid aufstehen mußte, mitten in der Nacht, wie er es nannte, bekam er jedesmal eine höllische Wut auf die Feuerzangenbowle und überlegte, ob er nicht den ganzen Krempel wieder hinhauen sollte. Aber während er sich wusch und anzog, legte sich das jedesmal, und allmählich merkte er, daß auch der frühe Morgen eine ganz brauchbare und lebenswerte Tageszeit sei. Er setzte sich an den Tisch, ließ sich von Frau Windscheid mit Spiegeleiern und Bratkartoffeln vollstopfen, während er seine griechischen Vokabeln repetierte; schließlich nahm er seine Bücher unter den Arm und von Frau Windscheid eine wahre Säule von gut belegten Butterbroten in Empfang, schlug sich seine Pennälermütze, die ihm schon viel besser paßte, auf den Kopf und trollte davon.

Inzwischen hatte Hans Pfeiffer auch die übrigen Magister des kleinen Gymnasiums kennen- und mehr oder weniger liebengelernt. Es stellte sich heraus, daß es keineswegs lauter Originale waren, wie Hans das aus den Feuerzangenbowlenerzählungen erwartet hatte. Selbst das zu diesem Zweck besonders ausgesuchte Gymnasium in Babenberg war nicht das erwartete Museum für pädagogische Raritäten. Und erst recht kein Zoologischer Garten. Hans war sich darüber klar: Es ist im Leben alles nur halb so schlimm – und halb so schön.

Einer der Lehrer, er hieß Müller 2 und gab Geschichte und Englisch, war sogar das genaue Gegenteil eines Originals. Man

konnte ihm aber auch nicht die allergeringste Verschrobenheit nachweisen. Nach keiner Richtung hin. Seine hervorstechende Besonderheit war es, keine Besonderheit zu haben. Er war angezogen wie alle Menschen. Nicht zu lässig und nicht zu sorgfältig. Er sprach ganz genau wie gewöhnliche Sterbliche; er machte keine Witze – weder freiwillige noch unfreiwillige – und duldete keine. Er war farblos wie ein Glas Wasser. Seine Stunden flossen in ermüdender Sachlichkeit dahin. Und wenn sie vorüber waren, hatte man wohl mitunter die Empfindung, etwas gelernt, nicht aber, einen Lehrer gehabt zu haben.
Das war nun auch nicht das Richtige.
Nicht einmal einen Spitznamen hatte er; dieser Ehre wurde er nicht teilhaftig. Er hieß nur Müller 2, und er hieß auch weiterhin so, obgleich Müller 1 bereits vor zwei Jahren gestorben war. Dafür entschädigte allerdings der Bömmel. Wie er richtig hieß, wußte kein Mensch; man hätte schon im Jahresbericht nachlesen müssen. Es war schon lange her, daß Bömmel von seiner niederrheinischen Heimat nach Babenberg verschlagen wurde. Inzwischen war er alt geworden, trug immer noch denselben schwarzen Rock, und sein Bart, der schwarz und krollig war wie Matratzenfüllung, begann sich leise zu versilbern. Seinen niederrheinischen Dialekt hatte er beibehalten, gewissermaßen als einziges Andenken an seine Heimat. Bömmel gab Physik. Aber er hielt nicht viel von verstiegener Wissenschaft, er war mehr für einfache, plastische Begriffe und für eine volkstümliche Darstellung. Außerdem hatte er leidende Füße und pflegte sich zu Beginn jeder Stunde hinter dem Katheder die Schuhe auszuziehen. Das hatte er schon seit unvordenklicher Zeit so gemacht. Man hatte sich daran gewöhnt und hielt es beinahe für selbstverständlich. Nur Hans wunderte sich das erstemal darüber. Er wunderte sich noch mehr über die Lehrmethode.
»Wo simmer denn dran? Aha, heute krieje mer de Dampfmaschin. Also, wat is en Dampfmaschin? Da stelle mehr uns janz dumm. Und da sage mer so: En Dampfmaschin, dat is ene jroße schwarze Raum, der hat hinten un vorn e Loch. Dat eine Loch, dat is de Feuerung. Und dat andere Loch, dat krieje mer später.«
Hans Pfeiffer konnte es nicht begreifen, daß die Klasse nicht losbrüllte. Auch daran war man offenbar gewöhnt.
Der Physiker aber fuhr fort:

»Und wenn de jroße schwarze Raum Räder hat, dann es et en Lokomotiv. Vielleicht aber auch en Lokomobil.«
Hans hatte längst hinter seinem Vordermann Deckung genommen – diese taktische Maßnahme hatte er schon gelernt – und schrieb alles fein säuberlich mit. Er hoffte, es einmal literarisch verwerten zu können.
Inzwischen wurden die Einzelheiten der Dampfmaschine erklärt. »Wat is e Ventil? Da stelle mer uns wieder janz dumm. E Ventil is, wo wat erein jeht, aber sein Lebjottstag nix erauskömmt – Du, wat schreibs du da? Zeich dat emal her!«
Hans Pfeiffer war gemeint. Er hatte bereits gehört, daß Bömmel seine Schüler bis in die Oberprima hinein duzte; nur wenn er ernstlich böse war, sagte er »Sie« und sprach hochdeutsch. Hans zeigte sein Schreibwerk und machte ein scheinheiliges Gesicht. Er habe es mitgeschrieben, um es zu Hause lernen zu können.
»Bist du aber ne fleißige Jung! Damit du dat aber janz jenau behälts und dein Lebjottstag nit verjiß, da schreibste dat zu Haus fünfundzwanzigmal ab. Haben Sie mich verstanden?«
Pfeiffer hatte verstanden. Das Mitschreiben ließ er bleiben, um den Umfang der Strafarbeit nicht noch zu erhöhen.
Als dann schließlich die herrliche Stunde zu Ende war und Bömmel sich wieder in seine Schuhe begeben will – da ist nur noch einer da. Der andere ist weg.
Weg.
Bömmel läßt sich zunächst nichts merken und sucht mit den Augen, während er weiterredet.
Der eine Schuh bleibt verschwunden.
»Hat einer von euch de Schuh gesehn?«
Nein, keiner hat ihn gesehen.
»Wenn ich de Saujung krieg, de mich de Schuh verstoche hat –!«
Aber er bekam ihn nicht. Weder den Saujungen noch den Schuh. Allmählich wird Bömmel ernstlich böse. Er fängt an, hochdeutsch zu reden, und will zum Direktor. Aber der fehlende Schuh hindert ihn. Ihm bleibt nichts anderes übrig, als eigenhändig die Bänke zu durchsuchen. So hopst er denn auf einem Schuh durch die Klasse und droht mit allen irdischen Strafen; der andere Fuß mit der grau und rosa geringelten Socke ist Gegenstand allgemeiner Bewunderung. Die Jungens toben vor Vergnügen. Hans Pfeiffer möchte Mitleid haben mit dem alten Mann; aber es gelingt ihm nicht. Die Sache ist zu komisch.

Endlich, als die Pause beinahe herum ist, findet sich der vermißte Schuh. Im Schwammkasten.
Bömmel zieht ihn keuchend an und faßt seine Gefühle in die Worte: »Bah, wat habt ihr für ne fiese Charakter.«
Worin man ihm durchaus beipflichten muß.
Damit war der Zwischenfall zur allseitigen Befriedigung erledigt.
Nur Hans Pfeiffer hatte seine Strafarbeit weg. Als er zu Hause saß und sie zum vierten Male abschrieb, fand er sie gar nicht mehr komisch. Bömmel wußte genau, was er wollte. Und als er beim sechsten Male war, knallte er das Heft in die Ecke und lief zum Druckereibesitzer Opitz. Und ließ die Sache fünfundzwanzigmal hektographieren. Auf Zureden des Druckers fünfzigmal. Weil es dasselbe kostete.
Aber Hans hatte Pech. Als er in der nächsten Stunde die hektographische Strafarbeit abliefern wollte, hatte Bömmel sie längst vergessen. Jedenfalls fragte er nicht danach. Hans meldete sich und will sie abliefern. Bömmel winkt ab. Hans will sie ihm aufdrängen. Bömmel bleibt unerbittlich. Er ist nicht zu bewegen, auch nur einen Blick hineinzuwerfen. Hans zieht beschämt ab. Sein erster großer Vorstoß gegen die Schulzucht hatte ins Leere getroffen. Oder war Bömmel klüger, als man ahnte?

Mit Dr. Brett verstand sich Hans ausgezeichnet. Sie hatten voreinander Achtung. Sie waren gleichwertige Geister auf verschiedenen Ebenen: Er der Schöngeist, Dr. Brett der Mathematiker.
Brett gehörte zu den Lehrern, die es nicht nötig haben, den trockenen Lehrstoff durch gequälte Witze schmackhaft zu machen. Er bezog das Interesse aus der Materie selbst und zeigte seinen Jungens nicht nur die atemraubende Zwangsläufigkeit einer mathematischen Beweisführung, sondern auch die ästhetische Schönheit eines solchen logischen Gebäudes. Seine Entwicklungen und Lösungen erschienen wie gotische Kathedralen von unerhörter Architektur. Wenn er sprach und mit verhaltener Stimme auf die entscheidende Wendung hinsteuerte, hätte man das Fallen einer Stecknadel hören können. Die Spannung war so stark, daß man meinte, in den Köpfen das Knistern der Gedanken zu vernehmen.

Brett hatte allerdings einige Arbeit gehabt, bei seiner Klasse das wieder wettzumachen, was sein Vorgänger in der Mittelstufe versaut hatte. Der alte Eberbach war jetzt glücklich in den Ruhestand getreten und verschollen; aber der Sagenkreis, der sich um ihn gebildet hatte, lebte fort. So erzählte man, daß Direktor Knauer den alten Mann angewiesen hatte, seine mathematischen Aufgaben mehr dem modernen Leben zu entnehmen. Dieser studierte daraufhin die Sportzeitung und formulierte in seiner Tertia folgende Aufgaben:
Erstens: Bei einem Wettrennen legt ein Jockei die Strecke in 2 Minuten 32 Sekunden zurück. Er wog 96 Pfund. In welcher Zeit würde er gesiegt haben, wenn er 827 Pfund gewogen hätte? – Zweitens: Ein Engländer durchschwimmt den Ärmelkanal in sechzehn Stunden vierunddreißig Minuten und legt dabei achtundvierzig Kilometer zurück. Wieviel Zeit würde er brauchen, um von Dresden zum Nordpol zu schwimmen? – Drittens: Jemand wirft einen zwei Pfund schweren Stein dreiundzwanzig Meter weit. Wie weit würde er einen Stein von 0,3 Gramm werfen?
Hans Pfeiffer bedauerte, den tüchtigen Mann nicht mehr persönlich zu erleben. Dafür lernte er aber bei Dr. Brett das Hantieren mit Differentialquotienten, Abszissen, Nullpunkten, Parabeln, Tangenten, Hyperbeln und Schnittpunkten halber Nebenachsen. Er, der preisgekrönte Dichter. Als wenn er nie etwas anderes im Leben getan hätte.
Was ihn nicht hinderte, bei Dr. Brett eine Erfindung von bedeutender Tragweite zu machen: den Vorsagespiegel.
Obwohl er nicht unmittelbar am Fenster saß, hatte er schon mehrfach mit seinem Taschenspiegel kecke Sonnenstrahlen aufgefangen und spielend an die Wand oder die Decke geworfen. Als nun eines Tages der dicke Rudi Knebel schweißtriefend an der Tafel beschäftigt war, eine überaus wichtige Hilfslinie zu ziehen: da erschien plötzlich ein scharfer Lichtfleck und wies der hilflosen Kreide in Rudis hilfloser Hand den rechten Pfad. Wie weiland der Halleysche Komet den Königen aus dem Morgenland den Pfad gen Bethlehem wies.
Rudi Knebel wußte nicht recht, ob er dem Irrlicht trauen dürfte. Er tat es schließlich aus Verzweiflung. Als er merkte, daß das gefürchtete Hohngelächter der Klasse ausblieb, faßte er Zutrauen. Glücklicherweise saß Brett wie immer auf dem Katheder

schräg hinter der Tafel und verfolgte den Gang der gestellten Aufgabe mit seinem phänomenalen Gedächtnis. Infolgedessen konnte Hans ungestört den rettenden Lichtstrahl geistern lassen und malte auf der Tafel nicht nur die Zeichnung, sondern auch die algebraische Ausrechnung vor. Rudi Knebel folgte blindlings und löste die Aufgabe mit geradezu atemberaubender Präzision. Begeistert rief Brett: »Bravo, Knebel! Es freut mich, daß Ihnen endlich ein Licht aufgegangen ist.«

Er ahnte nicht, warum die Klasse auf seinen Ausspruch in unterdrücktes Glucksen ausbrach. Denn er hatte sich längst abgewöhnt, den Heiterkeitsausbrüchen seiner Jungens nachzuspüren. Aber er war immer auf der Hut.

Mit Hilfe des Lichtschreibers steigerten sich die Leistungen der Klasse ins Aberwitzige. Wenigstens solange die Sonne schien. War der Himmel bewölkt, so war es mit der Weisheit vorbei. Und der Zusammenhang zwischen Wetter und Leistungen blieb dem klugen Mathematiker nicht verborgen. Er erklärte ihn auf seine Art: »Sonne ist die Urkraft jeglichen Lebens. Auch die Schüler werden vom Sonnenschein günstig beeinflußt. Wir werden die Klassenarbeiten nur noch bei gutem Wetter schreiben.« Der Erfolg bestätigte seine Hypothese.

Mit der Erfindung des Vorsagespiegels war Hans Pfeiffer zum Diktator der Klasse geworden. In seiner Hand schlummerten Gut, Mangelhaft, Genügend oder Ungenügend eines jeglichen Mitschülers im wörtlichsten Sinne. Der lange Rosen samt seiner hübschen Schwester war entthront. Pfeiffers Freundschaft hatte mehr Gewicht. – Es war klar, daß die Herrlichkeit über kurz oder lang ihr Ende finden mußte. Und das kam so:

Aus Gründen, die an späterer Stelle näher erläutert werden sollen, ließ Hans Pfeiffers Lerneifer nach einiger Zeit nach. Er war überhaupt kein Mensch, der sich lange Zeit auf eine Sache konzentrieren konnte. Eines Tages war er wieder schlecht vorbereitet. Oder er paßte nicht richtig auf. Kurzum, sein Sonnenspiegel schrieb den blanken Unsinn an die Tafel. Und Joachim Schrader, der gerade an der Reihe war, wurde durch die falschen Vorspiegelungen verwirrt.

Als Schrader sich völlig festgefahren hatte, wurde er von Dr. Brett unterbrochen. Schlicht und einfach sagte er, ohne eine Miene zu verziehen: »Pfeiffer, passen Sie besser auf, sonst müssen wir die Vorhänge zuziehen.«

Hans Pfeiffer wurde rot bis hinter die Ohren, steckte zerknirscht seinen Spiegel ein und setzte sich in der nächsten Stunde vom Fenster fort, um nicht mehr in Versuchung zu fallen. Er setzte sich neben den kleinen Luck.
Dr. Brett lächelte unmerklich. Man hatte einander verstanden.

Übrigens merkte Hans Pfeiffer allmählich, daß auch bei Professor Crey ernstlich gearbeitet wurde. Keineswegs wurden sämtliche Stunden durch pädagogische Erörterungen und kriminalistische Untersuchungen ausgefüllt. Es mag allerdings zugegeben werden, daß der Ernst bisweilen sich etwas einseitig auf seiten des Professors befand.
Die Kenntnisse in der deutschen Literatur pflegte er ungefähr so zu prüfen: »In welchem Stöck, in welchem Aufzog und in welcher Szäne steht, und wer spricht zu wäm die Worte: ‚Ich kenne meine Pappenheimer'?«
Daß die Aufsatzthemen größtenteils mit dem klassischen »Inwiefern« anhuben, hatte Hans nicht anders erwartet. Manchmal wurde die Inwiefernung sogar verdoppelt: »Inwiefern gleichen sich Wilhelm Tell und Götz von Berlichingen, und inwiefern bestähen wäsentliche Onterschiede zwischen ehnen?«
Hans fand die Antwort:
»Den Tell darf man zitieren, den Götz aber nicht.«
So erweiterte der Schriftsteller Pfeiffer seine Kenntnisse in der deutschen Literatur in ungeahnter Weise und hoffte inständig, daß es seiner künftigen Laufbahn zustatten komme.
Crey dagegen war nicht mit ihm zufrieden.
»Pfeiffer, Sä send en allen Fächern genögend oder got, nur em Deutschen stähen Sie mangelhaft. Sä haben einen unmöglichen Stil. Was wollen Sie eigentlich mal werden?«
»Das weiß ich noch nicht.«
»Sochen Sä sich einen Berof, bei dem Sä wenig zu schreiben haben. Am besten werden Sä Zahnarzt.«
Hans gelobte es feierlich.

Auch im Singen war Hans nicht auf der Höhe.
Singen ist der Ausdruck seelischen Empfindens.
Singen gab Fridolin. Das war nicht sein Spitzname, sondern

er hieß wirklich so und brauchte daher keinen Spitznamen. Fridolin fragte nicht danach, ob Singen der Ausdruck seelischen Empfindens ist. Bei ihm wurde gesungen, weil es im Stundenplan steht.

Das Singen war entsprechend.

Die Schuld lag nicht an Fridolin. Das spärliche Männlein mit dem zwirndünnen Schnurrbärtchen und dem ebenso dünnen Stimmchen gab sich die größte Mühe, aus der trägen Masse seiner schläfrigen Schüler so etwas wie »Sangeslust schwellt die Brust« herauszuholen. Aber je wilder er mit übersteigendem Temperament und gigantischen Armbewegungen dirigierte, desto matter und mürrischer schleppte sich der Gesang. Das Traurigste war – wenigstens in der Meinung der vereinigten Oberklassen –, daß die Sangeskunst grundsätzlich im Stehen ausgeübt wird. Man konnte die Zeit weder zum Anfertigen von Schularbeiten noch zum Schlafen benutzen.

Der einzige, der sich beim Singen anstrengte, war Hans Pfeiffer. Er brüllte aus Leibeskräften. Er brüllte mit Hingabe. Und hatte dafür seine privaten Gründe. Er brüllte daneben.

Auf die Dauer konnte dies selbst dem an Mißklänge gewöhnten Ohr Fridolins nicht verborgen bleiben.

»Das müssen Sie doch vielleicht hören. Da singt doch jemand unrein.«

Aus dem Hintergrund brummte einer: »Dem Reinen ist alles rein.«

Fridolin reagierte schon längst nicht mehr auf Zwischenrufe. Aber der unreine Tannhäuser war wirklich nicht zu ertragen.

»Pfeiffer, kommen Sie mal vor. Sind Sie das vielleicht, der so falsch singt?«

»Ausgeschlossen.«

»Sind Sie musikalisch?«

»Das weiß ich nicht. Das habe ich noch nicht probiert.«

»Singen Sie vielleicht mal diesen Ton.«

Fridolin schlägt auf dem Flügel das mittlere F an. Hans knurrt im tiefstem Strohbaß ein undefinierbares Geräusch.

Fridolin ist nicht zufrieden.

»Singen Sie bitte mal nach: Aaaah –«

Hans bemüht sich, noch musikalischer zu grunzen. Dies gelingt ihm auch zu seiner Zufriedenheit.

»Sie singen zu tief. Hören Sie vielleicht mal zu: Aaaaaah –«

Hans gibt einen jaulenden Fistelton von sich, daß der Chor entsetzt zusammenfährt.
»Nein, Pfeiffer, nicht so hoch. Mehr in der Mitte dazwischen: Aaaaaaaaaaah –«
Hans setzt abermals an und bringt einen Ton zum Vorschein, so mehr in der Mitte und mehr dazwischen, daß er dauernd zwischen Brust- und Fistelstimme hin- und herkickst. Er hört sich an wie das Geschrei eines wild gewordenen Esels.
Der Chor beneidet ihn. Fridolin denkt einen Augenblick nach und konstatiert:
»Sie sind noch im Stimmbruch. Aber trösten Sie sich, das wächst sich aus. Vom Singen sind Sie natürlich dispensiert.«
Fortan durfte Hans Pfeiffer mittwochs und sonnabends bereits um 12 Uhr nach Hause.

Einige Wochen waren ins Land gegangen.
Hans Pfeiffer hatte sich schon recht gut eingelebt. In der Schule und außerdienstlich. Er hatte die ganze Konzentration seines dichterischen Einfühlungsvermögens dazu benutzt, um bis zur letzten Fingerspitze in die bescheidene Bravheit eines kleinen Babenberger Primaners zu schlüpfen. Und man muß sagen, es war ihm einigermaßen geglückt.
Das Problem der langen Abende hatte er überwunden. Da er früh aufstand und sich tagsüber viel herumtummelte, war er abends rechtschaffen müde, legte sich halb zehn in die Klappe und schlief wie ein gesunder Junge traumlos bis zum Weckerrappeln. Und da er früh zu Bett ging und gut schlief, konnte er morgens auch gut aufstehen. Auch an Grießpudding und Himbeersaft hatte er sich gewöhnt, und an Kakao mit Bratkartoffeln, und an Schulbutterbrote und Streuselkuchen. Er bekam frische rote Bäckchen wie ein Kind, und die Schülermütze stand ihm prächtig zu Gesicht.
Auch die Bemutterung durch Frau Windscheid nahm er geduldig hin, ebenso ihre mütterliche Neugierde. Mochte sie in seinen Büchern und Schubladen herumkramen, er hatte nichts zu verbergen.
Seine Briefe bekam er postlagernd unter Deckadresse. Das gab bei der Post zwar auf die Dauer etwas Getuschel, schützte ihn aber vor der Frau Windscheid. Diese konnte es gar nicht fassen,

daß der arme Junge gar keine Post bekam. Sie erkundigte sich nach seiner Familie. Ob die Frau Mama nicht mal nach ihm schauen komme? Und was der Herr Papa mache? So so, der Vater sei nicht mehr am Leben. Sie bedauerte den völlig sich selbst überlassenen Jungen und zerfloß vor Mitleid. Der Grießpudding nahm an Umfang und Rosinen, die Himbeersoße an Menge zu.

Natürlich mußte Hans bei dem alten Sanitätsrat Steinhauer einen Anstandsbesuch machen. Frau Windscheid hatte ihn zwar vor diesem Manne gewarnt. »Das ist ein alter Junggeselle, und die tun nicht gut. Haben Sie unten die große Kiste mit den leeren Weinflaschen gesehen? Er soll ja auch eine Trinkerleber haben.« Nun war Hans erst recht neugierig. Nachmittags um halb sechs ging er hin. Als er von dem Besuch zurückkam, war es beinahe wieder halb sechs. Er hatte sich mit dem einsamen Mann und seinen guten Moselweinen innigst angefreundet. Und als er die Treppe heraufkam, hatte er keinen fallenden Spazierstock mehr nötig, um Frau Windscheid zu wecken. Sie hatte aber in Anbetracht des Respektes vor dem Herrn Sanitätsrat von einer Moralpredigt Abstand genommen. Am nächsten Morgen, als Hans erst gegen zehn Uhr wieder verhandlungsfähig wurde, hatte sie ihm sogar eine Entschuldigung mitgegeben. »Wegen heftigen Zahnschmerzen –.« – »Bei dem meinen habe ich das auch immer gemußt«, beruhigte sie ihr Gewissen.

Dicht neben dem Gymnasium hatten die Lyzen ihren Sitz.

Lyzen sind die Schülerinnen eines Lyzeums und sonderbare Kerle. Eine Lyze besteht nämlich aus zwei Hälften. Die eine Hälfte ist Backfisch, werdende Dame und künftige Mutter; diese Hälfte ist durchaus weiblich mit allen Reizen und Mängeln dieses beliebten Geschlechtes. Die andere Hälfte der Lyze besteht aus geistiger Arbeit, Logik, Wissenschaft und Schulbetrieb. Diese Hälfte ist nüchtern, sachlich. Man kann auch sagen: sächlich. Selbstverständlich liegen die beiden Hälften im Kampf miteinander. Später wächst sich das nach der einen oder anderen Seite aus. Siegt die eine Hälfte, dann wird aus der Lyze ein braves Hausmütterchen mit allmählich verblassenden Bildungsstreifen; gewinnt die andere Hälfte die Oberhand, dann entsteht ein gelehrtes Haus mit verkümmernden weiblichen Kennzeichen.

Das Pikante an der Lyze ist, daß man noch nicht weiß, was wird. Darauf beruht ihre Beliebtheit bei jedermann, auch bei den Primanern. Das war aber keineswegs der Grund, warum man das Lyzeum dicht neben dem Gymnasium erbaut hatte. Das hatte man erst gemerkt, als es fertig war. Und da war es nicht mehr zu ändern.

Die Lyzen sieht man selten auf der Straße. Auch den Bummel besuchen sie nur mit einer gewissen Vorsicht und mit einem Ausredepaketchen unter dem Arm.

Der Bummel in Babenberg findet statt am Spätnachmittag von sechs bis sieben Uhr. Und von Axmacher bis zum Buchhändler Mäusezahl. Er unterscheidet sich von der Tauentzienstraße dadurch, daß sich alle Leute dauernd grüßen. Weil sie sich kennen. Und jedesmal, wenn sie sich erneut begegnen, grüßen sie sich abermals. Weil sie sich immer noch kennen.

Auch Pfeiffer trieb sich dort umher. Nicht nur studienhalber. Er hatte die leise Empfindung, daß zum richtigen Pennäler auch eine kleine Pennälerliebschaft gehört. Er wollte sich allem unterziehen. Aber an die Lyzen traute er sich nicht heran. Er versuchte es erst einmal mit einer Verkäuferin aus dem Modehaus Fechner. Ein süßes Mädel, knabenhaft schlank, mit lodernden Locken.

Er hätte es nicht tun sollen. Er wurde elend abgeblitzt. Keß entgegnete ihm die Verkäuferin, daß sie sich nichts aus Primanern mache; übrigens habe sie selbst einen Vetter, der auf die höhere Schule ginge.

Hans wurde blaß vor Wut. Wer war er denn? Er hätte ja nur zu sagen brauchen, daß der große Roman in der Woche zum Beispiel eine Arbeit von ihm sei. Und nicht einmal seine beste. Er brauchte ja nur zu sagen –.

Er sagte gar nichts. Er sagte nur: »Bitte vielmals um Entschuldigung.« Und schämte sich.

Ein Pennäler hat einen Schwarm, eine Flamme; vielleicht auch eine unsterbliche Geliebte. Aber ein Pennäler hat kein Verhältnis.

Eine Klasse ist keine homogene Masse. Es kristallisieren sich Gruppen heraus, Freundschaften, Banknachbarschaften oder Interessengemeinschaften für gemeinschaftliche Hausarbeit.

Hans Pfeiffer war Vorstand einer solchen Interessengemeinschaft. Dazu gehörte in erster Linie noch Rudi Knebel. Er war immer noch 1,44 groß, aber platzend vor Gesundheit und Lebenskraft, rot und glühend wie eine Tomate. Und schwamm in ständiger Glückseligkeit. Selbst die bestimmte Aussicht, im Abitur durchzufallen, konnte ihn davon nicht abbringen. Nebenher war er musikalisch wie ein Zigeunerprimas.

Dann war da noch der Ernst Husemann. Groß und stark wie ein Eisbär. Auch entsprechend phlegmatisch, man konnte auch sagen faul. Und von einer aufregenden Gutmütigkeit.

Der vierte war der kleine Luck. Es war ein schmächtiges, überzüchtetes Kerlchen mit einem schmalen, elfenbeinfarbenen Gesicht, großen, erstaunten Augen und mit einer geradezu pathologischen Intelligenz, Primus wider Willen und traditioneller Prügelknabe der Klasse. Er hatte tausend Seelen in seiner schmalen Brust, wollte jedermanns Freund sein und erreichte genau das Gegenteil. Mit Hans Pfeiffer aber verband ihn eine innige Freundschaft; das war der einzige, der aus seiner komplizierten Seele klug wurde.

Die wesentliche Funktion des Klubs war die gemeinschaftliche Hausarbeit. Sie fand auf Hans Pfeiffers Bude statt, weil man dort am ungestraftesten Radau machen und unterst zu oberst kegeln konnte. Die gute Frau Windscheid hatte für alles die Generalentschuldigung: »Der meine hat auch –.«

Hans Pfeiffers Bude – um einmal den unmoralischen Ausdruck zu brauchen – hatte an Wohnlichkeit sehr zugenommen. Frau Windscheid hatte ihre übrigen Zimmer, ja sogar ihren Salon geplündert. Hans hatte einen prächtigen Sekretär aus Birnbaumholz mit siebenunddreißig Schubfächern und einem Geheimfach bekommen, dessen Mechanismus ihm Frau Windscheid auseinandersetzte, dazu einen großmächtigen alten Biedermeier-Lehnstuhl mit grüngold gestreiftem Bezug. Ja, sie hatte sogar ihre Vitrine mit den unendlichen Nippsachen ausgeräumt und Hans als Bücherschrank zur Verfügung gestellt. Sie wollte noch viel mehr tun; Hans mußte sich mit Händen und Füßen dagegen wehren. Er wollte kein Museum.

Die gemeinschaftliche Hausarbeit nachmittags um vier Uhr begann jedesmal mit einer gigantischen Kanne duftenden Malzkaffees, den die wackere Frau Windscheid spendete. Malzkaffee war nämlich ihre Spezialität. Auch glaubte sie, dadurch dem

Genuß alkoholischer Getränke vorzubeugen; denn ist erst eine Menge Kaffee im Magen, kalkulierte sie, bleibt kein Platz für Bier.
Alsdann wurde gesammelt und beim Bäcker Hoffmann quadratmeterweise Streuselkuchen geholt. Hans Pfeiffer hätte ihn gern gestiftet. Aber Frau Windscheid duldete das nicht und hielt überhaupt ein wachsam-mütterliches Auge auf die Finanzgebarung ihres Schützlings.
Es soll nicht verschwiegen werden, daß der Kaffee nebst Zubehör meist in ungehöriger Weise in die Länge gezogen wurde. Man wußte, sobald er zu Ende ist, kommt die Arbeit. Und vor der Arbeit hatte man ein leichtes Gruseln. Aber schließlich, wenn es auf halb sechs ging, war sie nicht länger zu vermeiden.
Die Arbeitsweise wurde den verschiedenen Stoffgebieten geschickt angepaßt. Bei Übersetzungen und mathematischen Aufgaben suchte man zuvörderst die einwandfreie richtige Lösung. Gemeinschaftlich.
»Gemeinschaftlich« bedeutet, daß der kleine Luck als Jüngster laut rechnete oder übersetzte und die anderen mehr oder weniger Obacht gaben. Meist allerdings weniger. Wenn es falsch ist, geht der Kopf noch lange nicht ab, dachte Rudi Knebel, langte sich unauffällig die Gitarre und versuchte, ein von Hans Pfeiffer gedichtetes Wanderliedchen zu vertonen. Er sang nur mit halber Stimme, um nicht zu stören. Ernst Husemann dachte: Viele Köche verderben den Brei, und schlief kurz entschlossen in dem Großvatersessel ein. Hans Pfeiffer tat gar nichts, nicht einmal schlafen, und gestattete seinen Gedanken, Karussell zu fahren; ein Gedicht keimte in ihm, er wurde aber immer wieder durch das laute Rechnen vom kleinen Luck gestört.
Immerhin erreichte man auf diese Weise, daß der kleine Luck nicht unterbrochen wurde und unbehelligt die richtige Lösung finden konnte. Man lernte beizeiten Wesen und Wert der Kollektivarbeit kennen und schätzen.
Nun durften jedoch die vier Kameraden nicht die gleiche makellose Lösung vorweisen. Der zweite und schwierige Teil der Arbeit bestand also darin, daß man eine Reihe nebensächlicher Fehler ausheckte, die den einzelnen Arbeiten ein individuelles Gepräge gaben und andererseits ein auffälliges »Sehr gut« verhinderten. Diese Fehler wurden auf das sorgfältigste verteilt. Man raufte sich, man stritt sich darum. Nur der kleine Luck,

als ohnehin Benachteiligter, durfte sich hier und da mit fehlerlosen Arbeiten begnügen.
Bei Aufsätzen war diese Methode nicht anzuwenden. Da mußten vier verschiedene Fassungen hergestellt werden, die hernach unter die Mitwirkenden verlost wurden. Bis Husemann eines Tages auf den genialen Einfall kam, sie untereinander meistbietend zu versteigern. Wer am meisten bot, bekam den besten Aufsatz. Daß hierbei die Kapitalkräftigen einen Vorsprung hatten, war leider nicht zu vermeiden. Vielleicht eine gute Vorübung fürs Leben. Der Versteigerungserlös diente zur Fundierung einer gemeinsamen Vergnügungskasse, die rasch anschwoll und der kleinen Gesellschaft eine ansehnliche finanzielle Unterlage für ihre Unternehmungen gab.
Aus dieser Kasse wurde auch das Bier bestritten, das Frau Windscheid des öfteren zum Abschluß der Sitzung holen mußte. Sie protestierte zwar jedesmal aufs neue und schilderte die Wirkung des Alkohols sowohl im allgemeinen als auch auf die Kinder im besonderen in den schauerlichsten Farben. Aber das Ende vom Lied war immer, daß sie ihren großen Tonkrug schamhaft unter die Schürze nahm und sich seufzend auf den Weg machte.
Worüber schwatzen Primaner, wenn ihre Herzen und Zungen durch einen gevierteilten Liter Bier und durch das Gefühl überstandener Hausarbeit gelöst sind?
Schwatzen sie ausschließlich von Schuldingen? Das kann man nicht verlangen, obgleich die Schule der ungewollte Angelpunkt ihres Redens und Denkens ist. Sie schwatzen vielmehr auch von anderen Sachen, besonders aber von solchen, von denen sie am wenigsten verstehen. Da unterscheiden sich Pennäler kein bißchen von anderen Menschen.
Aus diesem Grunde reden sie auch gerne von Politik. In ihrem unberührten Idealismus stellen sie sich die Welt vor als eine Versammlung mehr oder weniger verkappter Engel und können gar nicht begreifen, daß das dazugehörige Paradies immer noch nicht eröffnet worden ist. Sie haben den festen Vorsatz, demnächst das Erforderliche zu veranlassen, und bereiten sich darauf vor, indem sie rechtzeitig Muskeln und Stimmbänder stählen.
Natürlich reden sie auch von der Liebe. Davon erst recht. Denn davon verstehen sie am allerwenigsten.
Nur Hans Pfeiffer kommt da nicht recht mit. Er hat sich ja sonst so ziemlich verpennälert; er bebt und zittert, wenn er ein Schul-

buch vergessen hat, und freut sich über eine gute Zensur und giftet sich über eine schlechte. Und behauptet, sich nichts daraus zu machen. Er wird von einem viertel Liter Dünnbier bereits beschwipst; er träumt, sofern überhaupt, von Indianergefechten und blonden Hängezöpfen. Aber wenn seine Kameraden bedeutend den Mund auftun und anfangen, von »Weibern« zu reden – dann kommt er nicht mit.

»Ich sage euch, die Ilse Landsberg hat mir gestern zugeplinkert! Mensch, die hat's hinter den Ohren!«

»Die? Die möchte ich nicht geschenkt. Sieh dir mal der ihre Fesseln an. Das ist doch keine Rasse.«

»Mit wem geht denn jetzt die Inge Rosen? Hat die immer noch ihren Joachim?«

»Der ist schön dumm, daß er hinter ihr herläuft.«

»Man muß die Frauenzimmer nur tüchtig abfallen lassen, dann fressen sie aus der Hand.«

»Überhaupt die ganzen Weiber! Ich heirate nicht vor dem ersten Schlaganfall.«

»Versteht ihr eigentlich, was die alle an der Hella finden? Die mit ihrem Wasserstoffhaar!«

»Verflixt noch mal, ich muß ja noch Chemie machen! Der Schnauz hat sowieso einen Pick auf mich.«

So war man wieder glücklich bei der Schule angelangt.

Übrigens versprach die morgige Chemiestunde lustig zu werden. Sie kamen jetzt zur alkoholischen Gärung, und seit Menschengedenken war es Brauch, daß Professor Crey hierzu eine Probe seines selbstgefertigten Heidelbeerweins mitbrachte, um jeden Schüler einen Schluck kosten zu lassen. Nur einen kleinen Schluck natürlich.

Hans kichert verschmitzt. Er hatte schon lange nichts mehr pekziert. Die Lichtschreiberei war in Vergessenheit geraten. Er befand sich auf dem besten Weg zum Musterknaben. Es war wirklich die höchste Zeit.

Ein Liter Bier ist keine Feuerzangenbowle. Der Plan, den die vier Jungen ausheckten, war demnach auch bescheidener im Format. Und doch war das Johlen, Kreischen und Maulfechten und überhaupt die Vorfreude über die zu erwartenden Genüsse derart heftig, daß dadurch der Zimmernachbar des Dichters, Herr Knoll, angelockt wurde.

Er klopfte, ward eingeladen und fragte, ob er den jungen Herren

etwas Gesellschaft leisten dürfe. Er sei ein großer Freund echten Humors und werde sich eine Ehre daraus machen und so weiter. Pfeiffer kannte den echten Humor des Herrn Knoll und hüstelte warnend. Doch die anderen kapierten nicht so schnell. Und ehe es verhindert werden konnte, hatte der diensteifrige kleine Luck den Gast bereits auf den Diwan komplimentiert.
Ob Herr Knoll auch auf dem Gymnasium gewesen sei, fragte er, nur um etwas zu fragen.
»So seh ich aus! In Quarta habe ich Schluß gemacht. Da hatte ich die Nase pleng. Sind Sie doch mal ehrlich, meine Herren – was nützt Ihnen der ganze Zinnober? Sie lernen Sprachen, die kein Aas mehr spricht. Sie pauken Mathematik und all das Zeug und wissen nicht, was amerikanische Buchführung ist. Und Sie lesen im Schiller und Goethe und wie sie alle heißen, und wenn Sie einen Kurszettel lesen sollen, sind Sie aufgeschmissen. Mit diesem brotlosen Zimt verplempern Sie Ihre schönsten Jahre. Wie ich so alt war wie Sie, da hatte ich schon meine erste Alimentenklage – kennen Sie übrigens die Geschichte mit der Haustür?«
Pennäler nehmen für sich das Recht in Anspruch, auf die Penne zu schimpfen und sie lächerlich zu machen. Aber sie werden wild, wenn ein anderer sich untersteht.
»Mein lieber Herr Knoll«, fuhr Hans Pfeiffer hoch, »Sie haben da merkwürdige Ansichten. Das Gymnasium hat natürlich mit Beruf und Brotarbeit nichts zu tun. In diese Tretmühle kommt man früh genug. Ein Gymnasium ist keine Fortbildungsschule. Wenn es darum geht, schnell ans Verdienen zu kommen, und wer den Menschen nur nach Brieftasche und Bankkonto bewertet, der braucht allerdings kein Gymnasium. Der gehört auch gar nicht dahin. Der wird auch nie begreifen, daß es noch andere Werte gibt, die sich nicht in Mark und Pfennig ausdrücken lassen, geistiges Besitztum, das man nicht kaufen, aber auch nie mehr verlieren kann. Das einen aus dem Dreck des Alltags heraushebt, Erholung für gute Tage, und Trost und Zuflucht, wenn es einem mal dreckig geht. Sehen Sie, dafür gehen wir aufs Gymnasium.«
Seine Kameraden hatten offenen Mundes zugehört. Wie altklug der Pfeiffer manchmal reden konnte! Fast wie Direktor Knauer bei der Entlassungsfeier. – Herr Knoll aber ließ sich nicht abhalten und erzählte die Geschichte mit der Haustür, geriet in sein Fahrwasser, öffnete die Witzkiste.

Hans Pfeiffer wußte Bescheid. Reisende wie dieser Knoll sind bedauernswerte Menschen. Sie sind viel unterwegs, hocken in der Bahn und in den Gasthäusern beieinander, erleben nichts, langweilen sich, wollen sich um jeden Preis unterhalten, rennen in Tingeltangels und Bumslokale, schnappen Witze auf, erzählen die Witze weiter und halten sich schließlich selbst für witzig oder gar humorvoll.

Knoll fand in der Tat auch einen aufmerksamen Zuhörer: Sich selbst. Die vier Pennäler fühlten sich nicht glücklich dabei. Sie lachten pflichtschuldigst oder machten »Au!«, damit sie nicht in den Verdacht gerieten, die Pointe nicht verstanden zu haben. Herr Knoll war selig, nicht unterbrochen zu werden und keine Konkurrenz zu haben. Er fühlte sich. Und so ging es weiter, ohne abzureißen. So oft das Gedächtnis versagte, nahm er ein speckiges Notizbuch zu Hilfe und erzählte, was paradox ist. Oder was der Unterschied ist. – Hans wußte auch einen Unterschied.

»Was ist der Unterschied zwischen einem Nilpferd?«

Das war zu hoch für Herrn Knoll. »Der Unterschied zwischen einem Nilpferd und was?«

»Weiter nichts. Der Unterschied zwischen einem Nilpferd!«

»– –«

»Am Lande läuft es und im Wasser schwimmt es, haha.«

Herr Knoll angelte immer mehr Unterschiede aus seinem Notizbuch. Die Unterschiede standen den vier Primanern wie das Wasser an der Kehle. Sie waren nahe daran, in den Unterschieden zu ertrinken. Hans konnte nicht mehr.

»Verzeihung, Herr Knoll, kennen Sie den Unterschied zwischen einem guten Witz und einem schlechten?«

»Nö.«

»Das merkt man.«

Herr Knoll hielt auch das für einen Witz, lachte pflichtschuldigst und blätterte wiederum in seinem Notizbuch. Da ging Rudi Knebel, der schon lange kochte, in die Offensive. Es war Notwehr.

»Kennen Sie den Unterschied zwischen drinnen und draußen?«

Herr Knoll zog ein blödes Gesicht; dann dämmerte es langsam in ihm. Er erhob sich, klappte die Hacken zusammen, nickte mit dem Kinn eine kurze arrogante Verbeugung und zog Leine.

»Das nennt man Flucht in die stramme Haltung«, konstatierte Hans.

Die Störung war behoben. Aber die Stimmung war zum Teufel. Still tranken sie ihre Bierreste aus, gaben sich noch einmal das Stichwort für das morgige Komplott und tippelten nach Hause.

Die erste Stunde war Turnen. Da die Sonne schien, fand das Turnen auf dem Schulhof statt.

Turnlehrer Schmidt bevorzugte Übungen, die er nicht selbst vorzumachen brauchte. Tauziehen zum Beispiel konnte er nicht vormachen.

Infolgedessen gab es Tauziehen.

Die Jungen strengten sich keineswegs an. Es war beinahe so wie das Singen bei Fridolin. Nur nicht so laut.

Der Zweck der Übung leuchtet ihnen nicht ein. Warum sollten sie an dem Tau Kräfte entwickeln, die sich gegenseitig aufheben? Denn das war eine alte Erfahrung: je stärker die eine Partei zog, desto stärker zog die andere dagegen. Es war eine ausgesprochene Kraftvergeudung.

Turnlehrer Schmidt schimpfte. Aber es half nichts. Schlapp wie eine Wäscheleine baumelte das Tau zwischen den beiden Parteien.

Plötzlich geschieht etwas. Plötzlich fallen die Jungen in das Tau und ziehen, als gelte es ihre Seligkeit. Sie stemmen sich in den Boden, daß der Kies zum Himmel spritzt. Ihre Röcke berühren fast den Boden. Das Seil spannt sich, strammt sich wie eine Violinsaite – und reißt mitten durch.

Wenigstens beinahe.

Was war geschehen?

Turnlehrer Schmidt wußte es nicht.

Er konnte es auch nicht wissen. Er hatte den Rücken dahin gewendet, wo Eva, die blonde Tochter des Direktors, über den Schulhof geschritten war.

Eva.

Am Babenberger Gymnasium wurde wenig Gewicht auf Chemie gelegt. Die alten Griechen, anerkannt humanistisch gebildete Leute, waren gänzlich ohne Chemie ausgekommen. Und überdies war Chemie mit Gestank verknüpft.

Dennoch erfüllte Schnauz seine Pflicht. Von Rechts wegen hatte er nicht nötig, seinen selbstfabrizierten Heidelbeerwein mitzubringen und seine Schüler davon kosten zu lassen. Aber er wollte ihnen zeigen, daß Chemie nicht ohne praktische Bedeutung ist. Auch erhoffte er einen Zuwachs an Autorität, wenn sich die Schüler davon überzeugten, daß er nicht nur prächtig zu unterrichten, sondern auch einen Heidelbeerwein herzustellen imstande sei – einen Heidelbeerwein, der von einem unverschnittenen Burgunder schwer zu unterscheiden sei. Wenigstens nach Ansicht des Herrn Professor Crey.

Inzwischen war der große Augenblick gekommen. Die Primaner marschierten im Gänsemarsch am Katheder vorbei und empfingen ihren Probeschluck. Dann gingen sie in die Bänke zurück.

Aber eine gewisse Unruhe blieb, ein merkwürdiges Raunen und Tuscheln, weit über das übliche Maß hinaus, und nichts Gutes verheißend.

Auch der Schnauz wurde unruhig.

»Pfeiffer, Sie gäben nicht acht. Wederholen Sie: Was verstäht man onter alkoholischer Gärung?«

Pfeiffer erhob sich. Jetzt mußte es losgehen.

»Also die alkoholische Gärung – oder vielmehr die Gärung des Alkohols – sie erzeugt Alkohol – das heißt also, der Alkohol erzeugt Gärung – sogenannte alkoholische Gärung –«

»Pfeiffer, Sie faseln.«

»Der gärende Alkohol fängt an zu faseln – fängt an in faselnde Gärung überzugehen – und so entsteht Heidelbeerfusel – Heidelbeerfasel –«

»Was ist los met Ehnen?«

»Nichts, Herr Professor. Und wenn dann der Heidelbeerfusel beziehungsweise Alkohol – oder vielmehr der Heidelbeerkohl – ich meine: der gärende Altheidelbeerkohl –«

»Est Ehnen nicht wohl? – Oh, dann sätzen Sie sech. Hosemann, fahren Sie fort.«

Und Hosemann mit todernstem Gesicht:

»Man kakakann den Wein mit A-a – – – A-a – – ich kokomme nicht auf das Wort.«

»Seit wann stottern Sä?«

»Ich ststotottere doch gagarnicht. Aaaber mir dreht sich a–a–alles vor den Au–au–augen!«

»Oh, Hosemann, gähen Sä doch mal an die fresche Loft.«

Luck hat den Finger gehoben.

»Ich verstehe das gar nicht. Lock, wollen Sä mal fortfahren?«

Luck steht auf, macht den Mund auf und zu, würgt und bringt keine Silbe über die Lippen.
»Lock, ist Ehnen denn auch öbel?«
»Sehr – –«
Professor Crey ist fassungslos. Er betupft sich mit seinem großen Taschentuch noch häufiger als sonst die Stirn und wird zusehends bleicher.
»Est sonst noch wem öbel?«
Der ganzen Klasse ist öbel. Man sieht es ihnen an. Die einen können nicht mehr gerade stehen, die andern lallen oder stöhnen oder grinsen blöde in die Luft. Die Dilettanten begnügen sich damit, den Kopf vornüber aufs Pult fallen zu lassen.
Rudi Knebel aber liefert ein Meisterstück. Er torkelt auf den Professor zu, fällt ihm um den Hals und johlt: »Der Wein – hupp – ist famos. Mein liebes Schnäuzchen – hupp – den saufen wir dir aus!«
Jetzt ist die Klasse nicht mehr zu halten. Ein fünfzehnstimmiges Plärren und Johlen, Grunzen und Brüllen setzt ein. Und fünfzehn Jungens torkeln und kugeln übereinander und durcheinander, daß man nicht mehr weiß, was oben und unten ist.
Dem Professor läuft es eiskalt über den Rücken. Was war mit dem Heidelbeerwein? Sollte sich infolge wilder Gärung vielleicht Methylalkohol gebildet haben? Oder ein sonstiges Gift? Drohende Formeln kreisen in seinem Hirn, überschlagen sich und zerfallen. In diesen wenigen Minuten büßt er für die spärlichen Sünden seines sechsundvierzigjährigen Lebens.
Hans Pfeiffer konnte es kaum noch mit ansehen und schloß die Augen. Aber da hat sich Professor Crey mit seiner letzten Energie zusammengerappelt und trifft die erforderlichen Anordnungen. Die ganze Klasse soll sich sofort an die frische Luft begeben, so leise und unauffällig wie möglich. Nicht auf den Schulhof, sondern auf die Straße, vielleicht etwas die Ecke herum, und dann sollen sie tief atmen und ganz ruhig bleiben. Oder sich irgendwo eine starke Tasse Kaffee geben lassen. – Zu diesem Behufe erhielt Hans Pfeiffer, der am wenigsten angegriffen schien, ein Fünfmarkstück.
Und mit bewegten Worten bat er seine lieben Primaner, sich recht gut zu erholen und nach der Pause, in der Stunde beim Herrn Direktor, sich nichts anmerken zu lassen.
Die Klasse gelobte es und torkelte davon.

Auf der Straße, um die Ecke herum, wurde zunächst der Betriebsfonds von fünf Mark durch freiwillige Spenden auf elf Mark fünfundsiebzig vergrößert. Diese Summe reichte aus, um einen zwar etwas eiligen, aber intensiven Frühschoppen zu veranstalten. Und es ist gar nicht ausgeschlossen, daß bei einigen der Mitwirkenden der gefälschte Schwips bis zu einem gewissen Grade durch einen echten ersetzt wurde.

Als nach der Pause Direktor Knauer in die Oberprima einmarschierte, umfing ihn Totenstille. Eine Weile dachte er, er habe sich verlaufen. Vor seinen Augen entrollte sich ein Bild menschlichen Jammers. Da hingen seine stämmigen Primaner wie die Mehlsäcke zwischen den Bänken. Einige schienen zu schlafen, andere glotzten ihn stumpfsinnig an oder grinsten läppisch vor sich hin. Und keiner war aufgestanden. Keiner rührte sich.

Knauer vergegenwärtigte sich mit Schrecken, daß in Indien durchschnittlich 315 490 Menschen an Cholera, 228 023 an Pest und rund fünf Millionen an Malaria, Influenza und Typhus hinweggerafft werden.

»Husemann, was ist los?«

»Tralala.«

»Um Himmels willen – habt ihr was Schlechtes gegessen?«

»Dideldum.«

»Im Gegenteil.«

»Wir haben was Gutes getrunken, Herr Direktor. Hali und Hallo!«

»Jawohl, Herr Direktor, wir haben was – wir haben was – wir haben was getru–unken!«

»Was habt ihr getrunken?«

»Als gute Deutsche haben wir – hupp – guten deutschen Wein – hupp – getrunken.«

»Herr Direktor, darf ich mal raus?«

»Meinetwegen. – Aber trotzdem will ich wissen, wer euch den Wein gegeben hat.«

»Herr Direktor, darf ich mal raus?«

»Jawohl – also wer euch den Wein gegeben hat?«

»Den haben wir bei Professor Crey trinken müssen. Oh, mir ist so schlecht. Darf ich raus?«

Allen war so schlecht. Alle wollten raus.

Ackermann, der mit den vielen Ehrenämtern, muß Herrn Professor Crey holen.

Crey saß im Konferenzzimmer und korrigierte Hefte. Oder tat wenigstens so. In Wirklichkeit schwitzte er Blut.
Er bringt die Literflasche mit Heidelbeerwein mit und beteuert in einem fort: »Jeder nor einen wenzigen Schlock.« Und ob der Herr Direktor nicht einmal versuchen wolle? – Der Herr Direktor wehrt mit beiden Händen und wendet sich zur Klasse. »Ihr geht sofort nach Hause und legt euch zu Bett. Es wird wohl nicht so schlimm werden. Soweit erforderlich, laßt ihr den Arzt kommen; die Rechnungen könnt ihr an die Schule schicken.«
Jetzt war es erreicht. Leise und hastig schlichen die Bengels zur Tür hinaus, mit einem unheimlichen Gefühl im Nacken. Erst auf der Straße, in respektvoller Entfernung von der Lehranstalt, ließ man das Jubelgeheul vom Stapel.
In ihrer Begeisterung merkten sie nicht einmal, daß Hans Pfeiffer kehrtgemacht und sich wieder hinaufgeschlichen hatte. Oben stand er vor der Klassentür und belauschte das Duett zwischen dem Direktor und Schnauz. Keineswegs aus Schadenfreude oder aus literarischen Beweggründen. Danach war ihm gar nicht zumute. Nein, das Gewissen klopfte ihm. Und es tat recht daran. Hans Pfeiffer konnte nicht alles verstehen. Er hörte nur, daß die Stimme von Professor Crey immer kleiner und die des Direktors immer mächtiger wurde.
»Herr Kollege, Sie haben meine Oberprima vergiftet.«
»Ich wollte nur die alkoholische Gärung –«
»Meine schöne Oberprima vergiftet!«
»Jäder nor einen wenzigen Schlock!«
»Jawohl, vergiftet sage ich. – Zunächst erwarte ich Ihren schriftlichen Bericht, Herr Kollege. Das Weitere wird sich –«
Da ist Hans Pfeiffer im Zimmer. Ihm ist jetzt wirklich primanerhaft zumute. Primanerhaft bis auf die Knochen. Er braucht nicht mehr zu schauspielern. Er hat unendliches Mitleid mit dem armen Schnauz und ist fast dem Heulen nahe.
»Pfeiffer, was suchen Sie hier?«
»Ich wollte um Verzeihung bitten.«
»Wieso um Verzeihung?«
»Ja, da sind auch die fünf Mark wieder.«
»Welche fünf Mark?«
»Können Sie mir herausgeben?«
Der Direktor fixierte ihn entgeistert. »Sehen Sie, Herr Kollege, er redet irre.«

»Ich rede gar nicht irre. Aber das haben wir doch alles nur so gemacht. Wegen der griechischen Klassenarbeit um elf. Und es soll auch ganz bestimmt nicht wieder vorkommen.«
Es dauerte eine geraume Weile, bis die beiden Herren begriffen hatten. Und danach dauerte es eine geraume Weile, bis sie begriffen, daß sie begriffen hatten. Und da schauten sie sich hilflos an. Das war noch nicht dagewesen. Das war nicht im Lehrplan vorgesehen. Und darum überlegten sie, wie sie sich als Pädagogen jetzt zu benehmen hätten. Ob man den Verbrecher mit dem ganzen Vokabularium des höchsten pädagogischen Zornes anhauchen oder ihn mit grenzenloser Verachtung strafen sollte. Oder wie sonst die außergewöhnliche Mißbilligung angemessen zum Ausdruck zu bringen sei. Infolgedessen geschah zunächst nichts.
Schließlich fand Direktor Knauer – dafür war er Direktor – das erlösende Wort:
»Pfeiffer, holen Sie sofort die Klasse zurück.«
Aber die war längst über alle Berge.

Es ist dafür gesorgt, daß die Bäume nicht in den Himmel wachsen.
Am Nachmittag bekam Hans einen Brief von Marion. Er wußte schon, was darin stand. Es war immer dasselbe. In ihrer kühlen, nüchternen Art setzte sie ihm auseinander, daß es jetzt genug sei und daß er schließlich noch etwas anderes zu tun habe, als sich als Primaner auf einem Kleinstadtgymnasium herumzuflegeln.
Der Brief war diesmal ungewöhnlich dick. Hans fand nicht den Mut, ihn zu öffnen. Er steckte ihn ungelesen in die Brusttasche, wie man es mit Rechtsanwaltsschreiben oder Lieferantenbriefen zu tun pflegt.
Außerdem hatte er keine Lust, sich seine Heidelbeerlaune verderben zu lassen. Gerade heute, wo er der Held des Tages war. Bildete er sich ein.
Am Nachmittag, als man sich zum Baden am Fluß traf, wollte er seinen Triumph einkassieren. Man empfing ihn mit eisiger Kälte. Die Situation war ganz einfach; daß er der Erfinder der Idee war, hatte man vergessen. Ideen werden ohnehin nur selten bewertet. Aber was man nicht vergessen hatte, war, daß er zu guter Letzt schlappgemacht und die Klasse verpetzt hatte.

Hans versuchte, ihnen die moralische Notwendigkeit auseinanderzusetzen. Sie hörten ihn nicht einmal an. Sogar Rudi Knebel schien von ihm abzurücken. Und Ernst Husemann brummelte etwas Unfreundliches.
Um so mehr schloß sich Luck an Hans Pfeiffer an. Als sie zusammen im heißen Sand lagen und sich von der Sonne bräunen ließen, bekam der kleine Luck Mut und erzählte ihm von seiner großen Liebe zu Lotte v. Halbach. Halbach war der Landrat.
»Die ist doch mindestens zwei Köpfe größer als du.«
»Große Frauen habe ich gern.«
»Ist sie denn einigermaßen nett zu dir?«
»Nett? Wie denn nett?«
»Ich meine, ob sie sich was aus dir macht.«
»Das weiß ich doch nicht.«
»Siehst du sie oft?«
»Natürlich, jeden Tag.«
»Donnerwetter!«
»Jeden Tag, wenn sie aus der Schule kommt. Gestern bin ich ganz dicht an ihr vorbeigelaufen.«
»Vorbeigelaufen?«
»Ich glaube, sie hat mich nicht bemerkt.«
»Ja, sprichst du denn nicht mit ihr?«
»Du bist wohl wahnsinnig.«
Hans überlegte, ob er dem kleinen Luck diese hoffnungslose Sache ausreden sollte. Er ließ es bleiben. Er wußte, daß unglückliche Liebe glücklicher macht als glückliche.
»Du – Hans!«
»Ja?«
»Hans, ich glaube, die Frauen machen sich nichts aus mir.«
»Wie kommst du darauf?«
»Ich meine bloß so. Und sieh mal, in der Klasse kann mich auch keiner richtig leiden.«
»Und ich?«
»Vielleicht außer dir. Und ich tue ihnen doch nichts. Ich bin nett zu allen, mache jeden Fez mit und petze nie. Wie kommt das eigentlich?«
Hans wußte es erschreckend genau. Aber sagte nur: »Ich weiß es nicht.«
»Ich glaube, sie halten mich für feige.«
»Möglich. Du siehst ja auch nicht gerade sehr gewalttätig aus.«

»Das ist ja Blech. Mut hat man im Kopf und nicht im Bizeps. Wer als Herkules herumläuft, hat es leicht, mutig zu sein. Aber weißt du, Hans, ich möchte denen doch mal gelegentlich zeigen, was Courage ist. Die sollen sich wundern. Ich möchte mal was anstellen. Aber was ganz Tolles. Weißt du, wo deine Heidelbeersache gar nichts gegen ist. So etwas, wo die ganze Stadt von redet.«

»Mach keine Dummheiten, Luck. Überlasse anderen die Mannestaten. Dir steht das nicht.«

Als der kleine Luck, allmählich etwas kalt und blau geworden, in seine Kleider schlüpfte, verzog er schmerzlich das Gesicht. Hans Pfeiffer kam ihm zu Hilfe. Man hatte dem Luck Hose und Hemd mit Stecknadeln gespickt. Es dauerte erst eine ganze Weile, bis man sie alle herausgezogen hatte. Und dann waren es doch nicht alle.

Auf dem Nachhauseweg kam Hans Pfeiffer wieder ins Philosophieren.

»Du mußt dir darüber klarwerden, Luck: Der Mensch ist von Natur aus roh und ohne Mitleid. Genau wie die Natur selbst. Auch die Kinder sind es noch. Sie quälen Tiere, rupfen den Fliegen die Beinchen aus, schneiden Regenwürmer in Scheiben und denken sich nichts Böses. Mitleid ist Kulturerzeugnis und wird anerzogen.«

»Aber Primaner sind doch keine Kinder.«

»Darüber läßt sich streiten. Frag mal unsere Lehrer. Übrigens der einzelne tut dir ja auch nichts. Aber immer da, wo sich Massen bilden, wo der Mensch zur Menge wird, regen sich tiefe Instinkte. Denk an Volksversammlungen, an Revolutionen, an Lynchjustiz. Abgesehen davon hat aber auch jeder einzelne das Bedürfnis, seine Bosheit irgendwo auszulassen oder wenigstens seine schlechte Laune. Viele halten sich einen Hund. Wie sich früher die Fürsten einen Hofnarren hielten. Nach dem Gesetz des geringsten Widerstandes nimmt man sich dazu einen möglichst Schwachen. Und du hast nun mal das Pech, in der Klasse der Schwächste zu sein.«

»Aber nicht mit dem Kopf, bitte sehr.«

»Um so schlimmer für dich. Das können sie schon gar nicht ertragen, daß ein Schwacher sich erdreistet, klug zu sein. Sie werden dem Schwachen immer beweisen, daß ihm seine Klugheit nichts nutzt. Aber nun kommt das Scheußliche, mein guter Junge:

Wenn das Piesacken mal angefangen hat, dann wird es Mode. Dann tut jeder mit, ohne zu wissen, wieso und warum. Das ist im öffentlichen Leben genau so wie im kleinen und privaten.«
»Hans, jetzt tue ich es gerade.«
»Was?«
»Das weiß ich noch nicht. Ich werde schon was finden.«

Am nächsten Tag meldete sich Hans beim Kastellan des Gymnasiums, um seinen Karzer abzusitzen.
Hans strahlte vor Glück. Er hielt Karzer für den Inbegriff aller Schülerromantik und war sichtlich stolz darauf, in den kurzen Wochen seiner Anwesenheit einen solch offenkundigen Erfolg errungen zu haben.
Der Kastellan führte ihn ins Erdgeschoß eines Seitenflügels. Er hieß Kliemke und war ein muffiger Patron. Er hielt sich selbst für die wichtigste Person der Schule, jedenfalls wichtiger als die Lehrer. Denn Lehrer gab es viele an der Schule. Ihn aber gab es nur einmal. Außerdem konnte er tischlern und tapezieren.
Vor der Karzertür griff Hans in die Tasche.
»Hier sind zwei Mark. Besorgen Sie mir ein paar Flaschen Bier.«
»Alkoholische Getränke sind verboten. – Haben Sie was zu rauchen?«
»Gott sei Dank«, erwiderte Hans und schwang sein gefülltes Zigarettenetui.
»Rauchen ist auch verboten.«
Und schon war das Etui konfisziert.
Karack, machte der rostige Schlüssel, und dann war Hans Pfeiffer eingesperrt. Wunderbar. Jetzt hatte er drei Stunden Zeit, sich mit seiner Zelle vertraut zu machen.
Das Karzerlokal war nichts anderes als eine leere Rumpelkammer von unsagbarer Öde und Traurigkeit. Vier lieblos gekalkte Wände. Von den berühmten Karzer-Inschriften, die Hans zu psychologischen und folkloristischen Studien zu verwenden gedachte, fand sich keine Spur. Das einzige Möbelstück war eine kleine Holzbank.
Hans zog Notizbuch und Bleistift und schickte sich an, ein grimmiges Feuilleton zu schreiben über verlogene Romantik. Nach den ersten drei Worten brach ihm vor Grimm die Spitze des Bleistiftes. Ein Taschenmesser hatte er nicht bei sich. Darum dachte

er sich ein Gedicht aus, in welchem er den Wert eines Taschenmessers besang. Er wollte sich das Gedicht aufnotieren. Zum abgebrochenen Bleistift aber fehlte immer noch das Taschenmesser. Der Kastellan würde ihm einen Bleistift besorgen. Das war sicher nicht gegen die Schulordnung. Hans suchte rechts und links, oben und unten, aber er fand keine Klingel. Bedienung war nicht vorgesehen.

»Schweinerei!« sagte Hans laut vor sich hin. Dann setzte er sich auf die kleine Bank, stützte den Ellbogen auf die Knie und den Kopf auf die Handfläche. Er versuchte zu schlafen. So wie man es in der Klasse macht. Aber es wurde nichts. Es fehlte das wohltuende Geräusch des dozierenden Lehrers.

Das soll nun ein Karzer sein! Ein Mumpitz war es, ein aufgelegter Betrug.

Er versuchte wenigstens zu dösen. Dabei kam er ins Nachdenken über sich und die Welt und ging in sich.

Der Karzer erfüllte seinen Zweck.

Hans zog Bilanz. Die Sache mit dem Heidelbeerwein war ihm auf die Butterseite gefallen. Der Vorsagespiegel war vergessen; ein anderer konnte ihn neu erfinden. Das Ding mit dem verschwundenen Schuh war anonym geblieben. Das einzige, womit er immer noch imponierte, war sein Jiu-Jitsu-Griff. So ist die Welt, dachte er. Bizeps schlägt Großhirnrinde 10 : 1!

Er hatte es satt. Den Schulbetrieb kannte er. Frau Windscheid fiel ihm langsam auf die Nerven. Auch sonst war nichts los. Demnächst war Sommerfest des Ruder- und Schwimmvereins. Die Honoratioren werden vollständig erscheinen. Die Honoratioren haben Töchter. Vielleicht auch hübsche Töchter. Aber nicht für ihn, den kleinen Primaner. Auch nicht für ihn, den verwöhnten Schriftsteller. Und erst recht nicht für ihn, den ausgekniffenen Bräutigam.

Wie er nun da hockte und mangels Besserem ein reiches Innenleben führte, vernahm er Wispern und Kichern draußen auf dem Gang.

Einen Menschen, der Langeweile hat, ist jedes Geräusch willkommen. Hans spitzte unauffällig die Ohren.

Das waren weibliche Stimmen da draußen. Helle weibliche Stimmen. Putzfrauen? Bewahre. Das waren keine Putzfrauen. Das war eine Oktave höher.

»Wollt ihr mal einen richtigen Karzer sehen?«

»Ist er auch vergittert?«
»Wenn wir Glück haben, sitzt einer drin.«
»Richtig bei Wasser und Brot? Huh!«
Das Gekicher kam näher und machte vor der Tür halt. Hans fühlt, daß er beobachtet wird. Er dreht sich um und bemerkt ein kleines Guckloch, und darin abwechselnd ein braunes Auge, ein blaues und eins von ungewisser Farbe. Hans nimmt ein Stück Papier und klebt es mit Spucke über das Guckloch. Es wird von außen weggestoßen. Die Augen sind wieder da; abwechselnd ein blaues, ein braunes und ein ungewisses. Zwischendurch das Wispern und Kichern.
Augen, die durch eine Larve schauen, sind gespenstisch. Aber Augen, die einen Menschen durchs Guckloch anstarren, können Raserei bewirken. Hans zwang sich zur Ruhe. Wie ein gefangenes Tier, dachte er. Wie ein Schimpanse, der sich im Käfig begaffen lassen muß.
Entschlossen macht er auf seiner Bank kehrt und zeigt dem Guckloch seine Hinterfront.
Die Mädels ließen nicht locker. Nun gerade nicht.
»Sie! Sind Sie das mit dem Heidelbeerwein?«
»Sie – das haben Sie fein gemacht.«
»Sie! Sie haben wohl rechte Langeweile?«
»Wollen Sie nicht ein bißchen mit uns spazierengehen?«
»Laß ihn doch. Der hat heute keine Zeit.«
Das Bewußtsein, zwischen sich und dem angeredeten Jüngling eine fest verschlossene Pforte zu haben, machte die Mädchen kühn.
Hans war sich nicht im klaren, ob er als Schriftsteller oder als Oberprimaner zu reagieren habe. »Alberne Gänse!« schnob er. Es war ihm nichts Besseres eingefallen. Doch schien es geholfen zu haben. Denn draußen war nichts mehr zu hören.
Das war natürlich Komödie von den Mädchen. Sie wollten ihn durch Ungewißheit narren. Und richtig, nach zwei Minuten ertönte es wiederum.
»Sie!«
Hans hatte den Humor verloren. Einen Wehrlosen aufzuziehen, das war schon was Rechtes. Der Fall Luck fiel ihm ein.
»Sie – wollen Sie vielleicht eine Zigarette?«
Und schon erschien eine im Guckloch. Hans sprang auf und grapschte danach. Aber weg war sie.

»Sie dürfen ja gar nicht rauchen. Das ist verboten im Karzer. Aber wir können Ihnen was vorrauchen.«

Hans zermarterte sein Gehirn. Was mögen das für Mädchen sein? Während er überlegte, erschien ein Mund im Guckloch, und gespitzte Lippen bliesen eine dicke Wolke in den Raum. Dann ein anderer Mund, der dasselbe tat. Dann ein dritter. Immer abwechselnd, mit gespitzten Lippen Rauch blasend. Ein herzförmiger, ein kirschförmiger und ein kußförmiger.

Der kleine Raum war schnell mit Rauch erfüllt.

»Eva, jetzt müßte dein Vater kommen«, jubelte es draußen.

»Dann kriegt er nochmal Karzer, weil er geraucht hat.«

Aus dem Direktor machte sich Hans herzlich wenig. Aber diese Lippenparade ging allmählich über seine Kraft.

»Meine Damen, ich warne Sie!«

Die Damen ließen sich nicht warnen. Sie spitzten ihren Mund noch spitzer und bliesen noch emsiger. Ein kirschförmiger, ein herzförmiger und ein kußförmiger.

Jetzt hat es geschnappt, denkt Hans, kauert sich unhörbar an der Karzertür nieder und wartet. Zum Sprung geduckt wie ein Panther. Und im selben Augenblick, wo wieder eins der Mädel den Mund durchs Guckloch steckt, hat Hans von innen das gleiche getan – und fühlt zwei Lippen auf den seinen.

Herz, Kirsche oder Kuß?

Am Abend dieses denkwürdigen Tages schrieb Hans folgenden Brief:

> Liebste Marion, ich danke Dir für Deine Briefe. Aber ich kann jetzt unter keinen Umständen zurückkommen. Hier ist es herrlich. Ich habe auch noch viel zu lernen. Frau Windscheid gefällt mir immer besser, und es ist auch sehr viel los hier. Heute habe ich den Sohn unseres Direktors kennengelernt. Ein reizender Kerl, furchtbar lieb und drollig. Wir werden uns vielleicht häufiger treffen.
>
> In Treue
>
> Dein Hans.

Bei dem Wort »Treue« streikte die Feder. Aber es half ihr nichts.

Mit Hans Pfeiffer ging eine seltsame Veränderung vor. Er wurde eitel.

Seine Jünglingsanzüge von der Stange waren ihm auf einmal

nicht mehr gut genug. Er ließ in Babenberg neue Anzüge machen; sie wurden nicht so wie von seinem Berliner Maßschneider, aber immerhin menschenwürdig, und waren auch in den Ärmeln nicht zu kurz. Er kaufte sich eine neue Schülermütze, eine in Luxusausführung, und verwandte geraume Zeit darauf, in den Mützenrand die Kniffe zu bringen, die gerade in Mode waren. Er trug auch wieder seine alte Schildpattbrille, rasierte sich zweimal am Tage, eine selbst für einen Pennäler ungewöhnliche Maßnahme, und stand stundenlang vor dem Spiegel, um mit harter Bürste und viel Pomade sein kurzgeschnittenes störrisches Haar nach hinten zu legen. Er kaufte sich sogar einen unternehmungslustigen Spazierstock, ein Bambusrohr mit einem Silberring. Mit einem Wort, er wurde ein Dandy unter den Primanern. Der lange Rosen verblaßte neben ihm.

Dem mütterlichen Auge der Frau Windscheid blieb diese Wandlung nicht verborgen. Sie war keineswegs erbaut davon. »Das hat man nicht gern, wenn die Kinder plötzlich eitel werden. Der meine fing auch so an.«

Seine Klassengenossen staunten und stießen sich heimlich in die Seite. »Aha«, tuschelten sie, »er nimmt langsam Schliff bei uns an.«

Auch sonst zeigte er allerhand Anzeichen beginnender Kultur. Vor allen Dingen wurde er faul.

Einmal widerfuhr es ihm, daß er sich gut vorbereitet hatte. Und nicht dran kam. Darüber ärgerte er sich gewaltig und beschloß, dafür zu sorgen, daß ihm das nicht noch einmal passierte. Ein anderes Mal hatte er infolge eines katastrophalen Versehens eine erst für Mittwoch fällige Übersetzung schon für Dienstag angefertigt. Als er das merkte, bekam er einen Wutanfall und zerriß die Arbeit in kleine Stücke.

Er entwickelte allmählich ein ausgeklügeltes System der Faulheit. Hausarbeiten wurden grundsätzlich in den Schulstunden hinter dem deckenden Rücken des Vordermannes erledigt, im Notfall auch während der Pause an einem Ort, wo die Luft rein war. Wenn dann aus irgendeinem Grund einmal eine spätere Stunde vorverlegt wurde, kam er trotzdem nicht in Verlegenheit; dann nahm er seinen Farbkasten und beschmierte sich das Gesicht grauenvoll mit Zinnober und ließ sich wegen Nasenblutens nach Hause schicken. Klassenarbeiten schrieb er vom kleinen Luck ab und bekam häufig eine bessere Note als Luck selbst, worüber er

sich aber keineswegs wunderte. Als Schriftsteller war ihm längst bekannt, daß ein Plagiat oft mehr einbringt als das Original.
Sein Ansehen in der Klasse stieg gewaltig. Er war nicht mehr der Neue; er gehörte jetzt zu ihnen.
Die kollektive Hausarbeit trat in den Hintergrund. Wenn seine Mitarbeiter zu ihm kamen, war er meist schon ausgeflogen oder stand gerade im Begriff und war nicht zu halten.
»Wo willst du hin? Sollen wir zusammen gehen?«
»Nö, laßt nur –«
»Ach sooo! – Dann viel Vergnügen.«

Wie schon erwähnt, führte Direktor Knauer ein vorbildliches Familienleben. Dies vor allem am Sonntagnachmittag, wenn er mit Gattin und Tochter ins Grüne pilgerte.
Mitunter schloß Professor Crey sich an. Einerseits, weil er als verdienstvoller Lehrer das nächste Anrecht auf diese Auszeichnung hatte, sodann und hauptsächlich aber, weil Frau Direktor Knauer es für richtig hielt.
Professor Crey war sich dieser Auszeichnung durchaus bewußt. Den Ernst der Angelegenheit betonte er durch einen feierlichen Bratenrock und weiße Gamaschen, die gehobene Stimmung durch ein keckes Filzhütchen mit übermütig aufgebogenem Rand, seine Naturliebe jedoch durch eine angesteckte Nelke, deren Stiel hinter dem Knopfloch in einem wassergefüllten Reagenzglas stak. Diese Vorrichtung hatte er selbst ersonnen, und er war stolz darauf, daß sie mehrfach nachgeahmt wurde.
Auch Eva wurde dementsprechend hergerichtet. Ihre lustigen Zöpfe verschwanden unter dem Hut. Die Handtasche hatte ein ansehnliches Format. Auch ein Schirm durfte nicht fehlen. So sah sie aus wie der leibhaftige Sonntagnachmittag.
Crey und Direktor Knauer stiegen voran und fachsimpelten. Oft geriet das Gespräch auf Hans Pfeiffer, und dann kamen sie unwillkürlich in ein solches Marschtempo, daß der Frau Direktor die Puste ausblieb. Darum hegte sie auf logischen Umwegen gegen besagten Primaner einen geheimen Groll.
Es ging die alte Stadtmauer entlang, am Hexentor vorüber. Hier war der alte Teil der Stadt. Merkwürdige Häuschen, krumm und wie von der Gicht verzogen, waren wie Schwalbennester an die Reste der Stadtmauer angeklebt. Andere standen frei und selbst-

bewußt und hatten lange Giebeldächer, die seitwärts verlängert waren und bis in Greifhöhe reichten. Die Leute hatten sich in Anbetracht des Sonntags die Stühle herausgeholt und saßen hemdärmelig auf der Straße.
Dann den Leinpfad am Fluß entlang. Hier treidelten einst Pferde die Lastkähne stromaufwärts. Jetzt war es eine Promenade für festlich angezogene Bürger.
Der Fluß war nicht sonderlich belebt. Lange Schleppkähne lungerten verlassen am Ufer oder waren in Anbetracht des Sonntags vor Anker gegangen. Rund zehntausend Zentner faßt so ein Fahrzeug, stromabwärts Kohlen, Eisen, Getreide und Kalk befördernd, stromauf Petroleum, Heringe, Fette und Düngemittel. Die kleinen Schifferkajüten am Heck sind grün und weiß gestrichen. Auf den Wäscheleinen flattern vergnügt Bettücher und Kinderhöschen. Der Schiffer sitzt in der Sonne und raucht; die Frau schält Kartoffeln in abenteuerlichen Mengen. Das Kleine spielt und ist an einem langen Strick angeseilt, damit es nicht über Bord geraten kann. Es sieht spaßig aus, ist aber praktisch. Direktor Knauer hat kein Auge dafür. Vor allen Dingen aber keine Zeit. Denn er muß fortwährend den Hut ziehen. Ein jeder kennt ihn, und ein jeder freut sich, den angesehenen freundlichen Mann grüßen zu dürfen. Sein Hut steht nicht still.
Eva war nicht wie sonst. Sie fühlte sich bedrückt durch den Sonntagshut, die Sonntagsfrisur, das Sonntagskleid und die Sonntagshandtasche. Vor allen Dingen aber war es nicht nach ihrem Geschmack, in dieser Aufmachung den Babenbergern im allgemeinen und dem Professor Crey im besonderen vorgeführt zu werden. Aber Mama Knauer hielt es für richtig.
»Eva«, sagte sie, »du mußt dich mal ein bißchen um den Herrn Professor kümmern. Dazu ist er ja schließlich mitgekommen.« Dann hakte sie ihren Mann ein. »Ernst, laß mal die Kinder vorgehen.«
Die Kolonne wurde umgeformt. Die »Kinder« gingen voran, Herr und Frau Knauer in wohlgemessenem Abstand hinterdrein.
Professor Crey schwimmt in Wonne. Er ist galant und trägt beiden Damen die Mäntel, die Schirme und die Handtaschen. Er würde alles tragen. Er schwitzt wie ein Lastesel und weiß es nicht. Eva ist nett zu ihm und bemüht sich, ein Gespräch in Gang zu bringen.
»Wie alt sind Sie eigentlich, Herr Professor?«

»Der Onterschied zwischen ons ist nicht groß. Die Hauptsache ist, man föhlt ein junges Herz und nimmt rägen Anteil an den Vergnögungen der Jugend.«
»Dann kommen Sie auch sicher zum Sommerfest vom Sport- und Schwimmverein?«
»Em allgemeinen pfläge ich solche Vergnögungen necht zo besochen. Aber wenn Sä hinkommen, darf ech bestemmt necht fählen.«
Eva biegt das Gespräch ab und plaudert von ihren Schwimmkünsten und von dem Paddelboot, das sie sich schon seit zwei Jahren vergeblich wünscht.
In einer Sommerwirtschaft wird Kaffee getrunken. Eva muß das Hausmütterchen machen, den Kaffee einschenken und die Butterbrote auspacken. Inzwischen geraten die beiden Herren wieder ins Fachsimpeln. Eva bekommt von der Frau Mama einen leisen Stoß in die Rippen. »Kind, du wolltest dich doch mit dem Herrn Professor beschäftigen!«
Eva nimmt einszweidrei den steifbeinigen Mann bei der Hand und zerrt ihn hinter sich her: »Professor, kommen Sie mit!«
Schnauz erwartet freudebang eine kleine Promenade, bei der man sich vielleicht etwas aussprechen kann. Statt dessen wird er von Eva zum Kinderspielplatz gelockt und soll mit ihr auf die Wippe. Kaum hat er das Schaukelinstrument erblickt, als es ihn drängt, einen physikalischen Vortrag zu halten über den gleicharmigen Häbel. Aber das nützt ihm nichts. Unerbittlich zwingt ihn Eva hinauf.
Nachdem er sich scheu im Kreise umgeblickt hat, ob nicht einer seiner Schöler in der Nähe ist und ihn bei Ausöbung dieser immerhin onwördigen Belostigung zu beobachten vermag, legt er sein überlebensgroßes Taschentuch auf den Sitz und kraxelt behutsam auf die Wippe. Wie eine Katze springt Eva auf das andere Ende. Schnauz wendet verschämt den Blick beiseite und denkt: Mädchen sollten sech necht rettlings auf eine Schaukel sätzen. Zo meiner Zeit wäre das necht möglich gewäsen. Er guckt aber trotzdem. Eva hat die Wippe in Bewegung gebracht. Auf – ab. Auf – ab. Auf – ab. Crey klammert sich mit Armen und Beinen an dem Balken fest und sieht aus wie ein Sonntagsreiter auf galoppierendem Gaul. Und macht dem Mädchen verzweifelte Zeichen, mit dem Wippen aufzuhören.
Das hatte seinen besonderen Grund. Hans Pfeiffer, sein Lieb-

lingsschöler, ist aufgetaucht. Ob es reiner Zufall war, daß Hans in dieser Gegend herumstrich, soll nicht untersucht werden. Es genügt die Tatsache, daß er seinen Ordinarius bei einer höchst kindlichen Beschäftigung und in heftigster Bewegung vorfand. Wäre Hans ein taktvoller Mensch gewesen, hätte er weggeguckt oder nach Hasenart einen Haken geschlagen. Aber er war kein taktvoller Mensch, sondern trudelte dicht an der Wippe vorbei und grüßte zweimal. Das erstemal leise und andächtig zu Eva hinüber. Das zweitemal, indem er die Mütze mit ironisch übertriebener Ehrerbietung bis zum Boden riß.

Es ist möglich, daß Eva ein bißchen errötete.

Es ist aber sicher, daß Schnauz bleicher wurde als zuvor.

Eva ließ sich nichts merken, sondern wippte jetzt drauf los: wie wild. Auf – ab. Auf – ab. Auf – ab.

Als Schnauz endlich begnadigt wurde, war er ein gebrochener Mann. Und das Reagenzglas war ein gebrochenes Glas.

Eva geleitete ihn zum Tisch zurück.

»Aber Evchen, was hast du mit dem Herrn Professor gemacht?«

»Ich habe mich mit ihm beschäftigt, Mama. Es war himmlisch!«

Professor Crey schwieg. Er sagte überhaupt nicht mehr viel an diesem Nachmittag. Aber er dachte sich sein Teil: Wenn sä erst mal verheiratet est und fönf Kinder hat, weppt sä necht mehr.

Auch beim Denken hatte er diese Aussprache.

Am nächsten Morgen konnte Pfeiffer den ersten Koalitionskrieg nicht. Er bekam eine »vier bis fünf« und die übliche Ansprache. Schnauz war ohnehin schlechter Laune. Er hatte sich vorher gerade in der Untertertia geärgert. Als er dort eingetreten war, hatte an der Tafel in monumentaler Größe das Wort »Schnauz« gestanden. Darauf hatte er mitleidig den Kopf geschüttelt und den Primus gefragt: »Schohmacher, was bedeutet däse Schrift?«

»Das wissen wir nicht.«

»Wär est das gewäsen?«

»Das hat schon hier gestanden.«

»Warom worde das necht abgewescht?«

»Wir wußten doch nicht, ob das vielleicht wichtig ist.«

Jetzt mußte Pfeiffer unter der schlechten Laune leiden. Der Schnauz tat etwas, was er sonst nie zu tun pflegte, er wurde persönlich.

»Pfeiffer, Sä werden emmer dömmer.«
Die Klasse feixt.
»Pfeiffer, Sä gähen zu viel spazieren.«
»Das vielleicht weniger, Herr Professor. Aber ich konnte gestern nicht arbeiten, ich hatte zu viel geschaukelt. Hier ist die Bescheinigung von meiner Wirtin.«
Schaukeln als Entschuldigung war immerhin neu. Sogar für die Oberprima in Babenberg. Die Klasse hielt den Atem an. Es kam aber nichts. Nicht einmal das obligate »Sä send albern«. Professor Crey begab sich aufs Katheder und sagte eine Weile nichts. Er war offensichtlich nicht in Form. Dann ließ er die Hefte aufschlagen und eine Stilübung über den ersten Koalitionskrieg schreiben. – Ein dumpfer Seufzer ging durch die Klasse. Diese Art der Beschäftigung ist für den Schüler weniger angenehm als für den Lehrer.
Aber dann geschah etwas, was man bei dem vorsichtigen Professor Crey sonst nicht gewohnt war: Er zog eine großmächtige Zeitung aus der Tasche, verkroch sich dahinter und ließ seine Jungens schreiben.
Das wurde weidlich ausgenutzt. Die Klasse wurde eine Arbeitsgemeinschaft. Hefte und Zettel kursierten durch die Bänke. Der kleine Luck entwarf die Arbeit dreimal. Eine für Rudi Knebel, eine für Hans Pfeiffer, und schließlich auch eine für sich selbst; aber mit dieser kam er nicht mehr ganz zu Ende.
Am Schluß der Stunde faltete Professor Crey seine Zeitung zusammen und diktierte:
»Ackermann, schreiben Sä ins Klassenbooch: Eine Stonde Arrest für Hosemann, Schrader, Stopp, Möhlbach, Aeverhardt, Gugenheim und Mählworm wägen Abschreibens, Knäbel wägen Schneidens alberner Grimassen, Pfeiffer wägen Läsens eines Bräfes.«
Es war ganz einfach: Er hatte ein kleines Loch in die Tägliche Rundschau gepiekt. Bömmel hatte ihm den Trick verraten. Eigens um ihn auszuprobieren, hatte Schnauz die Stilübung schreiben lassen.
Pfeiffer wurde separat vorgenommen:
»Wo est der Bräf?«
Hans weigert sich und stottert etwas von Briefgeheimnis. Aber ehe er sich's versieht, hat der Schnauz mit geschwinder Hand in die Brusttasche des Schölers gegriffen und ein kleines hellblaues Etwas hervorgezogen.

»Vom wäm est dieser Bräf?«
»Der ist privat.«
Schnauz beginnt zu lesen. »Wär est großes E Ponkt?«
»Das hat mit der Schule nichts zu tun.«
»Wär est großes E Ponkt??«
»Das geht Sie nichts an!«
Nun war es aus. Pfeiffer muß mit zum Direktor.
Hans trottet wie ein begossener Pudel hinter Schnauz her und zermartert sein Primanergehirn. Es muß doch einen Ausweg geben. Er hat noch dreißig Sekunden. Wenn er zum Beispiel sagte – – oder noch besser – –. Aber »der Zeus« wird die Handschrift erkennen. Noch fünfzehn Sekunden. Oder wenn er einen Magenkrampf markierte? Oder eine Ohnmacht? Aber der Brief! Der Brief! – Nun sind sie beim Direktor.
Professor Crey erstattet Bericht und will gerade das Corpus delicti in die Hände des Direktors ausliefern – da hat Hans mit einem affenartigen Griff das Zettelchen geschnappt.
»Gäben Se den Bräf!«
Hans ist froh, daß er ihn hat.
»Gäben Se den Bräf!!«
Aber er weiß nicht, wohin damit. Er zerknüdelt ihn in der Hand.
»Gäben – Se – den – Bräf!!!«
»Zu spät«, sagt Hans. Er hat ihn in den Mund gesteckt und frißt ihn auf.
Es ist niemals herausgekommen, wer »großes E Ponkt« war.

Eva hatte sich gegen drei Uhr zu Hause gedrückt; sie wollte zu ihrer Freundin Lisbeth. Lisbeth hatte drei schätzenswerte Eigenschaften: Erstens wohnte sie sehr weit, in einem kleinen Vorort. Zweitens hatte sie kein Telephon. Und drittens war sie vollkommen zuverlässig.
Es war sicher nur ein Zufall, daß auch Hans Pfeiffer an diesem Nachmittag nicht zu Hause war. Knebel, Luck und Husemann waren um halb vier gekommen, um Schularbeit zu machen, und hatten das Nest leer gefunden. Nachdem sie eine Stunde auf Hans gewartet hatten, zogen sie schimpfend ab, nicht ohne ihm vorher seine Drahtbürste unter das Bettuch gelegt und die Zahnpasta gegen eine Tube Hautcreme vertauscht zu haben.
Indessen schritten Hans und Eva durch den Wald.

Sie hatten sich wie Kinder bei der Hand gefaßt. Aber das war eigentlich nur ein Versehen. Beim Überschreiten eines Baumstammes hatte Hans ihr galant die Hand gereicht und nachher vergessen, sie wieder loszulassen. Eva vergaß es gleichfalls. Aber sie fühlten sich beide recht wohl dabei. Von Zeit zu Zeit spürte Hans ein leichtes Zucken ihrer Hand. Vielleicht war es auch nur Einbildung. Jedenfalls war er restlos glücklich und wußte im Augenblick nicht, was er sich auf der Welt noch jemals weiter wünschen sollte, als mit dem lieben, lustigen Mädchen Hand in Hand durch den Wald zu streichen.
So genügsam war er in Berlin nie gewesen.
Natürlich sprechen sie von der Schule und renommierten mit ihren Lehrern und ihren dagegen verübten Heldentaten. Besonders stolz war Eva auf ihre englische Lehrerin, die auf den Spitznamen »Miss Porridge« hörte und von einer solchen Bazillenfurcht beseelt war, daß sie keinem Menschen die Hand gab und die Türklinken nur mit dem Ellenbogen öffnete. Hans führte dagegen Bömmel ins Feld, der allerdings konkurrenzlos war. Seine neueste Errungenschaft war, schlafende Schüler durch Werfen mit einem nassen Schwamm zu wecken; der Effekt war, daß sich alle schlafend stellten und Bömmel in Verzweiflung brachten, weil nur ein Schwamm zur Verfügung stand. Die Sache war natürlich zur Hälfte gelogen. Es muß bei dieser Gelegenheit leider festgestellt werden, daß Hans Pfeiffer überhaupt nicht so peinlich wahrheitsliebend war, wie man es von einem großen Schriftsteller erwarten sollte.
Seine Magenschmerzen hatten sich längst gelegt. Er überlegte, ob er nicht dennoch von dem verschluckten Brief erzählen sollte; er fand seine Tat ebenso mutig wie originell. Andererseits wollte er Eva aber auch nicht auf die Gefahr ihrer Tändelei aufmerksam machen. So kämpften Eitelkeit und Klugheit in seiner Brust. Als er die Geschichte glücklich erzählt hatte, erfuhr er von Eva, daß sie vorsichtigerweise den Brief von ihrer zuverlässigen Freundin Lisbeth hatte schreiben lassen. Es hätte gar nichts passieren können.
So waren sie allmählich bei dem alten Schloß angelangt, das ihm Eva zeigen wollte. Dies war natürlich der äußere Vorwand des Ausfluges. Hans hätte das Schloß auch sehr gut allein gefunden, ja, er kannte es bereits in allen Winkeln und hatte dort kulturhistorische Studien angestellt. Aber er tat dumm und ließ sich

von Eva führen. Treppauf, treppab, über die alten ausgewaschenen Stufen und glitschigen Steinplatten, durch modrige Gänge und gruselige Gewölbe bis hinab ins Burgverließ, dann hinauf auf die dicken bröckelnden Mauern, schwindelnden Wehrgänge bis in den klobigen verfallenen Turm. Merkwürdig, heute kam ihm alles viel romantischer, viel geheimnisvoller vor. Eva erzählte in einem fort, was sie über das Schloß wußte. Hans hörte nicht zu, sondern berauschte sich an dem Klang ihrer klaren Stimme und sah sie unentwegt von der Seite an.

Als sie in den noch bewohnten Neubau des Schlosses kamen, hörte er von ihr eine besonders hübsche Geschichte, die nicht im amtlichen Burgenführer verzeichnet war: Eines Tages erschien bei der Fürstin ein Bauer und ließ bescheiden fragen, ob er seinem Enkelkinde die Urgroßmutter zeigen dürfe. Die Fürstin wußte auf diese Frage nichts zu entgegnen und bat um nähere Erklärungen. Da fragte der Bauer, ob es gestattet sei, das Schloß zu betreten und sich im Saal umzuschauen. Die Fürstin führte den Bauern mit seinem Enkelkinde in die große Halle. Diese war bis vor wenigen Jahren ein verräucherter und verschmutzter Stall gewesen; da hatte die Fürstin ohne viel Federlesens ihre sämtlichen Mägde zusammengetrommelt und Decken und Wände mit Seife, Sand und Soda abschrubben lassen. Und da kamen die alten allegorischen Gemälde, die ein halbes Jahrhundert lieblos übertüncht gewesen waren, wieder zum Vorschein: An den Wänden und Decken tummelten sich Zeus, Apoll, Hera, Artemis und die übrigen Insassen des Olymps nebst Hunderten von Putten. Der Bauer kniff die Äuglein zusammen und unterzog die mythologischen Gestalten einer eingehenden Musterung. Die Fürstin stand schweigend daneben. Die Putten erwiesen sich bei näherer Betrachtung als Bauernjungen. Alle Körper waren ungeschlacht und klobig. Etwas Robustes ging von der nackten Gesellschaft aus. Der Bauer nahm sein Enkelkind auf den Arm und zeigte mit dem Finger bald an die Decke, bald an die Wand; achtmal entdeckte er die Urgroßmutter, die teils mit Rosen dahinschwebte, teils die Füße badete, teils die aufgehende Sonne bewunderte, teils Ambrosia schlürfte. Und die Erklärung? Der Maler der Szenerie hatte seine sämtlichen Modelle aus dem Dorf bezogen. Und die Urgroßmutter, damals eine schmucke Dirn, mußte für sämtliche Göttinnen herhalten und war achtmal vertreten. Einmal als Aphrodite.

Eva drängte heimwärts. Sie durfte nicht zu lange bei ihrer Freundin Lisbeth bleiben.
Die Hitze hatte sich gelegt. Der Buchenwald war von schrägen Strahlen aus Altgold durchschnitten. Ameisenhügel, Eichhörnchen, zwitschernde Vögel, ein Bach. Dann ein alter Mann, der Fallholz gesammelt hatte und mürrisch seine Mütze zog.
Sie schritten schweigend nebeneinander her.
Sie hatten sich wieder bei der Hand gefaßt. Aber diesmal war es kein Versehen. Beide waren still geworden und hingen ihren Gedanken nach. Es waren angenehme, wohlige Gedanken. Sie waren ganz in der Gegenwart, nicht beschwert durch Zukunftspläne und Lebensfragen. Zwei Kinder.
Dann fragte Eva: »Sie sprechen so wenig von Ihrem Zuhause?«
»Das war sehr einsam«, erwiderte Hans.
Und erzählte von dem väterlichen Gut und dem alten Hauslehrer, von der Kindheit ohne Mutter und dem vereinsamten Vater, von den Dorfkindern, mit denen er nicht spielen durfte, und wie er sich freute, wenn die Kinder der benachbarten Güter zu ihm kamen, oder er zu ihnen ging. Und was sie spielten, Indianer- und Eisenbahnüberfall, Räuber und Gendarm, Seeschlacht auf dem Teich, aber auch gesittete Spiele: Drittenabschlagen, Sacklaufen und Schlagball.
Dann mußten sie einen Bach überschreiten.
Eva sagte kühl: »Bitte nicht helfen, ich kann das allein.«
Frauen sagen Nein, wenn sie Ja meinen, Frauen sagen Ja, wenn sie Nein meinen. Frauen sagen Ja, wenn sie Ja meinen. Frauen sagen Nein, wenn sie Nein meinen. Verteufelt schwer, sich auszukennen.
Junge Mädchen sind keine Frauen. Sie sagen Ja, wenn sie Ja meinen, meinen gleichzeitig Nein, möchten das Nein rückgängig machen, sagen Ja und meinen Nein. Wenigstens ungefähr so. Für einen Primaner eine vertrackte Aufgabe, in Evas Seele zu lesen. Die Frau liebt aus Naturbestimmung. Aber der Mann ist Dilettant. Ein Primaner ist Anfänger. Er will den Mund, er will einen Kuß. Hans ist Primaner.
Er schlägt Blindekuh vor. Schwört, ihr nichts zu tun, und lehnt sie an einen Baum. Sie muß die Augen schließen. Sehr behutsam streicht er mit seinem Zeigefinger über die Kontur ihrer Oberlippe.
Weiter nichts?

Nein, weiter nichts. Eva denkt dasselbe. Sie rupft einen Grashalm ab und steckt ihn in den Mund. Sie hatte sich schon darauf vorbereitet, ihm eine Backpfeife geben zu müssen. Eine feste, wenn auch nicht gerade allzu feste.
Und nun war nichts.
Aber sie würden sich ja noch häufiger treffen.

Als Schnauz am nächsten Morgen die Klasse betrat, lagen auf seinem Pult etwa eineinhalb Zentner alte Zeitungen und obendrauf ein Bohrer. Jetzt konnte er Löcher pieken. Die Schüler hatten alles an Altpapier mitgebracht, was die Büchertaschen zu fassen vermochten. Nur der kleine Luck hatte es vergessen. Einfach vergessen. Er war sehr betrübt darüber.
Die übliche Frage: »Wär est das gewäsen?«
Die übliche Antwort: Einstimmiges Schweigen.
»Wenn sich der Öbeltäter nicht meldet, stecke ich die ganze Klasse in Arrest.«
Der lange Rosen erhebt sich: »Ich will nichts gesagt haben, aber Luck hatte heute morgen eine merkwürdig geschwollene Büchermappe.«
Gert Tohe glaubt sich zu erinnern, daß Luck ein Paket mitbrachte.
Schrenk meint, die Lucks seien überhaupt dafür bekannt, daß sie so viele Zeitungen läsen.
Luck steht auf, kreideweiß, bringt kein Wort heraus.
»Ackermann, schreiben Sä: Lock zwei Stunden Arrest wägen Aufhäufens alter Zeitungen auf dem Polte.«
Hans meldet sich. Er will den kleinen Luck verteidigen. Ein einzelner Mensch könne doch so viel Papier gar nicht –
»Sätzen Sä sech.«
Und gerade der kleine Luck sei doch –
»Sätzen Sä sech.«
Dieses Argument ist nicht zu widerlegen. Ungerechterweise steht es aber nur dem Lehrer zu.
Auf dem Nachhausewege beklagt sich Luck bei Hans. Nicht über seine Mitschüler – das war er gar nicht anders gewohnt. Aber über Professor Crey und dessen Ungerechtigkeit.
»Das hätte ich ihm nicht zugetraut«, meinte er. »Man wird dadurch verbittert.«

»Abgehärtet, wollen wir sagen«, entgegnete Hans. »Sieh mal, kleiner Luck, im Leben gibt es unendlich mehr Ungerechtigkeit als Gerechtigkeit. Es ist gut, wenn man rechtzeitig daran gewöhnt wird. Das ist vielleicht wichtiger als Latein und Mathematik.«
»Ich tue es aber doch.«
»Was?«
»Das wirst du schon sehen. Morgen früh.«

Unerwartetes Glück wird hundertfach empfunden. Über einen unverhofften schulfreien Tag freut man sich mehr als über ein kalendermäßiges Fest. Mehr beinahe als über die vorgeschriebenen Ferien.
Ein unverhofft schulfreier Tag versetzt die Schüler in einen wahren Glückstaumel.
Hans hatte am Morgen vergeblich gewartet. Luck kam ihn nicht abholen. Vielleicht war er krank. Durch das Warten verspätete er sich und trabte zur Schule. Schutzmann Trommel rief ihm etwas Tröstendes nach.
Unterwegs strömten ihm bereits Schüler aus anderen Klassen entgegen. Das Schultor ist umlagert. Hans drängt sich durch die Schülermeute und entdeckt die Ursache:
Am Schultor hängt ein großes Pappschild mit der Aufschrift:

Wegen baulicher Veränderung bleibt die Schule heute geschlossen.

Die Pennäler lesen, schreien Hurra und stürmen davon.
Auch die Lehrer lesen und schreien Hurra – aber nur innerlich – und gehen beflügelten Schrittes wieder nach Hause. Sie wundern sich zwar, daß sie von der baulichen Veränderung gar nichts gewußt haben. Der Direktor hätte ihnen das vorher mitteilen können. Aber sie werden versöhnt durch die Tatsache, daß man für die bauliche Veränderung einen so herrlichen Sommertag ausgesucht hat.
Die Oberprima ging nicht nach Hause. Sie versammelte sich unter Hans Pfeiffers Führung zu einem gemeinschaftlichen Aus-

flug. Sie war vollzählig beisammen. Nur der kleine Luck fehlte. In einer nahegelegenen Kneipe stapelten sie ihre Schulmappen und Mützen zu einer großen Pyramide auf und setzten sich in Marsch. Vorneweg die Hauskapelle, bestehend aus zwei Mundharmonikas und einigen mit Seidenpapier überzogenen Kämmen; es klang erheblich besser als Fridolins Schulchor. So marschierten sie in geschlossener Formation zum Städtchen hinaus, unter dem freundlichen Zunicken der Philister und dem verstohlenen Blinzeln der Töchter.

Dann ergoß sich der Schwarm ins Grüne. Sie kamen sich vor wie ausgekniffene Sträflinge; sie wußten gar nicht, was sie vor Übermut alles anstellen sollten. Und doch war es ein ganz ehrliches Schulfrei und kein Schwänzen.

In einem idyllischen Waldwinkel ließen sie sich nieder und futterten ihre Schulbutterbrote. Einige wateten im Bach herum und spritzten sich naß; andere steckten sich Maikäfer in den Nacken und balgten sich wie die Quintaner. Noch andere waren auf die Bäume geklettert und bombardierten von dort aus ihre Kameraden mit Tannenzapfen und mit Spucke. Ernstere Naturen schnitten Herzen und Figuren in die Baumrinde; Pfeiffer hatte diesmal sein Taschenmesser bei sich.

Angesichts einer kleinen Waldschenke bekam man männlichen Durst. Da einige kein Geld bei sich hatten, wurde durch Sammlung ein Fonds gebildet und in Bier umgesetzt. Ackermann stellte fest, daß jetzt eigentlich griechische Grammatik wäre. Der Gedanke steigerte das Glücksgefühl ins Unermeßliche.

Dann ging es allmählich heimwärts, durch die Niederung zwischen dem Fluß und dem Waldrücken.

Die Gegend ist ein einziges Meer von Fliederbüschen, in denen nachts die Nachtigallen singen. Jetzt stampfte eine Primanerhorde mit rauhen Trinkliedern durch die blühende Pracht.

Da stieß der lange Rosen einen Schrei aus und deutete auf einen Hügelrücken. Alles reckte die Hälse. Und es reckte mit Recht. Denn was da angetippelt kam und sich als Silhouette gegen den blaßblauen Himmel scharf abhob, das waren zweifellos junge Damen im Gänsemarsch.

Es war ein Pensionat aus dem Nachbarstädtchen, ausgeführt und angeführt von der Vorsteherin.

Dies gab willkommenen Anlaß zu einer kleinen Felddienstübung. Übrigens, wie Hans für sich konstatierte, ein Ulk, der niemals von Studenten, sondern ausschließlich von Gymnasiasten verübt werden konnte. Man schlug sich seitwärts in den Wald, überholte in weitem Bogen die Gänsemarschkolonne und kam ihr dann auf dem schmalen Feldweg entgegen. Die Mädelchen drückten sich wie gescheuchte Hühnchen an den Wegrand, und das Oberhuhn wachte mit spitzen Blicken darüber, daß kein Unheil geschah.

Sie war aber sehr erstaunt, als ihr nach einer Viertelstunde abermals eine Männerhorde entgegenkam. Und diese zweite Horde war durchaus identisch mit der ersten. Und das war wohl auch der Grund, daß einzelne der jungen Damen nicht mehr den nötigen Ernst bewahrten und verstohlene Blicke tauschten.

Als ihr dann aber nach einer weiteren Viertelstunde dieselben Menschen zum drittenmal entgegenkamen, faßte sie sich ihr kleines verschrumpeltes Herz und redete den scheinbar Harmlosesten der Horde an. Es war Husemann.

»Mein Herr«, sagte sie, »ist es Ihnen wohl möglich, daß wir uns nicht immer wieder begegnen?«

Husemann tat, als verstehe er kein Wort, und glotzte sie offenen Mundes an. Da sprang Rudi Knebel vor und schnatterte heftig gestikulierend:

»Habuschko sassafraß tschimmborummbumm ullahubi.«

Dem Fräulein rann es eiskalt über den Rücken.

Mittlerweile waren die übrigen Primaner herangetreten und schwatzten von allen Seiten auf das Fräulein ein: »Rutschi binutschi zampampel takkatakka pullidah!«

»Kroklowafzi takrih zaßku rü-ru«, stimmten die andern zu.

Darauf das Fräulein: »Parlez-vous français, messieurs?«

»Okasamolga schurliburli elidarotspon leilolente panunh.«

»Do you speak English?«

»Lafrajah diboldo neknek stakabummbumm stakabummbumm.«

Da nimmt das späte Jüngferlein die Röcke um die mageren Beine, kneift entschlossen die Lippen zusammen und stiebt querfeldein. Die Küken hinterdrein. Einige schauen sich zwar, wie weiland Lots Weib, verstohlen um; aber sie erstarren nicht zu Salzsäulen, sondern bekommen Winkewinke und Kußhändchen mit auf den Weg.

Dann kam wieder der Alltag.
Am nächsten Morgen prangte kein glückverheißendes Schild am Schultor. Alles war wieder wie sonst.
Es war nicht wie sonst. Es lag etwas in der Luft. Auf dem Schulhof, in den Korridoren, überall standen die Lehrer zu zweit und dritt und konferierten mit todernsten Mienen, gedämpft und geheimnisvoll. Und während der ersten Stunde lief der Kastellan Kliemke von Klasse zu Klasse und richtete aus: Der Herr Direktor lasse um zehn Uhr zur Konferenz bitten.
Etwas Furchtbares mußte geschehen sein. – In der Zehnuhrpause nahm der kleine Luck seinen Freund Pfeiffer beiseite. Er war noch bleicher als sonst und bibberte vor Erregung.
»Hans, merkst du nichts?«
»Nö.«
»Du – heute habe ich meinen großen Tag.«
»Was ist denn los?«
»Hans –, noch zehn Minuten, dann spricht die ganze Schule von mir. Die ganze Stadt.«
»Aber Luck!«
»Du hast doch das Schild gesehen gestern?«
»Klar.«
»Ist dir nichts aufgefallen?«
»Ne.«
»Hans – das Schild ist von mir.«
»Du bist verrückt.«
»Ja, Hans. Das ist von mir.«
»Um Gottes willen, Mensch, wenn das rauskommt!«
»Aber, Hans, es soll ja rauskommen! Gleich nach der Pause melde ich mich beim Schnauz. Ich kann's kaum erwarten. Stell dir bloß den Klamauk vor. Jetzt sollen sie endlich erfahren, wer ich bin. Acht Jahre haben sie mich als Musterknaben verschlissen. Acht Jahre lang haben sie mich geduckt und verulkt und gepiesackt. Jetzt will ich ihnen mal zeigen, was ein Musterknabe ist. Du mit deinem Heidelbeerwein hast es fertig gebracht, die Oberprima für zwei Stunden nach Hause zu schicken. Aber ich, ich habe die Schule für einen ganzen Tag nach Hause geschickt. Und sämtliche Lehrer dazu. Überleg mal, was das heißt. Ich, der kleine Luck!«
»Menschenskind, das kann dir Hals und Bein brechen. Halt doch wenigstens den Schnabel!«

»Ich denke gar nicht daran. Das ist mir alles schnurzegal. Mit meiner Mutter habe ich schon gesprochen. Die Hauptsache ist, jetzt bin ich der große Mann. Lotte wird natürlich auch davon hören. Oder im Anzeiger lesen. – Ob sie dann auch noch weggucken wird, wenn ich vorbeikomme?«

Währenddessen fand im Konferenzzimmer eine feierliche Sitzung statt. An dem langen grünen Tische hatte sich das gesamte Lehrerkollegium versammelt. In der Mitte der Direktor, kenntlich durch eine höhere Stuhllehne und die blaue Mappe. Das ominöse Schild wurde herumgereicht und mit und ohne Zwicker betrachtet. Inzwischen schilderte Direktor Knauer in bewegten Worten die Missetat. Er erzählte, wie ihm bereits kurz nach acht Uhr die verdächtige Ruhe im Gebäude aufgefallen sei. Wie er dann besorgten Herzens durch die Gänge und Klassen geeilt sei und ihm überall leere Bänke entgegengähnten. Wie er dann zum Lehrerzimmer stürzte, dort denselben Zustand fand und schließlich erschöpft in einen Stuhl fiel und an Schulstreik und Revolution dachte. Bis ihm dann Kliemke, verstohlen grinsend, das verteufelte Schild überbrachte.

Alle gutgesinnten Lehrer hörten den Bericht erschüttert an und kochten vor Empörung. Professor Crey an der Spitze. Die anderen nach Rang und Dienstalter abgestuft. Sogar Dr. Brett riß sich zusammen und verbiß sich das Lachen. Nur Bömmel benahm sich wie immer daneben, schlug sich auf die Schenkel und gluckste.

Zunächst wurde beschlossen, daß etwas zu geschehen habe. In diesem Punkte war man durchaus einig.

Was zu geschehen habe: Darüber gingen allerdings die Meinungen auseinander. Crey erblickte in der Anfertigung des Schildes eine ausgewachsene Urkundenfälschung; er will die Kriminalpolizei alarmiert wissen. Dr. Brett schlägt statt der Kriminalpolizei die Feuerwehr vor. Crey wittert Hohn und wird böse. Direktor Knauer muß einschreiten und die Kampfhähne trennen. Müller 2 ist für Ernennung eines dreigliedrigen Untersuchungsausschusses. Fridolin erklärt, sich der Ansicht des Herrn Direktors anzuschließen. Der Direktor hat noch keine eigene Ansicht geäußert; er hat auch nicht die Absicht.

Bömmel wurde beinahe übergangen. Er pflegt sich nicht vorzudrängen. Aber da man ihn anstandshalber wegen der unerhörten Bedeutung des Falles doch fragen muß, läßt er sich los:

»Mer wolle uns nix weismache. Wenn dat erauskömp, dann sin mir blamiert bis auf de Knoche. Un de Stadt hält sich der Bauch vor Lache. – Am beste is: Mer sage nix! Un da stelle mer uns janz dumm. Und da tun mer so, als hätte mer tatsächlich baulich verändert. Mer könne ja en alde Leiter auf de Trepp leje.«

Die Antwort war eine einstimmige Entrüstung.

Aber langsam siegte Bömmels gesunder Menschenverstand. Außerdem hatte jeder der Herren die feste Überzeugung, daß der Missetäter in seiner Klasse zu finden wäre; und das will man doch nicht gern wissen. Für Direktor Knauer aber war entscheidend, daß er auf diese Weise jedes Aufsehen und jeden Konflikt vermied und vor allen Dingen auch keinen Bericht an das Provinzialschulkollegium zu machen brauchte.

Die alte Leiter wurde akzeptiert. Fridolin bekam den ehrenden Auftrag, bei Kliemke das Diesbezügliche zu veranlassen. Und als die Schüler nach der Pause vom Schulhof heraufkamen, war eine Stiege bereits gesperrt und mit Brettern, Leitern und Zementsäcken dekoriert. – Der kleine Luck fieberte. Seine Augen flackern. Er sieht und hört nichts. Hätte Hans ihn von seiner Seite gelassen, er wäre zu den Lehrern gestürzt.

Endlich taucht Professor Crey auf, sichtlich durcheinander.

Luck meldet sich. Crey nimmt davon keine Notiz.

»Herr Professor!«

»Nähmen Sä mal die Böcher.«

»Herr Professor!«

»Stören Sä necht, Lock!«

»Herr Professor – es ist wegen dem Schilde!«

»Sätzen Sä sech!«

»Herr Professor – wegen dem Schilde von gestern!«

»Es heißt nicht: wägen däm Schölde, es heißt: wägen des Schöldes!«

»Gut, Herr Professor – also, es ist wegen des Schildes!«

»Sä sollen sech sätzen!«

Da schreit es aus dem kleinen Luck heraus: »Herr Professor, das Schild ist von mir!«

»Sä sollen den Mond halten!«

»Ich will nicht, daß ein Unschuldiger – – «

»Wenn Sä weiter stören, kommen Sä ins Klassenboch.«

»Verstehen Sie nicht, Herr Professor? Ich, ich habe das Schild gemacht – ich – ich!! das Schild ist eine Fälschung!«

»Lock, Sä send albern. Das Schild est angefertigt worden wegen des Ombaues der Treppe.«
»Das ist nicht wahr! Das ist ein Irrtum!«
»Wenn Sä necht gleich rohig sind, schecke ech Sä vor de Tör!«
Luck gerät gänzlich aus der Fassung. Er kann nicht begreifen, und will nicht begreifen, daß die katilinarische Tat ins Leere verpufft. Er beteuert seine Schuld so laut und so lange, bis er von Schnauz vor die Tür geschickt wird. Außerdem kam er ins Klassenbuch:
Lock stört den Onterrecht durch alberne Räden.
Das war Lucks großer Tag. Er machte zwar noch ein paar hoffnungslose Versuche, wenigstens die Klasse über seine Heldentat aufzuklären. Schließlich gab er es auf und sah ein, daß es ein törichtes, verkrampftes Heldentum war, zu dem er sich vergewaltigt hatte. Er zog sich mehr als bisher in sich selbst zurück. Er verzichtete darauf, Tagesgespräch zu sein oder in die Zeitung zu kommen; er verzichtete sogar darauf, von seiner Lotte angeblickt zu werden, und begnügte sich damit, sie so lange heimlich zu verhimmeln und zu verdichten, bis sie sich in ein nebelhaftes Ideal verflüchtigte.
Bezüglich des Schildes allerdings hatte Bömmels lebenskluge Berechnung ein Loch; sie hatte die Tatsache nicht mit einkalkuliert, daß Direktor Knauer ein vorbildliches Familienleben führte, und daß seine Tochter Eva das benachbarte Lyzeum besuchte. Jedenfalls sickerte nach und nach etwas von dem gefälschten Schild durch, und dieses Gerücht war nicht etwa im Schoße des Gymnasiums entstanden, sondern vom Lyzeum herübergekommen, das mit dem Gymnasium von jeher durch geheime Fäden verbunden war. Das Merkwürdigste aber war, daß man als den Helden des Schildes nicht etwa den kleinen Luck betrachtete – um Gottes willen! – sondern den berühmten und berüchtigten Hans Pfeiffer. Der wehrte sich zwar mit Händen und Füßen gegen diese Ehre; aber das Gerücht bestand hartnäckig darauf, daß der Regisseur des Heidelbeerweines auch der Autor des Schildes sein müßte. Hans Pfeiffer war machtlos dagegen und ergab sich schließlich. So war er plötzlich – ungewollt und unverdient – der Heros der Prima und der Schule. Nicht nur des Gymnasiums. Auch die Lyzen sahen ihn jetzt heimlich an, wenn er vorüberkam, stießen sich in die Seite und tuschelten. Jetzt hätte er soviel Flammen haben können, wie er

wollte. Aber er legte keinen Wert darauf und begnügte sich mit Eva.
Mit ihr traf er sich heimlich, wie es sich für eine Pennälerliebelei geziemt, bei gutem und bei schlechtem Wetter; strömender Regen war sehr beliebt, denn da waren die Straßen leer, und der Regenschirm bot willkommene Deckung. Manchmal kam es vor, daß der Regen schon längst aufgehört hatte und die Straßen wieder trocken waren, die beiden aber, abgeschieden von ihrer Umwelt, unentwegt unter ihrem Schirm weitermarschierten, immer wieder durch dieselben Straßen, dasselbe Häuserviertel, ohne Ende. Warum sollte er nicht? Was Marion anbetrifft: Die war verlobt mit dem berühmten Schriftsteller in Berlin; hier diese Tändelei aber hatte der kleine, harmlose Primaner in Babenberg. Das gehört zum Primaner genau so wie die Schülermütze oder die Vier in der Algebra.
So war alles in Ordnung.

Über das Schild wuchs langsam Gras. Nur Direktor Knauer hatte es noch nicht verwunden. In ihm pochte immer noch das pädagogische Gewissen, daß eine solche Freveltat ohne Sühne geblieben war. Gewiß kam es häufig vor, daß der Täter einer Flegelei nicht ausfindig zu machen war; im Vertrauen gesagt, es war sogar die Regel. Aber immerhin wurde doch in solchen Fällen durch eine umfangreiche Untersuchung die pädagogische Mißbilligung dokumentiert. Hier aber war nichts geschehen. Und wer bürgte ihm dafür, daß der Übeltäter dies nicht geradezu als einen Ansporn zu weiterer Tätigkeit empfinden würde?
Als er eines Morgens darüber nachdachte – es war wiederum herrliches Sommerwetter –, fiel ihm abermals die beklemmende Ruhe im Gebäude auf. Seine Taschenuhr zeigte 8 Uhr 15, die Turmuhr ebenfalls. Schon ist er aufgesprungen, rast durch die Gänge: Leer. Die Klassenzimmer: Leer. Das Lehrerzimmer: Leer. Natürlich! Aber daß auch seine Lehrer zum zweiten Male darauf hereinfielen!
Schon ist er am Telephon.
Zunächst Professor Crey.
Der versteht nicht recht. Der Direktor poltert los. Crey verbittet sich das »ohnverständliche Benähmen«. Knauer ranzt ihn an. Crey ranzt zurück. Und schon liegen sich beide Pädagogen

telephonisch in der Wolle. Schreien sich an, daß die Drähte heiß werden.
Bis der beleidigte Direktor den Hörer auf den Bügel knallt.
Fridolin hat kein Telephon.
Brett macht eine Tagestour.
Bömmel schläft noch. Er wird aus dem Bett geholt. Inzwischen ist bei Knauer Weißglut eingetreten.
Aber bei Bömmel kam er an den Richtigen.
»Sie wollen mich für der Jeck halten, Herr Direktor? Jehen Sie mal nett wieder in de Heia.«
Hängt ein.
Das Gebrüll hatte Eva herbeigelockt.
»Was ist denn los, Papa? Und so am heiligen Sonntag!«
»Wieso Sonntag? Ist denn heute –«
»Ja sicher.«
»Wieso ist heute Sonntag? – Natürlich ist heute Sonntag. Brauchst du mir nicht zu sagen. – Immer alles dieser Flegel!«

Man muß nicht denken, daß dem Hans Pfeiffer an diesem Vormittag die Ohren geklungen hätten. Das hatten sich seine Ohren längst abgewöhnt. Außerdem hatte er auch gerade etwas Wichtigeres zu tun.
Er saß mit seinen Getreuen – Rudi Knebel, Ernst Husemann und dem kleinen Luck – auf seiner Bude und braute »Chartreuse grün«. Aber nicht nach dem Rezept der schweigsamen Mönche. Husemann hatte sich aus dem Chemiesaal reinen Weingeist »besorgt«. Rudi Knebel brachte aus dem väterlichen Laden eine patentierte Essenz mit. Hans Pfeiffer stiftete den Zucker aus den Vorräten seiner Wirtin. Der kleine Luck durfte zuschauen. Frau Windscheid war nicht gerade erbaut davon, daß man ihr mit vier Mann hoch in die Küche einrückte, ihren Herd zum Klären des Zuckers und ihren Milchtopf zum Mischen einer giftgrünen Flüssigkeit mißbrauchte. Aber sie brachte es andererseits auch nicht übers Herz, »die Kinder beim Spielen zu stören«. Nur probieren wollte sie nicht; lieber wollte sie sterben.
Dabei war die erzeugte Chartreuse grün keineswegs direkt lebensgefährlich. Man konnte es nicht abwarten und trank die smaragdgrüne Flüssigkeit noch warm. Auch der alkoholfeindliche Luck leckte daran und wollte mehr.

Der Weingeist aus dem Chemiesaal fand schnell seinen Weg in die Köpfe der Jungen und verübte dort seine Rache. Auch Hans Pfeiffer war dem warmen Patentlikör nicht gewachsen.
Womit nicht gesagt sein soll, daß die Fidelitas darunter gelitten hätte. Im Gegenteil. Es wurde äußerst gemütlich. Zunächst zogen sie sich gegenseitig mit ihren mehr oder weniger angedichteten Liebschaften auf. Dem Husemann konnte man nicht viel nachsagen, er war zu bequem. Der trieb sich lieber am Fluß herum. Rudi Knebel war dafür um so eifriger und zeichnete sich durch eine besondere Vielseitigkeit aus. Hans konnte nicht verhindern, mit Eva in eine Beziehung gebracht zu werden, die über die Wirklichkeit weit hinausschoß. Der kleine Luck aber, jenseits allen Verdachtes, entwickelte seine neue Theorie über Vielweiberei; er spaltete die eine einzige Lotte in einen Harem. Wer warmen Likör getrunken hat, besitzt ein Recht dazu.
Mit Hilfe der grünen Chartreuse stieg die Stimmung schnell auf Blau. Sie sprachen alle vier gleichzeitig und verstanden sich herrlich. Schnapsgläser fielen um; das Algebrabuch wurde giftgrün und roch wie der Friseurladen von Meister Purz. Husemann und Knebel produzierten einen grotesken Ringkampf und wälzten sich quakend und quietschend auf dem Fußboden. Dazwischen deklamierte der kleine Luck die edelsten Strophen von Stefan George.
Dann bekam Hans Pfeiffer das Bedürfnis, seine schauspielerischen Talente zu produzieren. Er verschwand einen Augenblick und kam als Frau Windscheid wieder. Er war in ihr blau und weiß kariertes Hauskleid geschlüpft, hatte die fehlenden Rundungen durch einige Sofakissen ersetzt, ihren Sonntagshut aufgestülpt und sich mit dem Farbkasten Apfelbäckchen angemalt. In dieser Maskerade hielt er der Korona eine erschütternde Standpauke über Alkohol und schlechten Umgang.
Es muß sehr komisch gewesen sein. Der Herr Knoll nebenan, der sich gerade die Krawatte umband, hörte das wiehernde Gelächter und war überzeugt, daß dort wieder Unterschiede erzählt würden. Er kam aber nicht herbeigeeilt.
Statt dessen kam Frau Windscheid herein. Sie war wirklich sehr böse, als sie ihr lebendes Konterfei erblickte. Nicht wegen des Mißbrauchs ihrer Kleidungsstücke, sondern aus verletzter Eitelkeit. »So was tat der Meine nie.«
Übrigens sei draußen eine Dame für Hans.

»Wieso Dame?«
»Herein mit die Dame«, schrie Knebel, noch ganz Ringkampf.
»Warum nur eine? Bitte vier Stück. Frauen haben nur im Plural Daseinsberechtigung«, erklärte der kleine Luck.
»Ich glaube, es ist die Mutter von Herrn Hans. Die Dame dort auf der Photographie.«
»Ach du meine Güte!«
Da stand sie auch schon im Zimmer. Marion Eisenschmidt. Hans Pfeiffers Braut. Im graugrünen Reisekleid, handgewebt und Mode von übermorgen, mit dem undurchdringlichen Gesicht und überlegenen Lächeln, genau so wie sie Hans aus Berlin gewöhnt war. Da stand sie unbeweglich im Kreis der jungen Leute und ließ ihren kühlen Blick von dem einen zum anderen wandern. Husemann erhob sich schwerfällig vom Boden. Hans Pfeiffer hört mit »Frau Windscheid« auf, und Stefan George starb dem kleinen Luck unter der Hand.
Hans riß sich zusammen. »Du? Das ist ja entzückend. Darf ich vorstellen? Fräulein Eisenschmidt, meine – Tante; Ernst Husemann, mein Banknachbar; Rudi Knebel, ein Meter siebenundvierzig; Herr Wolfgang Luck, Spezialist für Polygamie und verwandte Gebiete.«
»Ach, die Tante Eisenschmidt! Hurra, die Tante Eisenschmidt!« schrie Rudi Knebel, der die Situation noch nicht erfaßte. »Die schmiedeeiserne Tante soll leben – hoch!«
Da machte Hans ein Ende, spediert seine Kameraden an die frische Luft – und ist mit seiner Braut allein.
Jetzt muß er etwas sagen.
»Nett, daß du gekommen bist.«
»So?«
»Wollen wir nicht Platz nehmen?«
»Danke.«
»Darf ich dir ein Glas Likör anbieten? Chartreuse grün.«
»Danke.«
»Nett, daß du gekommen bist.«
»Das sagst du jetzt zum drittenmal.«
»Nein, zum zweitenmal.«
»Zum dritten! – Du bist übrigens in reizender Gesellschaft.«
»Och ja, wir machten gerade Schularbeit.«
»Das sieht man.« Ihr Blick lief von der smaragdgrünen Flasche über die umgefallenen Stühle an Hans Pfeiffers blaukariertem

Kleid empor. Jetzt merkte er, daß er noch die Frau Windscheid anhatte. Er zerrte sich die weiblichen Reize aus den vier Himmelsrichtungen heraus, stieg aus dem Kleid und hörte wie aus der Ferne die Ansprache seiner vorgesetzten Braut.

»Kann man mit dir jetzt vernünftig reden? Oder bist du –«

»Nein, ich bin nicht.«

»Du merkst wohl gar nicht, wie lächerlich das alles ist. Wie kann nur ein erwachsener Mensch Freude an solchen Kindereien haben! Bist du schon so weit vertrottelt? Gott, man braucht ja nur dein Gesicht zu sehen. Du siehst schon richtig aus wie ein Primaner – man möchte fast sagen Sekundaner.«

»Das habe ich auch schon gemerkt, ich werde immer jünger. Zu Weihnachten kannst du mir Karl May schenken, und im nächsten Frühjahr glaube ich wieder an den Klapperstorch.«

»Laß die Witze. – Zunächst eine Frage: Wie lange gedenkst du noch hierzubleiben?«

»Ostern mache ich Abitur. Vielleicht falle ich auch durch, wegen Deutsch.«

»Wenn du ein Mensch von Geschmack und Kultur wärst, würdest du es keine drei Tage aushalten in diesem verschlafenen, muffigen Nest.«

Jetzt wurde Hans böse. Auf Babenberg ließ er nichts kommen.

»Du nennst muffig, was nicht nach Asphalt riecht, und verschlafen, was nicht gepeitscht ist. Ich finde es herrlich hier. Außerdem mache ich hier Studien.«

»Wenn du ein Gymnasium sehen wolltest, das hätte dir Dr. Brandt in Berlin zeigen können; er hätte dich auch unter irgendeinem Vorwand mal in eine Stunde mitgenommen. Dazu brauchst du nicht monatelang als nachgemachter Primaner hier herumzuflegeln.«

»Flegeln stimmt. Aber es bekommt mir prächtig. Ich habe schon acht Pfund zugenommen.«

»Zur Erholung fährt man nach Westerland oder Garmisch. Da kannst du mich auch mitnehmen und bist unter Menschen. In was für einer Gesellschaft bist du hier? Das waren wohl eben deine Freunde, diese Jünglinge, vor deren Belästigungen du mich kaum hast schützen können. Und du kommst dir natürlich sehr großartig vor, daß sie dich als ihren Räuberhauptmann anerkennen. Du bist allerdings sehr – sehr anspruchslos geworden.«

»Liebe Marion, dir fehlt der Sinn für Romantik.«
»Schöne Räuberromantik. Du fühlst dich wohl als so eine Art Hauptmann von Köpenick. Mein Lieber, du irrst dich. Der wollte nach oben, du degradierst dich. Und er riskierte etwas; du aber –«
»Das ist gerade das Elegante an der Sache, daß mir gar nichts passieren kann.«
»Nette Eleganz. Man muß nur sehen, wo du hier vegetierst. Dieser Kasten da soll wohl dein Bett sein? Am Ende hast du nicht mal ein Badezimmer.«
»Dafür ist der Fluß.«
»Lieber Hans, und jetzt mal etwas anderes: Die Akademie der Künste wartet auf deinen Vortrag. Kommerzienrat von Kayser hat uns zu einer Autofahrt nach Dalmatien eingeladen. Ernemanns sind untröstlich, wenn du nicht zu ihrem Gartenfest kommst; mein Kostüm habe ich schon entworfen.«
Hans Pfeiffer blickte ins Leere. Merkwürdig, wie fern, wie fremd ihm alles das jetzt vorkam. War er früher in Berlin? Er versuchte, sich seine Junggesellenwohnung vorzustellen, sein Arbeitszimmer mit dem lederbeschlagenen Schreibtisch und der kostbaren Bibliothek, die die Wände verdeckte, sein Musikzimmer mit dem melancholischen Blüthner, seine Bilder, Mappen, Bronzen, Terrakotten. Alles jetzt zugedeckt, verdunkelt und verriegelt.
Inzwischen war Marion zu Teil 3 ihres Vortrages gekommen.
»Und schließlich, was wird mit mir? Hast du darüber schon einmal nachgedacht? Jeder fragt mich nach dir, macht dumme Bemerkungen. Ich bin es leid, mich überall mit meinem ausgerissenen Bräutigam aufziehen zu lassen. Dafür habe ich mich nicht mit dir verlobt, mein Lieber. Bei Dumonts wurde schon erzählt, mit uns sei es aus, und Dr. Ullrich fängt wieder an, mir nachzusteigen. Ich denke nicht daran, auch nur einen Tag länger die versetzte Braut zu spielen. Hast du mich verstanden?«
Hans Pfeiffer hatte durchaus verstanden. Sie hatte ja laut genug gesprochen. Sie kam jetzt zum Schluß und stellte ihr Ultimatum:
»Ich fahre in einer Stunde wieder ab. Keine Minute länger bleibe ich in diesem Kaff. Die Sache hier widert mich an. Und nun mußt du dich entscheiden: Wenn du morgen abend nicht wieder in Berlin bist, ziehe ich meine Konsequenzen. Du wirst hier wohl noch einiges zu ordnen haben; heute abend packst du deine Koffer – oder –«

Als es Abend war, packte Hans Pfeiffer seine Koffer. Er hatte das alles eingesehen, was Marion ihm sagte. Einmal mußte er ja doch zurück. Sie hatte ihm auch alles verleidet, entzaubert; er verstand gar nicht, wie er sich dabei hatte wohlfühlen können. Aber eine unendliche Traurigkeit hatte sich über ihn gelegt. Er wollte Frau Windscheid ein paar Worte sagen. Sie war so lieb und hilfreich und besorgte das Einpacken genau mit derselben Sorgfalt wie damals das Auspacken. Aber er brachte kein Wort heraus.

Nicht so Frau Windscheid. Sie jammerte in einem fort, ohne sich dadurch in ihrer Arbeit unterbrechen zu lassen:

»Nein, so was! Gott, wer hätte das gedacht! Und so plötzlich! – Gewiß, der Herr Hans hat es manchmal ein bißchen arg getrieben, aber so schlimm war es doch nicht. Die Frau Mutter ist wirklich gar zu streng. Nein, so was!«

Am nächsten Morgen nahm Hans seine Henkersmahlzeit ein: Kakao, Spiegeleier mit Bratkartoffeln, alles in wie immer lächerlichen Mengen aufgetragen. Aber er hatte keinen Primanerappetit mehr. Und da war auch keine Schulmappe, die auf ihn wartete, keine griechischen Vokabeln, die er noch schnell überfliegen mußte. Und auch die Schinkenbrote, die Frau Windscheid herrichtete, waren nicht für die Zehnuhrpause.

Dann war es soweit. Er nahm das Köfferchen in die Hand – das große Gepäck wurde nachgeschickt –, legte den Sommermantel über den Arm und setzte seinen grauen Filzhut auf. Es war derselbe, mit dem er damals gekommen war. Jetzt kam er sich darin vor wie ein alter Mann.

Der Abschied von Frau Windscheid war kurz, aber schmerzhaft. Er hätte sie beinahe geküßt. Noch lange, nachdem er fort war, wischte sie sich mit der Schürze die Augen.

Der Weg zum Bahnhof war nur wenige Minuten. Er führte am Gymnasium vorbei. Hans hätte ja auch einen Umweg machen können. Aber warum sollte er dem alten, ihm liebgewordenen Kasten nicht noch einen Abschiedsblick zuwerfen?

Merkwürdig übrigens, er hatte sich das Gebäude noch nie so recht von außen angesehen. Tag für Tag war er denselben Trott gegangen und durch das alte eiserne Tor mit der riesenhaften Klinke einspaziert, manchmal hastig, manchmal schlendernd,

manchmal auch gar nicht, wie an jenem denkwürdigen Morgen, als Luck das Schild hingehängt hatte. Auch die lange Mauer zwischen Schulhof und Straße kannte er nur von innen.
Es war kurz vor zehn. Der Unterricht war überall in vollem Gange. Die Fenster standen weit offen; der Schall aus den Klassen drang auf die stille Straße.
Hans blieb stehen und lauschte. Hier war die Sexta. Hohe helle Stimmchen konjugierten. Und der Chor leierte tapfer mit: »Amo – amas – amat – amamus – amatis – amant.«
Er ging ein paar Schritte weiter. Über ihm war die Untertertia. Eine unsichere, ins Falsett schnappende Stimme erzählte vom Amazonenstrom. Es ging verdammt stackerig. Das gibt eine 4, dachte Hans. Oder höchstens 3–4.
Und da oben an der Ecke, da war auch die Oberprima. Seine Oberprima! Dr. Brett hatte Unterricht. Man hörte die harte, knarrende Stimme. Dazwischen auch die anderen, Husemann, Schrader, Knebel, den langen Rosen. Man konnte nicht verstehen, was sie sagten; aber er erkannte ihre Stimmen. Da waren sie alle. Ohne ihn. Und taten, als sei nichts geschehen. Er konnte gar nicht begreifen, wie das jetzt alles ohne ihn weiterging. Sein Platz war leer. Vielleicht fiel es gar nicht auf. In den nächsten Tagen würde schon ein anderer dort sitzen. Vielleicht schon morgen. Und ein paar Wochen noch, dann war er vergessen.
Da oben waren sie nun alle versammelt, und hinter dem Katheder hing der Alte Fritz, und an der Decke waren die Himmelsrichtungen aufgepinselt, und der Schnauz fand alle albern, und Brett ließ Freiübungen machen, und Bömmel lehrte Physik in Volksausgabe –.
Bellebemm-bellebemm-bellebemm – bemm – bemm.
Hans zuckte zusammen.
Auch durch das alte Gebäude ging ein Ruck. Es war, als habe jemand mit einem Stock auf einen Bienenkorb geschlagen. Ein vielhundertstimmiges Summen, Brausen und Brodeln setzte ein. Das alte Gemäuer schien plötzlich zu bersten von all dem jungen, sprudelnden Leben, das es barg. Und immer mächtiger schwoll das Brausen und Sausen und ergoß sich ins Freie, in den Schulhof. Die Zehnuhrpause hatte begonnen.
Hans stand immer noch wie angewachsen. Worauf wartete er noch? Bellebemm-bellebemm klang es in ihm nach. Damals

hatte es damit angefangen. Wie merkwürdig war das alles gewesen. Luck, fahren Sie fort – Knebel, du tust wieder nix – Pfeiffer, sätzen Sä sech, Sä send albern – Bellebemm-bellebemm.
Jetzt bedeutete es: Abfahren.
Ja, er ging ja schon. – Aber nicht zum Bahnhof.
Sondern zurück in die Stadt.
Eine halbe Stunde später saß er wieder in seiner Prima, auf seiner Bank, neben Ernst Husemann, hinter Rudi Knebel, und übersetzte französische Lektüre und tat, als wenn nichts geschehen wäre.
Was war denn überhaupt gewesen? Gar nichts war gewesen. Er hatte nur die beiden ersten Stunden gefehlt. »Wegen starker Zahnschmerzen« war ihm von Frau Windscheid bescheinigt.

Nun kam das Sommerfest des Ruder- und Schwimmvereins.
Es war üblich, daß es an diesem Tage regnete. Das Fest fand wie immer im Saale statt. Und der Saal war wie immer überfüllt. Es war die einzige gesellschaftliche Veranstaltung des Sommers, an der teilzunehmen zum guten Tone gehörte. Außerdem fühlte sich jeder modern denkende Babenberger verpflichtet, auf diese Weise sein Interesse für den Sport zu dokumentieren. Die Luft in dem niedrigen Saale war entsprechend schwül und schwer. Man hätte sie in Scheiben schneiden können. Die Herren in ihren dicken schwarzen Anzügen und steifgestärkten Hemdenbrüsten schwitzten zum Gotterbarmen und gingen von Zeit zu Zeit hinaus, um den durchweichten Stehkragen gegen einen neuen harten zu vertauschen. Die Babenberger Töchter waren besser dran; in ihren dünnen Tanzkleidchen hatten sie sich der sommerlichen Temperatur trefflich angepaßt. Fräulein Hanni Axmacher hatte sich in dieser Beziehung allerdings besonders weit vorgewagt und hatte damit einen vollen Erfolg. Ihr Kostüm wurde einstimmig als geradezu schamlos bezeichnet, und drei Wochen später war sie verlobt.
Mittelpunkt des Festes war aber nicht eigentlich das Kostüm von Fräulein Hanni Axmacher sondern die große Tombola. Diese war Fräulein Ella Mäusezahl unterstellt, einem ältlichen lieben Persönchen, dessen spätjungfräuliches Leben mit solchen und ähnlichen Ehrenpöstchen zweckentsprechend ausgefüllt wurde.

Heute war etwas ganz Besonderes; ein anonymer Spender hatte für die Tombola als ersten Preis ein Paddelboot gestiftet, ein richtiggehendes, zweisitziges Klepper-Faltboot mit allem Zubehör. Babenberg im allgemeinen und der Ruder- und Schwimmverein im besonderen standen kopf. Nicht ob der Spende; denn es war schon mehrfach vorgekommen, daß vermögende Bürger sich durch ansehnliche Stiftungen beliebt machten; aber dann geschah es aus gesellschaftlichen oder geschäftlichen Rücksichten und bestimmt nicht anonym. Hans Pfeiffer hörte schmunzelnd das allgemeine Rätselraten und beteiligte sich daran, soweit er als bescheidener Primaner überhaupt mitreden durfte.
Er hatte wohl seine besonderen Gründe, an dem Sommerfest teilzunehmen. Er schloß sich, mangels anderer Gelegenheit, dem Sanitätsrat Steinhauer an. Seine Beziehungen zu dem alten Herrn waren allerdings etwas unregelmäßiger Art. Nach der offiziellen Antrittsvisite, die nach Mitternacht mit Brüderschaft geendet hatte, war man sich wieder fremd geworden und kümmerte sich nicht viel umeinander. Nur von Zeit zu Zeit, wenn der Sanitätsrat den allgemeinen Weltschmerz bekam, bat er Hans Pfeiffer unter irgendeinem Vorwand zu sich, um mit ihm einigen Flaschen den Hals zu brechen und erneut Brüderschaft zu trinken.
Zum Sport und insbesondere zum Rudern und Schwimmen hatte der Sanitätsrat nicht die leisesten Beziehungen. Er war mehr für die Befeuchtung von innen. Aber als langjähriges Ehrenmitglied des Ruder- und Schwimmvereins durfte er beim Sommerfest nicht fehlen. »Das Schönste am ganzen Sommer ist der Durst«, erklärte er seinem jungen Freunde und handelte entsprechend. Hans Pfeiffer fühlte sich nicht sonderlich wohl unter der verdächtig wachsenden Flaschenparade. Aber von diesem Platz aus konnte er den Tisch der Familie Knauer unauffällig beobachten.
Eva saß zunächst säuberlich zwischen Papa und Mama. Sie hatte Hans mehrfach heimlich zugetrunken, worauf dieser jedesmal hastig ein volles Glas hinuntergoß. Aber dann erschien plötzlich Professor Crey und wurde neben Eva placiert. Frau Knauer hielt das so für richtig. Hans sah von nun ab ostentativ weg und mußte feststellen, daß der Schnauz heute eine erheblich bessere Figur machte als auf der Wippe. Er sprach viel und eindringlich zu Eva, und es war nicht zu verkennen, daß sie ihm meistens

auch zuhörte. Hans hoffte immer noch darauf, daß er mit ihr tanzen würde; aber das tat er nicht. Wohl aber stürzten jedesmal, wenn die Musik einsetzte, ein Dutzend Jünglinge auf Eva los; es waren bestimmt die schneidigsten von Babenberg, wie denn auch Eva unverkennbar das hübscheste Mädchen ihres Jahrganges war, trotz der luftigen Hanni Axmacher. Aber dann bekam Eva jedesmal von ihrer Mutter unter dem Tisch eine dringliche Ermahnung und lehnte den Tanz dankend ab. Frau Knauer hielt das so für richtig. Und Professor Crey freute sich, daß das kluge Mädchen seine Unterhaltung vorzog.
Hans langweilte sich. Sein Freund Husemann war nicht gekommen. Mit dem langen Rosen stand er sich nicht gut. Ackermann war in seiner zahlreichen Familie eingekeilt. Rudi Knebel aber, die letzte Hoffnung, war dauernd verschwunden. Inzwischen sorgte Ella Mäusezahl rührend für die Unterbringung der Lose. Am Tische Knauer gab sie sich ganz besondere Mühe. »Das letzte Los auf dem Teller; greifen Sie zu, Fräulein Knauer, das gibt Glück!« Eva zögerte. Im vorigen Jahr hatte sie vierzehn Lose gehabt und einen Rasierapparat gewonnen. Aber schon hat der galante Professor Crey für sie das Los erstanden.
Kurze Zeit darauf war am Tische Knauer ein wilder Lärm. Eine dichte Menge drängte sich herum. Eva hatte das Paddelboot gewonnen und ist irrsinnig vor Freude. Sie fällt abwechselnd dem Papa und der Mama um den Hals – beinahe hätte Professor Crey auch etwas abgekriegt – und singt in einem fort: »Ich habe ein Paddelboot, ich habe ein Paddelboot.«
Es war Sitte, daß die Primaner um zehn Uhr unauffällig das Fest verließen; die Unterprimaner sogar schon um halb zehn. Hans Pfeiffer gelang es gerade noch, Eva in einer Ecke des Saales zu erwischen und ihr zu gratulieren. Sie war immer noch außer sich.
»Und ich weiß auch jetzt, von wem das Boot ist!«
»Ja?«
»Von Crey natürlich. Ich bin doch nicht dumm! Und der hat auch dafür gesorgt, daß ich das richtige Los bekam. Ist das nicht goldig von ihm?«
Hans Pfeiffer sagte nichts und ging nach Hause. Unterwegs rechnete er: Hundertvierundsechzig Mark – dazu Fracht und Verpackung sieben Mark zwanzig – Konfekt für Fräulein Mäusezahl drei Mark fünfzig –.

Aber auch Professor Crey war nicht glücklich. Daß man ihm trotz heftigster Gegenwehr das gestiftete Paddelboot in die Schuhe schob, war zur Not noch zu ertragen. Aber daß man ihm eine Schiebung mit dem Los zutraute – das konnte er nicht verwinden.

Prompt nach dem Sommerfest setzten die heißen Tage ein.
Die Hitze schickt der Himmel, damit die Pennäler hitzefrei bekommen. Aber die Menschen bezeigen oft mangelhaftes Verständnis für die Schickungen des Himmels. Knauer litt nicht sehr unter der Hitze. Und Kliemke sprengte Klassenzimmer, Korridore und Schulhof eifrig mit Wasser und sorgte dafür, daß das Schulthermometer nicht über den kritischen Punkt kam. Derweilen saß die Oberprima beim Schnauz im Chemiesaal und kämpfte verzweifelt gegen den Schlaf. »Kämpfen« ist übertrieben ausgedrückt. Man übte sich in der Technik, sitzend zu schlafen, ohne den Kopf herunterpurzeln zu lassen. Einzelne hatten es erstaunlich weit gebracht. Rosen konnte dabei sogar die Augen offenhalten. Husemann war ganz besonders begabt; aber er hatte eine starke Neigung zum Schnarchen, und das erwies sich mitunter als störend. Auch überhörte er mehrfach das Ende der Stunde und lehnte noch einsam in seiner Bank, wenn Ackermann längst geläutet hatte und die Klasse abgeschwirrt war. Was er tat, tat er gründlich.
Selbst der bescheidene Melworm beteiligte sich am Wettschlafen. Melworm war der Tugendbold der Klasse und das geräuschloseste, was man sich denken kann. Selbst wenn er aufgerufen wurde, antwortete er meist mit einem leisen Schweigen. Daß Melworm überhaupt existierte, hatte Hans Pfeiffer erst im Laufe der Zeit gemerkt. Von Melworm ging die Kunde, daß er heimlich Traktätchen verteilte. Dies war freilich nicht nachzuprüfen, da er seine Klassengenossen damit verschonte. Tatsache war, daß er sich von allen weltlichen Belustigungen fernhielt. Fragte man ihn: »Melworm, morgen machen wir Kommers. Du kommst doch hin?« Dann antwortete er: »O nein; dies ist nicht der Weg, der zum Heile führet.« – Aber in der Chemiestunde schlafen hielt er nicht für sündhaft. Er tat es mit Inbrunst.
Hans Pfeiffer konnte nicht schlafen. Er litt an ausgesprochener

Schlaflosigkeit. Mancherlei ging ihm durch den Kopf. Nach Berlin hatte er geschrieben. Und Antwort von Marion erhalten, einen Brief mit gezogenen Konsequenzen. Vielleicht war es gut so, wie es gekommen war. Es ist immer gut so, wie es kommt. Wenigstens muß man es glauben, dann stimmt es auch.
Rudi Knebel war mit dem Kopf vornübergekippt und dadurch munter geworden. Jetzt lugte er durch das offene Fenster zum benachbarten Lyzeum hinüber und stellte Betrachtungen an.
»Hans, denk mal, so ein ganzes Haus voll Mädels.«
»Mhm.«
»Ich möchte, ich wäre auch ein Mädel. Den ganzen Tag mit den Puppchen zusammen, du, das denk' ich mir herrlich.«
»Ein Irrtum. Wenn du ein Mädel wärest, hättest du nichts von den Mädels.«
»Ich meine das ja auch anders.«
»Das macht die Hitze.«
»Die sollten uns mal ein paar herüberschicken, Junge, das brächte Leben in die Bude.«
Dazwischen hörte man die wie kilometerweit entfernte Stimme des Predigers in der Wüste: »Schwäfelwasserstoff entstäht dorch Einwerkung von Schwäfelsäure auf Schwäfeleisen nach der Gleichong –«
Er kritzelte etwas an die Tafel und bildete sich ein, daß alle aufpaßten.
Rudi Knebel starrte noch immer durchs offene Fenster. Man könnte so hübsch da drüben in den Physiksaal gucken, das wäre fein. Aber die Bande hat immer die Fenster zu. Warum bloß?
»Damit es nicht fein ist.«
»Das müßte man ihnen mal abgewöhnen.«
Hans zog die Stirne kraus und überlegte.
Schwefel ist ein sehr verbreitetes Element. Es findet sich in der Natur teils rein vor, teils an Metalle gebunden, es ist eine gelbliche, kristallinische Masse, besitzt ein Atomgewicht von 32,07 und schmilzt bei 112,8 Grad Celsius.
Alles das hatte Hans bei seinem Abitur gewußt, aber in der Zwischenzeit verschwitzt. Jetzt lag es wieder parat.
Der Schnauz hatte inzwischen eine Portion Schwefelsäure auf Schwefeleisen gegossen. Es gab eine lebhafte Gasentwicklung und roch wie die Pest.

»Schwäfelwasserstoff est ein onangenehmer Geselle. Er besetzt einen entenseven Geroch nach faulen Eiern und anderen onanständigen Sachen.«
Die Klasse machte pflichtschuldigst »Hö-hö-hö-hö«.
»Du, Rudi, ich weiß jetzt, wie ich's ihnen abgewöhne.«
»Was denn?«
Schon war Hans aufgesprungen und hatte beim Schnauz Nasenbluten gemeldet. Er durfte hinaus, flitzte zur Wasserleitung, wusch sich die Aquarellfarben ab und flitzte weiter bis zum Keller, in den Heizraum. Hier hingen alte Kittel, Schürzen und Blusen.
Zehn Minuten später strolchte ein junger Arbeiter durch die Gänge des Lyzeums. Gesicht und Hände waren schmutzbeschmiert und ölig. Er trug ein Paket unter dem Arm.
Am Physiksaal wird er angehalten. Von der Inspektionslehrerin. Es ist Pause.
»Ich soll die Wasserleitung nachsehen.«
»So, dann lassen Sie sich nicht stören.«
Er ließ sich nicht stören. Im Physiksaal packte er das Paket aus. In eine mit Flüssigkeit gefüllte Flasche ließ er schwarzes Zeug fallen und roch mit befriedigter Grimasse an der Flasche. Dann stellte er die Geschichte unter den von allen Seiten geschlossenen Sockel des großen Arbeitstisches und verschwand.
Es war höchste Zeit; denn schon nahte die weibliche Oberprima. Die Direktorin erteilte Physik.
Der Unterricht begann.
Der Unterricht begann damit, daß die Fenster geschlossen wurden. Dafür waren drei pflichtbewußte Damen ehrenamtlich bestellt.
Schon nach kurzer Zeit wird die Direktorin unruhig. Sie blickt mißtrauisch umher und fragt schließlich:
»Ich weiß nicht – hat vielleicht jemand von Ihnen Käse auf dem Butterbrot?« – Nein, sie haben keinen Käse.
Bald darauf fängt sie abermals an zu schnuppern.
»Ich weiß nicht, es riecht immer noch so merkwürdig –.«
Der Geruch geht nicht weg. Die Direktorin versucht, die Sache zu übergehen. Vielleicht ist es auch Einbildung.
Aber es ist keine Einbildung.
Schließlich platzt sie los: »Was ist das denn? Riechen Sie das nicht?«

»Ja.«
»Wonach riecht das eigentlich?«
Eine meldet sich: »Das riecht nach –«, sie kann nicht weiter und platzt aus.
Eine zweite: »Nein, das riecht mehr nach –«, platzt ebenfalls aus.
Nach und nach platzen sie alle. Prusten und quietschen vor Vergnügen.
Da entschließt man sich zum äußersten: Die Fenster werden geöffnet.
Frische Luft kommt herein. Aaaah!
Aber helfen tut es nicht. Der Geruch wird immer penetranter. Die Direktorin, die gewissermaßen an der Quelle sitzt, konstatiert: »Es riecht nach Landwirtschaft.«
Dann kommt es also von draußen. Die Fenster werden schleunigst wieder geschlossen.
Nach weiteren drei Minuten befindet sich die Klasse in wilder Flucht. Der Unterricht wird abgebrochen. Der Baurat muß bestellt werden.
»Frau Direktorin, dürfen wir nach Hause?«
»Wir gehen in die Klasse und repetieren französische Grammatik.«
Die Fenster des Physiksaales werden sperrangelweit geöffnet. Vom Gymnasium kann man ungehindert hineinschauen. Aber man blickt auf leere Bänke.

Am nächsten Tag erschien ein eisgraues Männlein, stellte sich als Baurat vor und suchte die Ursache der Duftei zu ergründen. Er ergründete sie. Dann meldete er sich bei der Direktorin, um zu berichten. Die Direktorin gab Deutsch und war intensiv, aber nicht angenehm beschäftigt. In blonder Scheinheiligkeit hatte Eva die Frage aufgeworfen, warum Faust nicht um Gretchens Hand angehalten habe. Die Direktorin konnte nicht antworten. Diese Frage war in den Kommentaren unbehandelt geblieben, und nun tat sie, was jeder erfahrene Lehrer in solchen Fällen tut: Sie fragt die Klasse.
Der Erfolg war entsprechend.
»Faust wollte nicht. Weil Gretchen ein Kind hatte.«
»Setzen. – Bitte?«

»Faust konnte nicht. Weil Gretchen schon verheiratet war.«
»— ? —«
»Natürlich; denn sie hatte doch ein Kind.«
Es klopfte im rechten Augenblick. Herr Baurat ließ bitten.
Ein Baurat ist zum Bauen da. An sich selbst kann er nicht bauen. Seine Arme waren übermäßig lang, seine Hände trommelten ans Schienbein. Alte Männer werden infolge Vertrocknung immer kürzer, die Knorpelscheiben der Wirbelsäule verschrumpfen. Aber die Arme behalten ihre Länge, in den Armen sind keine Knorpelscheiben.
Die Diagnose lautet: Im Physiksaal ist das Holzwerk morsch, und der Geruch kommt von der Ausdünstung eines Pilzes mit lateinischem Namen. Der Physiksaal muß von Grund auf renoviert werden.
Später fand man beim Renovieren die Stelle, wo der Hund begraben lag: eine schändliche Flasche. Aber man merkte nichts. Und wenn man etwas gemerkt hätte, würde man sich gehütet haben, etwas zu merken.
Die bauliche Veränderung währte etliche Wochen. In dieser Zeit mußten Physik und Chemie ausfallen. Die Mädels jubelten.
Sie jubelten zu früh. Physik und Chemie wurden durch Algebra und Grammatik ersetzt. Es war nicht auszuhalten.
Aber Eva hatte eine Idee. Ob sie die Idee ganz allein bekommen hat, oder ob der erfindungsreiche Hans Pfeiffer, der immerhin wegen des Physiksaales ein verteufelt schlechtes Gewissen hatte, ihr dabei ein bißchen geholfen hat, geht niemand etwas an. Jedenfalls wurde Eva bei der Direktorin vorstellig: Physik sei auf keinen Fall zu entbehren. Physik sei wahnsinnig wichtig. Alle hätten besonders Physik so entsetzlich gern. Leider seien sie alle in Physik so weit zurück. Und sämtliche Eltern trügen sich mit der Absicht, eine Beschwerde einzureichen, und wenn es nicht anders gehe — dann könne man den Physikunterricht ja vielleicht im Physiksaal des Gymnasiums abhalten, mit dem Gymnasium zusammen, nicht wahr?
»Aber liebes Kind! Ich bin gewiß eine modern denkende Frau. Aber — abgesehen von allem anderen, Ihr Herr Vater würde mir ganz was anderes sagen.«
Eva ging zu ihrem Vater.
»Mit dem Lyzeum zusammen? Aber Eva! Und ganz abgesehen davon — eure Direktorin wird den Deibel tun.«

Man muß die Sache anders aufziehen, dachte Eva und suchte nochmals die Direktorin auf: Sie habe mit ihrem Vater gesprochen. Er sei ganz begeistert von der Idee und könne gar nicht begreifen, daß die Frau Direktorin –

»Aber Evchen, davon ist doch gar keine Rede. Wenn der Herr Direktor gestattet, selbstverständlich mit Freuden.«

Dann wieder zum Vater: Die Frau Direktorin sei entzückt von dem Vorschlag und hoffe, daß er seinerseits keine Schwierigkeiten machen werde.

»Aber ganz im Gegenteil! Wenn ich ihr damit dienlich sein kann –.«

Am Nachmittag dieses denkwürdigen Übereinkommens zwischen Gymnasium und Lyzeum war Eva wieder einmal bei ihrer zuverlässigen Freundin Lisbeth und Hans nicht zu Hause.

Das war nichts Besonderes, denn sie kamen so häufig zusammen, wie es nur eben möglich war. Hans hatte auch längst seine Ohrfeige bekommen und einige tausend weitere verdient und nicht bekommen. Auch dieser Nachmittag wäre nicht weiter bemerkenswert gewesen, wenn die beiden Liebesleute dabei nicht in ein böses Unwetter geraten wären.

Sie marschierten, wie so oft, über den waldigen Hügelrücken, der sich an der Flußniederung entlangzog. Es war schon seit vielen Tagen eine geradezu lähmende Hitze. Die Wiesen und Felder schimmerten braun. Die Blätter hingen müde und schlaff an den Zweigen. Selbst den Vögeln schien es zu warm zum Singen; sie ließen sich durch die eifrigen Grillen vertreten.

Auch die Luft schien völlig eingeschlafen. Ein kleiner Dampfer mit großen Schleppkähnen kroch in der Ferne den Strom herauf; kilometerlang hing die Rauchfahne über den Windungen des Flusses. Man konnte weit schauen; die Luft schimmerte in einer verdächtigen Klarheit.

Das war kein Wetter für große Märsche. Hans und Eva ließen sich auf einem moosigen Abhang nieder. Eva hatte ihren Wuschelkopf in Hans Pfeiffers Arm gelegt und versuchte zu träumen. Hans bemühte sich, sie nicht zu stören, und vermied jede Bewegung. Er wagte kaum zu atmen.

Aber Eva schlief nicht.

»Hans, machst du Ostern dein Abitur?«

»Natürlich. Warum meinst du?«
»Kannst du nicht ein bißchen durchfallen?«
»Wenn ich mir tüchtig Mühe gebe.«
»Bitte, Hans, gib dir tüchtig Mühe.«
Hans fühlte schon seit einiger Zeit, daß die sorgenfreie und zukunftslose Primanertändelei ausgetändelt war.
Immer häufiger drängten seine Gedanken vorwärts.
»Du fürchtest wohl, daß ich dann weggehe?«
»Och«, sagte sie und drückte ihren Kopf fester an seine Brust.
»Eva, ich könnte dich ja auch – – was wollte ich noch sagen?«
Noch nie hatte er diese Frage berührt. Auch Eva nicht. Jetzt war eine Gelegenheit, alles zu verderben.
»Ich meine, vielleicht könnte ich dich dann mitnehmen.«
Eva sah mit großen klaren Augen zu ihm herauf.
»Du bist ja verrückt«, sagte sie.
War er verrückt? Er war zur Zeit Primaner. Er hätte die Maske jetzt abwerfen können; aber das wollte er nicht. Immerhin war er doch ein Primaner ganz besonderer Art. Bildete er sich ein. Das müßte genügen.
Er rupfte einen Halm aus und zerriß ihn in kleine Stücke. Dann fragte er unvermittelt: »Was ist eigentlich mit dem Professor Crey? Der verkehrt wohl viel bei euch?«
»Den soll ich doch heiraten, Hans.«
»Ja, und?«
»Gar nichts. An so was denke ich noch gar nicht. Ich bin doch noch ein kleines Schulmädel. Aber weißt du, Hans –.« Sie hob ihren Kopf lebhaft in die Höhe: »Wenn ich später mal heiraten sollte – man kann ja nie wissen – du, dann müßte es schon ein ganz Besonderer sein. Einer, der mir richtig imponiert, und der zehnmal so klug ist wie ich. Meinst du nicht auch?«
Das meinte Hans auch. Richtig imponieren – zehnmal so klug, dachte er, das kann sie haben.
Und nun beging er prompt den Fehler, der so oft in solchen Lagen gemacht wird: Er versuchte zu imponieren, zehnmal so klug zu sein.
Er wurde plötzlich gesprächig, machte Konversation. Er fing an, sein universales Wissen auszubreiten, mit Witz und Geist zu spritzen und seine Bildung zur Schau zu stellen. Er tat es sicher sehr geschickt. Aber vielleicht nicht geschickt genug für die feinfühlende Eva.

Von den allgemeinen Tagesfragen ausgehend, drängte er schnell das Gespräch ins Historische, ging dann auf die alte und neue Philosophie über und war auf dem Wege der modernen Naturphilosophie, der Elektronen- und Quanten-Lehre.
Bei Eva verfing das nicht. »Einstein ist mir zu hoch«, erklärte sie offen. »Ich weiß, daß es auf der Welt vielleicht ein Dutzend Mathematiker gibt, die bei Einstein mitreden können. Alle anderen verrenken sich dabei den Verstand oder machen sich selbst was weis.«
Hans fühlte die Abfuhr.
»Vielleicht, liebe Eva, fehlt dir hier etwa das naturwissenschaftliche Denken.«
»Dafür haben wir ja Gott sei Dank den Crey!«
»Warum erwähnst du den Namen? Du weißt, daß du mich damit ärgerst.«
»Wenn ich das wüßte, würde ich ihn häufiger erwähnen. Crey, Crey, Crey! – Oder hast du lieber, wenn ich Schnauz sage?«, lenkte sie ein.
Hans merkte, daß er nicht auf dem richtigen Wege war. Er ließ eine kleine Atempause eintreten und spielte dann das Gespräch geschickt auf die Literatur über. Das war vielleicht eher etwas für kleine Mädchen. Und hier war er ganz besonders zu Hause. In seinem Eifer hatte er gar nicht bemerkt, daß sich der Himmel bleigrau zugezogen hatte, während im Westen ein schwefelgelber Lichtschein stand und alles mit einem schrägen, unheimlichen Zwielicht umgab. Er achtete auch nicht darauf, daß kurze, scharfe Windstöße in die Baumgipfel stießen und Zweige und Äste herunterfegten.
»Siehst du, Eva, was in der Musik der Kontrapunkt ist, das ist im Drama und im Roman die Gegenhandlung. Bei Hamsuns ‚Segen der Erde' zum Beispiel – darüber ist übrigens kürzlich eine sehr interessante kritische Schrift erschienen von – meinem Namensvetter Johannes Pfeiffer. Du hast sie sicher gelesen?«
»Ich kenne ‚Segen der Erde' und vieles andere. Aber die tausend Über-Bücher kenne ich nicht. Ich mache mir auch nichts daraus. Es ist immer so, daß irgendein kleiner Mann sich anmaßt, an einem großen herumzukorrigieren.«
»Dann hältst du also diesen Johannes Pfeiffer für einen kleinen Mann?«
Das Gespräch wurde nicht zu Ende geführt, denn inzwischen

brach das Gewitter los. Es blitzte, und ein langes dumpfes Rollen ging durch den Himmelsraum. Schon klatschten die ersten schweren Tropfen.
»Da ist ein Bauernhaus«, schrie Eva und stürmte den Abhang hinunter, daß ihr die Röcke bis an die Hüften flogen. Hans markierte zunächst den Gemächlichen und trottete langsam hinterdrein. Laufen hätte ihm nicht erwachsen genug ausgesehen. Zehn Meter vor dem Bauernhaus – Eva war schon in Sicherheit – tat es einen neuen Donnerschlag, und im gleichen Augenblick prasselte schlagartig ein eiskalter Sturzregen auf ihn nieder. Jetzt konnte Hans Pfeiffer Beine machen. Aber die zehn Meter bis zum Bauernhaus genügten, ihn bis auf die Haut zu durchnässen.
Die Tür war offen. Sie stürmten hinein. Als ihre Augen sich an das stickige Dunkel gewöhnt hatten, sahen sie sich in einer armseligen Bauernstube. Ein Mädchen hantierte am Ofen und nahm keine Notiz von ihnen; auch der alte Bauer, der bewegungslos in einer Ecke saß, ließ sich nicht stören. In kurzen Zeitabschnitten kamen immer neue Ausflügler, bis auf die Knochen durchnäßt, in die Stube geflüchtet. Es dauerte nicht lange, da war der kleine Raum voll von triefenden Menschen. Um die Füße herum bildeten sich breite Wasserlachen. Und schließlich kam auch vom Hof her, der die Regenmassen nicht fassen konnte, das Wasser über die Türschwelle in die Stube gelaufen. Es war alles andere als gemütlich.
Draußen tobte das Unwetter. Eine ägyptische Finsternis war eingebrochen. Durch die kleinen Fenster sah man nichts als niederstürzende Wassermengen. Dazwischen blitzte es in immer kürzeren Abständen, und das Donnern riß gar nicht mehr ab. Es war, als wenn mehrere Gewitter in Wettbewerb getreten wären.
In der Stube pfiff jemand eine Schlagermelodie. Andere machten »Pst«. Jetzt pfiff der eine erst recht. Eine lebhafte Debatte entstand; einige hielten es für ungehörig, andere geradezu für lebensgefährlich, bei einem Gewitter zu pfeifen. Hans Pfeiffer aber nahm den Vorfall zum Anlaß, einen gelehrten Vortrag über Sitten, Gebräuche und Aberglauben bei Gewittergefahr vom Stapel zu lassen. Zehnmal so klug, dachte er.
Schade, daß Eva etwas Wichtigeres zu tun gefunden hatte. Da stand gottverlassen in der Ecke ein kleines Bübchen, pitschnaß

bis auf die Knochen, blau angelaufen und bibbernd vor Kälte, und heulte leise vor sich hin. Keiner kümmerte sich um den kleinen Mann. Aber schon hatte Eva ihn mit einem Schwung auf den Tisch gesetzt und fing an, ihm Schuhe, Strümpfe, Hemdchen und Höschen auszuziehen. Dann rieb sie den kleinen Nackedei trocken und mummelte ihn in ihre Sommerjacke. Seine nassen Sächelchen hing sie zum Trocknen über den Ofen. Und als der kleine Bengel noch ein Glas heiße Milch bekam, das sie sich von den Bauersleuten erbat, war er wieder glücklich und zufrieden, stellte sein Flennen ein und lachte breit übers ganze Gesicht. Nun meldete sich auch seine Schwester, die bisher damit beschäftigt war, ihre verregnete Frisur in Ordnung zu bringen und ihre Handtasche trockenzureiben.

Allmählich schien es draußen heller zu werden. Eva war ans Fenster getreten; Pfeiffer sah im Gegenlicht ihre Silhouette. Wie ein alter Scherenschnitt, dachte er. Und mit welcher Beherztheit und Selbstverständlichkeit hatte sie den kleinen Jungen ausgezogen. Als wenn sie nie im Leben etwas anderes getan hätte, als nasse Jüngelchen trockenzulegen.

Er empfand das Bedürfnis, auch seinerseits etwas Vernünftiges zu tun. Er veranstaltete unter den Ausflüglern eine kleine Sammlung zugunsten des armen Bauern, dem man tüchtig die Bude beschmutzt hatte. Der alte Mann nahm die 1,30 Mark mit derselben Gleichgültigkeit an, mit der er das Unwetter und die ungebetenen Gäste über sich hatte ergehen lassen.

Der Regen hörte auf. Die Bewohner verkrümelten sich allmählich. Auch Hans und Eva traten den Heimweg an.

Der Wald war in einen Morast verwandelt. Die lehmigen Wege standen unter Wasser. »Ich hätte mein Faltboot mitbringen sollen«, meinte Eva. Ihre leichten Sommerschuhe waren den Strapazen nicht gewachsen; an dem einen löste sich vorn die Sohle. Hans opferte die Hälfte seines Schnürriemens und legte dem Schuh einen Notverband an. Dreißig Meter weiter war bereits die Auflösung der Sohle vollendet, und Eva schritt beherzt in ihrem Schuh auf bloßem Strumpf durch den Wald. Da entstand ein neues Hindernis. Ein kleines Rinnsal, sonst mit einem Schritt zu übersteigen, hatte sich in einen tosenden Wildbach verwandelt. Es blieb nichts anderes übrigen, als ihn an einer Stelle, wo er breit wie ein See, aber dafür weniger tief und reißend war, zu durchwaten. Hans zog Schuhe und Strümpfe aus, krempelte sich seine Hose so hoch er konnte und trug Eva hindurch. Eine süße Last, dachte er, als er ihren jungen Körper fühlte. So dachte er die ersten paar Meter. Dann dachte er nur noch an das gelbe, gurgelnde Wasser, das ihm wild um die Knie schoß. Und schließlich merkte er, daß er Eva unglücklich gefaßt hatte. Er war an Traglasten nicht gewohnt. Sie wurde ihm von Schritt zu Schritt schwerer. Ich bin ein Christophorus, dachte er. Als er drüben war, sprang Eva leichtfüßig von ihm ab. Er war einigermaßen hinter Atem.

»Eva, ich möchte dich so durchs Leben tragen«, keuchte er.

Das war etwas banal gesagt. Er fühlte es selbst. Aber es war ihm verdammt ernst, und darum war ihm nichts Besseres eingefallen. Und es war wirklich nicht nötig, daß Eva ihn mitleidig anlächelte und die Backen tätschelte. »Ruh dich etwas aus, Hans«, sagte sie.

War das eine Antwort auf sein Anerbieten, sie durchs Leben zu tragen? Wer war er denn?

Er dachte an eine Wette, die er damals in Berlin verloren hatte. Er sollte für irgendein Magazin eine Abhandlung über Hölderlin liefern und hatte spaßeshalber das Opus von einem ihm bekannten Studenten der Tierarzneikunde zusammenschreiben lassen; es hatte ihm nachher große Mühe gekostet, zu verhindern, daß das Zeug gedruckt wurde. Jetzt war es genau umgekehrt mit ihm. Als Babenberger Pennäler hätte er einen Faust dichten, er hätte wie Zarathustra reden können – er hätte nur ein mitleidiges Lächeln erzielt.

Es wurde immer wärmer, trotz des nahenden Abends. Der feuchte Boden dampfte. Schwaden hingen zwischen den Bäumen. Alles sah aus wie durch einen Gazeschleier betrachtet. Grünes Licht hing in der Luft.

»Eva, wird sind eben durch das Gewitter unterbrochen worden. Wir sprachen von Johannes Pfeiffer, dem ‚kleinen Mann', wie du so geschmackvoll sagst. Hast du überhaupt schon etwas von ihm gelesen?«

»Vielleicht nicht alles. Aber ich kenne von ihm ‚Brot und Kunst' und die ‚Islandfischer'.«

»Wie gefällt dir ‚Brot und Kunst'?«

»Das ist sehr geistreich und packend geschrieben. Aber – man hat doch das Gefühl, da schreibt jemand vom Hunger, der noch nie selbst gehungert hat.«

»Das ist ja auch nicht nötig, Eva. Wenn ich zum Beispiel einmal über Napoleon schreibe, dann ist es nicht erforderlich, daß ich schon einmal Kaiser war.«

»Du möchtest wohl gerne Schriftsteller werden?«

»Vielleicht.«

»Ach, Hans, mich geht es ja eigentlich nichts an – aber ich weiß nicht –«

»Natürlich weißt du nicht«, sagte Hans barsch, »du kannst ja auch nicht wissen. Woher denn auch? – Und was hältst du von dem ‚Doppelten Buchhalter'?«

»Du, der ist köstlich, wahnsinnig komisch. Und nicht so unangenehm ironisch wie manche anderen Sachen von ihm, ‚Blubb' zum Beispiel oder ‚Eheferien'. Weißt du, ich mag diese herablassende Art nicht, über die Spießer zu witzeln. Das ist billig und ungerecht. Denn Spießer muß es geben. Und wer auf Spießer schimpft, ist selber einer, sagt mein Vater. – Ich will das nicht gerade von diesem Johannes Pfeiffer sagen. Aber ich glaube, das ist doch noch ein ziemlich unfertiger Mensch, der noch nicht recht weiß, was er will.«

»Da könntest du recht haben«, sagte Hans nachdenklich und etwas niedergeschlagen; »er ist ja auch noch ziemlich jung. Aber ein ganz lieber Kerl im übrigen.«

»Kennst du ihn persönlich?«

Hans fühlte, in welch gefährliche Nähe er das Gespräch getrieben hatte. Aber es reizte ihn.

»Natürlich kenne ich ihn. Wir waren viel zusammen in Berlin. Ich könnte dir allerlei von ihm erzählen. Auch manches, was andere nicht von ihm wissen. – Weißt du, wie er aussieht?«

»Wahrscheinlich gerade umgekehrt, als man ihn sich vorstellt. Vielleicht klein und dick, mit Glatze, Frau und acht Kindern.«

Hans war tief beleidigt. »Er ist natürlich nicht verheiratet. Auch nicht mehr verlobt. Er hat auch meines Wissens keine Kinder. Und ein hübscher Mensch. Ziemlich groß und schlank, so wie ich, vielleicht eine Kleinigkeit breiter. Haar dunkelblond, nach hinten gekämmt –.« Es war höchste Zeit, abzubremsen, aber ihn ritt der Teufel. »Und dunkle Brille, ähnlich wie ich. Und das Gesicht – also, wenn du es genau wissen willst – sieh mich mal an, Eva.« – Er faßt sie bei den Händen und steht dicht vor ihr.

»Sieh mir ganz fest in die Augen. So! Jetzt weißt du, wie er aussieht.«

»Wieso?«
»Genau so sieht er aus. Genau wie ich. Eva! Sieh mal, Eva, ich kann dich doch nicht ewig belügen. Der Johannes Pfeiffer bin ich!«
Eva wußte nicht recht, ob sie lachen sollte.
»Ja, Eva. Und ‚Brot und Kunst' ist von mir, und der ‚Doppelte Buchhalter' ist von mir, und ‚Eheferien' und ‚Blubb' und all das andere. Und damit du es weißt, auch das Paddelboot ist von mir. Alles ist von mir. So!«
Er hatte es wild herausgesprudelt. Und nun war es da.
Eva sah ihn langsam und ernst an. »Was ist mit dir los? Du bist heute unerträglich.«
»Also, wenn du das nicht glaubst – Eva, ich gebe dir mein Ehrenwort – ich schwöre dir –«
»Schäm dich, Hans. Wenn du mich schon veralbern willst, dann tue es bitte ohne Schwur und Ehrenwort.«
Hans war puterrot geworden. »Ich habe nicht die Absicht, mich mit dir weiter über dies Thema zu unterhalten. Ich könnte dir ja morgen meine Papiere mitbringen.«
»Wenn du willst.«
»Du brauchst das nicht spöttisch zu sagen. Natürlich, wenn ich will. Aber – ich will nicht. Hörst du, Eva, ich will nicht. Ich denke gar nicht daran. Wenn du immer noch nicht merkst, wen du vor dir hast, wenn du mich immer noch für einen kleinen, armseligen Primaner hältst, dann –«
»Dann?«
»– dann geschieht dir ganz recht!«
Das Gespräch war zu Ende.
Hans sagte nichts mehr.
Eva sagte nichts mehr.
Sie trotteten nebeneinander her, sorgsam in zwei Meter Abstand. Jeder blickte steif geradeaus, mit gepreßten Lippen und geblähten Nasenflügeln.
So gingen sie durch den Wald.
Hans fühlte ein Kitzeln im Hals. Aber er wagte nicht, sich zu räuspern, er fürchtete, man würde das als Annäherungsversuch auslegen.
Eva fror und hätte gern ihre Jacke gehabt, die Hans trug. Aber sie hätte sich eher die Zunge abgebissen.
Auf diese Weise kamen sie endlich dort an, wo sie sich zu tren-

nen pflegten. Die ersten Häuser von Babenberg waren in Sicht. Vereinzelt brannten schon die Lichter.

»Dann auf Wiedersehen.«

»Auf Wiedersehen.«

Sie gingen auseinander. Er nach rechts. Sie nach links.

Er hätte gern gesehen, ob sie sich nach ihm umschaute. Aber er wagte nicht, den Kopf zu drehen.

Eva ging es genau so.

Durch die glücklicherweise wenig belebte Burgstraße nach Babenberg hinein ging ein junger Mann, der sich einigermaßen auffallend benahm. Von Zeit zu Zeit blieb er stehen, schlug sich mit der rechten Hand eine kräftige Backpfeife auf die linke Seite und mit der linken Hand auf die rechte Seite. Dann nahm er seine Brille ab und wiederholte die Prozedur mit vermehrter Kraft.

Am liebsten hätte er sich auch noch in die Hinterfront getreten, aber dabei stieß er auf technische Schwierigkeiten.

Es schlug halb neun. Um acht Uhr fing der Kommers an. Er hatte keine Zeit, sich zu Hause umzuziehen. Er kam ohnehin schon in auffälliger Weise zu spät.

Er setzte sich in Eilmarsch und überlegte eine Ausrede. Gegenüber einem Magister ist das furchtbar leicht. Da war es ein feststehender Katalog: Nasenbluten, Zahnschmerzen, Uhr stehengeblieben, Fuß verstaucht und so weiter. Aber Kameraden sind verdammt hellhörig.

Kurz vor neun Uhr kam er in der »Schere« an. Es war eine üble Fuhrmannskneipe, etwas hinter der Stadt. Aber vor Magistern war sie sicher, und vor allen Dingen hatte sie ein verschwiegenes Hinterstübchen mit Notausgang zum Flußufer. Hans ging durch den langen Gang, dann links an der Küche vorbei, dann wieder geradeaus, hinter der Toilette rechts herum, dann quer über den Hof, und dann war er da. Er hatte schon fast bis zur Straße das Getöse der zu löblichem Tun versammelten Primaner gehört. In der kleinen verräucherten Bude saßen sie nun großspurig hinter mannhaften Humpen und qualmten mit Heroismus billige Fehlfarben. Sie empfingen ihn mit einem Regen perfider Fragen.

»Warst wohl angenehm verhindert?«

»Ist es nett gewesen?«
»War sie zärtlich?«
»Laß ihn doch. Er ist ja noch gar nicht bei Besinnung.«
Hans wurde rot bis hinter die Ohren. »Wie ein Primaner«, dachte er und kämpfte dagegen an. Dadurch wurde es noch ärger.
»Hans hat ein schlechtes Gewissen.«
Er rappelt sich zusammen, »Dumme Bande, seid doch nicht so neidisch. Ich garantiere, morgen hat jeder sein Mädel. Neben sich auf der Bank. Jawohl, auf der Schulbank.«
Er enthüllte das Geheimnis des Gasangriffs und der zusammengelegten Physikstunde.
In dichten Knäueln drängten sie sich um ihn und lauschten mit angehaltenem Atem. Sie ließen das Bier abstehen und die Zigaretten erkalten. Sie taten aus Genußsucht, als glaubten sie nicht daran, und verlangten sämtliche kleinen und großen Ehren- und Bierwörter. Sie drohten ihm Klassenkeile an, wenn er sie verkohle. Aber tiefinnerlich waren sie überzeugt, daß alles seine Richtigkeit habe. Denn es war zu schön, um Flunkerei zu sein.
Hans konnte sich nicht enthalten, den wahren Sachverhalt ein wenig umzufälschen. Er schilderte ihn so, als habe er von Anbeginn an einen gemeinschaftlichen Physikunterricht ins Auge gefaßt. Er sagte es nicht rund heraus, aber es wurde so aufgenommen. Und Hans war schlau genug, nicht zu widersprechen. Als Schriftsteller hätte er es »künstlerische Retusche« genannt. Als Gymnasiast mußte ihm dieser Begriff fremd sein. Darum beschwichtigte er sein Gewissen mit einem Fäßchen Bier, das er der Oberprima schmiß.
Und so hub dann ein altgermanisches Zechen an. Man wollte sich würdig auf den morgigen Tag vorbereiten. Außerdem kostete es nichts, und es wäre Verschwendung gewesen, sich nicht zu betrinken.
Hans hatte völlig durchnäßte Schuhe, und die dicke Lehmkruste hinderte jedes Ausdünsten. Er zog sie kurzerhand aus, stellte sie zum Trocknen auf und wickelte zwischendurch seine Füße in Zeitungspapier. Er fühlte eine wohlige Wärme.
Rudi Knebel bearbeitete die Drahtkommode.
Ein Wirtshausklavier hat es nicht gut im Leben. Diesem hier waren einige Zähne ausgefallen oder ausgeschlagen. Die meisten Tasten waren braun angelaufen. Auf mehreren fehlte der Belag. Immerhin, wenn man fest drauf drückte, gab es einen leichten

Knall und einen jammernden Ton wie bei einer Hawai-Gitarre. Möglich auch, daß die Tonhöhe nicht durchaus der Reihenfolge der Tasten entsprach. Auf jeden Fall konnte man mit dem Instrument den Lärm der Primaner um ein Erkleckliches überlärmen.

Und war man mit dem Klavier nicht recht zufrieden oder empfand man Mitleid mit dem Möbel: dann lupfte man den Deckel und schüttete einige Glas Bier hinein. Allerdings ohne dadurch die Leistungen des Instruments merklich zu steigern.

Da das Klavier keine Tonarten mehr kannte, so sangen die Primaner in verschiedenen, ihnen persönlich zusagenden Tonhöhen. Husemann sang Baß, Knebel Heldentenor, Schrenk Bariton und Rosen Mezzosopran. Melworm flötete wie eine todgeweihte Amsel. – Es klang durchaus atonal.

Dazwischen pumpten sie kaltes Bier in die jungen Mägen, schrien und johlten, tanzten miteinander und schmissen Stühle um. Und waren sehr, sehr glücklich. Ackermann als Präses benutzte den väterlichen Spazierstock als Schläger, gebot Silentium, ließ von der Drahtkommode die erste Strophe vorspielen, brachte den fidelen Sängern ein Schmollis über das andere und tröstete den anstandshalber mitzechenden Melworm. Es wurden Halbe, Viertel und Achtel in die Welt getrunken. Man schrie: »Werde zu Hause zu rühmen wissen«, man bat »Tempus peto« und gewährte »habeas«. Man führte einen studentischen Ramsch herbei und soff einfache und doppelte Bierjungen, was bekanntermaßen gleich hinter der Todesstrafe rangiert, und nach erledigtem Bierjungen stürzte man schnellstens hinaus. Man aß auch wohl ein belegtes Schnittchen und fühlte sich zwischen Elend und Herrlichkeit so pudelwohl, daß man gar nicht wußte, was es noch Schöneres auf Erden geben könne. Es war nicht nur die physiologische Wirkung des Alkohols, nicht nur die vollkommene Neuartigkeit des Genusses, bei dem man gewissermaßen wie bei der ersten Liebschaft unbekanntes Neuland betrat und staunte und sich groß fühlte. Es war vor allen Dingen die maßlose Verbotenheit der Sache. Schon der Gedanke allein, fünf Stunden hintereinander ohne Unterbrechung gegen die Schulordnung zu verstoßen, genügte vollauf, um eine Raserei des Glücks zu bewirken. Es war nicht wie beim Bummel, wo man erwartet, daß etwas los ist, aber nichts kommt, und weil nichts kommt, die Erwartung immer höher steigt und doch nicht er-

füllt wird. Hier schien alles schön und groß und herrlich und originell. Man barst vor Vergnügen, wenn Hans Pfeiffer einen Salamander à la Schnauz kommandierte: »Aber jäder nor einen wenzegen Schlock.« Man erstickte vor Lachen und prustete das Bier im Sprühregen wieder von sich, wenn Husemann anfing zu bömmeln. »Wat ist Bier? Da stelle mer uns janz dumm, un da sage mer so: Bier ist, wo, wat, wemmer keins hat, mer sich eins bestelle muß.«
Dann wird Melworm, der große Schweiger, zu einer Rede verdonnert, und Ackermann beckmessert, wie oft Melworm »öh« sagt. Auch der kleine Luck wird nicht verschont. Er muß seine heimlichen Gedichte deklamieren oder drei Ganze spinnen. Drei Ganze hätte er nicht überlebt; also stellt er sich in die Ecke und spricht mit Geisterstimme seine tief empfundenen Kreuzungen zwischen Hölderlin und Stefan George. Er wurde selbst ganz erschüttert davon. Die anderen allerdings noch mehr; sie lagen unter den Stühlen und wälzten sich. Selbst Hans Pfeiffer lachte mit und wandte sich schamhaft ab. Luck aber ward von Stund an Satiriker.

Es ging auf elf Uhr. Und es wurde immer schöner. Immer lauter. Alles geschah im Fortissimo, das Singen, Kommandieren, Erzählen, sogar das Trinken. Die Salamander wurden nicht gerieben, sondern gehauen, daß die Henkel von den Krügen sprangen. Von außen hörte es sich an wie ein Hexensabbat. Auf der Straße blieben die Leute stehen und wunderten sich. Die Beteiligten aber fühlten sich wie auf Parkettsitzen im Paradies.
Den Höhepunkt bildeten die Lieder. Hier konnten sie alle gleichzeitig schreien, und jeder kam sich vor, als sei er allein der Urheber des Getöses. Und so sangen sie in endloser Kette abgelegte Studentenlieder: »Im schwarzen Walfisch zu Askalon«, »Was kommt dort von der Höh'?«, die »Lindenwirtin« und »Ça ça geschmauset«. Oder übten ihre humanistische Bildung an »Gaudeamus igitur« und »Ergo bibamus«, besangen die Liebe an Hand der »Lore am Tore« oder der »Filia hospitalis«, der keine aequalis sei. Oder wurden plötzlich gerührte Männer und fragten immer wieder die alte Burschenherrlichkeit, wohin sie entschwunden sei. Am lautesten aber tobte man von der Freiheit. »Frei ist der Bursch« oder »Freiheit, die ich meine« oder auch:

»Burschen heraus!
Lasset es erschallen von Haus zu Haus!

Rufet zu Hilfe die Poesei
Gegen – –«

Jäh zerbrach der Männergesang. Ein bleicher Schreckensruf! »Der Zeus!« Verflogen waren mit einem Schlage Tyrannensturz und Freiheitskoller. Und übrig blieb ein Fähnlein angstschlotternder Schulbuben, die in wilder Flucht zum Fenster hinauskrabbelten. Auf den Hof, in die Rückzugslinie, an den Fluß.

Ein Glück, daß Hans Pfeiffer den Rückzug organisierte und deckte. »Kommersbücher mitnehmen!« Da standen nämlich die Namen drin. Und gerade will Hans in seine halbgetrockneten Schuhe schlüpfen, um wie ein Kapitän als Letzter das sinkende Schiff zu verlassen, da fühlt er sich am Rockschoß ergriffen.

»Pfeiffer? Natürlich wieder der Pfeiffer. – Was tun Sie hier?«

»Ich? Nichts. Ich ziehe mir die Schuhe an.«

»Wo sind die anderen?«

»Bei meiner Wirtin. Zum Putzen.«

»Halten Sie den Mund! – Wer war sonst noch hier?«

Hans hält den Mund.

»Antwort! Wer war sonst noch hier?«

»Ich war ganz allein, Herr Direktor, ich liebe die Einsamkeit.«

Knauer sah sich im Raume um. Überall gestürzte Gläser, weggeworfene Zigarren, große Pfützen, umgeworfene Stühle.

»So? – Und wem gehören diese Gläser?«

»Ich hatte kolossalen Durst.«

»Pfeiffer, wenn Sie die Namen nicht sagen, fliegen Sie von der Schule!«

Damit war Hans nicht gedient. Jetzt, wo es gerade anfing, gemütlich zu werden!

»Herr Direktor, dazu haben Sie kein Recht. Sie dürfen mich nicht zwingen, meine Kameraden zu verpetzen. Das können Sie pädagogisch nicht verantworten! Ich habe kürzlich noch mit meinem Onkel einen ähnlichen Fall besprochen. Sie kennen doch den Ministerialdirektor von Webern im Unterrichtsministerium?«

Der Direktor kannte ihn zwar nicht. Er konnte ihn auch nicht kennen. Einen Webern gab es zwar, aber der war ohne »von« und lieferte Hans in Berlin die Kohlen. Immerhin machte aber der »Onkel Ministerialdirektor« einigen Eindruck. Knauer war nicht für Konflikte.

»Ich nehme als selbstverständlich an, daß Ihre Zechgenossen keine Schüler unserer Anstalt sind«, sagte er und einigte sich mit

Hans Pfeiffer auf eine saftige Strafarbeit, die am kommenden Nachmittag um halb fünf eigenhändig bei ihm abzuliefern sei. Zur Verschärfung der Strafe und Empfangnahme einer ausführlichen Verwarnung.

Als Brett am nächsten Morgen die Oberprima betrat, mußte er süffisant lächeln. Alle hatten die Sonntagsanzüge an und ihre schönsten Hemden. Alle waren gekämmt und rasiert, geschniegelt und gebügelt. Wie zu einer Hochzeit. Rudi Knebel wetteiferte im Glänzen mit einer Tomate. Rosen hatte sich mit dem duftigen Spitzentüchlein seiner Schwester garniert. Der kleine Luck saß auf einem Band Brockhaus, um größer zu erscheinen. In fiebernder Erregung wartete man auf die Gemeinschaftsstunde.
Dr. Brett konnte heute nicht viel mit den Oberprimanern anfangen. Nach den Freiübungen wurde Hans aufgerufen. Er versagte und zog sich eine Ansprache zu.
»Sie sind auch einer von den genialen Burschen, die alles von selber können. Ich warne Sie! Bei uns lernen Sie Mathematik, Latein, Französisch, Englisch und manches andere. Aber das Wertvollste, was Sie auf der Schule lernen können, ist Arbeiten. Darauf kommt es im Leben an. Wenn ich unter meinen früheren Schülern Umschau halte – aus wem ist was geworden? Nicht aus den Genialen – nein, aus den Arbeitern. Arbeiten bewirkt den sozialen Aufstieg.«
Hans fühlte sich getroffen. Als ob der soziale Aufstieg unser höchstes Ziel wäre.
»Mein Lieber, das Gymnasium ist eine bürgerliche Institution und dient einem bürgerlichen Ideal. Wer als Diogenes in der Tonne sitzt oder in seiner Dachkammer unsterbliche Verse für die Nachwelt dichtet, der bedarf keines Reifezeugnisses.«
Schade, daß diese klugen Worte vor einer Korona gesprochen wurden, deren Sinn nach anderen Dingen stand.
Endlich war es elf. Mit klopfenden Pulsen stieg man hinunter in den Physiksaal.
Nichts war zu sehen. Kein Zopf, kein Lockenkopf, kein Rock, kein Garnichts.
Vielleicht warten sie schon unten im Saal?
Keineswegs. Sie warten nicht.
Vielleicht kommen sie noch?

Herein kommt der Schnauz. Hinter ihm niemand. Er schließt die Tür.
Aus. Hans hat geschwindelt.
Unheimliche Stille im Saal. Man hört Scharren und Zähneknirschen. Hans fühlt sich von hinten erdolcht.
Da öffnet sich die Tür, der Direktor erscheint, und hinter ihm, von der Direktorin geführt, ein Festzug junger Mädchen.
Aaaaaah!
Sie waren im Lyzeum formiert und zu einer feierlichen Prozession zusammengestellt worden, damit sie keinen Augenblick länger als erforderlich mit den Jungens zusammen seien.
Der Festzug nähert sich. Mit gesenkten Wimpern wandeln die Fräulein herein. Um den Arbeitstisch herum und in die aufsteigenden Bänke. Voll überstürzter Ehrerbietung rücken die Jünglinge auf die Seite.
»Setzen!«
Der Direktor ergreift das Wort und bittet seine lieben Primaner, sich mit der unvermeidlichen Tatsache abzufinden. Es handle sich um einen vorübergehenden Zustand von wenigen Wochen.
Dann verschwindet er mit der Direktorin.
Es kann losgehen.
Die jungen Damen hatten sich rasch an die Situation gewöhnt, blickten vergnügt im Kreise umher und fühlten sich bald wie zu Hause. Um so befangener war die Männerriege. Jeder einzelne Oberprimaner hatte das Gefühl, daß sämtliche Mädchen mit nichts anderem beschäftigt seien als mit seiner Frisur und mit seiner Nasenspitze. Es war nicht halb so lustig, wie man es sich ausgemalt hatte. Wenigstens einstweilen.
Der Schnauz schwamm in Seligkeit. Mit langen, gewollt jugendlichen Schritten stelzte er vor der Klasse auf und nieder und redete wie ein Buch. Er hatte sich ausgezeichnet präpariert und apostrophierte ausschließlich die Damen. Seine Primaner waren Luft für ihn. Er sprach lauter und vernehmlicher als sonst und erbaute sich am Tönen seines nasalen Organs. Die Mädels erbauten sich gleichfalls.
Das mußte der Schnauz auf die Dauer merken. Er bat um Aufmerksamkeit. Verbindlich lächelnd. Väterlich mahnend. Und schließlich richtig böse. Jedesmal erzielte er denselben Erfolg: verstärktes Amüsement und Gekicher. Seine Autorität stand in Gefahr.

»Meine Damen, Sä zwengen mech zo einer geharneschten Maßrägel. Ech wärde Sä auseinander sätzen, damet das Geflöster onter Ehnen aufhört.«
Die Maßregel wurde befolgt. Unsere Oberprima saß nun in bunter Reihe. Jeder hatte ein Mädel neben sich. Pfeiffer natürlich seine Eva. Gegen ihren Willen. Nur für den kleinen Luck war keine übriggeblieben. Er hatte es nicht anders erwartet.
Die Umgruppierung half tatsächlich. Man ließ den Schnauz in Ruhe. Die neugebackenen Banknachbarn blinzelten sich verstohlen zu. Einige fanden Gefallen aneinander. Einige bedauerten beim Platzwechsel nicht genügend Obacht gegeben zu haben. Am meisten haderte der lange Rosen mit seinem Geschick. Er war neben seine Schwester geraten. Rudi Knebel hatte sich zum strahlenden Kürbis emporgeschwungen. Melworm betete inbrünstig zum Himmel seiner Sekte.
Schnauz will das Aufleuchten einer Selen-Zelle vorführen und macht das Zimmer dunkel.
Selen hat ein Atomgewicht von 79,2. Eine der seltsamsten Eigenschaften des Selen besteht darin, daß es seinen Widerstand dem elektrischen Strom gegenüber ändert, sobald es belichtet wird. Man kann auf diese Weise Lichtschwankungen umsetzen in elektrische Stromstöße. Diesem Zweck dient die sogenannte Selen-Zelle, auf deren Wirkung die Bildtelegraphie beruht. Hugh! Der große Schnauz hat gesprochen. Hehres Schweigen im verdunkelten Saal.
Ein Mädel quietscht.
Der Schnauz räuspert sich bedrohlich.
Ein zweiter Quietscher, länger und kräftiger als vorher.
Schnauz schaltete das Licht ein. Alle sitzen da mit fromm gefalteten Händen und staunen.
»Wär est das gewäsen?«
Niemand.
»Wär est das gewäsen?«
Hans meldet sich freiwillig.
»Onsenn, das war eine Schölerin. Ech wärde die Öbeltäterin festställen.«
Er läßt die Mädels einzeln an sich vorbeimarschieren und der Reihe nach quietschen. Sie tun es herzhaft und mit Lust. Nur Ilselotte hält es für angebracht, ihre Stimme zu verstellen und einen tiefen Ton zu quaken.

Das schlechte Gewissen wird zum Verräter.
»Warom haben Sä gequähtscht?«
»Ich weiß nicht«, haucht Ilselotte. Dabei schaut sie den armen Schnauz aus blauen Madonnenaugen so betörend an, daß er völlig die Fassung verliert. Er muß wegblicken und ist wehrlos.
»Sätzen Sä sech, ond passen Sä nächstes Mal bässer auf, damet Sä könftig wessen, warom Sä quähtschen.«
Ilselotte stöckelt auf ihren Platz zurück. Sie saß neben Rudi Knebel.
Die Mädels wußten nun Bescheid. Professor Crey tat ihnen nichts. Augen wie eine Madonna konnten sie alle machen.
Der Schnauz sammelte sich rasch und dozierte weiter. Er kam zum Schluß: »– ond so äntsteht bei dähsem Versoch ein starker Öberschoß an Steckstoff. Wäderholen Sä das, Pfeiffer!«
Hans wiederholte mit scheinheiligem Gesicht:
»Ond so äntsteht bei dähsem Versoch ein starker Öberschoß an Steckstoff.«
Der Schnauz schnauzte: »Haben Sä emmer däse alberne Aussprache?«
Die Antwort erfolgt von der gesamten Klasse in Form eines Brüllens. Aber über den rauhen Primanerbässen schwebt ein hoher Oberton aus Mädchenkehlen. Aus dem Männerchor war ein gemischter Chor geworden.

Am Nachmittag saßen Frau Direktor Knauer und Tochter am festlich gedeckten Kaffeetisch und harrten des Herrn Professor Crey.
Eva sollte Hausmütterchen spielen und hatte eine Tändelschürze umbinden müssen. Auch der gigantische Napfkuchen auf dem Tisch war ihr Werk. Allerdings hatte die Mama dabei Oberaufsicht geführt. Die verbrannte Seite war geschickt mit Zucker überpudert. – Mama Knauer ist nervös. Sie rückt auf dem Kaffeetisch bald ein Löffelchen, bald eine Tasse zurecht. Sie dreht den Kuchen, daß die schöne Seite vor Professor Creys Platz zu stehen kommt, und erteilt die letzten Ermahnungen:
»Du mußt wirklich etwas liebenswürdiger zu ihm sein, Eva. Er soll allmählich merken, daß du ihn gern hast. Zieh dir mal die Bluse tiefer. Und halte dich besser. Brust heraus! Siehst ja aus wie ein Kind.«

Es klingelt.
»Minna, den Herrn sofort hereinführen!«
So! Rasch die Stühle geradegeschoben. Dann hingesetzt. Und die Häkelarbeit zur Hand genommen. Bitte recht freundlich. Jetzt kann der Besuch nähertreten.
Der Besuch heißt Hans Pfeiffer. Hans kommt mit seiner Strafarbeit. Einen so aufmerksamen Empfang hatte er nicht erwartet. Er stellt sich den Herrschaften vor. Der Herr Direktor habe ihn hergebeten.
Mama Knauer weiß nicht recht. Aber es wird schon stimmen. Ihr Gatte tut nichts Unüberlegtes.
Sie nötigt den Primaner wohl oder übel an den Tisch, und schon sitzt er zwischen Mutter und Tochter. Crey war für vier Uhr geladen. Fangen wir einstweilen an. Kaffee, Sahne gefällig? Zucker? Selbstgebackener Kuchen – bitte tüchtig zuzulangen.
Hans fühlt sich. Endlich wird man wieder für voll genommen. Endlich ist man nicht bloß ein armseliger Pennäler. Sondern Besuch.
Er unterhält die Damen so geistreich wie möglich. Er spricht von der Kaffee-Ernte, von Eleonore Duse, von der Erforschung des Nordpols, von der Sumpfschildkröte und von tausend anderen Dingen. Und von jedem ein bißchen. Wie ein Magazin. Motto: Zehnmal so klug wie sie.
Mama Knauer hängt an seinen Lippen. Sie wird von Hans hofiert. Er bewundert ihr Kleid und die Brosche. Er lobt den Kaffee und den Kuchen. Er sagt zu ihr »Meine Gnädigste«. Er ist mitten in die Familie gerutscht.
Plötzlich steht er auf. Papa Knauer ist eingetreten.
Hinter ihm Crey.
»Pfeiffer, wo haben Sie Ihre Strafarbeit?«
»Strafarbeit« hat er gesagt. Eva wird rot und beißt sich auf die Lippen. Frau Knauer weiß nicht, was sie sagen soll. Die anderen wissen es auch nicht. Die Stimmung ist eisig, unter Null. Endlich findet Frau Knauer den Anlauf:
»Herr – Pfeiffer – wir möchten Sie dann nicht länger aufhalten.«
»Sä haben sicher noch Ehre Scholarbeiten zo machen«, ergänzt Professor Crey.
Hans fühlt die Demütigung; er will etwas Freches sagen. »Verzeihung, aber ich hatte –«
»Sä haben gar nichts. Sätzen Sä sech.«

Hans Pfeiffer setzt sich nicht, sondern macht eine linkische Verbeugung und schleicht von hinnen. Wie ein begossener Pudel.

Am nächsten Tag war Professor Crey ziemlich ungnädig zu Hans. Er beachtete ihn nicht, er nahm ihn nicht dran. Er überging ihn völlig. Von mir aus, dachte Hans, ich kann das lange aushalten. Zu allem Unglück aber auch hatte er sein Geschichtsbuch vergessen. Da wurde der Schnauz sehr ironisch. »Pfeiffer, Sä send doch där, där sech so gärn zom Kaffee einlädt. Heute nachmettag Ponkt vier Ohr mälden Sä sech mit dem Boche in meiner Wohnung. Aber Kaffee und Kochen gebt es necht.«
Am Nachmittag, Punkt vier Uhr – sogar schon zehn Minuten vorher – ist Hans Pfeiffer zur Stelle. Allerdings nicht bei Herrn Professor Crey, sondern draußen an der Neurather Landstraße. Und er hat auch kein Geschichtsbuch bei sich, sondern ein lustiges Blumensträußchen, das er sich im sanitätsrätlichen Garten zusammengeklaut hat. In der Hand schwingt er ein silberbeschlagenes Bambusstöckchen, mit dem er durch die Luft fuchtelt und schneidige Terzen und Quarten ins Leere haut.
Von der Johanniskirche schlägt es vier. Jetzt muß sie jeden Augenblick kommen. Und der Schnauz kann warten, bis er schwarz wird. Morgen kriegt er irgendeine Entschuldigung. Dafür hat man ja die Frau Windscheid.
Heute würde er auch das mit Johannes Pfeiffer in Ordnung bringen. »Evamädchen«, würde er zu ihr sagen, »laß doch den Quatsch. Ich war ja nur wütend, daß ich dich nicht habe verkohlen können; aber du bist ja ein viel zu kluges Mädchen, und ich will's auch nicht mehr wiedertun.«
Wo bleibt sie denn? Sie war gewiß schon unterwegs.
Eva war nicht unterwegs.
Eva hatte sich wie gewöhnlich von Hause drücken wollen, um zu ihrer zuverlässigen Freundin Lisbeth zu gehen, war aber von der Mutter geschnappt worden.
»Wo willst du schon wieder hin?«
»Och, gar nichts, ich wollte nur –«
»Das Gelaufe hört mir auf. Übrigens habe ich noch mit dir zu reden.«
Die Uhr an der Johanniskirche schlägt viereinviertel. Hans steht nach wie vor an der Neurather Landstraße. Er wird langsam un-

geduldig. Warten ist nicht seine starke Seite. Aber er hat ja auch den Schnauz draufgesetzt; der Gedanke tröstet ihn.
Merkwürdig übrigens, daß Eva ihn warten läßt. Vielleicht ein gutes Zeichen. Kleine Unkorrektheiten beweisen eine gewisse Vertraulichkeit. Bei Fremden ist man pünktlich.
Er wickelt sich in Geduld. Er marschiert zwischen zwei Chausseebäumen hin und her. Er zählt die Schritte. Berechnet danach die Breite der Straße und den Abstand der Bäume. –
Um halb fünf ist die Unterredung zwischen Eva und ihrer Mutter beendet. Eva hat ein verheultes Gesicht und ist mit allem einverstanden.
»Also, mein Kind, du weißt jetzt, was du zu tun hast. Gib mir die Hand.«
Eva reicht sie willenlos, mit abgewandtem Gesicht. Dann geht sie auf ihr Zimmer und schließt sich ein.
– Indessen stand Hans immer noch treu und brav an der Neurather Landstraße. Treu und brav ist allerdings nicht wörtlich zu nehmen. Seine Schrittberechnungen machten ihm keinen Spaß mehr. Er war dazu übergegangen, seine Wut an unschuldigen Zweigen, Sträuchern und Ginsterbüschen auszulassen, die er mit seinem Spazierstock erbarmungslos köpfte. In Abständen von zehn Minuten sah er auf seine Uhr. Als es zwanzig Minuten vor fünf war, stellte er Eva ein Ultimatum: Noch genau fünf Minuten würde er warten, keine Sekunde länger. Um Viertel vor fünf verlängerte er das Ultimatum um weitere fünf Minuten, und dann nochmals um drei Minuten.
Aber dann war es aus. Das Sträußchen flog in weitem Bogen in den Straßengraben. Beinah wäre der Spazierstock mitgeflogen.
Da fiel ihm zur rechten Zeit wieder Professor Crey ein. Der Gedanke, daß der Schnauz jetzt auch dreiviertel Stunde auf ihn gewartet hatte und inzwischen geplatzt sein mußte, war ihm wie Balsam. – Das ging er sich ansehen.
Professor Creys ältliche Wirtschafterin öffnete. Der Herr Professor sei eben ausgegangen, wolle aber gleich wiederkommen. Wenn der junge Herr so lange warten möchte?
Kaum war die Wirtschafterin in der Küche, stellte Hans seine Taschenuhr auf vier, stellte Creys Wanduhr auf vier, stellte die Nippesuhr mit der geflügelten Jungfrau auf vier und stellte nebenan den Wecker auf dem Nachttisch ebenfalls auf vier. Draußen tat es fünf Schläge.

Alsbald kehrte der Schnauz zurück. Hans ließ sich nach allen Regeln der Kunst anpfeifen ob seiner Unpünktlichkeit. Das tat ihm wohl. Als Crey zu Ende war und einen Öbergang sochte zo väterlicher Ermahnung, zog Hans mit dem Antlitz eines Märtyrers seine Uhr und sagte:
»Herr Professor, eben ist es vier.«
»Dann gäht Ehre Ohr natörlich falsch.«
»Vielleicht haben Sie nicht die richtige Zeit, Herr Professor.«
»Was Sä necht sagen!« Er zeigte auf seine diversen Uhren und wurde zusehends kleinlauter. Und stellte zu guter Letzt seine eigene Taschenuhr zurück. Sie war überstimmt.
Crey ist namenlos unglücklich, daß er einen Schüler – und sei es auch nur der Pfeiffer – zu Unrecht angepfiffen hat. Er entschuldigte sich in aller Form.
»Ich bin Ihnen nicht böse, Herr Professor. Die Standpauke können wir ja meinem Konto gutschreiben.«
Inwendig ist ihm weniger keß zumute. Als er wieder auf der Straße steht, kommt ihm sein ganzes Elend zum Bewußtsein. Was ist mit Eva?
Er rennt nach Hause. – Er weiß nicht warum.
Sanitätsrat Steinhauer ist ins Bad gereist, seine Säuferleber auszuspülen. Knoll hat seinen Wohnsitz verlegen müssen. Er war es satt, sich immer wieder von Frau Windscheid die Leviten lesen zu lassen. Und ist mit seinem Verhältnis über alle Berge.
Hans zieht sich in sein Zimmer zurück. Unten wird geschellt. Hans geht öffnen. Ein Kind gibt einen Brief für ihn ab.
Offenbar von Eva. Er schlitzt ihn auf. Seine Hand zittert. Er liest. Wird blaß, knüllt den Brief zusammen und pfeffert ihn auf den Boden. Setzt sich auf eine Kiste mit leeren Flaschen und stiert auf das Papierkügelchen. Dann hebt er es auf, streicht es umständlich und sorgfältig auseinander und steckt es ein.
Frau Windscheid hört, wie er unaufhörlich mit schweren Schritten in seinem Zimmer auf und ab stampft. Immer auf und ab. Schon eine halbe Stunde. Länger.
Sie fragt, ob sie ihm einen Tee bereiten soll. Hans stößt einen entsetzlichen Fluch aus und rasselt die Treppe hinunter. Auf die Straße. An die Luft.
Sinnlos wandert er durch die Stadt. Kreuz und quer, ohne Ziel. Er kommt durch Straßen, die er noch nie gesehen hat – und das will in diesem Städtchen viel heißen.

Er hat die letzten Nächte schlecht geschlafen. Alles in ihm lechzt nach Durchlüftung und Freiheit. Er verspürt das Bedürfnis, sich körperlich müde zu machen. Ziellos tappt er durch die Gassen. Beim Gärtner Molinar macht er halt. Der Sohn züchtet Kakteen, der Alte Orchideen. Hans kauft einen Busch Cymbidium Lowianum, für fünfundzwanzig Mark. Das sind hundert Blüten. Heute ist Freitag. Sonntag vormittag sind die Orchideen bei Fräulein Knauer abzugeben.
Als er draußen ist, rennt er zurück. Bestellt die Blumen wieder ab. Es wäre ein Irrtum. Der Gärtner sieht ihn groß an und gibt ihm achselzuckend das Geld wieder heraus.
Es dämmert. Sterne stechen durch die flirrende Himmelskuppel. Die Giebel verschwinden, die Menschen sind wie unter Wasser. Babenberg wird Vineta. Aber das Pflaster ist alles andere als traumhaft. Wie kann man nur so holprig sein! Die Sohlen schmerzen.
Nicht nach Hause. Nur nicht nach Hause. Er humpelt weiter.
Plötzlich hat er eine Vision. Er sperrt Mund und Nase auf und greift sich an den Kopf. Er ist wahnsinnig geworden:
Vor ihm stehen, wie aus dem Erdboden gezaubert, seine Kumpane von der Feuerzangenbowle: Justizrat Fleisch, der alte Etzel und Geheimrat Fröbel.

Da saßen sie nun in dem kleinen Hinterstübchen bei Axmacher am Markt, zusammen mit dem Primaner Hans Pfeiffer.
Für die alten Herren war das ganz neu: Hans Pfeiffer mußte sich immer wieder die Pennälermütze aufsetzen, ein Parzivalgesicht machen und mit dem Finger aufzeigen. Sie wollten sich darüber schier zu Tode lachen. – Dann aber mußte er erzählen.
Sie hatten sich in Berlin ernstlich Sorge um ihn gemacht, als sie rein gar nichts von ihm hörten. Er war, wie die meisten Schriftsteller, von einer bemerkenswerten Schreibfaulheit; auf Briefe antwortete er nur dann, wenn er sich über sie ärgerte. Einmal hatte man bei Marion angerufen, aber die hatte eingehängt. Schließlich bekamen es die Herren von der Feuerzangenbowle, die ja als Väter des Gedankens auch eine gewisse Verantwortung hatten, mit der Angst; eine dreiköpfige Abordnung setzte sich kurz entschlossen auf die Bahn, um nach dem Rechten zu sehen. Und nun waren sie hier.

Hans also erzählte. Alles schön von Anfang an. Vom ersten Bellebemm-bellebemm, über Schnauz und Bömmel, Heidelbeerwein und Karzer, bis zum Schwefelwasserstoff und seinen Folgen. Er erzählte ohne jede Beschönigung, und es war einfach rührend, wie er all die großen Missetaten, sogar die versteckten Schuhe und die Sache mit dem Schild demütig auf seine Kappe nahm. Die alten Herren aber lachten, daß ihnen die Bäuche wackelten; Beefsteak à la Meyer und gebackene Leber mit Zwiebeln wurden darüber kalt.

Von Zeit zu Zeit fiel auch der Name Eva. Es ließ sich nicht ganz vermeiden. Und dann spitzten die drei Feuerzangenherren jedesmal die Ohren. Aber was sie darüber zu hören bekamen, war höchst spärlich und unzusammenhängend, und auch gar nicht besonders komisch. Und wenn sie dennoch lachten, um ihre Aufmerksamkeit zu bekunden, fuhr Hans Pfeiffer beleidigt in die Höhe.

Also hier stimmte etwas nicht. Pfeiffer war überhaupt nicht so, wie er nach so viel Ulk und Spaß hätte sein müssen. Sie quetschten an ihm herum. Aber er wurde immer einsilbiger.

»Wer zum Teufel ist denn überhaupt diese Eva?«

»Das ist ja egal.«

»Ist sie wenigstens hübsch?«

»Wieso wenigstens?«

»Gebildet?«

»Sie hält Johannes Pfeiffer für einen kleinen Mann.«

»Reich?«

»Laßt mich in Ruh.«

»Und Marion?«

»Aus.«

Die drei Männer sehen einander an; die Diagnose steht fest. Ein schwerer Fall. Schließlich wagte der alte Etzel den entscheidenden Vorstoß.

»Mein lieber Junge, lassen Sie sich das von uns alten Strategen gesagt sein: einmal erwischt es uns alle. Niemand entgeht seinem Schicksal. Und gegen Verliebtheit gibt es nur ein Radikalmittel: Heiraten. Eine Pferdekur, aber sie hilft.«

Pfeiffer glotzt auf seinen Bierfilz. »Quatsch. Primaner heiraten nicht.«

»Wieso Primaner?«

»Hier in Babenberg bin ich« – er knallt seine Pennälermütze auf

den Tisch – »Primaner! Und wenn ich als Primaner zu schäbig bin – Prosit!«
Hans spült den Rest seiner Rede hinunter und starrt wieder auf das blau-weiß karierte Tischtuch.
»Und was weiter?«
»Gar nichts. Morgen mittag fahre ich mit euch nach Hause. Aus! Schluß!«
»Sie wollen sich also hier sang- und klanglos verdrücken?«
»Nicht ganz. Ihr kennt meine Vorliebe für dramatische Abschlüsse. Morgen früh gehe ich noch einmal zur Schule und gebe meine Abschiedsvorstellung. Aber eine mit Knalleffekt, sage ich euch. Eine, daß sie mich auf der Stelle hochkantig rausschmeißen. Damit hätte ich dann ja das Ziel meiner Reise erreicht – und komme wenigstens nicht in die Versuchung, hier noch länger hängenzubleiben«, setzt er wehmütig hinzu.
Schweigen in der Runde. Der Justizrat saugt an seiner Brasil. Der alte Etzel ist mit seinem Essen beschäftigt. Pfeiffer liest in der Speisekarte herum; er hat keinen Appetit, Roastbeef mit Remouladensoße – warme Küche bis 11 Uhr abends – es wird gebeten, auf den silbernen Tabletten –
»Pfeiffer, Sie werden gewünscht.«
Pfeiffer fährt herum. Vor ihm steht Professor Crey.
»Pfeiffer, wässen Sä necht, daß Sä nor in Begleitung Ehrer Eltern oder dären Ställverträter –«
»Oh, Herr Professor, die Stellvertreter habe ich mitgebracht. Gleich drei Stück. Darf ich bekannt machen: Herr Professor Dr. Crey – mein Ordinarius; Herr Justizrat Fleisch – mein Vormund; Herr Bankier Etzel – mein Gegenvormund; Herr Geheimrat Fröbel – mein Obervormund.«
Professor Crey lächelt sauersüß. Ein so deffezäler Schöler hat wohl drei Vormönder nöteg, denkt er.
»Wollen Sie nicht Platz nehmen?« Den Spaß möchten sie sich nun doch nicht entgehen lassen.
Crey sieht sich die Herren mißtrauisch an. Sie machen einen durchaus gediegenen Eindruck. Außerdem ist eine gewisse Verbindung zwischen Schule und Haus necht onerwünscht. Er nimmt Platz und bestellt sich ein kleines Helles und sein gewohntes Filet-Gulasch. Aber er ist befangen, fühlt sich von seinem Schöler in seinem Privatleben, beim Essen und Trinken beobachtet. Das Gespräch kommt nicht über Friseurstubenniveau.

Auch Pfeiffer fühlt sich unbehaglich. Er hat Angst, man könnte auf den Gedanken kommen, den Schnauz aufzuziehen. Und ihm ist ganz und gar nicht danach zumute. Was ist mit Eva? Er rutscht hin und her und sieht alle naselang nach seiner Uhr.
»Wenn Sä noch Schoolarbeiten zu erlädigen haben, sollten Sä sech necht abhalten lassen. Es est gleich neun Ohr.«
»Zehn Uhr«, wollen die anderen sagen; aber Hans macht ihnen ein Zeichen. Trotz der frühen Stunde verabschiedet er sich und stiefelt hinaus.
Damit ist der Bann gebrochen. Professor Crey wird gesprächig. Jetzt hat er auch ein Thema. »Der Schöler Pfeiffer est necht ohne Begabong. Aber sähr, sähr kendlich noch, und treibt vähl Förlefanz.« Er erzählt die Heidelbeergeschichte und andere Taten, gesehen von der Seite des Lehrers. Die drei Feuerzangenherren sind erschüttert, wie sich aus dieser Perspektive alles ganz anders ausnimmt. Es ist gar nicht mehr zum Lachen. – Inzwischen wird kräftig weitergezecht, nach Babenberger Ortsgebrauch zu jedem Glas Bier ein Doppelkorn und zu jedem dritten Glas ein Schinkenbrot; der Doppelkorn gegen das kalte Bier und das Schinkenbrot gegen den starken Doppelkorn. In der Kleinstadt wird Saufen zur Wissenschaft. Man hat nichts Besseres.
Der Schnauz wird allmählich warm. Alles Steifleinene fällt nach und nach von ihm ab; zunächst der Professor, dann der Doktor, dann der Oberlehrer. Und übrig bleibt der Mensch Crey. Ein ganz gesprächiger Mensch, voll Güte und Menschenliebe. Und ein ganz vernünftiger Mensch, mit großem Wissen und klugen Gedanken. Die Berliner Herren verstehen sich köstlich mit ihm. Sie begreifen gar nicht, wie Pfeiffer ihn zur Karikatur machen kann. Auch seine Aussprache wurde von Glas zu Glas natürlicher und war schließlich von der eines normalen, leicht bezechten Bürgers nicht mehr zu unterscheiden.
Als Fritz an den Tischen die Aschenbecher und Tischtücher abgenommen und die Stühle auf die Tische getürmt hatte, gingen die Herren, mit stattlicher Bettschwere versehen, nach Hause.

An eben dieser Bettschwere allerdings hatte es Hans Pfeiffer gefehlt, als er sich um zehn Uhr von ihnen verabschiedete. Er wußte auch gar nicht recht, warum er ging. Er lief wieder planlos durch die Stadt.

Die Straßen von Babenberg sind um zehn Uhr abends tot. Nur ab und zu eine Dienstmagd, die den herrschaftlichen Köter an die Luft führt und sich von Baum zu Baum zerren läßt. Oder im Schattenkegel einer Laterne ein kaum sichtbares Liebespärchen. Oder eine Katze, die wie ein Schatten über die Straße wischt und in einem Kellerloch verschwindet. Dazu vom Fluß eine weiche, kühle Nachtluft. In der Ferne ein Hund, der jault. Ein Fenster, das klirrend geschlossen wird.
Sonst ist alles still. Man kann seine Gedanken hören.
Hans steht plötzlich vor dem Gymnasium.
Was wollte er hier? Nichts. Wie kam er her? Er weiß es nicht. Es muß ein Magnet sein.
Der breite Kasten ist tot und dunkel. Nur am linken Flügel im zweiten Stock zwei erleuchtete Fenster: Knauers Wohnzimmer. Hans steht davor und stiert hinauf. Da also sitzt jetzt die Familie. Wahrscheinlich die Mama mit dem Lesezirkel; und Eva spielt mit dem Vater Schach, muß sich einen Turm vorgeben lassen und dennoch verlieren. So verlangt es die väterliche Autorität.
Er war nicht gekommen, um Eva zu sehen. Das war um diese Zeit ganz ausgeschlossen. Außerdem wollte er das auch gar nicht. Auf keinen Fall! Aber es war ja immerhin möglich, daß Eva für den Vater Bier holen muß. Das gibt es doch. Vielleicht hatte er Glück.
Warum stand er hier? Und warum bekommt Vater Knauer keinen Durst? Es war doch so warm heute.
Allmählich tut ihm der Nacken weh; er lehnt sich gegen die Häuserwand. Ein später Radfahrer surrt vorüber. Irgendwo jammert ein Kind.
Die Fenster sind immer noch hell. Aber oberhalb, im dritten Stock, wird auch Licht. Es muß Evas Zimmer sein. Knauer hat keinen Durst bekommen. Eva geht zu Bett.
Das Licht in ihrem Zimmer bleibt. Im Wohnzimmer ist es jetzt dunkel. Sie muß längst ausgezogen sein. Vielleicht liest sie. Vielleicht ein Buch von ihm? So könnte er zu ihr sprechen, ohne daß sie es weiß. Er zittert bei dem Gedanken. Immer noch Licht. Vielleicht liest sie nicht – starrt gegen die Decke und ist traurig – und weiß, daß sie nicht schlafen wird.
»Sie da! Was machen Sie hier?«
Es war der Nachtpolizist.

Als Professor Crey am nächsten Morgen gegen halb acht erwachte, fühlte er einen perfiden Druck im Schädel und einen faden Geschmack auf der Zunge. Was war gestern abend gewesen? Ah so – richtig. Trinkfeste Leute übrigens.
Schnauz blinzelt mühselig nach dem Wecker. Erst halb sieben. Da hätte er ja noch ein halbes Stündchen. Merkwürdig hell heute.
Er wälzt sich auf die andere Seite und schläft schleunigst weiter. –
Inzwischen hatte sich die Oberprima, verstärkt durch die Damen des Lyzeums, im Physiksaal versammelt und harrte ihres Lehrmeisters in der anbefohlenen bunten Reihe. Allerdings waren einige Plätze sachgemäß getauscht. Rosen hatte sich von seiner Schwester weggesetzt, und ebenso seine Schwester von ihm. Luck war an die große Lotte herangerückt und sah mit einem viertel Auge andachtsvoll an ihr empor. Knebel hatte Ilselotte gegen eine andere vertauscht, die weniger quietschte. Der riesige Husemann fand an einem kleinen, quecksilbrigen Püppchen Gefallen und lächelte wohlgefällig auf sie herab.
Hans Pfeiffer saß nicht neben Eva. Er hatte einen großen Karton mitgebracht und kramte in seinen Taschen.
Wo bleibt Schnauz?
»Den habe ich abbestellt«, sagte Hans beiläufig, nahm seinen Karton unter den Arm, holte aus dem Klassenschrank einen ramponierten Fußball und zog damit ab.
Vorsichtig schlüpfte er über den Gang und verschwand mit seinen Requisiten hinter einer Tür mit der Aufschrift: »oo Nur für die Herren Mitglieder des Lehrerkollegiums«.
Nach wenigen Minuten kam er wieder zum Vorschein. Wesentlich, wenn auch nicht zu seinem Vorteil verändert.
Mit Hilfe einer strähnigen Perücke, mit zottiger Bartwolle und Mastix hatte er sich als Professor Crey zurechtgemacht. Auf der rötlich geschminkten Nase sitzt ein goldener Zwicker, und aus der Brusttasche flattert ein überlebensgroßes Seidentuch. Den Fußball trägt er als Spitzbauch unter einer weißen Weste. Er hat alles frech übertrieben und sieht dem Schnauz so ähnlich wie eine unverschämte Karikatur.
Auf dem Wege zum Physiksaal hört er bereits den fröhlichen Krach der gemischten Physikstunde. Ein Sextaner, der ihm auf dem Gang begegnet, grüßt ehrerbietig.
Im Physiksaal ging es allerdings hoch her. Man hatte ein frischfröhliches Tänzchen arrangiert. Mitten auf dem großen, zink-

beschlagenen Experimentiertisch saß die Jazzkapelle, bestehend aus Rudi Knebel mit der Mundharmonika und dem roten Schrader, der auf Säureflaschen und Reagenzgläsern Schlagzeug spielte. Rundherum hopsten und torkelten die Paare. Die Primaner hatten durchweg noch keinen Tanzunterricht genossen und von dem Wesen des Tanzes sehr verschiedene Vorstellungen. Einige hielten die Partnerin mit langen, steifen Armen von sich ab und tanzten im Riesenkreis um sie herum. Andere hatten – offenbar zwecks Platzersparnis – ihre Mädel herzhaft an sich gequetscht, daß ihnen die Luft ausging. Ackermann aber, der mit den vielen Ehrenämtern, hatte alle Hände voll zu tun, um die Glasschränke und Gläsergestelle vor den Tänzern zu schützen. Nur Melworm saß einsam in seiner Bank.

Hans reißt die Tür auf und stelzt in den Physiksaal.

»Sätzen Sä säch.«

Die Klasse tut einen unterdrückten Schrei und stiebt auseinander. Zwei Sekunden Stille. Aber dann erkennt man den Scherz und begrüßt den nachgemachten Schnauz mit Indianergeheul.

Hans Pfeiffer verzieht keine Miene und setzt sich aufs Katheder, schlägt das Klassenbuch auf, trägt seinen Namen ein und beginnt den Unterricht à la Schnauz. Und die Klasse spielt mit. Es war eine köstliche Parodie; schade, daß der Schnauz sie nicht hörte. Er hätte Freude daran gehabt.

»Äva Knauer, stähen Sä auf. Warom lachen Sä? Ech ben heute abend bei Ehnen zom Ässen eingeladen. Beställen Sä Ehrem Vater, ich ben ein alter Mann und gähe leber fröh ins Bette. Soll ech Ehnen den ongeratenen Schöler Pfeiffer als Verträter schecken?«

Eva wird blaß vor Wut. Sie zischelt etwas zwischen den Zähnen.

»Äva Knauer, sätzen Sä sech. Sä send albern. Ehnen fählt die settliche Reife. Ackermann schreiben Sä ens Klassenbooch – Äva Knauer wegen ongehörigen Benähmens – Lock wegen säligen Lächelns – und Knäbel wegen Beröhrens einer Schölerin.«

Ein wahrer Segen, daß das Zimmer des Direktors im entgegengesetzten Flügel des Gebäudes liegt, und daß man dort nichts von der köstlichen Physikstunde und ihren Nebengeräuschen vernahm.

Im Zimmer des Direktors ging nämlich gerade ein feierlicher Akt vonstatten. Der Herr Oberschulrat war unvermutet zu einer Inspektion eingetroffen und stand inmitten der ihn begrüßenden und verbindlich lächelnden Lehrer. Sogar Bömmel sprach zur Feier des Tages hochdeutsch. Es war dem Oberschulrat zu Ohren gekommen, daß Professor Crey neuerdings die Disziplin seiner Klasse nicht mehr in gewohnter Weise hochzuhalten vermochte. Es war sogar irgend etwas von einem angeblichen Trinkgelage während des Unterrichts durchgesickert. Der Herr Oberschulrat ist überzeugt, daß es sich hier um eine Übertreibung handelt. Aber er möchte doch gern mit Professor Crey darüber sprechen. Direktor Knauer will den Schnauz holen. Der Herr Oberschulrat winkt ab. Er will persönlich dem Unterricht beiwohnen.

Der kleine Trupp, wohlgeordnet nach Rang und Dienstalter, setzt sich in Bewegung. Der kurzsichtige Schulrat wird vom Direktor und Dr. Brett geführt.

Je mehr man sich dem Physiksaal nähert, desto deutlicher wird der Raudau hörbar, das Geschrei rauher Primanerkehlen und die hohen Silberstimmen der Mädchen. Dem Direktor verschlägt es den Atem. Der Oberschulrat brummt etwas vor sich hin. Ja, ja, mit Professor Crey scheint es wirklich nicht in Ordnung zu sein; die Disziplin läßt zweifellos zu wünschen übrig.

Dr. Brett versucht den hohen Herrn durch lautes Sprechen abzulenken. Der hohe Herr läßt sich nicht ablenken. Er kaut grimmig an seinem Schnurrbart. Bömmel meint, ob Herr Oberschulrat nicht die neuen Kletterstangen in der Turnhalle besichtigen wolle. Der Oberschulrat will nicht die Kletterstangen in der Turnhalle, sondern Professor Crey sehen. Die Katastrophe ist nicht mehr abzuwenden.

Hans Pfeiffers parodistische Leistung hat inzwischen ihren Höhepunkt erreicht. Die Bande ist nicht mehr zu halten. Er schreit sich die Kehle wund. Diktiert höchste Arreststrafen und droht, den Herrn Direktor zu holen. In diesen Höllenlärm hinein schreitet die hohe Kommission.

Es ist bewundernswert, wie schnell sich in solchen Fällen ein ohrenbetäubender Lärm in Grabesstille und eine tobende Horde in sittsame Musterknaben verwandelt. Im Nu sitzen alle säuberlich auf ihrem Platz und schauen mit großen, blanken Augen in die Luft.

Nur für Hans Pfeiffer gab es keine Rückzugslinie. Er stand in seiner Maskerade hilflos vor der Klasse und versuchte, in die Erde zu versinken. Da ihm das nicht gelang, begnügte er sich damit, zur Plastik zu erstarren.

Auch auf die Mitglieder des Lehrerkollegiums blieb die Szene nicht ohne Eindruck. Der Direktor verfärbte sich wie ein Chamäleon, und auch seine Zunge gemahnt an dies seltsame Tier, indem sie ohne Knauers Zutun sieben-, achtmal aus dem Mund und zurück schnellt. Fridolin befürchtet den Weltuntergang. Auch dem verständnisvollen Brett ging der Spaß über die Hutschnur. Bömmel erstickt in einem Hustenanfall.

Aber noch ehe Direktor Knauer einen Ton herausbringen kann, ist der kurzsichtige Schulrat auf den vermeintlichen Professor Crey zugeschritten und beginnt, ihn jovial zu begrüßen.

»Freut mich außerordentlich, Sie wiederzusehen, lieber Crey. Das ist wohl etwas her, daß wir uns zuletzt gesehen haben. Sie sind etwas schlanker geworden. Wenigstens obenherum. Mehr nach unten möchte man eher das Gegenteil behaupten. Das kommt mit den Jahren. Ja – lassen Sie sich bitte nicht stören, Kollege Crey. Sie hatten wohl eben einen Scherz erzählt. Muß auch sein. Muß auch sein. Humor würzt das Leben. Bitte, fahren Sie im Unterricht fort!«

Endlich hat sich der Direktor soweit erholt und will ein Ende machen. Aber Bömmel hält ihn am Rock fest: »Am beste is, mer sage nix und lasse de Pfeiffer weitermache.«

Das leuchtet dem Direktor ein. Er sagte nichts. Er war ohnehin nicht für Konflikte und ließ Pfeiffer weitermachen. Aber Pfeiffer funktionierte nicht. Hilfesuchend blickt er in die Runde.

»Also, bitte, fahren Sie fort«, wiederholte der Oberschulrat und zog sich auf eine Bank zurück.

Hans Pfeiffer kapiert immer noch nicht. Der Direktor machte ihm verzweifelte Zeichen. Hans Pfeiffer ist wie vernagelt. Er war sicher ein frecher Hund, aber hierfür langte es nicht.

Da bekommt der Direktor von Bömmel einen Anstoß, tritt dicht an Hans Pfeiffer heran und flüstert ihm zu: »Pfeiffer, ich flehe Sie an: lieber Pfeiffer, fahren Sie fort! Spielen Sie das Theater weiter! Der Oberschulrat darf nichts merken! Ich will keine Konflikte.«

Endlich hat der nachgeahmte Schnauz verstanden. Oder hat er sich bisher nur dumm gestellt? Und so fährt er nunmehr auf die ausdrückliche Weisung seines Direktors im Unterricht fort und spielt die Komödie weiter. Und hält seine Chemiestunde im Sinne Creys.

Er strengt sich gewaltig an. Er gibt sein Letztes her. Er vermeidet jede Übertreibung und kopiert den Schnauz so vollendet, daß allmählich die Klasse mitgeht. Auch der Schulrat nickt ihm von Zeit zu Zeit zu. Sein vorgesetzter Groll ist verschwunden. Er findet Creys Unterricht modern, frisch, gelockert und humorgewürzt. Man hat es ja häufig, daß die Kopie besser gefällt als das Original.

Aber es ist unsagbar anstrengend für Pfeiffer, nicht aus der Rolle zu fallen. Der Scherz wird zur Qual. Der Schweiß steht ihm auf der Stirn; das riesengroße Taschentuch tritt immer häufiger in Funktion. Von Zeit zu Zeit hält er ermattet inne. Die Stimme macht nicht mehr mit.

Aber dann raunt ihm der Direktor zu: »Durchhalten, Pfeiffer! Durchhalten! Lassen Sie mich nicht im Stich! Sie werden nicht bestraft, ich gebe Ihnen mein Ehrenwort!«

Pfeiffer schöpft neuen Mut und reißt sich zusammen.

Er wird sogar übermütig.

»Fahren Sä fort, Pfeiffer.«

Der Schüler Pfeiffer antwortet nicht.

»Wo stäckt där Pfeiffer? Natürlich fählt er wieder, dieser Borsche. – Schade, Herr Oberscholrat, ich hätte Ehnen so gärn den größten Flägel der Anstalt vorgeföhrt. Schade.«

In der Klasse beginnt es verdächtig zu glucksen. Knauer schwitzt Blut und Wasser. Brett versteckt sich hinter seinem Taschentuch. Bömmel röchelt.

Der Schulrat möchte etwas von den Damen hören. Hans ruft Eva Knauer auf. Sie versagt, ist vollständig verstört. Und wieder reitet ihn der Teufel. Es ist vielleicht das letztemal, daß er zu ihr reden kann.

»Äva, ech ben met där onzofreden. Du gähst den Dingen necht genögend auf den Grond. Es est necht alles Gold, was glänzt, aber auch necht alles Dräck, was donkel est. Der Steinkohlentäär est eine schmotzige, kläbrige Substanz und armsälig ond schwarz wie eine Schölermötze; und doch stäcken en ehm die ädelsten Stoffe.«

Der Herr Oberschulrat wundert sich über das Du. »Sind Sie mit Fräulein Knauer verwandt?«

Pfeiffer weiß keine Antwort. Aber der Direktor weiß sie: »Gewiß, Herr Oberschulrat, nicht gerade verwandt, aber sozusagen –«

»Verlobt«, ergänzte Hans.

»Verlobt«, bestätigt der Direktor.
Hans nimmt die Glückwünsche des Oberschulrats entgegen und fährt seufzend im Unterricht fort. Bald ist es überstanden. –
Just um diese Zeit fuhr der echte Crey aus dem Schlaf hoch. Er träumte gerade, seine bösen Primaner hätten ihm den Physiksaal in die Luft gesprengt.
Es war aber nur die Wirtin, die wie wild gegen die Tür bollerte. »Herr Professor! Herr Professor! Es ist gleich halb neun!«
Crey warf einen Blick auf den Wecker. Crey warf einen Blick auf die Nippesuhr mit der geflügelten Jungfrau. Crey sprang aus dem Bett und hängte seinen Oberleib zum Fenster hinaus: Die Turmuhr zeigte halb neun.
Crey stieß, aller Gewohnheit zuwider, einen tiefempfundenen Fluch aus, stürzte sich, so rasch es sein verkaterter Kopf zuließ, in seine Kleider und raste unrasiert und ohne gefrühstückt zu haben zum Gymnasium. –
Die Eile war durchaus überflüssig. Man kam sehr gut ohne ihn aus. Man entbehrte ihn nicht im geringsten.
Der Herr Oberschulrat war mit dem nachgemachten Crey und seinem Unterricht vollauf zufrieden. Auch die Disziplin schien in Ordnung. Er begann sich zu verabschieden.
Es war höchste Zeit. Hans Pfeiffer war am Ende seiner Kraft. Ein allgemeines Aufatmen ging durch den Raum. Direktor Knauer aber wischte sich den Schweiß von der Stirn. Er hat die schwerste Stunde seines Lebens überstanden. So glaubte er.
Es wäre ja auch alles gut gegangen, wenn der Schulrat sich ein klein wenig mehr beeilt hätte oder der echte Schnauz nicht wie wahnsinnig die Treppe heraufgestürzt wäre.
Aber gerade in dem Augenblick, wie der Direktor zusammen mit dem »Kollegen Crey« den Oberschulrat zur Tür hinauskomplimentiert, kommt der echte Crey angefegt und prallt seinem Doppelgänger vor den Fußballbauch. – Hoppla!
Nun stehen sie sich gegenüber: Schnauz I und Schnauz II. Es ist wie im Spiegel. Beide mit derselben weißen Weste, demselben Bäuchlein, demselben großen Taschentuch, mit gleichem Spitzbart, dem gleichen Zwicker. Stehen sich leibhaftig gegenüber und funkeln sich an. Fressen sich gegenseitig mit den Augen. Sagen kann keiner etwas.
Es ist ganz still. Niemand lacht. Es ist erschütternd; man kann nicht lachen.

Bömmel, Brett und Fridolin ziehen sich unauffällig zurück. Der Direktor sieht glühende Brezeln vor den Augen. Zweimal Crey, das ist zuviel für den alten Mann. Das Gehirn geht ihm laufen. Er denkt im Kreise. Er denkt nur noch: Wie mag das ausgehen? Aber vorläufig geht es noch gar nicht aus. Im Gegenteil, es fängt erst richtig an.

Hans Pfeiffer denkt nicht daran, das Feld zu räumen. Durchhalten, hat der Direktor zu ihm gesagt, durchhalten! Das will er, fürwahr!

Inzwischen hat der echte Schnauz die Sprache wiedergefunden.

»Sä onverschämter Flägel!«

»Sä bodenloser Frächleng!« tönt es zurück.

»Ech lasse Sä einspärren!«

»Ech lasse Sä einspärren!« schreit das Echo.

»Herr Direktor, ech bette Sä –«

»Herr Direktor, ech bette Sä –«

Der Dialog beginnt symmetrisch zu werden. Genau wie das Bild.

Der beiderseits zu Hilfe gerufene Direktor aber hält sich draus. Er bewahrt seine Unparteilichkeit. Er ist nicht für Konflikte.

Der Oberschulrat hatte längst bemerkt, daß etwas nicht in Ordnung war. Er wischte seine Brille, prüfte seinen Klemmer. Aber daran konnte es nicht liegen. Es war kein Zweifel, der verehrte Kollege Crey war doppelt vorhanden. Übrigens konnte man das ja auch ganz deutlich hören. Denn die beiden Schnäuze brüllten unaufhörlich aufeinander ein. Keiner wollte nachgeben.

»Sä Borsche!«

»Sä Flägel!«

»Sä Lömmel!«

»Sä Jongäh!«

Schnauz contra Schnauz!

Der Schulrat stellt die berechtigte Frage, wer der richtige ist.

»Ech, Herr Oberscholrat!« schreit der echte.

»Ech, Herr Oberscholrat!« überschreit ihn der unechte, »denn ech ben zoerst hier gewäsen!«

Der Schulrat wendet sich an den Direktor.

Der Direktor tut, als wäre er nicht da. Der Schulrat wendet sich an die Lehrer. Die sind weit im Hintergrund. Der Schulrat wendet sich an die Klasse. Sie ist wie vermauert.

Inzwischen nähert sich der Wortstreit seiner Entscheidung. Es

ist wie immer im Leben: den Ausschlag gibt die stärkere Lunge. Und die hat Hans Pfeiffer.
Der echte Schnauz wird immer leiser und kläglicher. Warum hilft ihm keiner? Was ist los? Er wird an sich selbst irre. Vielleicht war er gar nicht der richtige? Allmählich gibt er den Widerstand auf und bestreitet nicht länger, der scholdbeladene Schöler zu sein. Er ist zu Ende. Zu Ende mit der Stimme und den Nerven.
Nun weiß auch der Oberschulrat, woran er ist. Er vereinigt seine immerhin noch beträchtliche Stimme mit der des Hans Pfeiffer. Mit vereinten Kräften geben sie dem armen Schnauz den Rest. Er wird in Atome zerrieben und läßt alles über sich ergehen. Nur als ihm der Oberschulrat höchst eigenhändig mit zorniger Hand den vermeintlich angeklebten Bart aus dem Antlitz reißen will, erhebt er einen leisen, aber nicht unberechtigten Protest.
Dann wird er seinem Schicksal überlassen und kauert sich auf eine Bank. Von Zeit zu Zeit kneift er sich in die Beine, um festzustellen, ob er träumt.
Inzwischen hat sich der Oberschulrat auf einen würdevollen Abschied besonnen.
»Direktor Knauer, von Ihnen erwarte ich umgehend – hm – Bericht über den unmöglichen Vorfall. Ich darf wohl als selbstverständlich unterstellen, daß dieser – hm – ungeratene Schüler unverzüglich von der Anstalt entfernt wird.«
Er schleudert dem zerfransten Professor einen Blick tiefster Verachtung zu und stapft von dannen. Die Tür läßt er weit hinter sich offen. –
Fünf Sekunden lang nichts. Man schaut sich an. Man erwacht. Man kommt zur Besinnung.
Direktor Knauer erholt sich zusehends. Er weiß, was er jetzt zu tun hat. Er klammert sich an seiner blauen Mappe fest, wuchtet auf Hans Pfeiffer los –
»Sie!«
»Bitte?«
»Sie!«
»Jawohl.«
»Siiie!!!« Und läßt auf Hans Pfeiffer ein Gewitter niederprasseln, daß die Flaschen im Chemikalienschrank springen und die Fliegen von der Decke fallen.
Hans Pfeiffer ist inzwischen mit der Abmontierung seines Spitz-

bauches fertig; er lächelt wie ein Knäblein in der Wiege und läßt das Donnerwetter über sich ergehen wie einen sanften Regenschauer, der am Gummimantel herunterläuft.
Der Direktor ist zu Ende. Teils mit dem Atem, teils mit dem Vokabularium. Aber es war eine pädagogische Spitzenleistung.
»Darf ich noch etwas bemerken?« fragt Hans bescheiden.
»Sie halten den Mund!«
»Darf ich noch etwas bemerken?«
»Scheren Sie sich nach Hause. Sonst hole ich die Polizei.«
»Das wäre sehr unfreundlich von Ihnen, Herr Direktor, um nicht zu sagen, undankbar. Wo ich Ihnen doch so nett aus der Patsche geholfen habe.«
»– ??«
»Sie haben mich doch darum gebeten. Durchhalten, lieber Pfeiffer, haben Sie gesagt. Spielen Sie das Theater weiter, haben Sie gesagt. Lassen Sie mich nicht im Stich, haben Sie gesagt, der Oberschulrat darf nichts merken. Ich habe Sie nicht im Stich gelassen. Ich habe weitergespielt. Und der Oberschulrat hat nichts gemerkt. – Aber ich habe es gern getan, Herr Direktor, Ihretwegen.«
»Pfeiffer, Sie sind das Unverschämteste, was ich im ganzen Leben –«
»Lassen Sie stecken, Herr Direktor. – Aber dann wäre ja auch noch das Ehrenwort.«
»Wa–a–as?«
»Sehr richtig. Ihr Ehrenwort, mich nicht zu bestrafen! Die Herren und Damen sind Zeugen.«
Die Klasse brüllt Zustimmung.
Der Direktor versucht es anders herum. Er verhandelt: »Lieber Pfeiffer, das müssen Sie doch einsehen, Sie haben gehört, was der Oberschulrat gesagt hat. Wenn ich Sie nicht von der Anstalt verweise, bin ich als Direktor erledigt und muß gehen.«
Das will Pfeiffer nun auch nicht gerade.
»Herr Direktor, ich mache Ihnen einen Vergleichsvorschlag: Sie dürfen mich nach Herzenslust bestrafen, Sie dürfen mich mit Schimpf und Schande von der Anstalt verweisen und was Sie sonst noch wollen. Ich entbinde Sie von Ihrem Ehrenwort – wenn Sie wenigstens ein anderes Wort halten: Sie haben vorhin vor dem Schulrat feierlich bestätigt, daß ich mit Ihrer Tochter verlobt bin. Einverstanden!«

Knauer sieht sich im Kreise um und zeigt mit dem Daumen auf Hans. »Der ist größenwahnsinnig geworden.«
»Schön. Dann also nicht. Es war ja nur ein Vergleichsvorschlag. Dann bleibt es also bei dem Ehrenwort. Sie werden mich nicht bestrafen, nicht einmal ins Klassenbuch dürfen Sie mich schreiben; aaaber – wie Sie dann mit dem Oberschulrat zurechtkommen – was das Provinzialschulkollegium dazu sagen wird, daß Sie mich hier vor versammelter Klasse den Schnauz haben spielen lassen –«
»Pfeiffer, das ist Erpressung!«
»Natürlich. – Also schlagen Sie ein!«
Er reicht seine Hand. Der Direktor zögert noch. Da tut es einen Jauchzer aus der letzten Bank; Eva ist über sämtliche Köpfe und Bänke hinweg nach vorn geturnt, faßt ihres Vaters Hand und drückt sie in Pfeiffers.
Knauer läßt es geschehen. Er ist nicht für Konflikte. Aber er hat Kummer: »Jetzt bekomme ich einen Schwiegersohn ohne Abitur.«
»Das macht nichts«, schreit Eva und hängt an Pfeiffers Hals, »wir werden uns schon durchschlagen. – Außerdem will er vielleicht Schriftsteller werden.«
»Mit Vier plus im Deutschen?« jammert Papa Knauer.
Ein wilder Kreis umdrängt den Sieger. An die dreißig Arme, helle und braune, winken Beifall; an die dreißig Stimmen, silberne und rauhe, jubeln ihm zu.
Hans Pfeiffer wächst sichtlich in die Höhe.
»Jetzt hab ich's geschafft: Ich fliege von der Schule und bekomme die Eva – ich, der Primaner Hans Pfeiffer. Was zu beweisen war. – Übrigens, das hätte ich fast vergessen: Hier ist mein Reifezeugnis, hier mein Doktordiplom, hier die Abrechnung meines Verlegers, und hier, mein lieber Schwiegerpapa, was Sie am meisten interessieren dürfte, mein Einkommensteuerbescheid.«

Aber nun kommt das traurige Happy-End:
Hans Pfeiffer ist nicht von der Schule geflogen. Und er hat auch die Eva nicht bekommen.
Das ging auch nicht. Denn Hans Pfeiffer war auf gar keinem Gymnasium. Und sein Direktor hatte auch keine Tochter.

Hans Pfeiffer war überhaupt niemals in Babenberg.
Denn Babenberg gibt es gar nicht. Und solche Gymnasien, mit solchen Magistern und solchen Lausbuben gibt es erst recht nicht. Hat es auch niemals gegeben – oder höchstens im Verschönerungsspiegel der Erinnerung.
Hans Pfeiffer, über dessen mangelnde Wahrheitsliebe verschiedentlich geklagt werden mußte, hat die ganze Geschichte von A bis Z erlogen. Frei erfunden wie alle seine Geschichten. Sogar sich selbst, mitsamt Marion und Literaturpreis, hat er erfunden.
Wahr an der Geschichte ist lediglich der Anfang: die Feuerzangenbowle.
Wahr sind auch die Erinnerungen, die wir mit uns tragen; die Träume, die wir spinnen, und die Sehnsüchte, die uns treiben. Damit wollen wir uns bescheiden.

Der Maulkorb

In der Nacht zum zweiundzwanzigsten August geschah jenes absonderliche Bubenstück, das noch heute allen Gutgesinnten eine Gänsehaut über den Rücken jagt.

Am Tage vorher war noch alles in Ordnung. Hart und eckig in den silbrigen Morgenhimmel schnitt die Silhouette des Denkmals, das die dankbare Stadt ihrem derzeitigen Landesherrn errichtet hat. Auf wildsprengendem Streitroß stemmt sich steil und stolz die eherne Gestalt mit Helm und Harnisch und achtet nicht des grimmigen Drachen, der sich unter den Hufen des Hengstes zu Tode rollt und das traditionelle Aufsatzthema der Unterprima bildete.

Um das Denkmal brodelt der Wochenmarkt. Breite Bäuerinnen mit bunten Kopftüchern hocken an ihren Ständen und wärmen die roten Finger an bauchigen Kaffeetassen. Hochbusige Frauen und steifgestärkte Mädchen drängen sich durch die Reihen der Obst- und Gemüsekörbe, fragen Preise, handeln und gehen weiter. Dazwischen schlanke Offiziersfrauen mit hinterdrein trottenden Burschen, anspruchsvolle Junggesellen mit verschämten Lederköfferchen, wacklige Mütterchen mit kartoffelgefüllten Netztaschen, und über dem Ganzen ein weicher Wind vom Rhein und ein bunter Geruch von Gurken, Lauch, Äpfeln, Kohl und Sellerie.

Soweit war alles wie sonst.

Aber es lag etwas in der Luft. Die Bauern mit Schirmmützen und schwarzen Strickjacken, die sonst die Körbe schleppten und die Kartoffeln abwogen, kümmerten sich nicht um Karren und Bäuerin und standen in Flüstergruppen mit hochgezogenen Schultern, streckten die hageren Hälse vor und knautschten mit sandigen Fingern in einer Zeitung. Mitunter zeigten sie mit dem Daumen über die Schulter auf das Denkmal, hielten die Hände an den Mund und tuschelten aufeinander ein.

Woraus der Kundige ersieht, daß es um die hohe Politik ging.

Die Volksseele kochte, hier und allerorten. In den Büros steckten sie die Köpfe zusammen, auf den Bierbänken rückten sie enger zusammen, am Kaffeetisch rissen sie sich den Generalanzeiger aus der Hand.

Was steht in der Zeitung?

Nichts steht in der Zeitung.

Eben das ist es, was die Gemüter erregt. Wenn der Landesvater eine Rede hält, will man wissen, was er gesagt hat. Und wenn daran etwas nicht in Ordnung ist, wenn ihm beim Reden wieder einmal das Temperament durchgegangen sein sollte, will man erst recht wissen, wieso und warum. Darauf hat man ein verfassungsmäßiges Recht.

Die Zeitungen schweigen: Also stimmt etwas nicht. Der Flüstertelegraph arbeitet mit unheimlicher Fruchtbarkeit. Was man nicht erfährt, muß man erfinden. Aus Möglichkeiten werden Vermutungen, aus Vermutungen Tatsachen.

Morgens: Was wird er schon gesagt haben? Vielleicht wieder einmal etwas gegen die Kritik oder die Witzblattdichter.

Mittags: Haben Sie schon gehört? Gegen die ewigen Nörgler hat er gewettert, und auch von einem Dichter war die Rede.

Abends: Wie, das wissen Sie noch nicht? Stänker hat er gesagt, und auf ein gewisses Goethewort hat er angespielt.

Stänker gilt für alle. Hier fühlt sich jeder getroffen. Niemand hat ein reines Gewissen. Aber ist man darum ein Stänker? Ist das »die Freiheit, die ich meine«?

Und was ist mit dem gewissen Goethewort? Goethe hat man auf der Schule gehabt, in kleinen, sorgfältig ausgesuchten und gereinigten Portionen. Was mag noch alles in diesem Goethe stehen? Goethe ist immer verdächtig. Die Buchhändler verkaufen ihre verstaubten Klassiker und wissen nicht, wie ihnen geschieht. Und die Wirte haben ihren großen Tag. Die engen Beziehungen zwischen Politik und Alkohol sind wissenschaftlich noch nicht erforscht, aber unbestreitbare Tatsache. Es ist auch durchaus gleichgültig, ob die politische Betätigung den großen Durst und die großen Gemäße nach sich zieht, oder ob die großen Gemäße erst die politischen Begabungen wecken und ins Ungemessene steigern. Vielleicht ist es auch eine gegenseitige Wechselwirkung, eine Art Rückkoppelung. Jedenfalls sind die bevölkerten Holztische von jeher die Pflegestätte geräuschvoller Untertanenpolitik. Die besseren Herren trinken Wein und wissen es besser.

Kleine Städte sind wie kleine Kinder. Sie werden zeitig zu Bett geschickt.

Als es auf Mitternacht ging, war die Erregung abgeklungen. Der »Ührige«, wo Fuhrleute und Regierungsräte im Stehen ihr Obergäriges trinken, hatte schon zugemacht, und auch die »Kanon« entließ ihre letzten Gäste und leierte die knarrenden Rolläden herunter. Der städtische Mann mit der Stange hatte bereits die Gaslaternen gelöscht; nur auf dem Markt und an den Straßenecken brannten noch einsame Lampen für die Späten. Ein herbstlicher Nachtnebel lag spiegelnd über dem Pflaster, und irgendwo zuckelte eine verliebte Droschke um die Ecke.

Polizeisergeant Drahtschnauz ging seine Runde.

Er hatte auch einen richtigen Namen, genau wie seine Kollegen Pulverkopp und Mittenmang. Aber den wußte niemand; vielleicht stand er im Adreßbuch. Das waren keine sehnigen Gestalten mit ehernen Gesichtern und unbestechlicher Sachlichkeit, sondern gutgenährte Leute mit roten Aufschlägen auf blauem Tuch und blitzenden Pickelhauben, Individualitäten, vielleicht auch Originale, jedenfalls aber unentbehrliche Inventarstücke ihres Reviers.

Drahtschnauz schritt wie immer auf der Mitte der Straße. Nicht aus Platzmangel. Er wollte sehen – und gesehen werden. Mit sanftem Machtbewußtsein hörte er das harte Klingen seiner Stiefel durch die nachtstille Stadt.

Am Marktplatz stand noch ein Lichtspalt. Er kam aus der Weinstube Tigges am Treppchen, wo man wie gewöhnlich Überstunden machte. Diesmal recht lebhafte Überstunden; ein Gewirr heftiger Stimmen drang auf die Straße und fing sich zwischen den schallverstärkenden Häuserfronten.

Polizeisergeant Drahtschnauz gab sich alle Mühe, aber das konnte er nicht überhören. Er wollte es auch gar nicht, sondern zog seinen blauen Rock strammer über den Bauch und ging hinein. Ein Gemisch von Licht, Lärm und Rauch schlug ihm entgegen, und dann steht er vor einem runden Tisch, sieht wohl-

achtbare, angeregte Herren und volle Aschenbecher und leere Weinflaschen und hat den Herd der Übertretung ermittelt. »Verzeihen die Herren, aber ich muß doch dringend bitten..., pardon, Herr Staatsanwalt, ich habe nicht gewußt, ich wollte natürlich –« Staatsanwalt von Treskow wendet den Kopf und sieht an den blanken Knöpfen empor. »Ich hoffe nicht, Herr Sergeant, daß die Rücksicht auf meine Person Sie in Ihrer Amtshandlung hindert.«
»O nein, gewiß nicht.«
Aber nun weiß der Polizeisergeant doch nicht, was er tun oder lassen soll. Dafür weiß es Frau Tigges. Sie weiß vor allem, warum der Herr Sergeant gekommen ist, und bringt ihm einen breiten Pokal grünen Mosels. Der Beamte schüttet ihn mit soldatischem Ruck in sich hinein, wischt die glitzernden Weinperlen aus dem drahtigen Schnauzbart, salutiert und hat seine Amtshandlung beendet.
Der runde Tisch will noch etwas von ihm wissen: Was er zum Beispiel tun würde, wenn jemand »Stänker« zu ihm sagte?
Der Polizist weiß es nicht. Er weiß vor allem nicht, ob man ihn aufzieht oder ihm eine Falle stellt, und lächelt dünn und vorsichtig. »Gewiß – ja – das heißt, wie man's nimmt – es käme natürlich ganz darauf an, wer das gewissermaßen sagte.«
»Volkesstimme!« brüllt der Tisch.
Als der Beamte fort ist, entflammt der Disput von neuem; gedämpfter, verbissener. Über den »Stänker« käme man noch hinweg, das ist wenigstens klar und eindeutig. Aber das »große Goethewort« kann man nicht schlucken. Es gibt Ausgaben von vier, zehn und fünfundvierzig Bänden; viele Worte stehen darin, und alle sind groß. Welches ist gemeint? Und warum nennt er es nicht?
Das wilde Rätselraten geht weiter. Etwa: »Mehr Licht?« Wieso mehr Licht? Ist man ein Dunkelmann? Oder vielleicht: »Knurre nicht, Pudel?« Wer knurrt denn? Ist man ein Hund? Oder meint er am Ende – um es geradeheraus und mit Verlaub zu sagen – das Zitat aus dem »Götz«, das berühmte mit den Pünktchen?
»Meine Herren, ich bitte Sie! Das ist doch unmöglich, das kommt bei einem so hohen Herrn doch gar nicht in Frage, das wäre ja –«
Aber wozu dann Goethe?
Also!
Sie lachen und hauen auf den Tisch und verschlucken sich vor Freude und Empörung.

Staatsanwalt von Treskow sitzt dazwischen und sagt kein Wort. Mißmutig zieht er das narbengeschmückte Kinn hinter den Stehkragen und preßt die geraden Lippen und blickt steil an den Leuten vorbei; seine grauen Augen versuchen härter zu tun, als sie können.

Ein Staatsanwalt hat es schwer. Andere können am Abend ihren Rock ausziehen und als Mensch unter Menschen gehen. Staatsanwalt bleibt Staatsanwalt, der frostige Hauch seines Amtes hängt ihm nach. Andere dürfen eine Meinung haben und sie sogar äußern. Seine Meinung ist amtlich vorgeschrieben und erscheint im Ministerialblatt. Demzufolge fühlt er sich verpflichtet, seinen Landesherrn in Schutz zu nehmen. Man brüllt ihn nieder. Er fühlt selbst, seine Verteidigung klingt hohl. Er muß innerlich zugeben, »Stänker« ist ein unpassender Ausdruck. Und gar die Pünktchen in Allerhöchstem Munde –

Aber darum brauchen sie doch nicht zu schreien, daß man es bis auf die Straße hört! Sie sollten wenigstens Rücksicht auf ihn nehmen. Eben darum scheint es ihnen besonders Spaß zu machen. Es ist überhaupt keine Gesellschaft für ihn.

Es ist besser, man geht. Frau Tigges kommt und streicht sich den braunen Scheitel zurecht: »Eine Wehlener eins achtzig, eine Hasensprung zwei zehn –«

»Schau – schau, dem Herrn Staatsanwalt wird es brenzlig!«

»Der Herr Staatsanwalt hat wohl sein Quantum?«

»Und das gute Frauchen wartet!«

»Tja, und ein bißchen Angst hat er wohl auch.«

Ein Staatsanwalt hat keine Angst. Niemals!

Und sein Quantum sieht anders aus. Und was Elisabeth angeht –

»Frau Tigges, eine Johannisberger Spätlese!«

Die Hänselei ist im Gang, jetzt reißt sie nicht mehr ab; die Spätlese kann daran nichts ändern. Es ist ein billiger Spaß. Mit den Flaschen wächst ihnen Mut und Geist, und der alte Doktor, der schon den ganzen Abend seinen neuesten Sprechstundenwitz anbringen will, gibt es auf und tut mit.

Treskow wahrt Haltung. Das ist seine Stärke. Er sitzt unbeweglich, sein Gesicht wird zu Stein, nur die Narben röten sich. Er steht wie auf Mensur. Manches im Leben hat er herunterwürgen müssen, Nase von oben, Renitenz von unten. Er schluckt auch dies und spült mit Spätlese nach.

Viel hat er an diesem Abend schlucken und sehr viel nachspülen müssen. Schon baut sich die vierte Flasche vor ihm auf, und sein illuminierter Blick kehrt sich nach innen. Was wollen sie von ihm? Er ist verdammt kein Musterknabe. In Greifswald und Rostock erzählt man heute noch von ihm, er denkt mit Respekt und Schrecken an sich zurück. Er würde denen schon zeigen, wer der Duckmäuser ist – wenn er dürfte, wie er wollte.

Aber er darf nicht und tötet sein Wollen mit einer fünften, schwersten Flasche.

Die Runde hat sich gelichtet. Der Zahnarzt redet schon langsam und beschränkt sich auf Worte, die er noch aussprechen kann. Und das werden immer weniger. Schließlich krümelt er ab, Arm in Arm mit dem Medizinalrat, der nun seinen aufgespeicherten Witz loswerden könnte, aber nicht mehr zusammenbringt. Treskow sieht leere Stühle; er wird nicht schlau daraus, wer noch da ist und wer nicht. Und dann ist es still. Er ist mit seiner Flasche allein. »Scheißkerle! Reißen das Maul auf bis hinter die Ohren, und dann sind sie auf einmal nicht mehr da.«

Große Kreszenzen sind anspruchsvoll und verlangen einen Mann für sich, ohne Geschwätz und Gefolgschaft. Frau Tigges hat Verständnis für solche Weihestunden. Sie baut keine Stühle auf den Tisch, sammelt keine Aschenbecher, veranstaltet keinen Durchzug. Sie sitzt in ihrer Ecke und schreibt die Speisekarten für morgen und tut, als sei sie nicht da.

Der einsame Zecher stiert vor sich hin. Er hat das Feld behauptet. Was heißt Quantum? Aber nun überkommt ihn ein Gefühl der Verlassenheit. Weltschmerz dämmert auf.

Da erinnert er sich seines Genossen.

»Komm mal raus, altes M–Mistvieh.«

Schwerfällig kraucht die mächtige Dogge unter dem Tisch hervor, blinzelt mit verschlafenen Augen ins Licht, reckt den rechten, reckt den linken Hinterlauf, streckt den langen Rücken, gähnt bis hinter die Ohren und setzt sich breitbeinig auf.

»Sollst nicht l-leben wie ein Hund«, spricht Treskow und gießt dem Tier einen Aschenbecher voll Wein. »Aber m-mit Verstand, August. Geisenheimer Mäuerchen Trocken-ausbeer-lese – L-Leerausbese – B-Beerauslese kriegen wir n-nicht alle T-Tage. – P-Prost, verdammter Sch-Schweineköter!«

August schnalzt und schleckt und legt die Ohren schief und säuft den geräumigen Aschenbecher leer. Er darf das öfter, wenn Herrchen guter Laune ist; aber so lecker war es selten. Und hört dankbar und geduldig den einseitigen Dialog, den sein hoher Herr mit ihm führt.

»August, w-wir sind anständige K-Kerle, wir b-beide. Anständige Kerle, und wenn wir auch m-manchmal das M-Maul halten müssen. Dann sind wir doch anständige K-Kerle! Aber d-das lassen wir uns n-nicht gefallen! August, w-was meinst du dazu?«

August ist der gleichen Ansicht, er tut einen tiefen Seufzer und senkt gedankenvoll die schweren Lefzen.

»Wir sind k-keine Stänker, August, und wir l-lassen uns keinen M-Maulkorb vorbinden – vorbinden. W-Wie wir gebaut sind! Das l-lassen wir uns n-nicht bieten, wir b-beide nicht! Und G-Goethe lassen wir uns erst recht nicht b-bieten: – Und w-was die P-Pünktchen anbetrifft, –« Treskow erhebt sich drohend in seiner knochigen Länge – »die P-Pünktchen – die verb-bitten wir uns – – bbitten wir uns!«

Treskow ist mit der Stimme übergeschlagen und fällt auf seinen Sitz zurück. Herr und Hund schweigen sich eine Weile an. Das hat er schön gesagt, und außerdem ist dabei sein Glas umgefallen. Man könnte jetzt aufbrechen.

Unvermutete Hindernisse stellen sich entgegen. Die Trockenbeerauslese hat ganze Arbeit getan. Verblüfft schauen sich die beiden Zecher an und wundern sich. Treskow glaubt auf Wolken zu schweben und findet keinen Boden unter den Füßen. August fühlt sich mit Blei ausgegossen und verheddert sich in seine zahlreichen Beine. Das B-Biest hat einen s-sitzen, konstatiert Treskow, der soll sich sch-schämen! Der hohe Herr ist besoffen, denkt August, ich muß g-gut auf ihn aufp-passen!

Edle Weine spenden edle Räusche. Aber der Wille siegt. Treskow merkt sehr wohl, daß der Kleiderhaken ihm ausweicht. Er überlistet ihn und legt sich auf die Lauer; mit einem plötzlichen harten Griff schnappt er sich Mantel, Hut und Maulkorb, steht wie eine Säule und stakert mit der nie versagenden Direktion eines sturmerprobten Semesters gegen die Tür, auf die Straße, in die Nacht.

Hinter ihm schließt Frau Tigges zu und löscht das Licht.

Die Nacht vom Samstag zum Sonntag ist nicht wie die anderen Nächte. Sie fängt später an, manchmal auch, wenn sie fast vorüber ist. Dafür ragt sie in den hellen Sonntagmorgen hinein. Da sind keine Arbeiter, die mit Eßkesselchen auf Frühschicht gehen, keine Straßenkehrer, die ihre Besen schwingen, keine Ulanen, die im Morgengrauen zur Heide ausrücken. Nichts stört den frühen Feiertag. Sechs Tage lang hat man das Recht erworben, sich am siebenten auszuschlafen. Man versäumt nichts.

Mitunter versäumt man doch etwas.

Auch der Marktplatz darf heute länger schlafen. Er liegt öde und still, während das erste Frühlicht über die Dächer gleitet. Im weiten Raum steht einsam und vergessen das Denkmal und ragt als dunkle Silhouette in den fahlen Morgen.

Langsam, mit steigendem Licht, zerfließt der Dunst Ein Bäckerjunge auf dem Rade trudelt über den Platz, bremst, springt ab und gafft. Eine alte Frau, die zur Frühmesse will, bleibt erschrocken stehen und guckt. Ein Milchmann mit seinem Hundewägelchen hält an und stellt sich breitbeinig auf. Langsam erwacht die Stadt, und alles, was über den Platz kommt, gesellt sich zu der Gruppe, die fassungslos an dem Denkmal emporstarrt. Das flüstert und kichert und feixt und gluckst und hält sich die Hand vor den Mund, sieht sich scheu um, gafft abermals und will schier ersticken am unterdrückten Lachen.

Was ist geschehen?

Am Denkmal ist etwas geschehen. Es ist von unberufener Hand wirksam, aber nicht zu seinem Vorteil verändert worden.

Nicht, daß man etwas zerstört, eine lebenswichtige Zier meuchlings abgebrochen hätte. Schlimmeres: Man hat etwas hinzugefügt. Vor das eherne Antlitz des Landesherrn ist ein Maulkorb geschnallt, ein richtiggehender, großer, lederner Maulkorb.

Gelbe Frühsonne liegt wie Scheinwerferlicht auf dem Standbild und beleuchtet rücksichtslos das ernste, kluge Gesicht, das stolz in die Weite blickt und ob des seltsamen Schmuckes keine Miene verzieht.

Immer neue Menschen kommen, starren und staunen, schämen sich und wollen wegblicken und schauen wieder hin. Ein fürsorglicher Vater will seinen Kindern die Augen zuhalten und ihnen den Anblick ersparen, hat aber nur zwei Hände; er will in eine Seitengasse biegen, die Buben biegen nicht mit und sind in der gaffenden Menge verschwunden.

Als hinreichend Leute da sind, erscheint der übliche Schutzmann. Er kommt gemessenen Schrittes; ein laufender Schutzmann verliert an Würde. Die Menge weicht respektvoll auseinander. Einige

Patrioten verdrücken sich; sie fürchten, durch das Anschauen mitschuldig zu werden.
Der Schutzmann reibt sich die Augen. Das Gesicht bleibt ihm stehen. Seine Schnurrbartspitzen zittern.
Wird er das Ärgernis entfernen, den Fall kurzerhand erledigen? – Er tut es mitnichten; er fühlt sich nicht berufen, das ist nicht seines Amtes. Außerdem ist der Fall in der Dienstanweisung nicht vorgesehen. Er umschreitet das Denkmal und stellt den Tatbestand fest. Schreibt in sein Buch und geht.
Die Menge wächst. Es erweist sich als überaus praktisch, daß man das Denkmal mitten auf dem Platz errichtet hat. So ist Raum für alle.
Der Schutzmann kommt mit einem Kollegen zurück. Er hat sich Verstärkung geholt. Es ist zuviel für einen. Sie dampfen beide vor Entrüstung. Vier Schnurrbartspitzen zittern. Werden sie jetzt das Ärgernis entfernen?
Keineswegs. Das ist nicht ihres Amtes. Sie stellen gemeinsam den Tatbestand fest, schreiben in ihre Bücher und spalten sich. Der eine geht und holt weiteren Nachschub. Der andere bleibt und wacht.
Die Menge wächst weiter. Es hat sich rundgesprochen. Der Marktplatz ist schwarz. Alle Fenster sind offen und voller Köpfe, und an den Laternenpfählen hängen Trauben von großen und kleinen Kindern.
Dann kommt ein Wagen mit viel Gebimmel und viel Polizei. Ein zweiter, ein dritter. Der Inhalt ergießt sich auf das Denkmal. Man hat gar nicht gewußt, daß es soviel Polizisten gibt, und ist stolz auf seine Vaterstadt.
An den Maulkorb hat man sich inzwischen gewöhnt. Jetzt interessiert die Polizei.
Das Denkmal ist bereits sachgemäß umstellt und abgesperrt; Leitern und Gerüste werden aufgeschlagen, wichtige Leute mit wichtigen Instrumenten sind an der Arbeit und untersuchen, messen, mikroskopieren und photographieren den bemaulkorbten Bronzekopf. Die Wissenschaft hat das Wort.
Die Menge wächst immer noch. Die ganze Stadt ist versammelt. Das Gedränge wird bedrohlich. – Weitergehen!
Die Menge ist gehorsam und setzt sich in kreisende Bewegung. Sie wird dadurch nicht weniger.
Achtung! Berittene Polizei sprengt heran und drängt die Men-

schen zurück. Die enttäuschte Menge johlt und weicht. Der Marktplatz wird gesäubert, der umliegende Stadtteil kunstgerecht abgeriegelt.
Die Polizei ist durchaus Herr der Lage.
Inzwischen spielt der Behördenapparat einer geordneten Staatsführung. Telephone klingeln, Telegraphen rattern, Boten hasten. Alle beteiligten Stellen sind aus ihrer Sonntagsruhe aufgescheucht und in höchste Alarmstufe versetzt:

Polizeiverwaltung,
Staatsanwaltschaft,
Kriminalinspektion,
Oberstaatsanwaltschaft,
Justizministerium,
Regierungspräsident,
Ministerium des Innern,
Hofmarschallamt.

Die Allerhöchste Stelle wird geschont. Um sie ist ein schallsicherer Schutzwall gelegt.

Scht! Der Herr Staatsanwalt schläft noch.
Frau von Treskow kommt auf Zehenspitzen die Treppe herunter und sagt es in der Küche. Die Billa soll leise sein und nicht mit dem Geschirr klappern.
Auch Trude muß ihren siebzehnjährigen Übermut dämpfen, darf nicht trällern, nicht durchs Haus rufen, nicht über die Treppen stürmen. Pappi muß schlafen. Er hat gestern lange arbeiten müssen, der arme Papa. – Das Haus geht wie auf Samt.
Der Milchmann kommt. Jetzt wird August bellen. August denkt nicht daran. Er liegt wie ein Toter, hat alle Viere von sich gestreckt und schnarcht rauh und tief.
Frau von Treskow macht sich in der Garderobe zu tun. Der Mantel liegt auf dem Boden und ist zerknautscht, der Hut hat eine Beule. Es ist nicht nötig, daß die Billa es sieht. Auch Trude geht es nichts an.
Dann geht Frau Elisabeth in den Wintergarten, füttert ihre Aquarien und besorgt die Palmen. Trude ist um sie herum; nicht weil sie helfen will, sondern weil sie Hunger hat. Muß man wirklich mit dem Frühstück warten?
Man muß.

Das Telephon schrillt durch das Haus. Schon ist Billa am Apparat. »Bitte, wer ist da?«
Sie knickst und läuft die Treppe hinauf. »Gnädige Frau, der Herr Oberstaatsanwalt.«
Frau Elisabeth ist schon da und nimmt den Hörer. »Mein Mann? – Er ist eben zum Hause hinaus – – Wie bitte? – – Ich will sehen, vielleicht kann ich ihn noch – – Einen Augenblick bitte.« Sie huscht ins Schlafzimmer.
»Herbert!«
Antwort: Rrr–ch rrr–ch –
»Herbert, das Telephon!«
Rrr–ch rrr–ch –
Sie schüttelt den Schläfer, zieht ihm das Kissen fort, wälzt ihn hin und her. – Ergebnis: Rrr–ch rrr–ch –
Sie greift zum nassen Schwamm. Dem Träumer tut die Kühle gut, er kugelt sich auf die andere Seite und schläft erfrischt weiter.
Frau von Treskow ist der Verzweiflung nahe. »Herbert, der Oberstaatsanwalt«, fleht sie.
»Oberstaatsanwalt« ist ein Stichwort. Der Mechanismus schnappt auf der Stelle ein. Treskow springt hoch, reißt wild die Augen auf, greift um sich und stolpert in den Flur ans Telephon. Hoffentlich sieht die Billa den Herrn Staatsanwalt nicht im Nachthemd. »Verzeihung, Herr Oberstaatsanwalt... o nein, ich war bereits... Wie meinen?... Danke, nur etwas erkältet... Wie bitte?... Ich verstehe Maulkorb?... Wo? Am Denkmal?... Aber das ist ja un-glaub-lich... Jawohl, selbstverständlich... Ich komme sofort.«
»Sofort« ist zwar übertrieben. Aber ein toller Tanz geht los. Rasierwasser! Oberhemd! Schuhe! Rasierwasser!! Kragenknopf! Strümpfe! Rasierwasser!!! Billa fliegt, Trude fliegt. Elisabeth fliegt, das Rasierwasser fliegt. Schon sitzt er am Tisch, und während er mit der einen Hand den schwarzen Kaffee trinkt, mit der anderen sich den Kragen zuwürgt, mit der dritten den Schnurrbart bürstet, Elisabeth ihm die Weste knöpft, Trude seinen Nackenscheitel zieht, und Billa ihm die Schuhe anmurkst, erzählt er von dem geschändeten Denkmal.
Billa sagt: »O Gott.«
Trude kichert und findet es wahnsinnig komisch.
Elisabeth nennt es eine Geschmacklosigkeit und muß leise lächeln.
Treskow aber ist obenauf und brabbelt während des Ankleide-

frühstücks: »Eine dolle Sache – au, nicht so fest! – wenn ich die Bearbeitung kriege, der Ober hat so was angedeutet – wo ist denn die Butter? – also, das wäre geradezu – geradezu – oh, mein Kopf – – ist doch mal was anders als der ewige Quatsch, Diebstahl, Betrug, und wenn's hoch kommt, ein bißchen Totschlag – nein, ohne Honig – also, wenn ich das kriege, verdammt noch mal, das ist Politik, Sensation, geht durch die Zeitungen, geht nach oben, nach ganz oben!« Er strampelt vor Freude mit Armen und Beinen und platzt vor Tatendrang und kann es nicht erwarten.
Merkwürdig übrigens, ihm ist, als habe er in der Nacht irgend etwas geträumt von einem Denkmal oder einem Maulkorb, er weiß nicht recht, streicht sich über die schmerzende Stirn. Natürlich Zufall, vielleicht auch Einbildung. Er glaubt nicht an Träume; aber er nimmt es als gutes Omen.
Auf der Treppe bindet er, noch auf beiden Backen kauend, die Krawatte und kontrolliert seine Knöpfe. Wenige Minuten später ist er am Tatort.

Auf der Weinterrasse bei Tigges am Treppchen, von der man das maulkorbbehaftete Denkmal und den abgesperrten Rathausplatz überblickt, sind die Spitzen der Behörden versammelt; sie erörtern die strategische Lage, empfangen Berichte und erteilen Befehle. Feldherrnhügel.
Die ersten Maßnahmen sind getroffen, die kriminalwissenschaftliche Untersuchung des Denkmals ist beendet. Man hat lange gezögert und geprüft, ob nichts versäumt ist; dann hat man schließlich den Maulkorb mit Zangen und Pinzetten behutsam von seinem Allerhöchsten Standort abgenommen und in einem feierlichen Etui herbeigebracht. Die Herren drängten sich herum und betrachteten ihn mit scheuer Ehrfurcht. Es ist nichts daran zu sehen. Es ist ein ganz gewöhnlicher, harmloser, guterhaltener Hundemaulkorb. Die einen nicken, die andern schütteln den Kopf; sie seufzen ja-ja, sie murmeln nein-nein. Unglaublich!
Am Fuße des Denkmals hat ein junger hoffnungsvoller Beamter einen abgerissenen Mantelknopf gefunden. Er wird herumgereicht, geprüft und bewundert; aber es ist ein Knopf wie alle andern. Und trotzdem vielleicht ein unschätzbares Beweisstück. Er wird den Akten einverleibt.

Von Maulkorb und Mantelknopf ausgehend wird man den Riesenapparat neuzeitlicher Kriminalistik in Bewegung setzen. Die ungewöhnliche Tat erheischt ungewöhnliche Tätigkeit. Das ist man seinem Vaterland schuldig. Außerdem macht es einen guten Eindruck. Sie stehen mit eisernen, undurchdringlichen Gesichtern, die Herren von der Polizei, von der Regierung, von der Staatsanwaltschaft. Man kann nicht sehen, was sie für Gedanken haben. Vielleicht haben sie alle den gleichen, aber keiner wagt, ihn auch nur zu denken.
Als Staatsanwalt von Treskow kommt, wenden sich alle Köpfe zu ihm hin. Er fühlt, man hat auf ihn gewartet.
Der Oberstaatsanwalt reicht ihm die Hand. »Gut, daß Sie kommen, Herr Kollege. Ich habe mich entschlossen, die Bearbeitung des Falles Ihnen zu übertragen. Ich tue es in der Überzeugung, daß er gerade bei Ihnen in ausgezeichneten Händen liegt. Regierung und Hofmarschallamt legen auf die schnelle Ermittlung des Täters den allergrößten Wert. Wenn Sie es schaffen, mein lieber Treskow, werde ich nicht verfehlen, an allerhöchster Stelle –«
Treskow hört die bedeutungsvollen Worte seines Vorgesetzten wie aus weiter Ferne. Er ist noch nicht ganz bei sich; bei jeder Bewegung schmerzt ihm der Kopf, und der Marktplatz schwankt leise. Aber er weiß, worum es geht. Die Augen der Welt sind auf ihn gerichtet.
In den Straßen werden bereits die Extrablätter ausgerufen.

Treskow hat nach Hause telephoniert, Frau Elisabeth hat mit Trude darüber gesprochen, Billa hat es aufgeschnappt und nebenan erzählt, nun wissen es alle und sind stolz auf ihren Staatsanwalt und seine Mission. Es ist kein Amtsgeheimnis, morgen wird es in der Zeitung stehen: Die Ermittlungen liegen in den bewährten Händen des Staatsanwalts von Treskow.
Trotzdem war er nicht restlos glücklich. Er ging steil und vorsichtig umher und durfte den Kopf nicht bewegen; sein Gehirn schien zu klein geworden und ballerte schmerzhaft in der Knochenschale, und jedes Haar tat ihm einzeln weh. Ein Glück, daß sie nicht zu üppig wucherten; dafür waren sie hart und blondgelb und säuberlich parallel gelegt, ein getreues Abbild seines geordneten Innern.
Was war gestern? Wann war er heimgekommen? Oder hatte man

ihn gebracht? Er wußte nichts vom Ende des Abends, es war Traum und Nebel. Er schämte sich. Er hätte um zehn gehen sollen, anstatt sich mit diesen liederlichen Kumpanen herumzufechten und ein Wettsaufen zu veranstalten.

Jetzt hatte er glühendes Blei im Kopf und nicht einmal Zeit zu guten Vorsätzen und heilsamen Betrachtungen. Er riß sich zusammen, hielt sich mit Kaffee und Hühnerbouillon in Gang und ging mit verbissener Energie an seine bedeutungsvolle Arbeit. Sie fing gleich mit Ärger an.

Dieser Kriminalkommissar Mühsam muß immer etwas Besonderes haben. Er will an der Maulkorbsache seinen neuen Polizeihund ausprobieren, sie sei wie geschaffen für ihn, und außerdem hat das Tier inklusive Stammbaum fünfhundert Mark gekostet. Und wenn es nichts wird, ist weiter nichts verloren. Treskow sieht das gewissermaßen ein, aber er ist beleidigt, daß er nicht selbst auf den Gedanken gekommen ist. Natürlich läßt man sich nichts merken. »Wenn die Herren von der Kriminalpolizei auf Hundenasen bauen, ich meinerseits halte mehr vom Menschengehirn.« Ging auf sein Büro und quälte seinen Kopf.

Inzwischen wird Sedan, der preisgekrönte Airedale, in Betrieb gesetzt. Man gibt ihm Maulkorb und Denkmal zu riechen; er beschnüffelte es von allen Seiten ausgiebig und pflichtgemäß und tut wichtig, sein Stummelschwänzchen zittert vor Eifer. Dann umkreist er das Denkmal, die Nase zwei Millimeter über dem Boden. Alles hält den Atem an. Wird es, wird es nicht? Plötzlich bleibt Sedan stehen, läuft zurück, schnuppert kreuz und quer und im Kreise, nimmt eine Fährte auf und schießt davon. Kriminalpolizei und Zuschauer hinterdrein. Mühsam glänzt. Er wird!

Aber es ist eine merkwürdige Fährte, die das Tier verfolgt. Sie geht in breitem Zickzack von der einen Straßenseite auf die andere, umkreist einen Laternenpfahl, macht an einem Baum unmotivierten Halt und windet sich in seltsamen Kurven und Schleifen. Mühsam ist blaß vor Lampenfieber. Die Leute grinsen. Ist das Biest besoffen?

Sedan läßt sich nicht beirren. Er weiß, was er seiner Stellung und seinem Stammbaum schuldig ist. Er schlängelt sich durch die Poststraße, biegt unerwartet in die Luisenallee ein und schießt zielstrebig auf das Haus Nummer 23 los. Er scheint seiner Sache sicher; in der Haustür bleibt er breitbeinig und wie aus Erz gegossen stehen, blickt freudig an der Haustür empor und erwartet seine wohlverdiente, würstliche Belohnung. Ein blitzblankes Messingschild verkündet in gravierten Buchstaben:

Herbert von Treskow
Staatsanwalt

Derweil saß Treskow und arbeitete an seinem Feldzugsplan.
Der geräumige Schreibtisch und die beiden Aktenböcke waren leer geräumt. Sein Dezernat war unter die Kollegen aufgeteilt, er war Maulkorb-Sonderdezernent, und auf der weiten, blanken Tischplatte lag einsam und anspruchsvoll das schicksalsschwere Aktenstück.
Gegen: Unbekannt.
Wegen: Majestätsbeleidigung.
Das »Unbekannt« war vorsichtshalber mit Bleistift geschrieben; er hoffte, daß hier bald ein fetter Name prangen würde. Um das Aktenstück lag die Kartonmappe, die um alle Aktenstücke gelegt wird und durch ihre Farbe den Grad ihrer Eile bezeichnet. Die Staatsanwaltschaft ist die Kavallerie der Justiz, bei ihr sind alle Sachen eilig. Dennoch gibt es genau gestufte Unterschiede: Blaumappen, die normalen Sachen, dürfen bis zu einer Woche liegen. Rotmappen, das sind die Haftsachen, höchstens drei Tage; ein Untersuchungsgefangener soll keinen Tag länger als nötig seiner Freiheit beraubt sein; darin war man sehr penibel. Grünmappen freilich sind noch eiliger und innerhalb vierundzwanzig Stunden zu erledigen; außerdem sind sie mit Angstschweiß und Herzklopfen verbunden, denn bei ihnen handelt es sich um Bericht an vorgesetzte Behörde. Die Maulkorb-Akte hat eine Gelbmappe. Die Farbe schreit und soll schreien; Gelb bedeutet »sofort«. Gelb darf überhaupt nicht liegen, muß ununterbrochen in Arbeit bleiben.
Sie war bei Treskow trefflich aufgehoben.
Wegen des Polizeihundes allerdings saß ihm eine geheime Angst im Nacken. Er glaubte nicht an solchen Zinnober, aber will's der Himmel, hat solch eine Kreatur Dusel und frißt ihm die Lorbeeren vor der Nase weg.
Als ihm gegen zehn der Bericht von Sedans Heldentat überbracht wurde und von der herrlichen Blamage, die sich Mühsam mit seinem Köter zugezogen hatte, brach er in schallendes Triumphgelächter aus, in das die andern pflichtgemäß einstimmten. Die

Staatsanwaltschaft hatte ihre Überlegenheit bewiesen. Dann aber wurde Treskow ernst und hatte Mitleid mit dem betröpfelten Kriminalkommissar. »Mein lieber Mühsam, ich will nicht ironisch sein und Ihnen zum Lacherfolg Ihres tüchtigen Hundes gratulieren; das überlasse ich Ihren Kollegen. Ihr Sedan hat es sicher gut gemeint, sich alle Mühe gegeben; aber es ist ein unvernünftiges Tier, und Sie selbst können schließlich nichts dazu. Und was mich persönlich anbetrifft, so habe ich einen gesunden Sinn für Humor. Immerhin soll uns der Fall Sedan eine Lehre sein. Stellen Sie sich vor, das Tier wäre bei jemandem gelandet, der als Täter ernstlich in Frage kommen könnte – man bekommt eine Gänsehaut, wenn man bedenkt, welches Unheil ein sogenannter Polizeihund anrichten kann. Ich werde in der Kriminalistischen Wochenschau demnächst darüber schreiben.«

Im Anschluß daran entwickelte Treskow seinen sauber erdachten Plan, einen Plan ohne Hund und mit Hirn:

Das corpus delicti ist ein gebrauchter Maulkorb. Somit ist der Täter – mit hoher Wahrscheinlichkeit – Besitzer eines großen Hundes. Die Zahl der Großhundebesitzer ist nicht erheblich, die polizeiliche Liste darüber liegt bereits vor. Bei diesen Hundebesitzern haben die Ermittlungen einzusetzen. Erstens: Können sie ihren Maulkorb vorweisen? Zweitens: Fehlt an ihrem Mantel der gefundene Knopf? Drittens: Wo waren sie in der vergangenen Nacht?

Diese Feststellungen müssen schlagartig, durch sofortige Haussuchung erfolgen. Haussuchung ist Einbruch der Staatsgewalt in das innerste Privatleben und für beide Teile unerquicklich. Für die Beamten ist es keine reine Freude, in fremder Leute Kisten und Kasten und Schränken herumzustöbern und sich die feindseligen Gesichter anzusehen; es hat für sie auch keineswegs den Reiz der Neuheit. Bei den Leidtragenden ist es umgekehrt, sie haben das noch nie gehabt und wissen nicht, wie man sich dabei zu verhalten hat. Im Knigge steht nichts darüber. Ist man muffig und widerspenstig, macht man sich verdächtig. Tut man nett und zuvorkommend und spendet Zigarren und Kognak, ist man erst recht verdächtig. Am besten ist man nicht zu Hause.

Staatsanwalt von Treskow läßt es sich nicht nehmen, die Expedition persönlich zu leiten. Er führt den Trupp mit bemerkenswertem Schneid und greift durch, ohne Ansehen der Person. Es befinden sich hochmögende Leute auf der Liste, und sie haben nicht alle das rechte Verständnis für die traurige Pflicht eines Staatsorgans. Kommerzienrat Poensgen hat keine Zeit für solche Scherze, knallt die Tür und überläßt die Angelegenheit seinem Privatsekretär. Der uralte Professor Aschenbach glaubt, sein Bernhardiner habe sich schlecht benommen, und will durchaus fünf Mark für das Protokoll bezahlen. Apotheker Lux bekommt einen Wutanfall und telephoniert Beschwerden an den Oberbürgermeister und den Reiter- und Rennverein und alarmiert seinen Anwalt. Bei der Familie Hamacher schlägt das böse Gewissen; der älteste Sohn ist plötzlich verschwunden, und die Uhr läge unten im Kleiderschrank. Beim Fischhändler de Potter gibt es Krawall; Worte und Fische fliegen den Beamten um die Ohren. All dies kann dem tapferen Staatsanwalt nicht imponieren. Er geht seinen Weg.

Leider ist der Erfolg nicht auf der Höhe des Kraftaufwandes. Sie haben alle ihren Maulkorb, nirgends fehlt der gefundene Knopf, und auch das Alibi ist überall in Ordnung. Nicht immer ohne Zwischenfall und peinliche Explikationen. Es gibt Leute, die ihren nächtlichen Aufenthalt als Privatsache betrachten und es versäumen, darüber Buch und Quittung zu führen. Sie wurden belehrt. Die Liste ist heruntergearbeitet. Treskows Hoffnung ist mit jedem Namen ein Treppchen tiefer gerutscht und auf Null angelangt. Nur noch ein einziger Name steht offen: Sein eigener.

Treskow macht einen faulen Witz: Eigentlich müßte man jetzt zu ihm gehen.

Man soll keine faulen Witze machen. Die Beamten lächeln verlegen, aber der Assistent Schibulski nimmt es für bare Münze oder tut wenigstens so. Und wenn man es richtig überlegt: Man ist überall gewesen und hat keine Ausnahme gemacht, nicht einmal beim Herrn Regierungspräsidenten. Vielleicht hätte Treskow besser getan, von vorneherein die Namen zu streichen, die außerhalb jeden Verdachtes standen. Da es nicht geschehen ist – und es ist sicher gut so und wird auf die Bevölkerung einen vorzüglichen Eindruck machen –, man muß konsequent sein und darf sich selbst nicht ausschließen. Es würde auch in den Akten dumm aussehen.

Lächelnd zieht Treskow mit dem Troß in sein Haus. Im Grunde genommen ein Ulk: Ein Staatsanwalt, der bei sich selbst haussucht.

Es soll kein Ulk sein, sondern die Erfüllung einer Form. Treskow ist ein guter Jurist, ihm kommen Zweifel, ob ein Staatsanwalt gegen sich selbst eine Untersuchungshandlung vornehmen kann. Vorsorglich überträgt er das Kommando dem rangältesten Kriminalbeamten; er selbst ist nur noch Hausherr und Hundebesitzer.

»Meine Herren ich kenne den Zweck Ihres Kommens. Bitte, treten Sie näher. Also hier – Maul halten, August! – hier ist mein Hund, und hier – und hier – und hier –« Er greift an den gewohnten Haken und faßt ins Leere.

»Sybilla, wo ist der Maulkorb?«

Billa, von so viel Uniform begeistert, tänzelt herbei. »Der muß am Haken sein.«

»Was heißt ›muß‹? Er tut es nicht. – Trude, hast du vielleicht unseren Maulkorb verschmissen?«

Trude zieht ein Fischmäulchen. »Der hat gestern noch da gehangen.«

»Ich will nicht wissen, was er hat, sondern wo er ist. – Elisabeth, erinnerst du dich vielleicht, wer zuletzt den Maulkorb hatte?«

Frau von Treskow sieht ihren Mann erstaunt an. Billa will etwas sagen, Trude will etwas sagen, aber Frau von Treskow kommt ihnen zuvor: »Herbert, willst du nicht erklären, was das bedeutet? Vielleicht nehmen die Herren solange Platz.«

Dazu hat man keine Zeit. Dazu ist man nicht gekommen. Der Maulkorb muß zur Stelle. Man sucht überall, wo er sein könnte: am Mantelhaken, im Schirmständer, auf dem Garderobetisch, und wo er nicht sein könnte: im Nähkörbchen, in der Besteckschublade, im Eisschrank. Alle helfen suchen und geben sich rührende Mühe, der Staatsanwalt, die Beamten, Trude und Billa. Sogar August, durch das Umherlaufen angeregt, trottet wichtig hinterdrein und schnuppert mit.

Der Maulkorb muß doch irgendwo sein!

Die Logik ist unanfechtbar. Aber der Maulkorb ist anderer Ansicht. Er ist nicht da.

Die Billa hat einen roten Kopf bekommen, Trude beteuert ihre Unschuld, Frau von Treskow bewahrt Haltung; aber es hilft alles nichts.

Die Beamten tauschen heimliche Blicke. Schibulski hat die Unverschämtheit, mit einem Mundwinkel zu grinsen. Treskow fühlt, hier ist eine Situation, die nur mit Schwung und Humor zu retten ist. »Meine Herren«, sagt er mit künstlich heller Tenorstimme,

»meine Herren, ich muß zugeben, mein Maulkorb ist im Augenblick nicht ganz greifbar. Jetzt fehlt nur noch, daß an meinem Mantel der gefundene Knopf fehlt –«, er lacht gezwungen, – »dann bleibt mir nichts anderes übrig, als mich selbst zu verhaften und abzuführen. – Elisabeth, du hast wohl die Freundlichkeit und zeigst den Herren meinen Paletot.«
Frau von Treskow rührt sich nicht.
»Wenn du nicht willst, dann muß ich schon selber –«
Elisabeth ist ihm zuvorgekommen, hat den Mantel vom Haken genommen und zusammengeknautscht und tritt vor die Beamten. »Meine Herren, ich glaube, es ist nun genug. Wenn Sie aus der Sache eine Komödie machen wollen, dann bitte an einem anderen Ort. Sie befinden sich hier im Hause des Staatsanwalts von Treskow. Sollten Sie das in Ihrem Übereifer vergessen haben, so ist es an der Zeit, daß ich Sie daran erinnere. – Herbert, ich glaube, die Herren möchten jetzt gehen.«
Das stimmt zwar nicht ganz, aber da sie es sagt, wird es wahr. Die Beamten kommen sich plötzlich sehr überflüssig und albern vor. Auch Treskow kann sich dieser Einsicht nicht länger verschließen. Er hätte gerne noch den Mantelknopf vorgezeigt, aber freut sich doch, der höheren Gewalt zu weichen, und zieht mit seinem Troß von dannen.
Als sie fort sind, nimmt Frau von Treskow den Mantel mit in ihr Zimmer und ersetzt den fehlenden Knopf durch einen passenden neuen. Denn sie ist eine gewissenhafte Hausfrau.
Schibulski, der das Protokoll zu führen hatte, schrieb alles säuberlich in die Akten. Denn er war ein gewissenhafter Beamter.

Die Ritterstraße war einmal die vornehmste Straße der Stadt. Das ist lange vorbei. Die Ritter sind ausgestorben, und wenn man heute durch eine der dunklen Torwölbungen geht, riecht es bestenfalls nach Bäckerei oder Sattler, im Seitenbau sägt und flötet ein Schreiner, und hinter dem holprigen Hof wuchert ein Gärtchen, das jedem und keinem gehört und von Staren und Spatzen bevölkert wird. Ganz am Ende, wo niemand mehr hinkommt, versteckt sich unter Gestrüpp und Ranken ein verwunschenes Gartenhaus. Sofern man die schmale Tür findet, die Tag und Nacht unverschlossen bleibt, liest man daran den Namen: Rabanus.

Einen Vornamen schien der Mann nicht zu haben. Vielleicht war es Bescheidenheit, vielleicht auch Größenwahn oder beides. Bei Leuten dieser Art fließt das ineinander.
Mit seinem Beruf war es ähnlich. Man kam nicht recht dahinter, ob er überhaupt einen hatte oder gar mehrere. In dem großen, verglasten Raum stand zunächst ein breiter Diwan, der tags zum Rauchen, nachts zum Schlafen diente und keinerlei Schluß auf einen Beruf zuließ. Ebensowenig tat es der alte Kanonenofen, der mit drohend erhobener Pfeife in der Mitte des Raumes stand und im Sommer den Eisschrank machte. Eine in Betrieb befindliche Staffelei mit einem Stoß fertiger und angefangener Ölbilder und Skizzen deutete auf ernsthafte Malerei und sorgte für einen sympathischen Terpentingeruch.
An der gegenüberliegenden Seite stand ein betagter gradseitiger Bechsteinflügel, schmal und lang wie eine Kegelbahn, der offenbar musikalischen Zwecken gewidmet war und sich gleichzeitig als Tisch und Bücherbrett nützlich machte. An der rechten Wand breitete sich ein großmächtiges Stehpult aus, mit Stößen von beschriebenen und unbeschriebenen Papieren, die einen verdächtig literarischen Eindruck machten. Die massiven Holzdielen waren mit weißem Sand bestreut und für einen solch vielseitigen Mann überraschend sauber. Dafür waren die gekalkten Wände über und über mit Kohlezeichnungen bemalt, die nicht sämtlich für die Öffentlichkeit geeignet schienen, und ein Teil der Scheiben trug kühne Glasmalereien, insbesondere an der Seite, wo der Diwan stand; dadurch bekam diese Ecke etwas Andächtiges, fast Kirchliches und war den Blicken der Nachbarschaft entzogen, die im übrigen ungehindert den Lebensraum des seltsamen Mannes einsehen konnte und reichlichen Gebrauch davon machte.
Rabanus wohnte noch nicht lange hier. Wohnen ist übrigens zuviel gesagt. Er hauste: schlief, wenn er keine Lust zum Arbeiten hatte, arbeitete, wenn er ausgeschlafen war, und kümmerte sich einen Dreck um die bürgerlichen und astronomischen Tages- und Nachtzeiten; empfing Freunde, wenn es ihm paßte, und schmiß sie wieder hinaus, wenn er sie leid war.
An diesem Sonntagnachmittag ging Rabanus keineswegs spazieren, wie es einem gesitteten Bürger ansteht, weder am Rhein entlang noch in den Aaper Wald. Er war zu Hause und hatte Besuch. Ria hieß eigentlich Mariechen Prümper und war einzige Tochter einer gutbeschäftigten Kranzschleifendruckerei. Seit zwanzig Jah-

ren zerbrach die Bastionstraße sich den Kopf, wie diese Carmen mit dem geradegeschnittenen Gemmenprofil, der olivtönigen Haut und dem blauschwarzen Haar in die beiderseits niederrheinische Familie geraten sein mochte. Mariechen Prümper war stolz auf dieses Rätsel und machte aus der Verlegenheit eine Tugend. Sie trug das nachtschwarze Haar in tiefem Scheitel, steckte nach Bedarf Mohnblumen hinein und tat wie ein Stück Südsee. Man nannte sie Ria di Janeira, und so sah sie auch aus. Sobald sie allerdings den feingeschwungenen Mund auftat und ihr Hochdeutsch mit niederrheinischen Streifen von sich gab – Lieblingsthema: Mich tut der Rücke so weh –, zerrann die Illusion.

Auch sonst war sie weder mit Temperament noch anderen Geistesgaben überanstrengt. Wer so aussieht, hat das nicht nötig. Eben das wollte Rabanus malen.

Ria hatte sich das etwas anders vorgestellt. Sie war bereit, der Kunst jedes Opfer zu bringen. Aber sie vermochte nicht einzusehen, wieso ein Maler, der eine Dame zum Malen bestellt, sie auch tatsächlich malen will. Nachdem sie sich damit abgefunden hatte, ging es ihr nicht in den Kopf, daß er es nur auf ihr Gesicht abgesehen hatte, wo sie doch auch im übrigen ganz gut geraten war.

Nun saß sie glücklich auf dem Modellschemel, blickte mit der ihr anbefohlenen Verträumtheit auf den an der Wand markierten Punkt und versuchte, die Prozedur durch ein munteres Gespräch zu würzen.

»Trinke mer denn keine Kaffe?«

»Nein.«

»Warum denn nit?«

»Kopf mehr nach rechts.«

»Och.«

Nach fünf Minuten: »Mich tut der Rücke so weh.«

»Ist mir bekannt.«

»Können Se Klavier?«

»Nicht sprechen.«

»Warum denn nit?«

»Kind, du bist ja so schön – solang du den Schnabel hältst.«

»Dat sagen se all.«

Rabanus duzt, wenn er malt. Man braucht sich darauf nichts einzubilden. Er tut es aus Sachlichkeit. Für ihn wird jedes Modell

Gegenstand, und jeder Gegenstand Modell. Gerade als er den silbernen Reflex in das meertiefe Tropenauge setzte, begann sie von neuem: »Wissen Se dat schon vom Denkmal?«
»Ja.«
»Sind Se auch heut morjen kucken jejangen?«
»Nein.«
»Warum denn nit?«
»Ich habe das schon in der Nacht gesehen.«
»Dat können Se mich weismachen.«
»Ich kam gerade vorüber.«
»Und da war der Maulkorb schon dran?«
»Nein, er wurde eben festgemacht.«
»Mein Jott, und da waren Se noch nit auf der Polizei?«
»Die Polizei interessiert mich nicht, und wenn sie aus dem Quatsch eine Haupt- und Staatsaktion machen will, dann soll sie sich blamieren, so gut sie kann. – Und jetzt mal stillgehalten.«
»Wenn Sie der Zeuje machen, dann kommen Se in de Zeitung.«
»Ruhe!«
»Da können Se berühmt mit werden, mehr als mit die Bilders.«
»Verflucht noch mal! Wenn du jetzt nicht die Klappe hältst, dann kann es dir passieren, daß wir doch noch Kaffee trinken, oder wie du das nennst.«

Es war bereits Montag nachmittag. Staatsanwalt von Treskow bebrütet pflichtgemäß sein Aktenstück. Er brütet nicht im Sitzen, sondern marschiert mit langen, harten Schritten in seinem Büro hin und her und wartet auf den schöpferischen Einfall. Was man nicht im Kopf hat, muß man in den Beinen haben. Der unter ihm sitzende Landgerichtsrat hat sich schon beschwert und ein anderes Zimmer bezogen.
Treskow stand gewissermaßen an seiner Majorsecke. Der Maulkorb würde darüber entscheiden, ob er die viel prophezeite Karriere machen oder lebenslänglich als simpler Staatsanwaltschaftsrat nebenherlaufen würde. Vorläufig stand es faul um den Maulkorb. Die Haussuchung war ebenso lächerlich ausgelaufen wie Mühsams Hundefährte. Merkwürdige Duplizität der Lächerlichkeit! Ein Glück, daß Akten schweigen. Und die Fingerabdrücke am Denkmal hatten lediglich ergeben, daß der Täter Handschuhe trug. Offenbar ein gerissener Bursche.

Wohl war allerlei Geschwätz entstanden. Jemand hatte telephonisch den Namen eines angeblichen Augenzeugen genannt. Mühsam hat ihn geladen und wird ihn morgen früh vernehmen. Eine winzige Hoffnung, mehr nicht.
Es schlug sechs. Der Sekretär Regen steckte seinen verknitterten Kopf durch die Tür und schob, zum Zeichen der Arbeitsbeendigung, seine Brille mit den kugeligen Gläsern auf die Stirn.
»Ist noch etwas, Herr Staatsanwalt?«
»Nein. Leider nein.«
Das große Gebäude starb allmählich aus. Türen schlugen nebenan und in der Ferne, Schlüssel schlossen, Schritte verhallten in den langen Gängen. Dann wurde es still. Treskow hörte die eigenen Atemzüge und das Ticken seiner Gedanken.
Eine sinnlose Beklemmung hatte sich ihm in den Nacken gesetzt und ließ nicht mehr locker. Immer wieder blieb er vor dem Asservatenschrank stehen und fand nicht den Entschluß. Schließlich riß er sich zusammen, schloß das Gefach auf und holte das Behältnis mit dem Maulkorb hervor.
Er legte das kostbare Stück vor sich hin, wendete es mit einer Pinzette von einer Seite auf die andere, betrachtete es von vorn und hinten, von oben und unten, in vollem und seitlichem Licht, mit bloßem Auge und scharfer Lupe:
Es war ein Maulkorb wie alle andern, ohne Namen, Firma und Kennzeichen. Und doch war ihm plötzlich, als komme ihm das Ding irgendwie bekannt vor. Natürlich, er hatte es seit gestern mehrfach gesehen. Aber das war es nicht; der Maulkorb schien ihm eigentümlich vertraut, beinahe heimisch, und der Geruch erinnerte ihn an August. Vielleicht riechen alle Hunde gleich, wenigstens für Menschennasen, und es gibt auch kein wissenschaftliches Mittel, diese Gerüche zu klassifizieren. Vielleicht war es nur sein fieberndes Gehirn. Aber er kam von dem Gedanken nicht los: er konnte den Maulkorb mit nach Hause nehmen und mit seinem eigenen vergleichen. Hoffentlich hat der sich inzwischen gefunden.
Und nun sah er im Gegenlicht zwischen den Riemchen ein eingeklemmtes kurzes Haar. Für einen Kriminalisten sind die kleinsten Dinge die interessantesten. Er nahm das Haar vorsichtig zwischen die Pinzette und prüfte es auf heller und dunkler Unterlage. Es war blond. Bei Hunden nennt man es gelb.
Auch sein August war gelb.

Er fühlte, wie ihm das Herz stehenblieb und seine Hände kalt wurden. Wenn es sein eigener Maulkorb wäre!
Was wäre dann?
Dann wäre dreierlei: Erstens, er hätte auf dem betrüblichen Nachhauseweg den Maulkorb verloren, und jener vaterlandslose Geselle hätte ihn, den staatsanwaltlichen Maulkorb, gefunden und zu diesem heimtückischen Bubenstück mißbraucht. Zweitens: Er, der Staatsanwalt von Treskow, würde in öffentlicher Verhandlung als Zeuge vernommen und seinen beklagenswerten Zustand auf dem Nachhauseweg offenbaren müssen. Drittens: Als Zeuge könnte er nicht Sachbearbeiter bleiben und müßte die Weiterführung und den Ruhm einem Kollegen überlassen.
Bei diesem Gedanken knirschte er mit den Zähnen. Dann nahm er das gefundene, kostbare Hundehaar in einem Briefumschlag in Verwahr und schrieb darauf:

> Asservat zu 3 J 447/09.
> Inhalt: Ein Haar, dem am Denkmal
> vorgefundenen Maulkorb entnommen.
>
> Tr.

Der Briefumschlag wurde den Akten einverleibt.
In seinem Kopf rauschte der Puls. Er legte das Aktenstück in seine Aktentasche, den Maulkorb in sein Behältnis und nahm beides mit nach Hause.
Nun hing alles an einem Haar.
An dem Haar, das er in der Sache gefunden hatte.

Auch zu Hause war die Stimmung etwas beschlagen.
Aber daran war nur die Trude schuld, weil sie wieder einmal vom Lyzeum einen Brief mitbekommen hatte. Frau Elisabeth war einiges gewöhnt, aber sie wunderte sich doch, als sie lesen mußte: Ihre Tochter Gertrud erhielt einen Eintrag ins Klassenbuch wegen grober Tierquälerei und Alkoholmißbrauchs.
»Was hast du gemacht, Trude?«
»Nichts.«
»Was ist mit der Tierquälerei?«
»Wir haben nur die Hühner gefüttert. Die Hühner von der Frau Direktorin.«
»So. – Womit habt ihr sie gefüttert?«
»Mit Brot.«

»Das ist doch keine Tierquälerei.«
»Nein.«
»Und was ist mit dem Alkoholmißbrauch?«
»Weiter nichts. – Das Brot hatten wir natürlich in Kognak getaucht.«
»Und da schämst du dich nicht?«
»Doch, sehr. – Du, Mutti, das muß ich dir mal erzählen, du kugelst dich.«
Frau von Treskow kam allerdings nicht dazu, sich zu kugeln, teils aus pädagogischen Gründen, teils weil die Haustür ging und der Papa nach Hause kam. Er sagte kein Wort und ging sogleich auf sein Zimmer. »Ich möchte nicht gestört werden.« Das war das einzige, was er sagte.
Dann rief er August zu sich herein.
August war ein geduldiger und langmütiger Hund. Er hätte sich für seinen Herrn in Streifen schneiden lassen. Aber warum ihm jetzt ein Haar ausgerupft wurde, und ausgerechnet an der Schnauze, wo es besonders weh tut, das vermochte August nicht zu erkennen. Er beantwortete die Prozedur mit einem schmerzhaften Seufzer und verfolgte mit gespannter Aufmerksamkeit das Kommende.
Treskow nahm das frisch gerupfte Haar und das am Maulkorb gefundene, ging damit dicht unter die Lampe und verglich. Aber seine Hände zitterten, die beiden Haare fielen zu Boden, auf den Teppich.
Das kostbare Beweisstück darf nicht verlorengehen. Treskow sucht und kriecht auf dem Boden herum. August sucht mit und schnuffelt, er hält es für ein neues Spiel. Treskow aber ist verzweifelt. Auf dem Boden liegen viele Haare; dafür sorgt August. Es ist hoffnungslos.
Treskow sieht es endlich ein und schreibt auf den weißen Umschlag, der die Kostbarkeit enthalten hatte:

> Asservat ging durch Ungeschicklichkeit des Unterzeichneten verloren. Tr.

Dann setzte er sich an den Abendtisch. Man hatte schon auf ihn gewartet. Er ist weiß wie ein Aktenbogen und rührt keinen Bissen an.
Niemand wagt zu sprechen. Man reicht den Aufschnitt, die Salatschüssel. Bitte. Danke. Man hört das leise Rauschen der Servietten, das schüchterne Klirren der Bestecke.

Man muß etwas sagen.
»Überarbeitet?«
Keine Antwort.
»Böse?«
Keine Antwort.
Quälendes Schweigen liegt über dem Tisch.
Treskow, plötzlich ganz laut und unvermittelt: »Ist unser Maulkorb gefunden?«
Nein.
Treskow legt die Serviette neben den Teller und steht auf, nimmt Elisabeth mit in sein Arbeitszimmer. Dort zeigt er ihr den mitgebrachten Maulkorb. »Kennst du den?«
»Da ist er ja! Wo war er denn?«
»Weißt du genau, daß es unser Maulkorb ist?« fragt Treskow. Elisabeth hört den fremden Klang seiner Stimme, sieht die Angst auf seinem Gesicht, entdeckt an dem Maulkorb das Schildchen mit dem Aktenzeichen – und weiß, was sie zu tun hat.
»Einen Augenblick mal.« Sie beugt sich über den Maulkorb, tut, als wenn sie genau untersucht, und sagt: »Nein, Herbert, das ist er ja gar nicht. Wie kommst du an das Ding?«
Treskows Gesicht lichtet sich. Aber er will sicher gehen und ruft Trude herein.
»Ist das unser Maulkorb?«
Trude ist ein helles Köpfchen und nicht nur zum Hühnerfüttern zu brauchen. Sie fühlt, daß hier etwas nicht stimmt, sieht die Mutter an, versteht ihr geheimes Augenspiel und sagt ganz beiläufig und unschuldig, wie sie es von der Schule her kennt: »Das soll unser Maulkorb sein, das olle Ding? Das glaubt ihr doch selber nicht. An unserm war auch vorn das Riemchen ab. Nicht wahr, Mutti?«
»Das kann er auch gar nicht sein«, schreit Treskow, bekommt augenblicklich wieder Farbe und geht in ein helles befreites Lachen über; »das kann er auch gar nicht sein! Ich wollte nur mal sehen, ob ihr darauf hereinfallt. Das hier ist doch der Maulkorb vom Denkmal!«
Er stelzt auf und ab und bleibt wieder stehen. »Morgen geht der Tanz wieder weiter. Ein Zeuge ist bestellt, angeblich Augenzeuge. Ich werde ihn mir selber vorknöpfen. Bin mal gespannt, was dabei herauskommt. Auf jeden Fall, ich lasse nicht locker.« Und mit plötzlich ausbrechender Wut: »Und das schwöre ich

euch, wenn ich den Schweinehund erst beim Wickel habe – und daß ich ihn kriege, darauf könnt ihr Gift nehmen – unter einem Jahr kommt der mir nicht davon!«

Als am nächsten Morgen der Briefträger zu Rabanus kam, fand er wie gewöhnlich das Gartenhaus unverschlossen und seinen Bewohner schlafend und legte die Post auf den Stuhl neben dem Diwan.

Rabanus wurde erst durch das robuste Hantieren der Putzfrau wach. Er empfand es als eine unerhörte Belästigung, daß er auf zehn Uhr zu einer polizeilichen Vernehmung geladen war. Am liebsten hätte er die Ladung in jene geräumige Truhe geschmettert, in der er all das versenkte, was ihm zu dumm war. Und das war sehr viel; die Truhe war fast voll davon. Aber dann entsann er sich, daß solche amtlichen Dinger, wenn man ihnen nicht den Gefallen tut, immer lästiger werden, so daß man schließlich als der Klügere nachgibt. Dann lieber gleich. Er stand auf – an der Putzfrau pflegte er sich dabei nicht zu stören – steckte draußen auf dem Hof gehörig Kopf und Oberkörper unter den Wasserkranen – gegen Vollbrausen war die Nachbarschaft erfolgreich eingeschritten – zog sich an und machte sich auf den Weg.

Als er an der Kranzschleifendruckerei Prümper vorbeiging, kam ihm der Verdacht, daß vielleicht die Ria ihm die Zeugenladung eingebrockt haben mochte. Das wollte er doch mal hören!

Er traf die Familie beim Frühstück. Es fand wie alle Mahlzeiten und sonstigen Begebenheiten in der Küche statt. Sie war gleichzeitig Wohnzimmer und Büro. Aber nicht aus Armut oder Sparsamkeit. Das kam bei Prümpers nicht in Frage. Es war eine wohlberechnete Konzentrierung und hing mit der Struktur des Unternehmens zusammen. Ria, hier ganz Mariechen und ohne Mohn im Haar, besorgte die Küche und das Geschäftliche, und es war für sie eine große Erleichterung, daß sie mit der einen Hand das Sauerkraut rühren und mit der andern den Telephonhörer nehmen konnte, und daß ihr auch bei geschäftlichen Konferenzen die Milch nicht anbrannte. Was der Willi war, der bediente im Anbau die Handpresse. Der Vater aber ging mit gemütvollen Plüschpantoffeln durch sein Anwesen, freute sich seiner fleißigen Kinder, holte sich abwechselnd in der Küche eine

Tasse Bouillon oder eine vorzeitige Bratenschnitte und erteilte dem Willi an der Presse weise Lehren. Übrigens war er das einzige Unternehmen am Platze, und durch den ständigen Umgang mit trauernden Hinterbliebenen hatte er sich einen beileidigen Tonfall zugelegt, der die Kundschaft zwar entzückte, aber seiner Autorität als Haushaltungsvorstand einigen Abbruch tat. Als Rabanus hereinschneite, wurde er kurzerhand an den Tisch gequetscht und mußte frühstücken helfen. Das war bei Prümpers so üblich. Rohen Schinken oder gekochten? Schwartenmagen? Ein Eichen gefällig? Oder Pflaumenmus, hat Mariechen selber eingekocht. Vielleicht ein bißchen Holländer hinterher, oder ein Kotelettchen in die Pfanne?

Sie hielten ihn für einen der ewig hungrigen Maler, und er wollte ihnen die Freude nicht verderben, tat mit und brachte es nicht übers Herz, zu sagen, was er eigentlich wollte.

So kam es, daß sie seinen Besuch mißdeuteten. »Eh dat ich et verjeß«, sagt plötzlich der Alte, »Sie wollen jewiß schon en bißken Jeld?« Und schloß die breite Kommode auf.

»Was soll ich mit dem Geld?«

Mariechen stieß ihn mahnend in die Seite, und auch der Willi redete ihm zu: »Sie müssen nit so schenant sein. Jeld is, was man immer brauchen kann. Wann is dat Bild dann fertig?«

Dadurch kam Rabanus hinter das Mißverständnis. »Ich will Ihnen doch kein Bild verkaufen; ich male Fräulein Ria zu meinem Vergnügen. Verstehen Sie das nicht?«

Nein, das verstanden sie nicht. Entweder malt ein Maler ein Modell, das ist zwar unanständig, aber nicht zu vermeiden, dann muß der Maler dafür bezahlen. Oder er malt eine Dame der Gesellschaft, dann bezahlt die Dame. Hier kam natürlich nur das letztere in Frage.

Rabanus brachte es nicht über sich, die guten Leute zu kränken oder gar ihr Mariechen in Verdacht zu bringen. Er wehrte sich nicht dagegen, daß man ihm zwanzig Mark in die Rocktasche stopfte, und mußte versprechen, recht bald wiederzukommen.

Inzwischen war es halb elf geworden.

Kriminalkommissar Mühsam hatte ohnehin schlechte Laune. ›Sedan‹, bisher der Stolz seines Herrn und der Neid der Kollegen, war zum Spitznamen geworden. »Sedan Sedan«, raunte es hinter Mühsam her, wenn er über die Flure ging; manche wisperten nur »S—s«, dann verstand Mühsam schon und schnellte den roten Kopf nach hinten. Es blieb ihm nichts anderes übrig, als das Tier Hals über Kopf, noch ehe die Heldentat ruchbar wurde, an einen Magdeburger Kollegen zu verkaufen, als unerschrockenen Polizeihund und mit dreihundert Mark Verlust. Das tut weh.

Der einzige, der sich an der Hänselei nicht beteiligte, war der Assistent Schibulski. Seine Sticheleien gingen nach einer anderen Richtung. »Ich möchte nicht in Treskows Haut stecken.« Und wenn man ihn fragte, wieso und warum: »Ich meine man bloß; vielleicht weil er viel Arbeit hat; vielleicht, weil er noch allerhand Ärger bekommt. Man kann nie wissen.«

Obgleich Rabanus dreiviertel Stunde zu spät kam, mußte er warten. Wahrscheinlich zur Strafe. Übrigens ließ Kriminalkommissar Mühsam seine Zeugen immer warten. Große Herren sind stark beschäftigt, ihre kostbare Arbeit ist in Minuten aufgeteilt; wenn sie sofort vorließen, könnte der Verdacht aufkommen, als hätten sie am Ende gar Zeit. Außerdem wirkt Warten erzieherisch. Durch Warten wird man klein und häßlich. Wer zwei Stunden gesessen hat, ist winzig wie eine Maus und Wachs in den Händen dessen, der warten läßt.

Rabanus hatte es nicht anders erwartet. Er vertrieb sich die Zeit und machte von den Beamten, die das Vorzimmer bevölkerten, eine Serie von Karikaturen. Es gelang nicht, und dann kam er dahinter, daß man von Karikaturen keine Karikaturen machen kann. Als sein Notizbuch voll war, stand er auf, schob einen sich entgegenstellenden Schreiberling beiseite, öffnete mit frevler Hand die verbotene Tür und stand vor dem Kriminalkommissar, der eben sein drittes Frühstück zu sich nahm.

Mühsam fühlte richtig, daß ein Einblick in diese menschliche Tätigkeit seiner Autorität schädlich war, und suchte sie auf andere Weise wiederherzustellen. Zunächst kaute er eine Zeitlang ruhig weiter, versuchte von dem Eingetretenen keine Notiz zu nehmen und ließ ihn an der Wand herumstehen. Dann stellte er Kaffeekännchen und Tasse unten in das Gefach seines Schreibtisches, strich das Pergamentpapier über der Tischkante gerade, faltete es sorgfältig zusammen und steckte es in die Brusttasche. Sah den Besucher plötzlich mit Kugelaugen an und brüllte:

»Was wollen Sie?«

Der große Rabanus, sanft wie ein Kind: »Irrtum Ihrerseits. Ich will gar nichts. Wahrscheinlich wollen Sie etwas von mir.«
»Wenn Sie geladen sind, haben Sie zu warten.«
»Zweiter Irrtum. Nicht zum Warten bin ich geladen, sondern zur Vernehmung. Aber wenn ich störe, kann ich vielleicht demnächst bei Gelegenheit einmal wieder vorbeikommen, oder nach meiner Reise.« Tat, als wolle er wieder gehen.
»Wissen Sie überhaupt was von der Sache?«
»Weiter nichts – ich kam nur gerade vorbei, als jemand das machte.«
»So–so–so, Sie haben den Täter gesehen? Warum sagen Sie das nicht gleich? Aber bitte, nehmen Sie doch Platz – nein, bitte den Sessel, wenn ich bitten darf. Würden Sie wohl die Liebenswürdigkeit haben, Ihre Beobachtungen – vielleicht Zigarre gefällig, oder Zigarette?« – Mühsam ist auf einmal die leibhaftige Liebenswürdigkeit. Jetzt hat er einen Augenzeugen und kann die Scharte ›Sedan‹ auswetzen.
Rabanus tut seine Pflicht als Staatsbürger und erzählt: In der Nacht gegen halb drei sei er über den Marktplatz gekommen –
»Verzeihung, daß ich unterbreche. Was taten Sie so spät auf der Straße?«
»Herr Kommissar, wir wollen froh sein, daß ich so spät noch etwas tat. Sonst hätte ich keine Beobachtungen machen können.«
»Ganz meine Meinung. Ich frage nur der Ordnung halber. Bitte, lassen Sie sich nicht ablenken.«
Rabanus fährt fort: Er habe beobachtet, wie ein Herr über das Staket stieg und sich an dem Denkmal zu schaffen machte.
»Herr? Herr?? Sie meinen wohl Mannsperson? – Können Sie eine nähere Beschreibung geben?«
»Der Herr – die Mannsperson war ziemlich groß, ungefähr wie ich, aber schmaler; elegant gekleidet, heller Sommermantel, steifer, grauer Hut –«
»Haben Sie sein Gesicht gesehen?«
»Ja, er kam dicht an mir vorbei. Schmales, energisches Gesicht, hellblond, englisch gestutzter Schnurrbart. Hinter ihm ein großer Hund.«
»Ein großer Hund? Habe ich mir schon gedacht. Augenblick, bitte.« Mühsam schreibt in die Akten, daß die Feder spritzt. »Wir sind Ihnen außerordentlich dankbar, Herr Rabanus. Sie werden in der Sache noch eine wichtige, vielleicht entscheidende

Rolle spielen. Noch eine Frage: Würden Sie den Täter bei einer Gegenüberstellung wiedererkennen oder aus einer größeren Anzahl von Personen herausfinden?«
»Ich glaube, ja.«
»Das ist großartig, ganz vorzüglich. Mein lieber Herr Rabanus, darf ich Sie wohl bitten, im Nebenzimmer einen Augenblick zu warten? Bitte, hier hinein, da sitzen Sie angenehmer.«
Rabanus wird wie ein rohes Ei behandelt und in Watte gepackt. Zwei Unterbeamte sind abkommandiert; sie bemühen sich um ihn, schieben ihm einen Sessel in die Kniekehlen, besorgen ihm eine Zeitung, machen Konversation und helfen ihm warten. Nebenan in Mühsams Zimmer hört er hastiges Kommen und Gehen, Sprechen, Tuscheln, Telephonieren. Dann wird ihm eröffnet: Er möchte so liebenswürdig sein und zur Staatsanwaltschaft herüberkommen. Einer der Beamten wird ihm als Lotse mitgegeben.

Treskow schritt bereits in bebender Ungeduld auf und ab, setzte sich, sprang wieder hoch und konnte es nicht erwarten. Schade, daß Mühsam diese entscheidende Vernehmung schon begonnen hatte. Immerhin, die Hauptsache blieb noch zu tun. Die Konkurrenz zwischen zwei Behörden spornt zu Höchstleistungen an. Eine solche zu vollbringen, stand Treskow jetzt im Begriff.
Draußen Schritte. Es klopft.
»Herein. – Ah, Herr Rabanus? Nehmen Sie Platz. – Aber bitte, nehmen Sie doch Platz! Ich freue mich – Was ist los? Warum sehen Sie mich an? – Kennen wir uns? Wohl kaum.«
Treskow weiß nicht, warum der Zeuge ihn anstarrt. Er befühlt heimlich Schlips und Schnurrbart und wird etwas befangen.
»Mein lieber Herr Rabanus – ich wollte von Ihnen persönlich noch einige Einzelheiten wissen – vor allem die genaue Beschreibung des Täters und so weiter – – Warum lachen Sie? Finden Sie die Sache so komisch? Bitte unterlassen Sie das. Traurig genug, daß nichtswürdige Bubenhände unsern Allergnädigsten Landesherrn – Also ich verbitte mir Ihr lächerliches Lachen, es ist geradezu unverschämt!« Der Staatsanwalt klopft drohend mit dem Bleistift auf den Tisch, während Rabanus vergeblich versucht, den für eine staatsanwaltschaftliche Vernehmung üblichen Ernst auf die Beine zu bringen.

»Herr Staatsanwalt – – nehmen Sie es mir nicht übel, aber darauf war ich nicht gefaßt.«
»Worauf waren Sie nicht gefaßt?«
»Erstens überhaupt. Und zweitens, daß ausgerechnet Sie selbst die Sache in Händen haben.«
»Wer Sie vernimmt, das unterliegt nicht Ihrer Kritik, das bestimme ich.«
»Bestimmen Sie? Das ist ja gerade das Famose. – Herr Staatsanwalt, wir sind unter uns und brauchen uns gegenseitig nichts weiszumachen. Beneiden tue ich Sie nicht um Ihre Situation; ich weiß auch nicht, wie Sie die Komödie verantworten können. Jedenfalls machen Sie es recht gut, und vielleicht ist es auch der einzige Weg, die verdammt peinliche Affäre unauffällig zu begraben.«
Treskow sieht den Besucher lange und traurig an. Schade, jetzt hat man glücklich einen Augenzeugen, und nun ist er scheinbar etwas beschränkt. Bei Mühsam war er doch ganz manierlich. Vielleicht kommt man bei ihm mit Sanftheit weiter.
»Lieber Herr, Sie müssen etwas ruhiger sein. Darf ich Ihnen ein Glas Wasser anbieten? – Und wollen wir uns gemütlich unterhalten. Also, da kam dieser Mann zum Denkmal – und was hat er da gemacht?«
»Herr Staatsanwalt, was der da gemacht hat, das dürften Sie selbst doch am besten wissen«, lächelt Rabanus.
»Natürlich, wir haben unsere Ermittlungen. Aber ich möchte es gern von Ihnen hören und protokollieren.«
»Ich fürchte, Herr Staatsanwalt, Sie überspannen den Bogen. Fingern Sie die Sache, wie Sie wollen, das geht mich einen Dreck an. Aber mich lassen Sie gefälligst aus dem Spiel. Das Beste ist, ich verschwinde jetzt und existiere nicht für Sie, und Sie nicht für mich.«
»Sie bleiben!« donnert Treskow, »Sie haben hier Ihre Aussage zu machen!«
»Ist es nicht in Ihrem Interesse, wenn Sie etwas leiser sprechen? Und nun will ich Ihnen mal einiges sagen. Ich bin gewiß kein Spaßverderber, und ich kann mir zur Not auch vorstellen, daß man in nächtlicher Besoffenheit etwas anrichtet, was man am nächsten Tage nicht mehr wissen will, oder vielleicht auch wirklich nicht mehr weiß – – vielleicht wirklich nicht mehr weiß –«
Rabanus stutzt plötzlich, tut einen tiefen Blick in das klare,

offene Gesicht des Staatsanwalts und führt den Satz nicht zu Ende. Er ist wie verwandelt, setzt sich wieder und beginnt ruhig und bescheiden seine Erzählung:
Wie der Mann ausgesehen habe? Er entsinne sich noch genau: es war ein kleiner, untersetzter Mann mit Backenbart und Mütze, offenbar dem Arbeiterstande angehörig. Nein, ein Hund war nicht dabei.
Und ob er jetzt gehen könne?
Treskow hat alles mitgeschrieben. »Im Gegenteil, mein Lieber, nun fangen wir erst richtig an. Wer mich beschwindeln will, muß wenigstens ein gutes Gedächtnis haben. Sie vergessen, daß Sie vorhin bei der Polizei eine völlig andere Beschreibung des Täters zu Protokoll gegeben haben.«
»Möglich.«
»Welche von beiden Beschreibungen ist nun die richtige?«
»Stelle anheim. Sie haben die Auswahl. Nehmen Sie die, die Sie am besten brauchen können. Ich empfehle die jetzige.«
»Lassen Sie das. Jedenfalls geben Sie zu, daß Ihre Aussage sich widerspricht. Können Sie dafür eine Erklärung geben?«
»Nein.«
»Dann will ich es tun: Sie hatten die Absicht, die Polizei auf falsche Fährte zu locken. Offenbar wollen Sie den Täter schützen. Sie, ich warne Sie! – Jetzt noch eine Frage.« Treskow sieht den Zeugen mit der stählernen Schärfe seiner grauen Augen an. »Kennen Sie diesen Mann mit der Mütze? Ja oder Nein?«
»Nein, Herr Staatsanwalt. Den Mann mit der Mütze – den kenne ich nicht.«
»Weiter: Warum haben Sie sich nicht selbst als Zeuge gemeldet, wie man das von einem anständigen Menschen erwartet?«
»Wenn ich ehrlich sein soll: Die Sache war mir zu dumm.«
»Aber uns ist sie nicht zu dumm!«
»Das liegt an Ihrem Beruf.«
Treskow steht auf und geht zum Fenster. Vor dem Gebäude hat man Asphalt gelegt, damit die Justiz ihre Ruhe hat. Auf dem Asphalt laufen die Kinder Rollschuh. Die Rollschuhe rasseln von früh bis spät. Treskow überlegt: Dieser Rabanus steht offenbar in enger Beziehung zum Täter, ist es womöglich selbst. Durch eine voreilige Verhaftung würde man die Fäden zerschneiden und alles verderben. Besser, man stellt sich dumm – das ist immer klug – wiegt diesen Rabanus in Sicherheit und

läßt ihn insgeheim überwachen. Zu gegebener Zeit kann man dann zuschnappen. Ein Staatsanwalt muß ein feines Köpfchen haben.
»Sie wohnen Ritterstraße 6?«
»Jawohl, Gartenhaus.«
»Ausgezeichnet. Ich danke Ihnen für Ihre Bemühungen. Sie können jetzt gehen. Ich glaube nicht, daß wir Sie noch weiter nötig haben.«
Als Rabanus kopfschüttelnd und leise vor sich hin lächelnd durch das staatsanwaltliche Vorzimmer hinausgehen wollte, traf er dort auf ein junges Mädchen, das seinem verwöhnten Auge angenehm auffiel. Das erste vernünftige Wesen in diesem Affenkasten, dachte er und sah das junge Ding lustig an. Sie sah ebenso lustig zurück.
»Nun, Fräulein, müssen Sie auch zu dem?«
»Mja.«
»Mit dem kriegen Sie aber Freude. Das ist ein ganz Scharfer.«
Die Kleine gluckst vor Vergnügen. »Finden Sie? Dann war es sicher wegen der Maulkorbsache?«
»Woher wissen Sie das?«
»Der tut doch nichts anderes.«
»Der sollte lieber weniger wild sein. Mich hätte er am liebsten gleich verhaftet.«
»Och?« Das Mädchen muß lachen. »Sie sehen aber gar nicht so aus.«
»Das hat mich auch gerettet. Trotzdem war er sehr böse auf mich.«
»Dann hatte er sicher Grund«, ereifert sich die Kleine.
»Natürlich hatte er Grund. Ich habe ihn ein bißchen belogen.«
»Pfui.«
»Nicht so hastig, kleines Fräulein. Was meinen Sie wohl, wie schlecht dem da drinnen die Wahrheit bekommen wäre?«
»Das verstehe ich nicht.«
»Das sollen Sie auch nicht verstehen. Es genügt, daß Sie es mir glauben. – Haben Sie noch nie für einen andern gelogen?«
Das Mädchen ist ernst geworden und besieht sich die Stiefelspitzen. »Doch – aber das war etwas anderes.«
Sie hatte es ganz leise gesagt, eigentlich nur gedacht; diesen Mann ging es auch nichts an. Aber er konnte so merkwürdig fragen, und nun schämte sie sich. –

»Trude, ich darf wohl bitten!« Staatsanwalt von Treskow steht in der Tür mit Hut und Mantel, nimmt seine Tochter beim Arm und geht, ohne Rabanus' Gruß zu beachten, mit ihr hinaus.
Rabanus schaut hinterdrein.
Ach so.

Auf dem Nachhauseweg:
»Papa, wer war der Mann?«
»Welcher Mann?«
»Der von eben.«
»Was soll das?«
»Nichts. Ich meine nur.«
Beim Mittagessen:
»Papa, kommst du gut weiter?«
»Ich glaube.«
»Der Mann ist doch sicher wichtig.«
»Welcher Mann?«
»Der von heute morgen. Was hat er eigentlich ausgesagt?«
»Du weißt, daß ich darüber nicht spreche.«
Am Abend:
»Denk mal, Papa, der hat mir heute morgen alles erzählt.«
»Was hat er dir erzählt?«
»Ich weiß nicht mehr genau. – Was hat er denn bei dir gesagt?«
»Daß er in der Nacht beobachtet hat, wie jemand... Ich glaube, Kind, du willst mich aushorchen.«
»Aber Papa!«
Am nächsten Morgen:
»Papa, ich möchte dich heute nicht abholen. Ich habe Angst, ich treffe den wieder bei dir – Wie heißt er noch?«
»Du meinst den Rabanus?«
»Ja, Rabanus.«

Rabanus hatte seinen schlechten Tag. Vielleicht lag es auch an etwas anderem. Er sah mit gekniffenem Auge abwechselnd auf die Leinwand und auf die geduldige Ria, pinselte und kratzte ab und pinselte von neuem. Mariechen Prümper saß wie geprügelt auf ihrem Stühlchen und wagte kaum zu atmen, geschweige einen Laut von sich zu geben. Sie hörte die kurzen

Kommandos: Kopf mehr links! Lächeln! Geradeaus sehen! Zuckte zusammen und tat, was man verlangte. Vor allem lächeln.
Die Arbeit ist quälend und hoffnungslos. Das Bild wird immer unglücklicher, grinsender.
Rabanus ist gewohnt, zu tun, was ihm Spaß macht. Das hier macht ihm keinen Spaß. Er versteht nicht, warum er es angefangen hat. Was ging ihn dieses Mädchen an?
Er sprang auf, spielte einige Akkorde am Flügel. Ihm fallen ein paar Motive ein, denen er nachgeht. Aber der Bechstein scheint ihm verstimmt; es ist ein altes Instrument, bei dem die Stimmnägel noch in Holz gebettet sind. Er nimmt den Stimmschlüssel und stimmt nach. Es ist eine Marotte von ihm, keiner macht es ihm gut genug. Es dauert lange, und er hat heute keine Geduld. Ihm fällt ein, daß er Hunger hat. Er macht sich eine Tasse Tee, umständlich, nach einer eigens von ihm ersonnenen Methode, ißt einige Scheiben weißes Brot, dick mit Butter belegt und mit Salz bestreut, dazu einen Apfel und eine Handvoll blauer Trauben.
Es war eigentlich sein Mittagbrot, aber das war schwer festzustellen. Genau so, wie er schlief, wenn er müde war, aß er auch nach Hunger und Bedürfnis.
Inzwischen war es dämmerig geworden. Er hatte immer noch diese seltsame Unruhe. Ihn gelüstete nach frischer Luft. Er zog sich um, vielleicht ein wenig sorgfältiger als sonst, aber ohne es zu wissen, nahm seinen Mantel und wollte gehen.
»Tue mer denn nit mehr male?« Ria saß noch auf dem Modellschemel, den Kopf nach links, die Augen geradeaus, mit dem anbefohlenen Lächeln.
»Ach so. – Nein.«
»Wann dann widder?«
»Gar nicht.«
»Und dat Bild?«
»Ich habe es mir überlegt. Such dir eines von den fertigen aus. Da links steht noch ein ganzer Stapel. Nimm die Landschaft, die ist groß und bunt und hat schon einen Preis bekommen. Steht hinten drauf. So – nun geh auch schön.«

Der nächste Tag brachte für Treskow einigen Ärger. Natürlich war es ein Freitag. Treskow war nicht abergläubisch, sondern das genaue Gegenteil, und er wußte, daß es nur Zufall war. Aber daß sich diese Zufälle immer freitags versammeln, schien ihm doch ein merkwürdiger Zufall.
Es fing gleich am Morgen an, als er in sein Büro kam. Die Maulkorb-Akte lag wieder auf seinem Schreibtisch, aber diesmal nicht in Gelb, sondern in Giftgrün gekleidet. Und innen stand mit energischem Grünstift: Z. B.
Z. B. heißt hier nicht: zum Beispiel. Sondern: Zum Bericht. Es bedeutet, daß man um elf Uhr dreißig beim Herrn Oberstaatsanwalt anzutreten und einen wohlgeordneten Vortrag über den Stand des Verfahrens zu halten hat. Und daß man unerwartete und unbequeme Fragen wie aus der Pistole geschossen beantworten muß. Das ist ›Z. B.‹ Es ist genau so, wie wenn ein Schüler zum Direktor gerufen wird. Ein ganz gutes Gewissen hat man nie, und wenn man es trotzdem hätte, auf dem langen Weg über den Gang fallen einem noch tausend Sünden ein. Weitere zehn bekommt man drinnen vorgerechnet. Und als geschlagener Mann schleicht man von dannen.
Treskow hatte noch zwei Stunden Zeit, sich auf diesen Gang vorzubereiten. Er kannte sein Aktenstück auswendig, aber es war ihm noch nie so klargeworden, wie wenig er bis heute erreicht hatte.
Es war nicht Treskows Art, seine schlechte Laune an Untergebenen auszulassen. Aber daß dieser Referendar Thürnagel, der ihm zur Ausbildung überwiesen war, Morgen für Morgen erst um zehn Uhr anschob, dick, müde und verschlafen, das war doch nicht in der Ordnung. Als Sohn einer blühenden bergischen Brauerei hätte er in besonderem Maße die Pflicht gehabt, seine Eignung zur Beamtenlaufbahn und insbesondere zum Juristen unter Beweis zu stellen. Dazu genügte es keineswegs, daß er ein wohlgelittener Gast bei Frau Tigges und den anderen renommierten Weinlokalen der Stadt war. Auch die Tatsache, daß er von Tag zu Tag molliger und rosiger wurde, konnte über sein sparsames Wissen und Tun nicht hinwegtäuschen.
»Herr Kollege«, begrüßte ihn Treskow, »ich meinerseits bin bereits seit halb neun hier.«
»Ich weiß, Herr Staatsanwalt, ich weiß. Ich werde morgen versuchen, etwas früher zu kommen.«

»Weiß der Deibel, warum Sie ausgerechnet Jurist werden mußten.«

»Familientradition, Herr Staatsanwalt: Der Älteste übernimmt die Brauerei, der Zweite wird Offizier, der Dritte studiert. Was soll man studieren? Theologie ist zu fromm, Mediziner zu unappetitlich, Philologe zu mühsam; bleibt Jurist.«

Treskow sagte nichts. Darauf konnte man nichts sagen. Da konnte man nur eine Gänsehaut kriegen.

Dann ließ sich der Assistent Schibulski bei Treskow melden.

Mit Schibulski war eine grandiose Schweinerei passiert. Man hatte ihn bei einer Polizeistreife in einem jener Häuser gefunden, von denen man nicht spricht. Das wäre schließlich noch hingegangen, dieses Pech hätte man mit dem Mantel barmherziger Liebe zudecken können, wenn sich dabei nicht herausgestellt hätte, daß Schibulski den Wein und die anderen Annehmlichkeiten des Hauses sich ohne Bezahlung spenden ließ. Geschah es unter Mißbrauch seiner Beamteneigenschaft? War es passive Beamtenbestechung? Auf alle Fälle war es peinlich. Schibulski bittet um eine Unterredung unter vier Augen.

»Dazu besteht keine Veranlassung«, sagt Treskow. »Der Herr Referendar kann das ruhig mit anhören. Das weitet seinen Blick. – Wie alt sind Sie, Herr Kollege?«

»Fünfundzwanzig.«

»In dem Alter war ich schon zwei Jahre Assessor. – Das nebenbei.«

Schibulski möchte trotzdem den Herrn Staatsanwalt allein sprechen. Es wäre auch im persönlichen Interesse vom Herrn Staatsanwalt.

»Ich habe keine persönlichen Interessen. Da wird der Herr Kollege erst recht hierbleiben.«

Schibulski versucht es anders herum: So wäre das nicht gemeint, aber es wäre ihm selbst doch so entsetzlich unangenehm und so weiter. Dafür hat der taktvolle Treskow Verständnis. Thürnagel verdrückt sich feixend, und der Sünder Schibulski mag reden.

»Der Herr Staatsanwalt werden gütigst verzeihen, der Herr Staatsanwalt kennen ja meinen Fall und werden meine Lage verstehen, es ist das erstemal, ich habe noch nie etwas gehabt, und es ist gewissermaßen nicht verbrecherische Neigung, sondern jugendliche Notlage und Unerfahrenheit, wie man zu sagen

pflegt, und da möchte ich vielleicht ergebenst anregen, ob wir die Sache nicht unter den Tisch können fallen lassen.«
Treskow schaut ihm steil ins Gesicht. »Herr Assistent, wir haben keinen Tisch, unter den wir etwas fallen lassen.«
O nein, das verlange er auch nicht, aber vielleicht könnte man ausnahmsweise einmal eine Art Ausnahme machen und gewissermaßen ein Auge zudrücken –
»Herr Assistent, Sie sind lange genug im Dienst, um zu wissen, daß wir unsere Augen nicht zum Zudrücken haben.«
Und der Herr Staatsanwalt wolle auch gütigst berücksichtigen, man wäre doch vielfacher Familienvater...
»Das waren Sie schon vorher.«
Und außerdem handle es sich weniger um ihn persönlich, es sei auch im Interesse der Behörde, wenn nicht gleich alles an die große Glocke käme –
»Das Interesse der Behörde wollen Sie gefälligst der Behörde überlassen.«
Selbstverständlich, und er wollte auch nicht vorgreifen, aber der Herr Staatsanwalt müsse doch einsehen, wir wären alle Menschen, jeder könne mal ein bißchen ausrutschen, der eine so, der andere so, nicht wahr, besonders in vorgerückter Stunde, gerade der Herr Staatsanwalt müsse doch dafür Verständnis haben, aber er wolle damit nichts gesagt haben, er meine nur ganz allgemein und so.
Schibulski ist immer dichter auf den Staatsanwalt herangekommen. Treskow weicht langsam zurück; die körperliche Nähe und der Geruch dieses Mannes sind ihm unangenehm, er sieht häßliche Hände mit unsauberen Nägeln, die vor ihm fuchteln. Er ist von seiner Kundschaft einiges gewohnt, aber dieser Mensch mit seinem schleimigen, sinnlosen Gerede geht ihm auf die Nerven. Schibulski läßt sich nicht beirren. Seine Stimme wird leiser, drohender: So sei es in der Welt, und die Beamten müßten zusammenhalten, eine Hand wäscht gewissermaßen die andere, und es wäre nicht jeder in der glücklichen Lage wie der Herr Staatsanwalt, und er wolle auch nichts andeuten, aber es sei doch ein glücklicher Zufall, daß der Zeuge Rabanus nachher beim Herrn Staatsanwalt ganz anders ausgesagt habe als vorher, und was dem einen recht, das sei dem anderen billig, und schließlich säße ja jeder mehr oder weniger auf einem Pulverfaß, und wenn er auch ein einfacher Assistent und ein kleiner

Mann sei, man solle ihn nicht bis zum Äußersten treiben, aber das käme bei ihm natürlich nicht in Frage –

Staatsanwalt von Treskow hat längst nicht mehr hingehört. Wenn der Mensch den wilden Mann spielen will, dann soll er das demnächst vor dem Schöffengericht tun; die fallen manchmal auf solchen Zinnober herein. Einem alten Fuhrmann kann man damit nicht imponieren.

»Es ist gut, Herr Assistent. Wenn Sie glauben, daß Ihnen Unrecht geschieht, so wissen Sie, wo Sie sich beschweren können.« Er zieht die Uhr. »Übrigens müssen Sie mich jetzt entschuldigen.«

Dann geht Treskow über den langen dunklen Gang und einige Minuten später sitzt er vor seinem Oberstaatsanwalt und läßt den Bericht vom Stapel. Der Gewaltige bleibt unbeweglich mit dem gleichmäßig konzilianten Vorgesetztengesicht, durch das man nicht hindurchschauen kann. Er unterbricht nicht, stellt keine Zwischenfragen, es ist beängstigend. Treskow beendet seinen Vortrag und ist ganz klein. »Damit, Herr Oberstaatsanwalt, glaube ich alles getan zu haben, was nach der Lage der Sache getan werden konnte.«

»Mag sein.« Der Oberstaatsanwalt wendet langsam den grauen Kopf. »Trotzdem, Herr von Treskow, bin ich enttäuscht. Es kommt nicht darauf an, was man tut, sondern was man erreicht. Danach allein werden wir beurteilt. Wir wissen aus der Geschichte, ein Stratege kann die größte Dummheit machen; gewinnt er die Schlacht, ist er ein großer Mann und bekommt ein Denkmal. Geht die Sache schief, ist er ein Verräter, und kein Teufel kümmert sich um seinen genialen Plan. In diesem Sinne, lieber Treskow, möchte ich einmal weniger von Ihren Taten und mehr von Ihren Erfolgen hören.«

Treskow sieht ihn hilflos an und schweigt.

»Ganz recht«, sagt der Oberstaatsanwalt, »es ist nichts. Das Ergebnis ist verdammt mager, unter uns gesagt: gleich Null.«

»Vielleicht ist dieser Rabanus eine Art Lichtblick.«

»Vielleicht. – Haben Sie ihn verhaftet?«

»Noch nicht. Vorläufig fehlt mir dazu noch die Grundlage.«

»Manchmal ergibt sich die Grundlage für eine Verhaftung erst durch die Verhaftung. Sie wissen, wie schnell die einsame Zelle schweigsame Leute zum Reden bringt.«

»Ich halte dieses Mittel für nicht einwandfrei.«

»Manchmal sind wir darauf angewiesen.«
»Gewiß, wenn Sie meinen, Herr Oberstaatsanwalt –«
»Ich möchte hier keine Meinung äußern. Die Entscheidung und Verantwortung liegt ausschließlich bei Ihnen. – Aber ich glaube, Sie arbeiten zu wenig psychologisch. Die meisten Täter verraten sich auf irgendeine Weise selbst.«
»Ich weiß, durch das schlechte Gewissen.«
»Nee, darauf kann man sich nicht verlassen. Dieser Maulkorbheld wird bestimmt nicht von Reue gebissen, sondern bildet sich einen Stiebel ein und läßt sich von seinen Gesinnungsgenossen gebührend feiern.«
»Die Brüder werden ihn nicht verpfeifen.«
»Da muß man nachhelfen. Für ein paar hundert Mark hat schon mancher sein staatstreues Herz entdeckt. Vielleicht kann auch dieser Rabanus ein bißchen Taschengeld brauchen.«
»Sie meinen, man sollte eine Belohnung aussetzen? Ich tue es ungern, es ist bezahlter Verrat.«
»Sie hätten Theologe werden sollen. Außerdem bezahlen wir nicht den Verrat, sondern die Mühewaltung. Daß wir sie gut bezahlen, ist unser gutes Recht, und wem es nicht paßt, braucht es nicht zu nehmen. – Machen Sie es so, lieber Treskow. Und die Akten können Sie hierlassen. Die möchte ich mal genauer durchsehen.«

Sonntag morgen gegen halb zwölf ging bei Treskows die Hausschelle. Einige Augenblicke später knickst Billa vor Frau von Treskow und überbringt auf silberner Schale drei Visitenkarten.
»Rabanus? Ist mir unbekannt. Fragen Sie meinen Mann.«
Der Herr Staatsanwalt ist nicht erreichbar. Er sitzt in der Badewanne. – »Trude, hast du vielleicht eine Ahnung?«
Trude wird rot und ist völlig ahnungslos.
Vielleicht ein neuer Referendar, der sich vorstellt? Er soll warten, bis der Herr Staatsanwalt soweit ist. Trude meint: »Mutti geh doch mal, vielleicht ist es doch kein Referendar; das würde auf der Karte stehen. Ich bin auch so schrecklich neugierig.«
Das ist kein ausreichender Grund, und Frau Elisabeth ist keineswegs neugierig; aber sie möchte doch gerne wissen –
Im Salon findet sie den Besucher. Trude ist im Nebenzimmer und guckt durch die Vorhangritze. Das ist er!

»Gnädige Frau, ein liebenswürdiger Zufall hat mich neulich mit Ihrem Fräulein Tochter zusammengeführt. Durch eine Art höhere Gewalt wurden wir getrennt, ehe ich dazu kam, mich bekannt zu machen. Diese Unterlassungssünde nachzuholen, ist der Zweck meines Besuches.«

»So? Meine Tochter hat mir nichts davon erzählt?«

»Das freut mich zu hören.«

Frau von Treskow ist weniger erfreut. »Schön, Herr – Rabanus, ich werde es meiner Tochter ausrichten.«

»Ich glaube, es ist nicht mehr nötig«, sagt Rabanus mit einem Seitenblick auf die Portiere. »Ich hätte mich allerdings sehr gefreut –«

Frau von Treskow wird noch einen Grad kühler. Die Sache gefällt ihr nicht. »Meine Tochter läßt sich entschuldigen, und was mich anbelangt, ich habe Halsschmerzen, der Arzt hat mir eigentlich jedes Sprechen verboten.«

»Etwas Ähnliches habe ich befürchtet, und infolgedessen, gnädige Frau, müßte ich mich nun empfehlen. Aber vielleicht gibt es eine Möglichkeit, Ihre liebenswürdige Gesellschaft noch für einige Augenblicke zu genießen, ohne daß Sie sprechen. Ich werde Ihre Rolle bei der Konversation mit übernehmen. Ich weiß natürlich nicht, was Sie jeweils denken; vielleicht weiß ich es auch, aber das spielt keine Rolle. Jedenfalls weiß ich genau, was Sie an dieser und jener Stelle sagen würden; es ist durch die bürgerliche Konvention eindeutig festgelegt. Also fangen wir an. Sie werden zunächst behaupten: Es freut mich, Sie kennenzulernen. Worauf ich antworte: Bitte, nicht der Rede wert. Ob es Sie wirklich freut, scheint mir fraglich. Sie haben im Augenblick noch keinen Grund dazu. Sie können darüber erst in drei Monaten urteilen, wahrscheinlich erst in zwanzig Jahren; dann allerdings wird man offen darüber sprechen, offener vielleicht, als uns lieb ist. Für heute beschränken wir uns darauf, uns wechselseitig nach unserem Befinden zu erkundigen und mit ‚danke, gut' zu antworten. Eine wahrheitsgemäße Antwort zu verlangen, wäre indiskret und würde einen zeitraubenden Bericht über körperliche, seelische und finanzielle Zustände erfordern. Geistvolle Leute antworten mit einem listigen Augenzwinkern: Danke, zeitgemäß. Und bringen dadurch das Gespräch geschickt auf die seit Urbeginn der Menschheit beklagten schlechten Zeiten. Oder, was dasselbe ist, auf das Gebiet der

Politik. Darüber brauchen wir uns nicht zu unterhalten. Die Politik steht im Generalanzeiger. Als Dame von Welt werden Sie, gnädige Frau, statt dessen auf das Wetter zu sprechen kommen. Bitte, wehren Sie nicht ab. Nur Spießer witzeln darüber. Es ist eine der hervorragendsten Funktionen des Wetters, für alle Stände und Lebenslagen einen unverbindlichen und ungefährlichen Gesprächsstoff zu liefern, der niemals ausgehen kann. Wetter gibt es jeden Tag neu. Nachdem ich solcherart durch meine meteorologischen Kenntnisse meine Allgemeinbildung bewiesen habe, gestatte ich mir, mich etwas unvermittelt nach dem Befinden des Fräulein Tochter zu erkundigen. Sie werden wiederum antworten ‚danke' und werden denken ‚aha'. Sie haben recht, ‚aha' zu denken, doch das gehört nicht zum Thema. Wohl wird es allmählich Zeit, daß ich Ihnen etwas Angenehmeres sage. Erstens ist es üblich, zweitens meiner Lage durchaus vorteilhaft, und drittens ist es in diesem Falle sogar wahr. Allerdings hatte ich mir Sie etwas anders vorgestellt.«

»Wieso anders?« Frau von Treskow ist eine Frau und vergißt darüber ihre Halsschmerzen.

»Zunächst hatte ich gedacht, Sie seien dick.«

»Oh!«

»Übrigens sehe ich Ihren Händen an, daß Sie musikalisch sind. Sie spielen vorzüglich Klavier, und zwar mit Vorliebe Chopin.«

»Können Sie das sehen?«

»Nein, ich habe es von draußen gehört. Und damit wären wir bei meiner Person angelangt. Sie werden mich fragen, ob ich von hier bin. Ich weiß, daß diese Frage mehr bedeutet als eine geographische Feststellung. Sie wollen wissen, wer und was ich bin, dies um so mehr, als Sie sich nach mir noch nicht erkundigen konnten. Also kurz: Sechsundzwanzig Jahre, Reichsdeutscher, unbestraft, ehrlicher Sohn ordentlicher Eltern, seit vier Monaten studienhalber hier anwesend. Und von Beruf – das ist ein wenig kompliziert: Die Maler halten mich für einen guten Musiker, die Musiker für einen tüchtigen Literaten, und die Literaten für einen ordentlichen Maler. Ich weiß nicht, wer recht hat, ich fürchte alle drei. Mehr möchte ich nicht verraten; es ist besser, eine kleine Neugier wachzuhalten und Gesprächsstoff aufzuheben für später.«

Trude ist längst durch die Portiere hereingeschlüpft, hat sich artig auf ein Sesselchen gesetzt und verschlingt ihren Rabanus mit großen Augen. Frau von Treskow fühlt sich zunächst überrumpelt. Aber nun hat sie ein wohliges Gefühl der Wehrlosigkeit. Außerdem ist sie durch das Haus ihres Vaters, der ein berühmter Sammler und Mäzen ist, an allerlei Käuze gewöhnt. Rabanus fühlt, daß er Boden gewinnt, und tut einen herzhaften Sprung vorwärts:

»Und wenn ich weiterhin für Sie reden darf, gnädige Frau: Sie werden mich vielleicht allmählich fragen, ob Sie mir ein Glas Wein anbieten dürfen. Der Form halber, denn Sie wissen, daß ich als wohlerzogener junger Mann danken muß; es ist mein erster Besuch, und da ist der Konsum von Lebensmitteln nicht üblich. Ich weiß das wohl. Ich weiß aber auch: Wenn ich ‚ja' sage, habe ich Grund, noch einige Minuten zu bleiben. Also, bitte ja.«

Er hätte das nicht gesagt, wenn Frau von Treskow nicht inzwischen schon geklingelt hätte. Billa bringt einen alten Sherry, der dem Hause Ehre macht. Trude bekommt auch ein Glas. Man kann anstoßen, auf das Wohl der Hausfrau, auf ihre baldige Genesung. Übrigens tut der Hals schon gar nicht mehr weh.

Ein Schluck Wein ist mehr als ein wohlschmeckendes Getränk. Er ist ein Symbol der Gastlichkeit und schlägt luftige Brücken zwischen den Menschen. Und dennoch hätte Rabanus besser getan, seinen Besuch abzukürzen. Staatsanwalt von Treskow, durch das Bad erfrischt und gestärkt, ist auf einmal eingetreten, sieht auf dem Boden den Zylinder, auf dem Tisch die Gläser, erblickt Rabanus und sagt nicht »Bitte behalten Sie Platz« oder »Es freut mich«. Sondern: »Sie wünschen?«

Es klingt tief und eisig, als hätte er gefragt: Sind Sie vorbestraft? Auf soviel Staatsanwalt war Rabanus nicht gefaßt. Er sucht in gutbürgerliche Formen umzubiegen: »Herr Staatsanwalt, ich hatte bereits vor einigen Tagen das Vergnügen –«

»Von Vergnügen war dabei wohl nicht die Rede. Aber wenn Sie Ihrer Aussage noch etwas hinzuzufügen haben, so wissen Sie, wo ich zu sprechen bin.«

»Meiner Aussage etwas hinzuzufügen? Nein, Herr Staatsanwalt, das tue ich besser nicht. Das würde die Sache – unnötig komplizieren.«

»Dann weiß ich nicht, was Sie herführt. Jedenfalls ist es nicht üblich, daß Leute, die ich vernommen habe, mir sonntags ihre Aufwartung machen.«

»Ich komme nicht in dieser Eigenschaft.«
»Ich wüßte nicht, welche Beziehungen wir sonst miteinander hätten.«
»Eben darum –«
»Ich habe auch nicht die Absicht, daran etwas zu ändern.«
»Herr Staatsanwalt, die Gesetze der gesellschaftlichen Formen sind mir nicht unbekannt. Ich brauchte nur einen Bekannten zu haben oder mir zu besorgen, der mit Ihnen im gleichen Verein ist oder mit Ihrem Fräulein Tochter tanzt, so hätte ich die erforderliche Beziehung, den Vorzug und die Legitimation. Ohne das bin ich für Sie –«
»Ganz recht, Herr –. Und wie schon gesagt, wenn Sie mir etwas mitzuteilen haben, dann bitte schriftlich unter Aktenzeichen 3 J 447/09.«
Staatsanwalt von Treskow macht eine kurze Verbeugung mit dem Kinn. Der Besucher ist entlassen.
Treskow ist mit sich zufrieden und achtet nicht auf die verdutzten Gesichter von Frau und Tochter. Er weiß, das hat er richtig gemacht. Etwas schroff vielleicht; aber das fehlt noch, daß in seinem Hause ein Mensch verkehrt, den man wahrscheinlich in Kürze unter Anklage stellen und einbuchten muß.

Die ausgesetzte Belohnung von dreihundert Mark hatte die gewünschte oder wenigstens die erwartete Wirkung.
Solange im Generalanzeiger stand: ‚Etwaige Zeugen werden gebeten', kümmerte sich kein Mensch darum. Zeuge sein ist kein Vergnügen. Mit Polizei und Gericht hat man nicht gern zu tun, es gibt Lauferei und Ärger, und obendrein wird man angeschnauzt. Und was das Zeugengeld anlangt, so ist daran nicht viel zu verdienen; man erzählt sich von einem Fall, wo jemand nichts bekommen hat. Bloß weil er Rentner war.
Dreihundert Mark, das ist schon etwas. Nicht überwältigend – die Staatskasse ist schäbig, wie immer – aber wenn man dreihundert Mark nebenher mitnehmen kann –
Es wirkt wie ein Preisrätsel. Morgens am Kaffeetisch stecken die Familien die Köpfe zusammen und überlegen und brüten, ob sie nicht doch etwas wissen. Oft sind Kleinigkeiten entscheidend, Apfelsinenkerne, ein abgebranntes Streichholz, man weiß das aus den Detektivromanen.

Mühsam hat alle Hände voll zu tun; die Zeugen drängen sich, es geht am laufenden Band:

»Herr Kommissar: ich weiß, wer es war: Die Kradepohls von uns nebenan, die haben einen Hund, und was denken Sie, der ist immer ohne Maulkorb.«

»Was ist das für ein Hund?«

»Ein fieses Biest, so ne Art Rehpinscher.«

Bitte der Nächste.

»Herr Wachtmeister, da ist die Familie Spiegel von der Neußer Straße, da waren wir früher mal mit befreundet, aber seit wir sehen, was das für Völker sind – wissen Sie, was die für ne Zeitung halten – da weiß man ja genug.«

Bitte der Nächste.

»Herr Kriminal, eigentlich wollt ich nicht drüber sprechen, und Sie dürfen mich auch nicht verraten, aber wenn die Leut einen sitzen haben, ich mein der alte Hufnagels von der Kölner Straße, ich kenn ihn weiter nicht, der soll in einemfort sagen: Ich lach mich kapott, ich lach mich kapott.«

Bitte der Nächste.

»Herr Sergeant, nicht wahr, der soll doch einen Knopf am Denkmal verloren haben. Ich hab die ganze Woch aufgepaßt, als Invalide hat man ja Zeit, und da hab ich einen gesehen, der hatte wahrhaftig als Jott einen Knopf am Mantel ab, ich sofort hinterher, er ging zum Bahnhof. Meinen Sie, daß Sie den finden können?«

Klar. – Bitte der Nächste.

»Ach, Herr Polizei, entschuldijen Se vielmals, dat ich nit eher jekommen bin, aber mer hat soviel, der Haushalt un alle Händ voll, un da is nämlich mein Mann, ich bin jetzt von ihm ab, Jott sei Dank, jede Nacht die blaue Flecke un der Radau, un ich weiß janz bestimmt, der is in der Nacht von Samstag auf Sonntag nit zu Haus jewese; wat sagen Se nu?«

»Woher wissen Sie das?«

»Woher ich dat weiß? Der? Der is doch kein Nacht zu Haus, dat wissen se doch all. Und der is auch zu allem fähig.«

Bitte – der Nächste.

Draußen sammeln sich die Zeugen. Vorher, ehe es zur Vernehmung kam, haben sie sich mißtrauisch betrachtet und hätten sich am liebsten gefressen. Nun, wo es nichts geworden ist, sind sie ein Herz und eine Seele und alle der gleichen Meinung:

Natürlich wieder Schiebung. Die Belohnung ist nicht für unsereins, die wird irgendein Beamter kriegen. – Was, Beamte sind ausgeschlossen? Haben Sie eine Ahnung! Die kriegt dann irgendein Hintermann, das kennt man ja. Und nun ist eine ganz Feine drin, natürlich, für so was hat der Herr Kommissar Zeit, die wird nicht abgeschoben wie wir.

Das Volk irrt.

Mühsam ist völlig abgekämpft und infolgedessen auch zu der gutsituierten Dame in dem knappen Samtkostüm und den senfgelben Glacéhandschuhen ausgesprochen unliebenswürdig: »Was wissen Sie von der Geschichte, was haben Sie gesehen, was haben Sie gehört, bitte kurz!«

»Wieso kurz, Herr Kommissar? Wie soll ich das verstehen? Wenn Sie das nicht interessiert, ich bin gewöhnt, daß man Zeit für mich hat, aber wenn Sie meinen, Sie könnten mich hier anfahren für die lumpigen dreihundert Mark, bitte sehr – wo ich doch alles mit angesehen habe, bitte sehr –.«

Sie schnippt mit dem Kopf und will aufstehen.

Kriminalkommissar Mühsam ist schneller als sie und plötzlich unglaublich aufgedreht. Er drückt sie fast zärtlich in den Stuhl, nimmt ihr den Schirm ab und bemüht sich um sie und hätte ihr beinahe eine Zigarre angeboten. »Aber bitte, gnädige Frau, nehmen Sie sich Zeit, ich stehe ganz zu Ihrer Verfügung, wir können uns in aller Gemütlichkeit darüber unterhalten.«

Die gutsituierte Dame verzieht den Mund, streichelt ihre Handschuhe und läßt den Beamten eine Weile zappeln. Dann fängt sie allmählich an, langsam und gleichgültig. Mühsam hängt an ihren Lippen.

In der Nacht von Sonnabend auf Sonntag, vielleicht gegen zwei, es kann aber auch drei gewesen sein, habe sie zufällig aus dem Fenster gesehen. Gott, wie man so nachts aus dem Fenster sieht, um etwas Luft zu schnappen, nicht wahr? Da kam von Tigges am Treppchen ein Mann oder ein Herr, nachts kann man das nicht so unterscheiden, und dann ging bei Tigges am Treppchen das Licht aus. Und der Mann ging zum Denkmal und stieg über das Staket – nein, erkennen konnte sie ihn nicht aus der Entfernung, sie hat auch nicht weiter drauf geachtet, sie konnte ja nicht wissen, aber es war der letzte Gast von Tigges, und außerdem wurde ihr kalt in dem dünnen Seidenhemdchen und so, und da hat sie das Fenster wieder zugemacht.

Mühsam geht auf wie eine Sonne und hat alles mitgeschrieben und notiert, Namen und Adresse der Zeugin. Auf einmal entdeckt er in der Sache einen Schönheitsfehler. »Sie wohnen Lindenstraße 177? Ja, sagen Sie mal, liebe Dame, das ist ja eine ganz andere Gegend. Von der Lindenstraße können Sie das Denkmal doch nicht sehen. Was reden Sie denn da?«
Die gutsituierte Dame ist ein bißchen pikiert. »Bitte sehr, Herr Kommissar, Sie wissen ja gar nicht, ob ich zu Hause war. Habe ich das gesagt? Kein Wort habe ich davon gesagt. Vielleicht habe ich zufällig irgendwo anders geschlafen, nicht wahr, vielleicht bei einer Verwandten oder vielleicht bei einer Freundin. Und die dreihundert Mark können Sie mir bitte auf mein Konto bei der Deutschen Bank überweisen.«
Die Polizei kennt kein Vielleicht. Außerdem ist sie von Berufs wegen neugierig. Sie will das genau wissen, wer ist die Freundin, wie heißt sie, wo wohnt sie? Hat sie auch etwas gesehen? Die Gutsituierte wird merkwürdig nervös, rückt auf dem Stuhl hin und her und zupft an ihren Handschuhen. Was sie gesehen habe, das habe sie gesehen, und von wo, das ginge keinen was an, und überhaupt sei das keine Art, einen hier auszufragen, die Sache sei ihr überhaupt zu dumm, und dann nähme sie einfach ihre Aussage zurück.
Rauscht hinaus.

Frau von Treskow hat im zweiten Stock ein Stübchen, in das sie sich zurückzieht, wenn sie ein Buch liest oder allein sein will. Heute hat sie einen besonderen Anlaß. Sie hat einen Maulkorb vor sich liegen, aus braunglänzendem, knirschendem Leder, mit blitzblanken Nieten. Und überlegt lange, wie sie es machen soll. Dann ruft sie Trude zu sich herauf.
»Kind, damit du Bescheid weißt, unser Maulkorb hat sich wiedergefunden.«
»Ist ja gar nicht wahr. Ich dachte –«
»Was dachtest du? Du hast nichts zu denken, mein Kind!«
»Wo war er denn, Mutti? Ich meine, wenn Papa danach fragt. Am besten unter dem Bücherschrank. Was meinst du, Mutti?«
Frau von Treskow weiß darauf nichts zu sagen. Es ist auch unnötig.
Dann geht Trude hinunter und kommt nach einer Minute zurück

mit einer Flasche Essig, einer Feile, etwas Glaspapier und einem Döschen Schuhwichse.
»Sag mal, bist du närrisch?«
Man kann von Trude eher das Gegenteil behaupten. Sie nimmt sich den Maulkorb vor und macht mit der Feile die scharfen Lederkanten rund, reibt mit Glaspapier die glänzenden Riemchen rauh, beizt mit Essig die blanken Teile blind und zerstört mit Wichse die unberührte Sauberkeit. »So, nun sieht er richtig aus. Er riecht zwar nicht nach Hund, aber Papa wird ihn wohl nicht beschnuppern.«
Frau von Treskow hätte nicht daran gedacht. Trude ist ein patentes Mädel.
Übrigens scheint sie noch etwas auf dem Herzen zu haben. Sie schmust wie ein Kätzchen um die Mutter, stopft ihr ein Kissen in den Rücken, holt ein Fußbänkchen und weiß nicht, was sie tun soll vor lauter Liebe und Sorge.
»Nun, sag es schon.«
Trude druckst und steckt den Kopf weg.
»Rabanus?«
Trude schweigt.
»Was ist damit?«
»Mutti, den hätten wir nicht hinausschmeißen sollen. Wo er doch alles weiß.«
»Was weiß?«
»Das mit Papa und dem Denkmal.«
»Was ist mit Papa? – Gar nichts ist mit Papa! – Verstanden! – Um Gottes willen, hast du denn dem Rabanus was gesagt?«
»Im Gegenteil, Mutti, der hat es in der Nacht doch selber gesehen.«
Frau von Treskow glaubt, das Herz bleibt ihr stehen.
»Das hättest du mir eher sagen müssen.«
»Das wußte ich da noch nicht. – Ist aber nicht schlimm, Mutti, der sagt nichts. Der würde eher sterben.«
»Hoffentlich. – Habt ihr euch heimlich getroffen?«
»Aber Mutti!«
Und wird dunkelrot.
Inzwischen ist die Nachmittagspost gekommen. Frau von Treskow sieht sie durch. Sie stutzt über einen Brief. Dergleichen hat sie noch nie erlebt. Da steht kein Titel auf der Adresse, nicht einmal Herr oder Frau, sogar das ›von‹ ist unterschlagen. Da

steht kahl und nackt: Treskow. Und die Adresse ist nicht mit der Hand geschrieben, auch nicht mit der Schreibmaschine. Man hat gedruckte Buchstaben aus einer Zeitung ausgeschnitten und hintereinander aufgeklebt.
Ein Scherz oder eine Gemeinheit?
Jedenfalls etwas, über das sich ihr Mann ärgern würde. Sie holt tief Atem und öffnet. Auch der Brief besteht aus einzeln aufgeklebten Zeitungsbuchstaben:

> Herr Staatsanwalt Sie sitzen auf einem Pulverfaß und da sollten Sie auch einen kleinen Mann leben lassen sonst könnte es knallen!
>
> Einer der es gut meint.

Trude hat ihren Kopf mit hineingesteckt. Sie begreift die Tragweite des Briefes nicht. Vorläufig amüsiert sie sich über die Idee der ausgeschnittenen Druckbuchstaben und überlegt, ob sie ihrer Freundin Agnes nicht auch so schreiben könnte.
Anonyme Briefe soll man nicht lesen, man soll sie verbrennen. Jeder hat diesen Grundsatz, aber niemand tut es. Kein Schriftstück wird so sicher und sorgfältig studiert und durchdacht wie ein anonymer Brief. Das Mittel ist so dumm und so billig und doch so wirkungsvoll.
»Sieh mal her, Trude«, sagt Frau Elisabeth, »das ist also der, von dem du glaubst, daß er eher sterben würde!«

Referendar Thürnagel war heute schon um viertel vor zehn gekommen. Das war selbstverständlich ein Versehen. Aber Treskow freute sich darüber und gab ihm zur Belohnung für diesen ersten Anflug von Diensteifer die Maulkorb-Akte zu lesen. Immerhin war ihm der junge Mann zur Ausbildung überwiesen, und schließlich war es auch nicht uninteressant, wie ein unbefangener Sohn des Volkes die Sache auffassen würde.
Thürnagel studierte die Akte nicht mit überschäumender Begeisterung. Er tat grundsätzlich nichts mit Begeisterung, wenigstens nichts Dienstliches. Er beging sogar die Unvorsichtigkeit, dabei zu flöten.
»Herr Kollege, abgesehen davon, daß es mich stört, glaube ich nicht, daß eine solche Musikbegleitung Ihren juristischen Gedankengängen förderlich ist.«
Thürnagel stoppt die Flöte. Übrigens stieß er gerade auf etwas

Amüsantes: die gutsituierte Dame mit der zurückgezogenen Aussage.
»Herr Kollege, da ist auch kein Grund zum Lachen. Es wäre mir lieber, zu hören, welche Folgerungen Sie aus dieser Aussage ziehen, und welche Ermittlungen nunmehr zwangsläufig zur Feststellung des Täters führen.«
Der Referendar weiß es nicht und hält es auch nicht für wichtig, und als auf einmal der Obersekretär fast ohne anzuklopfen hereinstürzt und die Maulkorb-Akten haben will, weil der Herr Oberstaatsanwalt danach gefragt hat, und alles vor lauter Ober und Maulkorb zappelt und aus dem Häuschen ist, da platzt der dicke Thürnagel mit seinem unausgeschlafenen Baß dazwischen: »Ich weiß überhaupt nicht, was man wegen dem bißchen Maulkorb für ein Buhei macht. Morgens der erste Schutzmann hätte ihn gleich herunterholen sollen.«
Treskow fährt gegen die Decke. »Ich muß doch ernstlich bitten, Herr Kollege, erstens sind staatsanwaltliche Ermittlungen kein Buhei, wie Sie sich so geschmackvoll auszudrücken belieben, sondern Pflichterfüllung und Dienst am Staate. Und zweitens ist es ein wahres Glück, daß Sie nicht Schutzmann geworden sind; die Obliegenheiten eines Beamten scheinen Ihnen noch nicht aufgegangen zu sein.«
Dann milder fortfahrend: »Es wird Sie aber dennoch interessieren, was ich in der Sache weiter zu tun gedenke. Wir haben jetzt eine sichere Spur. Diese Dame aus der Lindenstraße, deren Lebenswandel hier nicht zur Diskussion steht, hat immerhin beobachtet – von wo aus, ist letzten Endes gleichgültig –, daß es der letzte Gast von Tigges war, der zum Denkmal ging. Nun brauchen wir nur noch festzustellen, wer dieser Letzte war. Und den, mein lieber Kollege« – er richtet sich groß auf und tut mit seinem langen Arm einen eisernen Griff in die Luft – »den – schnappen wir uns!«
Als Treskow nach Hause kam, war er in herrlicher Laune und pendelte summend und singend durchs Haus. Er war mit sich zufrieden. Wenigstens seit heute. Jetzt konnte es nicht mehr fehl gehen. Außerdem war eine große Kiste angekommen.
Der Schwiegervater, anerkannter Feinschmecker und Weinkenner, pflegte persönlich am Rhein und an der Mosel einzukaufen. Gut und viel, denn er verfügte über eine gute Zunge und ein leistungsfähiges Scheckbuch. Der Arzt hatte ihm die schweren

Weine verboten; aber auf den Einkaufsreisen durfte und mußte er eine Ausnahme machen. Er dehnte sie über Gebühr aus und probierte an allen Orten sorgfältig und ausgiebig auf Geschmack und Bekömmlichkeit. Für den Geschmack genügte ein Schluck, für die Bekömmlichkeit ist eine Batterie nötig. Der alte Herr tat es nicht für sich, sondern opferte sich für seine Familie, die er mitversorgte. So bekam auch der Schwiegersohn jedesmal einen tüchtigen Teil ab.

Die schwere und mit Bandeisen beschlagene Kiste wurde im Hausflur mit viel Lärm und Neugier geöffnet. Die Familie einschließlich Billa stand in feierlichem Kreis herum, Bretter und Hüllen flogen über die türkisblauen Läufer, August stand wedelnd dabei, und im Verlaufe einer Stunde lagen die Strohhalme bis in den Wintergarten.

Die Einordnung in den Flaschenkeller war eine zeitraubende, aber anmutige Tätigkeit. Für die Buchführung über den Weinbestand hatte Treskow ein Kartotheksystem erdacht, ähnlich dem seiner Privatbibliothek; die beiden Kartothekkästen standen im Bücherschrank nebeneinander und waren gut gefüllt; so konnte Treskow jederzeit den Bestand überschauen und sich seines Besitzes freuen.

Abends wurde probiert. Man war auf die neuen Marken gespannt. Außerdem fühlte Treskow sich verpflichtet, seine liebe Frau etwas aufzuheitern. Sie war bedrückt und schien wenig Anteil an seinem bevorstehenden staatsanwaltlichen Erfolg zu nehmen. Auch Trude war konfuser als sonst, aber bei jungen Mädchen wundert man sich über nichts.

»Ihr braucht euch keine Sorge zu machen«, tröstet Treskow. »Ich will nichts verraten, man soll nicht gackern. Aber in zwei Tagen ist es geschafft. Und darauf wollen wir anstoßen – was macht ihr für bedepperte Gesichter?«

Zur Wiederherstellung der Stimmung muß Trude sich an den Flügel setzen. Dafür hat sie seit sechs Jahren Klavierstunde bei Fräulein Spitzbart, die auch schon ihre Mutter unterrichtet hat. Jetzt lag das alte Fräulein seit einer Woche krank zu Bett. Aber das wußte man bei Treskows nicht; Fräulein Trude ging nach wie vor zur Stunde, dreimal die Woche, und Frau Elisabeth glaubte eben heute feststellen zu können, daß ihr Töchterchen gute Fortschritte gemacht und neuerdings einen kraftvolleren, man möchte fast sagen: männlichen Anschlag bekommen hat.

Am nächsten Vormittag ließ Rabanus sich beim Oberstaatsanwalt melden.
Der Herr Oberstaatsanwalt bedaure.
Es sei aber wegen der Maulkorbsache.
Die bearbeite Herr Staatsanwalt von Treskow, Zimmer 118.
Gerade um den handle es sich.
Eine Beschwerde?
Etwas Ähnliches.
Das verschaffte ihm Einlaß. Für Beschwerden muß ein Vorgesetzter zu sprechen sein. Ein alter preußischer Grundsatz.
Er wird zum Herrn Oberstaatsanwalt hineingeführt und braucht nicht wie beim Kriminalkommissar Mühsam an der Wand herumzustehen und sich zu räuspern. Je höher die Stelle, desto höflicher die Manieren. Auch ein alter preußischer Grundsatz. Er bekommt sofort einen Stuhl, sogar einen mit Leder bezogenen, aber in respektvoller Entfernung, offenbar um den Abstand und die geistige Kluft symbolisch auszudrücken.
Der Oberstaatsanwalt dreht die Besuchskarte in der Hand. »In welcher Angelegenheit?«
»Darf ich offen sprechen, Herr Oberstaatsanwalt?«
»Aber bitte kurz.« Er ist ein alter Praktikus und hat seine Erfahrungen mit Leuten, die offen sprechen wollen.
»Herr Oberstaatsanwalt, Sie kennen den Stand der Maulkorbgeschichte?«
»Sie meinten Denkmalangelegenheit?«
»Die amtliche Bezeichnung ist mir nicht geläufig. – Ist Ihnen bekannt, daß in dieser Sache einige – wie soll ich mich ausdrücken – einige Merkwürdigkeiten aufgetaucht sind?«
»Ich kenne die Akten.«
»Auch gewisse Gerüchte?«
»Wollen Sie nicht etwas deutlicher werden?«
»Ja – etwas. Ist nicht ein anonymer Brief oder eine gewisse aufsehenerregende Bezichtigung eingelaufen?«
»Ich habe keine Veranlassung, Ihnen über den Stand der Sache Auskunft zu geben.«
»Sie wissen, welche Rolle ich persönlich in der Sache spiele?«
»Ich sagte bereits, daß ich die Akten kenne.«
»Dann darf ich mir vielleicht in dieser Angelegenheit eine Anregung gestatten?«
»Bitte.«

Der Oberstaatsanwalt sieht heimlich nach der Uhr, aber so, daß es der Besucher merken soll.
Rabanus übersieht es und sagt langsam und vorsichtig: »Aus Gründen, die ich nicht erörtern möchte, dürfte es zweckmäßig sein, das Verfahren so bald als möglich einzustellen.« Er blickt den Oberstaatsanwalt scharf an.
Dieser bleibt undurchsichtig und rührt keine Miene. »Ob überhaupt, und gegebenenfalls wann wir das Verfahren einstellen, das wollen Sie bitte uns überlassen. – Ist das alles, was Sie mir mitzuteilen haben?«
»Vorläufig ja. – Zunächst bitte ich um eine kleine Auskunft. Es handelt sich allerdings um eine rein theoretische Frage, was ich hiermit ausdrücklich betont haben möchte. Gesetzt den Fall, bei einer Behörde irgendwelcher Art hätte ein Beamter eine Dummheit begangen, die moralisch nicht allzu schwer wiegt, aber in der Öffentlichkeit peinliches Aufsehen erregen würde. Was würde man tun, um das zu verhindern?«
»Nichts.«
»Wenn aber ein Skandal droht mit unübersehbaren Folgen, wenn die Behörde der Lächerlichkeit preisgegeben würde und ihre Autorität auf dem Spiel stünde – würde man auch das nicht verhindern?«
»Sie scheinen nicht zu wissen, was eine Behörde ist.«
»Eine mehr oder weniger zweckmäßige Einrichtung zur Erledigung staatlicher Aufgaben.«
»Deswegen hat sie die Pflicht peinlichster Sauberkeit; darauf beruhen Ansehen und Autorität.«
»Wenn aber gerade mit Rücksicht auf Ansehen und Autorität eine Ausnahme notwendig wäre?«
»Es gibt keine Ausnahme. Jede Ausnahme vernichtet den Grundsatz.«
»Oberster Grundsatz jeder Behörde und ihrer Funktion ist das Staatswohl. Wenn das Staatswohl eine gewisse – Korrektur von Dingen verlangt, die sonst Grundsatz sind, so haben alle Bedenken zurückzustehen. Ein Beamter, der das nicht begreift oder nicht den Mut zu dieser Verantwortung hat, ist kein Diener des Staates, sondern ein Bürokrat, ich möchte sagen – eine Aktenbearbeitungsmaschine.«
Der Oberstaatsanwalt sitzt wie aus Gußeisen. »Ich breche das Thema ab. Außerdem bin ich keine Auskunftstelle für theore-

tische Doktorfragen. – Sie wollten mir noch den Zweck Ihres Besuches mitteilen?«
»Unter diesen Umständen nicht. – Um auf unsern Maulkorb zurückzukommen: Ich sehe, Sie legen großen Wert auf die Ermittlung des Täters. Es ist eine Belohnung von dreihundert Mark ausgesetzt. Lächerlich wenig für eine Sache solcher Bedeutung. Außerdem zwecklos: für dreihundert Mark verrät ein anständiger Mensch nicht seinen Mitmenschen. Das müssen mindestens tausend sein, bei hochgezüchteten Charakteren sogar dreitausend.«
»Ich verstehe nicht, was Sie damit bezwecken.«
»Das sollen Sie auch nicht verstehen. Es würde Ihr Gewissen unnötig strapazieren.«
Der Oberstaatsanwalt lehnt sich in seinen Sessel zurück. »Herr Rabanus, welches persönliche Interesse haben Sie an dieser Angelegenheit?«
»Gibt es nicht Fälle, wo etwas um der guten Sache willen geschieht?«
»Kaum.«
»Sie haben recht. Ganz ohne eigenes Interesse bin ich nicht hier.«
»Sind Sie mit Herrn von Treskow befreundet?«
»Leider nein. Man könnte eher das Gegenteil behaupten.«
»Soso, das Gegenteil.« Der Oberstaatsanwalt sieht ihm scharf ins Gesicht. »Die von Ihnen angeregte Erhöhung der Belohnung werde ich nicht veranlassen. Schon damit – wie sagten Sie noch – hochgezüchtete Charaktere nicht in Versuchung kommen, bedenkliche Aussagen zu machen.«

Zur gleichen Zeit fand in Köln eine bemerkenswerte Versammlung statt.
Elisabeth war nicht die Frau, die untätig zusieht, wenn ein Karren in den Graben fährt. Den Drohbrief von »einem, der es gut meint« hatte sie ihrem Manne unterschlagen. Den Schlafwandler, der über die Dachkante läuft, darf man nicht wecken. Allerdings hatte er bezüglich Rabanus den besseren Instinkt bewiesen. Einen Erpresser hätte sie in diesem Menschen niemals vermutet. Sie wurde irre an sich, und ihr fiel auch nichts ein, wie sie das Unheil abwenden könnte.
So tat sie das, was man in besseren Familien gemeinhin tut, wenn

man nicht mehr weiter weiß: Sie berief einen Familienrat. Zehn sind klüger als einer. Ein einleuchtendes Rechenexempel. Und wenn zehn die Verantwortung tragen, fällt auf jeden nur ein Zehntel. Das ist der tiefe Sinn dieser und aller ähnlichen Einrichtungen.
Treskow durfte nichts wissen; er war diesmal Objekt, nicht Mitglied. Infolgedessen fand die Zusammenkunft in Köln bei seinem Bruder, dem Oberregierungsrat, statt. Köln ist außerdem eine angenehme und lustige Stadt. Die märkischen Treskows reisen gerne hin. Berlin kennt man, dort stolpert man über Bekannte. Nach Köln kamen sie vollzählig, leider ohne Papa Piedboeuf, der eine Mittelmeerreise machte. Für ihn erschien Tante Mina, die dreimal verheiratet war und die Klugheit dreier Männer in sich aufgesogen hatte.
Frau von Treskow erstattete Bericht. Die Maulkorbsache und der ehrenvolle Auftrag ihres Gatten war allen bekannt, es hatte in den Zeitungen gestanden, und Herbert war auf dem besten Wege, das Prunkstück der Familie zu werden. Aber dann kam der große Haken: Der Herr Staatsanwalt sein eigener Täter; der Staatsanwalt, der im Begriff steht, sich selbst beim Wickel zu fassen.
Der Erfolg war ein erschütterndes Lachen. Es knallte durch den Salon, die Glasstäbchen der großen Kristallkrone bimmelten lustig mit.
Um Witze zu hören, war man nicht gekommen. Es dauerte eine gute halbe Stunde, bis die erlauchte Versammlung kapierte. Und dann geschah eine weitere halbe Stunde nichts. Man saß auf den Seidenfauteuils, sah aneinander vorbei, spielte mit Rockknöpfen und Aschenbechern, flocht Zöpfchen aus den Fransen der Tischdecke und begnügte sich im übrigen mit unterdrücktem Räuspern. Was sollte man dazu sagen? Dazu konnte man nichts sagen. Da konnte man nur fragen, und einer tat es auch schließlich: Hat er sich schon erschossen?
»Er weiß natürlich nichts, darf auch nichts wissen. Ich habe bisher alles von ihm ferngehalten, die Haussuchung unterbrochen, den Knopf angenäht, den Maulkorb gefälscht, den Brief unterschlagen. Ich weiß nicht, ob ich es verantworten kann.«
Der Familienrat erteilt wohlwollend seine nachträgliche Billigung und Absolution und faßt einstimmig den Beschluß: Weiterhin Maul halten; es wird schon gut gehen. Die Sache ist nirgendwo

besser aufgehoben als bei ihm. Solange man ihn vor sich selber schützt.
Leider hat sie einen weiteren Haken: Rabanus, der Augenzeuge.
Beschluß: Kaufen. Wieviel wird nötig sein? Man greift zu den Scheckbüchern.
Elisabeth schüttelt den Kopf: Dieser Rabanus sieht nicht nach Kaufen aus.
Beschluß: Man wird ihm ein Pöstchen verschaffen: Sie sehen sich gegenseitig an. Es sind lauter Leute mit langem Arm und ausgezeichneten Verbindungen, es wird eine Kleinigkeit sein. Was kann der Mann? Hat er hohe Ansprüche?
Die Sache liegt noch ganz anders. Hier ist der Drohbrief; er hat auch schon Besuch gemacht, ist mir nichts dir nichts in Haus gefallen mit Redensarten und Andeutungen: Er will die Trude!
Die Versammelten sind empört. Hauen mit flammender Entrüstung auf den Mahagonitisch, zischen durch die Zähne. Aber mehr wissen sie nicht.
Inzwischen studiert Tante Mina, klug wie drei Männer, den Brief. Schmutzflecken auf billigem Schreibpapier, statt Handschrift geklebte Zeitungsbuchstaben, unmöglicher Stil. Diagnose: Ein ungebildeter, schmieriger, gerissener Patron. Erpressernatur. Was soll man mit ihm machen?
Abknallen!
Der Neffe Otto ist jung und tatendurstig und schneidig obendrein. Er wird ihn fordern. Die Logik ist nicht schlecht. Ein Totgeschossener kann nicht aussagen.
Die Logik hat ein Loch: wird dieser Rabanus sich abknallen lassen? Ist er überhaupt satisfaktionsfähig? Was ist er? Eine Art Maler? Auf so was kann man nicht schießen, man kann ihm höchstens eine runterhauen, aber dann kommt man vor den Schiedsmann und vors Gericht. Unstandesgemäß und sinnlos.
Die Alternative ist klar und eindeutig: Trude oder Katastrophe. Die Versammlung kommt allmählich dahinter, man redet laut und gleichzeitig, was sonst in diesem Kreise durchaus nicht üblich ist. Das arme, arme Kind. Auf keinen Fall darf es geopfert werden. Schon der Gedanke ist Verbrechen.
Obgleich andrerseits nicht zu verkennen ist, daß ein Kladderadatsch bevorsteht für die ganze Familie einschließlich Trude. Es ist keine Freude, einen wegen Majestätsbeleidigung bestraften und davongejagten Staatsanwalt in der Familie zu haben. Trotz-

dem: Moral bleibt Moral. Die Treskows halten zusammen, und wenn sie alle vor die Hunde gehen.
Einstimmig ist man dieser Ansicht.
Immerhin sollte man auch die Meinung der andern achten. Es wäre angebracht, darüber abzustimmen, wegen der Wichtigkeit des Falles. Natürlich geheime Abstimmung.
Frage: Soll Trude geopfert werden? Ein Kreuz bedeutet Ja. Elisabeth schneidet die Papierchen, verteilt sie, sieht geheimnisvoll gebeugte Köpfe und kritzelnde Krayons, sammelt die Zettel in einer Chinavase, schüttelt und öffnet mit zitternder Hand.
Der erste: Ja. – Allgemeine Entrüstung.
Der zweite: Ja. – Zweite Entrüstung.
Der dritte: Ja. – Dritte Entrüstung.
Weiter Ja und weiter Entrüstung. Bis zum letzten Ja und zur letzten Entrüstung.
Das hat man von der geheimen Abstimmung!
An diese Möglichkeit hat niemand gedacht. Jeder hat auf ein paar Nein-Stimmen der andern gehofft, hinter der man sich hätte verstecken können. Eine einzige Nein-Stimme hätte genügt, um jeden zu decken. Jetzt fühlen sich alle entlarvt, sehen sich gegenseitig vorwurfsvoll an und sind auf einmal sehr, sehr kleinlaut. Sie blicken mit schlechtem Gewissen auf Elisabeth. Wird sie sich dem Spruch der Weisen unterwerfen?
Sie sagt kein Wort. Sie zerreißt die Zettelchen, streut sie in den Kamin, stellt die Schicksalsurne an ihren Platz und beginnt, sich zu verabschieden.
Die couragierte Tante Mina fragt: »Was hast du vor?«
»Ich muß es ihm sagen.«
»Tu das mal nicht. Man muß nicht gleich entweder – oder. Wer schlau ist, segelt zwischendurch. Verstehst du?«
»Nein.«
»Dann paß mal auf: Du tust, als ob. Du wirst den jungen Mann nett behandeln, hofieren, ihm Aussichten machen und hinhalten, bis Herbert außer Gefahr ist. Dann wird man einen Vorwand finden und ihn wieder ausbooten.«
»Und das Kind? Wenn sie sich inzwischen in ihn verliebt?«
Dann wird sie sich wieder entlieben. Donnerwetter noch mal, man liebt nicht zum Vergnügen wie die Tiere und die kleinen Leute. Man weiß, was man der Familie und dem Namen schuldig ist.

Professor Grau aus Bonn, Treskows Schwager, zerbrach sich tagelang seinen Mathematikerkopf, wieso und warum diese geheime Abstimmmung nicht geheim war. Und was man in ähnlichen Fällen dagegen tun könne. Er kam dahinter: Jeder hätte drei Stimmen und drei Zettel haben müssen. Dann hätte jeder, der für Ja stimmen wollte, zwei Zettel mit Ja und einen mit Nein ausfüllen können; die Ja-Majorität wäre gesichert, und trotzdem blieben genügend Nein-Stimmen, hinter die sich jeder einzelne hätte verkriechen können. Er schrieb eine gelehrte Monographie darüber als Beitrag zur praktischen Demokratie.
Frau von Treskow schrieb etwas viel Praktischeres: Eine Einladung an Rabanus zum Butterbrot. Trude, die im Turnen eine Eins hatte, schlug einen veritablen Purzelbaum. Die Einladung lautete auf nächste Woche Freitag. Einige Tage vorher wird man sie um acht oder vierzehn Tage verlegen. Und dann wird man weitersehen.
Hinhalten!
Frau von Treskow schämte sich.
Vor einem Erpresser braucht man sich nicht zu schämen.

Hallo?

– – –

Jawohl hier Staatsanwaltschaft. Wer ist dort?
Wer?

– – –

Wenn Sie Ihren Namen nicht nennen wollen, lassen Sie es bleiben. Was wollen Sie denn?

– – –

Dreihundert Mark! Stand ja in der Zeitung.

– – – –

Was sagen Sie? Für dreitausend würden Sie es tun?

– –

Schön, wir werden darüber befinden. – Hallo. – Hören Sie noch? – Hallo? – –

Einige Stunden später kamen rote Plakate heraus mit einer fettgedruckten

3000

Sie hingen an Plakatsäulen und Bretterzäunen, aber auch in den Kneipen und Kaschemmen. Die Polizei hat Fühlung mit dem Volk und weiß, wo die Leute sitzen, auf die es ankommt.

In der »Kanon« verkehren keine Räte und Doktoren, sondern Männer der Arbeit mit Mützen und Halstüchern: Rollkutscher, Rheinschiffer, Hafenarbeiter und Hausierer, aber auch Gelegenheitsarbeiter und Pennbrüder, wenn ihnen jemand einen Groschen geschenkt hat.

An den drei schmalen Holztischen in der engen Wirtsstube ist nicht viel los. Leute, die nachmittags Durst haben, erledigen das im Stehen und drängen sich um den Schanktisch oder lungern draußen im Gang und halten ihr Glas Obergärig in der Hand, stellen es auf das Gesims oder die Treppenstufe. Manche unterhalten sich, teils mit niederrheinischem Phlegma, zu jedem Glas ein Satz, teils mit westlichem Temperament, dann hört es sich an, als ob sie sich zanken. Manche sagen nichts, blicken mit verschwommenen Augen ins Leere und wischen sich von Zeit zu Zeit mit dem Handrücken den Bierschaum aus dem fransigen Schnauzbart.

An der abgenützten Wandtäfelung hängt das rote Plakat. Niemand kümmert sich darum.

Nur Rabanus stellt sich davor, tut erstaunt und philosophiert zu den Umstehenden:

»Dreitausend Mark? Nette Stange Geld für den Quatsch. Verdammt juchhe! Das lohnte sich. Schade, daß ich es nicht gewesen bin. Ich tät mir einen suchen, der mich anzeigt, dann die drei oder vier Monate herunterreißen und das Geld mit ihm teilen. Wär schon ein Geschäft!«

Rabanus hat laut gesprochen. Es sollte auch kein Selbstgespräch sein. In diesen Kneipen spricht jeder zu jedem, wie es gerade kommt.

Rabanus ha' dabei unauffällig die Leute beobachtet, muß aber feststellen, daß seine geschäftstüchtige Betrachtung keinen Eindruck macht. Die einen haben nicht zugehört und schwatzen weiter, die andern dösen stumpf über ihren Gläsern.

Doch! – Da am Tisch sitzen zwei, die stecken die Köpfe zusammen und fangen an zu flüstern. Flüstern ist hier nicht üblich, nicht einmal bei hoher Politik; es muß also was Besonderes sein. Rabanus pirscht sich in die Nähe, spitzt die Ohren und ist zufrieden.

»Du, Bätes«, sagt der Wimm.
»Wat is«, sagt nach einer Weile der Bätes.
Wimms kleine listige Augen leuchten. »Bätes, ich han en Idee.«
»Loß mich in Ruh«, sagt Bätes.
»Paß emol upp: Die dreitausend Mark täten uns jut, meinste nit?«
»Du bis ja jeck«, sagt Bätes.
»Dat mußte nit sage.« Wimm zeigt mit dem Daumen auf das Plakat. »Wie wär dat mit uns zwei?«
»Wat?«
»Ich zeig dich an, un du jehs sitze. Wör dat nix?«
»Drecksack«, sagt Bätes.
»Nä, ich mein so: Dat Jeld donn mer uns deele. Ich dausendfünfhundert un du dausendfünfhundert.«
Bätes erwacht langsam aus seinem Halbschlaf und grinst. »Du Doll, dat jeht doch jarnit.«
»Waröm jeht dat nit?«
»Ich han et doch jar nit jedonn.«
Wimm rückt nahe an ihn heran. »Du Aap, dat is auch nit nödig. Du bruchs nur zu donn, als hättste dat jedonn. – Verstehste dat nit?«
»Nää.«
»Häste noch nie jeloge?«
»Nää.«
»Dat jeht äwwer janz jut. Ich jeh bei de Polezei un sag, du hätts dat am Denkmal jemaht. Un du jehs hin un sags ja. Kannste ja sage?«
»Ejaa.«
Bätes stützt den dicken Kopf mit dem Strubbelbart in die Hände und denkt heftig nach. Resultat: »Wimm, – dat bin ich zu bang.«
»Du Jeck, da is auch wat bei! Denk emal, dreidausend Mark, dat sind dreißigdausend Jlas Bier. Oder sechzigdausend Körnches.«
»Enää«, rechnet Bätes, der Kinderreiche, »dat sind zweidausend Höskes oder dausend Zentner Kartoffele.« Er versucht, sich den Berg vorzustellen. Ihm wird schwindlig.
Das ist das Geheimnis der großen Zahl, daß sie unfaßbar, unvorstellbar ist. Dreitausend Mark sind ein unübersehbarer Reichtum für den, der sein Leben nach Groschen rechnet. Vor dreitausend Mark verblassen alle Bedenken. Schon um einen geringeren Preis als einen Berg Kartoffeln sind Tugenden gefallen.

»Du, Wimm.«
»Wat denn?«
»Ich han noch en janz andere Idee.«
» – ? – «
»Mer mache dat jenau umjekehrt: Ich zeig dich an, un du jehs sitze.«
»Nä, Bätes, dat is nix.«
»Waröm is dat nix.«
»Ich muß doch dat Jeld verwahre. – Un dat Sitze kanns du besser. Du häs ene dickere Popo.«

Am Abend war beim Goll Atelierfest.
Goll war ein guter Freund von Rabanus und hauste in der Akademiestraße. Sein Atelier war nicht leicht zu finden. Man ging durch einen breiten Flur, dann rechts eine Steintreppe hoch, dann wieder durch einen langen Gang, dann kamen wieder Treppen und Stufen; es war ein richtiger Fuchsbau, in dem sich der gerissenste Gerichtsvollzieher nicht zurecht fand. Und wenn man oben war, wußte man nicht, ob es das dritte oder fünfte Stockwerk war. Es war aber hoch genug, denn höher ging es nicht. Und das Atelier war kein Atelier, sondern ein abgeschlagener Teil eines alten Speichers, schräg und winklig und kompliziert und mit einem Gewirr von Stützen und Balken durchzogen. Daran konnte man Kleider, Bilder und Hausrat aufhängen, und wenn die kleinen Dachfenster nicht genügend Licht zum Malen einließen, mußte man es durch satte, leuchtende Farben wettmachen. So entstand aus der Not ein Stil. Dies war die Eigenart und Zukunft der Gollschen Bilder, daß sie, im dunklen Atelier entstanden, auch im trüben Licht städtischer Wohnräume lachten und leuchteten.
Goll, der sich mit zwei »l« schrieb und mit drei »l« sprach, rheinisch und tief hinten im Hals, hatte auch eine Braut, »dat Anita«. Eigentlich war sie Tänzerin. Aber da sie für ihre zierliche Figur einen zu großen Kopf hatte, tat sie keinen Triumphzug um die Erde, sondern hielt dem Goll die Sachen in Ordnung und sorgte für sein körperliches und seelisches Befinden. Und sie war keineswegs damit einverstanden, daß das Gollsche Atelier gewohnheitsmäßig von exmittierten Kollegen als Not- und Nachtquartier benutzt wurde. Wenn man abends nach Hause kam,

stand oft einer wartend vor der Tür oder saß auf der Treppe und war eingeschlafen, so daß man darüber fiel. Aber weggeschickt wurde keiner.

Ein Atelierfest beim Goll ist keine prunkvolle Kostümschau, auch kein byzantinisches Bacchanal. Er hat ein Bild für dreißig Mark verkauft, ein »Aquarellschen«, und das verpflichtet. Streng genommen ist es noch gar nicht verkauft, aber jemand hat ihn nach seiner Adresse gefragt, er käme vielleicht mal vorbei und würde sich das ansehen.

Zu einem Atelierfest ergehen keine großartigen Einladungskarten mit »geben sich die Ehre« und »u. A. w. g.«. Man sagt es beiläufig einem Kollegen, und dann ist es innerhalb einer Stunde rund auf Grund einer unsichtbaren, mit unheimlicher Sicherheit funktionierenden Verbindung. Und dann kommen sie alle, mehr als alle, sie kommen dreimal soviel als erwartet. Das ist nicht schlimm. Man glaubt gar nicht, wieviel lustige Menschen in einem kleinen Atelier Platz haben. Stühle sind ohnehin nicht vorhanden. Man sitzt auf dem Diwan, auf Kisten und Kästen, die mit Schals und Stoffresten wohnlich gemacht sind; vor allem aber auf dem Boden, wo für die weibliche Bevölkerung als Zeichen besonderer Galanterie Kissen und Decken aufgelegt sind, aber die werden bereits von den Gästen mitgebracht. Der Gastgeber stellt nur den Raum und stiftet, wenn es hochkommt, den Zucker und das Gefäß für die Bowle, einen großmächtigen Gurkentopf. Für alles Weitere sorgen die Geladenen, so sind sie es gewohnt. Für die umfangreiche Gemeinschaftsbowle, die als flüssiges Eintopfgericht das Zentrum des Festes bildet, bringt jeder eine Flasche Wein mit, die »Arrivierten« auch zwei. Es ist Rheinwein, Moselwein, Saarwein, Rotwein, ein buntes Gepantsch. Aber es tut seine Schuldigkeit, vielleicht gerade darum. Und der lange Päffgen, der doch so geizig sein soll, hat sogar zwei hochvornehm etikettierte Flaschen bei sich, Spätlese und so weiter, tut furchtbar wichtig damit und läßt sie eigenhändig in den Bottich plätschern. Damit keiner merkt, daß es schieres Wasser ist, das er vorher heimlich auf dem Hof eingefüllt hat. Auch die Kostüme sind sparsam. Das Motto des Festes lautet: Nacht in der Südsee. Das klingt malerisch und ist vor allem billig und läßt sich ohne Samt und Seide mit wenig Kreppapier und viel Haut und Farbe bewerkstelligen. Bis Karneval ist noch ein halbes Jahr, aber der wahre Künstler hat nicht Uhr noch

Kalender, sondern Spaß. Zu diesem Zweck bringen sie auch ihre Damen mit, Bräute, Modelle und Zwischenstufen, und jede von ihnen kommt sich wie eine Noa-Noa vor und tut entsprechend. Es ist eine luftige, lustige Weiblichkeit, die dort herumschwirrt, und dazu die vielen Butterbrote mit Leberwurst und Schwartenmagen, und als Gipfelpunkt eine ganze Büchse Bratheringe. Und Lampions und Ziehharmonika, Gitarre, Singsang und Quietschen. Eine Bratpfanne als Gong, dazu »Anitas« Tanz, und auf einmal ist der lange Päffgen außer Rand und Band. Er hat mit unheimlichem Instinkt draußen vor dem Dachfenster in der Regenrinne die Flasche Beaujolais gefunden, die Rabanus und Trude sich für ihren heimlichen Privatbedarf versteckt haben, und will sie nicht mehr hergeben und setzt sie zur Vermeidung von Weiterungen kurzerhand an den Kopf und ahnt nicht, welche Kostbarkeit er in sich schüttet.
Eigentlich sollte man es nicht sagen, daß die Trude mit dabei ist. Es schickt sich nicht, es ist keine Gesellschaft für die Tochter des Staatsanwalts von Treskow, und es war ihr auch schwer genug, zu Hause heimlich auszubüchsen. Es wäre auch nicht gegangen, wenn die Billa ihr nicht geholfen und ihr den Hausschlüssel geliehen und ein Kostüm zusammengestoppelt hätte; keineswegs Südsee, sondern genau das Gegenteil und eben deshalb ein ungeheurer Effekt: Alte Möhn mit Kapotthut und Schleier. Rabanus hatte sich lange gesträubt, sie mitzunehmen; aber sie wollte zu gern mal sowas sehen, nur ein kleines, halbes Stündchen, bitte, bitte, und selbstverständlich inkognito. So hat sie ihren kleinen energischen Kopf durchgesetzt. Auf solch einem Atelierfest kann jeder mitbringen, wen und was er will, niemand kümmert sich darum. Und nun ist sie da und mitten dazwischen, die tapfere, lustige Trude, wird nach Art hungriger Modelle liebevoll gefüttert und ist gar nicht zimperlich und macht brav alles mit. Rabanus hat seine helle Freude daran; mit der kann man Pferde stehlen.
Die kleine halbe Stunde ist längst vorbei. Es wird immer lauter und lustiger. Zwei führen Balitänze auf mit Küchenmessern als Schwerter, die Gitarre ist außer Betrieb, weil jemand hineingetreten hat, irgendeiner muß heimlich Schnaps in die Bowle gegossen haben, es geht ziemlich zwanglos zu, die wohlerzogene Trude weiß nicht mehr recht, wo sie hinsehen und nicht hinsehen soll. Eigentlich ist es Zeit für sie. So meint Rabanus. Aber vorher

will er noch einen glanzvollen Jux anstellen. Er hat seinen übermütigen Tag und auch allen Anlaß dazu. Und eben ist ihm ein Einfall gekommen, den er nicht mehr los wird. Er steigt auf eine Kiste, erfuchtelt sich mit den Armen ein mühsames Silentium und proklamiert:
»In zehn Minuten steigt der Glanzpunkt des Abends, die große Riesen-Spezial-Gala-Festvorstellung! Die besten Humoristen der Stadt in garantiert echten Originalkostümen haben ihr persönliches Erscheinen zugesagt! Wir bitten um Stimmung. Applaus! Noch nie dagewesen! Zum ersten und einzigsten Male!«
Wer wird das sein? Die Kunstgewerbler? Akademieschüler? Man klatscht im voraus.
Inzwischen ist Rabanus heimlich verschwunden und hat unten in der Kneipe ein bemerkenswertes Telephonat:
»Ist dort die Kriminalpolizei? – Hier ist jemand, der Ihnen einen guten Wink geben kann. – Jawohl, derselbe. – Bearbeiten Sie die Maulkorbsache? – Dann schicken Sie schnell einige Beamte in das Atelier Goll, Akademiestraße siebzehn, vierter Stock.«
Rabanus hört am Telephon, daß sein Gespräch wie eine Bombe in die verschlafene Kriminalpolizei einschlägt. Er hört Rennen, Rufen. Jetzt wird es Zeit. Mit drei Sätzen ist er wieder im Atelier, packt sich seine Trude und will mit ihr verschwinden. Trude bettelt, sie will noch ein bißchen bleiben, noch zehn Minuten, oder wenigstens bis die angekündigten Humoristen kommen. Rabanus kann ihr das nicht so schnell erklären, außerdem ist ihr Mantel weg, ein Witzbold hat ihn versteckt, und ohne Mantel kann sie in dem Kostüm nicht über die Straße. Und als sie glücklich soweit ist und mit Rabanus aus dem Atelier schlüpfen will, hört man bereits den schweren Takt etlicher Polizeistiefel die Treppe heraufkommen. Man muß zurück.
Ein kurzes, derbes Klopfen. Die Tür springt auf, die Polizei marschiert ein in das tobende Atelier.
Die Festvorstellung beginnt:
Und nun ist es genau umgekehrt wie sonst. Man hält die echten Polizeibeamten für eine wohlgelungene Maskerade und benimmt sich dementsprechend, man empfängt sie mit Applaus und Freudengeheul. Die Musik dröhnt einen Tusch, man bewundert die fabelhaften Kostüme und die glänzend geratenen Masken und erwartet, daß sie sich jetzt in Reihe formieren und ein Couplet singen.

Das tun die Männer aber nicht. Sie spielen ihre Rollen mit erstaunlichem Ernst, sie fragen nach den Namen und durchwühlen Schrank und Kisten, verziehen keine Miene und verstehen merkwürdigerweise gar keinen Spaß; sie wollen keine Bowle und keine Butterbrote, sie lassen sich von den Mädchen nicht küssen, nicht einmal die Bärte kann man ihnen abreißen, sie verbitten sich das ganz entschieden und sind völlig humorlos. Und schließlich werden sie, genau wie echte Polizisten, auch noch ungemütlich, schnauzen und brüllen und fassen die Leute bei den Armen, und das Ende vom Liede ist, daß sie die ganze bunte, quietschende Gesellschaft in den grünen Wagen stopfen und abtransportieren.
Die Maler am Rhein verstehen Feste zu feiern.

Das ist eine übermütige Ladung, die der Polizeiwagen durch die mitternächtigen Straßen schaukelt und vor dem Polizeigebäude ausschüttet. Das johlt und quakt und pfeift und singt und hallt durch die schwarzen leeren Gänge und ist nicht zur Ruhe zu bringen. Und hat eine Freude ohnegleichen.
Rabanus und Trude sind etwas zurückhaltender. Endlich ist Kriminalkommissar Mühsam zur Stelle und beginnt, das närrische Häuflein zu sortieren und unter die Lupe zu nehmen. Natürlich die Maler! Daß die Sache aus der Kante kommt, das hat er gleich gedacht, er wollte bloß nichts sagen. Und dazu die beiden anonymen Telephongespräche – ein Glück, daß man auf die dreitausend Mark eingegangen ist. Jetzt hat man die Ernte in der Hand.
»Die Frauenspersonen zurücktreten!«
Die Männer werden einzeln vernommen. Es scheint kein glückhafter Fischzug zu werden. Der Eine war in der fraglichen Nacht bei seinen Eltern in Kassel. Der Zweite lag im Bett, seine Wirtin kann es bezeugen. Der Dritte hat eine Festlichkeit mitgemacht, die bis zum Morgen dauerte. So kann jeder sich über die kritische Nacht ausweisen. Wie sich das für einen gediegenen Staatsbürger ziemt. – Bleibt Rabanus.
Mühsam erkennt ihn sogleich und reckt sich breit vor seinem Schreibtisch. »So. Aha. Sieh mal an. Da wären wir ja! Das hat sich also gelohnt, was? Sie haben wir ja schon lange auf dem Kieker. Nun legen Sie mal los.«

»Sie haben mich bereits früher vernommen.«
»Tja, mein Lieber, aber das ist heute was anderes. Heute sind Sie nicht Zeuge, sondern –« Er greift ein Formular: Vernehmung des Beschuldigten. Und das ist ein gewaltiger Unterschied: Einem Zeugen wird grundsätzlich alles geglaubt, einem Beschuldigten grundsätzlich nichts.
»Kommen wir gleich zum Kernproblem: Wo waren Sie in der Nacht zwischen zwei und drei?«
Rabanus muß lächeln. »Herr Kommissar, Sie wissen doch, ich ging spazieren und war zufällig Augenzeuge.«
»Langsam. Sie geben also zu: Erstens, daß Sie in der Nacht nicht zu Hause waren. Und zweitens, daß Sie sich um die fragliche Stunde in der Nähe des Denkmals herumgetrieben haben.«
»Wenn Sie es so nennen wollen. Sonst könnte ich ja keine Beobachtungen gemacht haben.«
»Bleiben Sie mir um Gottes willen mit Ihren Beobachtungen vom Halse! Erst war es der große schlanke Herr mit steifem Hut und einem Hund, dann war es ein kleiner dicker Arbeiter mit Mütze und Bart. Also, das kennen wir. Was hatten Sie überhaupt um die Zeit auf der Straße verloren?«
»Auch das habe ich schon gesagt: Ich ging spazieren.«
»Gegen nächtliche Spaziergänger sind wir hier grundsätzlich mißtrauisch, Herr. Anständige Menschen liegen nachts im Bett! – Haben Sie einen Hund?«
»Nein.«
»Aha! Habe ich mir gedacht. Darum haben Sie bei Ihrer ersten Vernehmung dem Täter einen Hund angedichtet. Übrigens haben Sie bei der Staatsanwaltschaft schon zugegeben, daß der Täter ohne Hund war. – Was sind Sie von Beruf?«
»Künstler.«
»Künstler ist kein Beruf, sondern eine Ausrede. Wovon leben Sie?«
»Ich male, ich zeichne, ich schreibe. Bin unter anderm ständiger Mitarbeiter des ‚Simplizissimus'.«
»Was? Sie arbeiten für ein Witzblatt?« Mühsam ist knallrot vor Eifer. »Da sind wir ja an der richtigen Ecke. – Wenn wir nun schon so weit sind, wollen wir jetzt nicht auch das – andere zugeben?«
»Welches andere?«
»Das mit dem Denkmal. – Wir wollen mal vernünftig reden,

wir sind hier keine Unmenschen, und schließlich hat man auch Sinn für Humor, nicht wahr? Ich kann mir das gut vorstellen. Sie waren stark betrunken, wußten nicht, was Sie taten, Paragraph einundfünfzig und so weiter, man weiß ja, wie das kommt. Mal sehen, was sich machen läßt. – Nun sagen Sie schon ›ja‹, dann können Sie nach Hause gehen.«

»Bedaure.«

»Ich meine es gut mit Ihnen. Aber Sie müssen es wissen. Wenn Sie nicht wollen – tja, dann können Sie mal eine Zeitlang in Ruhe und Abgeschiedenheit darüber nachdenken. Sie verstehen mich doch?«

»Ei natürlich, das erprobte Rezept: Untersuchungshaft zur Erpressung von Geständnissen.«

»Aha!« donnert Mühsam, »da habe ich Sie! Damit geben Sie also zu, daß Sie etwas zu gestehen haben. Er schreibt in die Akten. »Übrigens scheinen Sie merkwürdig gut Bescheid zu wissen. Sind Sie vorbestraft?«

»Nein.«

»Aha! Also immer so durchgewischt! Gerissener Bursche, was? – Kein Wunder, daß der gute Sedan da nicht mitkam.« Er zerdrückt eine heimliche Träne. »Sie bleiben natürlich hier!«

»Wie hier? Wieso hier?« Rabanus hat längst begriffen, aber es will ihm doch nicht in den Kopf. Und was ist mit Trude? Er sieht sich um. Da stehen seine Freunde, hilflos und verdattert; keiner traut sich zu rühren oder einen Ton zu reden; vielleicht ist jeder froh, daß es ihn nicht trifft. Und dahinten stehen auch die lustigen Mädels, frierend und verschüchtert wie arme Hühnchen, und hinter ihnen Trude, deren Gesicht er unter dem Schleier nicht sehen kann.

Rabanus wird abgeführt. Die andern dürfen gehen.

Nein, die Frauenspersonen noch nicht. Mühsam will wenigstens die Personalien feststellen.

»Sie dahinten, kommen Sie doch mal her! Tun Sie zunächst mal den Schleier vom Gesicht. Und die Hände runter! Verstehen Sie kein Deutsch? Sie sollen die Fahne vom Gesicht – – oh, pardon!!«

Der letzte Gast bei Tigges am Treppchen?

Staatsanwalt von Treskow hätte das durch einen Beamten bei

Frau Tigges feststellen können. Dann würde man den Betreffenden vernehmen und ihn, falls er leugnen sollte, der Frau Tigges und den anderen Gästen gegenüberstellen und allmählich einkreisen und überführen. Das würde etliche Tage in Anspruch nehmen, der Täter hätte vielleicht Gelegenheit zur Flucht; außerdem würde man nachher nicht mehr wissen, wem der Erfolg zuzuschreiben ist.
Treskow macht das anders. Er will die Sache durch einen schneidigen Generalangriff schmeißen, mit einem dramatischen Schlußeffekt, wie es seinem Temperament entspricht: Er hat die sämtlichen Zecher des denkwürdigen Abends vorgeladen und wird sie persönlich vernehmen. Nur auf diese Weise, belehrt er seinen Referendar, erhält man ein klares Bild und den unmittelbaren starken Eindruck.
Obgleich diese Vernehmung ihm persönlich etwas peinlich ist. Es sind immerhin Leute, die er kennt oder mit denen er jedenfalls am gleichen Tisch gesessen hat. Aber das darf ihn nicht abhalten. Einer von ihnen muß als Letzter gegangen sein; das wird sich jetzt herausstellen, und diesen Letzten wird er zur Strecke bringen, unerbittlich und ohne Ansehen der Person. Wahrscheinlich sogar vom Fleck weg verhaften. Draußen warten bereits zwei Polizeibeamte mit den nötigen Instruktionen und Vorkehrungen.
Referendar Thürnagel soll Protokoll führen. Er ist nicht sonderlich erbaut davon und macht ein merkwürdig verdutztes Gesicht; tut, als wenn er etwas sagen wollte, und würgt es wieder hinunter.
Inzwischen erscheint Mühsam, rot und strahlend und berichtet über seinen nächtlichen Fang. Er erwartet, daß Treskow ihm um den Hals fällt oder wenigstens wohlwollend auf die Schulter klopft; statt dessen sagt Treskow: »Ganz nett soweit.« Er hat nur mit einem Zehntel Ohr hingehört und außerdem prinzipielles Mißtrauen gegen alles, was von Mühsam kommt.
Der letzte Gast.
Zehn Uhr.
Die Herren von Tigges sind vollzählig da.
Es sind sogar zwei zuviel. Obgleich diese beiden eigentlich keine Herren sind und auch nicht nach Tigges aussehen. Übrigens warten sie bereits seit neun Uhr und haben sich für diesen Gang offenbar fein gemacht. Der große Hagere trägt einen hellen

Sommermantel, der bis auf die Mitte des Oberschenkels reicht, mit eingerissenen Knopflöchern und ausgefransten Kanten. Der kleine Dicke hat sich in einen vielfach vererbten Schützenfestgehrock geklemmt, der vorn nicht gut zugeht und hinten im Schlitz auseinanderklafft.

Nein, geladen wären sie nicht. Aber sie hätten etwas sehr Wichtiges, und ob sie vielleicht den Herrn Staatsanwalt –?

Warten! Der Herr Staatsanwalt ist besetzt.

Und wie lange die Gerichtskasse offen wäre?

Man beachtet sie nicht. Man hat Besseres zu tun.

Treskow beginnt mit der Vernehmung der Zecher. Sie sind erstaunt, sich hier zu finden, und verdecken ihre Befangenheit durch verkrampfte Jovialität. Dafür ist Treskow um so eisiger; er nimmt die Personalien auf, fragt, was er längst weiß, und ist ganz Amtsperson. Er tut, als kenne er keinen; sie tun mit und verstehen den Unterschied zwischen Schenke und Amtszimmer. Es fängt ganz harmlos an. Die Herren wissen nicht, worauf es ankommt, und sollen es auch nicht wissen. Wer ist als Letzter gegangen? Treskow fragt es so nebenbei, mit jenem Unschuldsgesicht, das er sich für solche Fälle zugelegt hat.

Ja, das ist schwer festzustellen. Jeder ging, als er schon tüchtig Bettschwere hatte; keiner kann genau sagen, wer zurückblieb. »Übrigens waren Sie doch selbst dabei, Herr Staatsanwalt.« Das sagt natürlich wieder der Zahnarzt; der Mann hat keine Manieren und stößt die Schranke ein, die zwischen ihm und dem Vertreter des Staates gesetzt ist.

»Meine eigenen Beobachtungen«, weist Treskow ihn zurecht, »stehen hier nicht zur Erörterung. Ich möchte es von Ihnen hören, beziehungsweise von Ihnen bestätigt haben.« Der alte Trick: Man tut, als ob man schon weiß.

Auch das hilft nicht. Die Herren sehen sich hilfesuchend an, zucken die Achseln. Keiner entsinnt sich. Man weiß nur, daß es riesig fidel war.

Am besten fragt man Frau Tigges. Die muß es wissen, sie hat wahrscheinlich abgeschlossen und das Licht gelöscht.

Frau Tigges wird hereingeholt. Die Herren müssen draußen warten. Es wird zu einer Gegenüberstellung kommen. Wahrscheinlich noch zu ganz etwas anderem, denkt Treskow.

Merkwürdig, daß die Frau mit der Sprache nicht heraus will. Ist es weibliche Befangenheit? Als Weinwirtin ist man nicht zim-

perlich. Stellt sie sich dumm, um einen der Herren draußen zu schonen?
Wer als Letzter gegangen ist? Es war natürlich schon recht spät, und das mit der Polizeistunde würde doch nie so genau genommen, und es waren auch nur Stammgäste und bessere Herren.
Treskow läßt sich nicht vom Thema abbringen und klopft auf den Tisch. »Reden Sie nicht um die Sache herum, Frau Tigges. Sie machen sich verdächtig. Es handelt sich hier nicht um die Polizeistunde, sondern um den letzten Gast.«
»Gewiß, Herr Staatsanwalt, ich weiß schon, aber der Herr Staatsanwalt waren vielleicht etwas angeregt und wollten auch die Flasche Wein noch zu Ende trinken.«
»Ich will nichts von mir wissen«, sagt Treskow. »Ich will wissen, wer als Letzter gegangen ist.«
Er ist unerbittlich, Frau Tigges kann nicht länger ausweichen: »Als Letzter gegangen? Wenn der Herr Staatsanwalt sich vielleicht nicht mehr erinnern sollten, dann müssen der Herr Staatsanwalt gütigst entschuldigen, es schlug eben halb drei, und die Frieda weiß es auch, und das wäre doch nicht schlimm und ginge keinen was an –«
»Also, wer war der Letzte?« donnert der Staatsanwalt.
»Sie!«
»Wer, sie?«
»Sie selber!«
»Ich? – Wieso ich?«
»Ja, bitte. – Und dann habe ich die Tür –« Frau Tigges bleibt mitten im Satz stecken. Was ist mit dem Herrn Staatsanwalt? Soll man ihm ein Glas Wasser reichen? Oder das Fenster öffnen? Auch der Herr Referendar sieht so merkwürdig drein und wird immer kleiner. Sie fühlt, es muß etwas Furchtbares sein, das sie angerichtet hat. Sie ist eine gute Frau und will es wieder in die Reihe bringen. Die Herren müssen gütigst entschuldigen, sie kennt sich doch nicht aus mit dem Juristischen, und das wäre nicht böse gemeint, und so genau könne sie das nicht mehr sagen, und mit der Frieda wolle sie ein vernünftiges Wort reden. Auch Thürnagel will helfen. Er hat das eben nicht mitbekommen beim Protokoll, es sei ihm überhaupt nicht wohl, und ob man die Vernehmung nicht vertagen solle, inzwischen habe Frau Tigges Zeit, sich das noch mal zu überlegen.

Alle wollen helfen.
Treskow sieht es nicht oder will es nicht sehen. Er schickt Frau Tigges und den Referendar hinaus. Seine Stimme donnert nicht mehr, sondern ist wie mit Mehl bestaubt.
Dann ist er mit sich und seinem Aktenstück allein.
Ein kalter Schweiß ist ihm ausgebrochen. Er sieht noch einmal die Aussage der gutsituierten Dame durch und überdenkt, was Frau Tigges gesagt hat. Er war der letzte Gast – der letzte Gast war der Täter; die Gleichung stimmt. Er träumt nicht, es ist alles richtig um ihn, das ist sein Zimmer, auf dem er seit achtzehn Jahren sitzt, dort liegt das gelbe Aktenstück und grinst ihn an, und auf dem Deckel steht immer noch: Gegen Unbekannt.
Jetzt hat er ihn. Kein Wunder, daß es etwas lange gedauert hat. Wenn man hinter sich selbst herläuft, ist es nicht leicht, sich einzuholen. Eigentlich eine kriminalistische Meisterleistung, auf die er stolz sein könnte. Er versucht zu lachen; es erfriert auf seinem Gesicht.
Er rennt durchs Zimmer.
Was ist geschehen?
Eigentlich noch gar nichts. Die Aussage der Frau Tigges ist nicht protokolliert, der Referendar ist nicht mitgekommen, und Frau Tigges will es sich nochmal überlegen. Wenn man es geschickt anfaßt, zerrinnt es im Sande. Noch ist er Staatsanwalt, noch hat er die Fäden in der Hand und kann sie wieder verwirren. Nicht jeder Täter hat das Glück, sein eigener Staatsanwalt zu sein.
Wieder versucht er zu lachen. Diesmal gelingt es beinahe. Dann aber bläst er seine traumhaften Gedanken fort und atmet tief. Und das durch Generationen in Pflicht und Disziplin geschulte Beamtengehirn schnappt ein und arbeitet wie ein Präzisionsmechanismus.
Er weiß, was ein Treskow zu tun hat. Er ist ganz ruhig, seine Hände zittern nicht mehr. Er räumt seinen Schreibtisch auf, nimmt sein persönliches Eigentum an sich, die kupfergetriebene Aschenschale, den nie benutzten Brieföffner, das bronzegerahmte Familienbild, stellt die Bücher gerade und die Stühle zurecht. Im Schrank hängt seine schwarze Samtrobe mit dem Barett; das mag hierbleiben, er wird es nicht mehr brauchen.
Dann geht er zum Obersekretär und liefert die Schlüssel ab. Draußen warten noch die beiden Leute, respektive Männer.

Sollen wiederkommen.
Sie tun aber sehr dringlich.
Bedaure.
Treskow betrachtet sich als nicht mehr zuständig, nicht mehr im Amt befindlich. Er nimmt seine Maulkorb-Akten, Hut und Mantel und begibt sich zu seinem Oberstaatsanwalt.

Der Herr Oberstaatsanwalt ist nicht anwesend. Er befindet sich auf einer Inspektionsreise und wird am Nachmittag um vier zurück sein.
Eine einfache Tatsache, durchaus nichts Ungewöhnliches. Aber sie geht Treskow nicht in den Kopf; er kann nicht warten, kann die Sache nicht länger mit sich tragen.
Er weiß genau, was kommt. Es ist gewissermaßen amtlich vorgeschrieben. Der Oberstaatsanwalt wird erschüttert sein, aber Haltung bewahren, ihm vielleicht mitleidvoll die Hand drücken und leise den grauen Kopf schütteln. Dann wird er kühl das Dienstliche erledigen, ein kleines, inhaltschweres Protokoll aufnehmen, ihn vorläufig des Amtes entheben und einen anderen Kollegen mit der Bearbeitung der Sache und der Erhebung der Anklage betrauen. Verhaften – nein, verhaften wird man ihn nicht. Und dann wird die Verhandlung kommen, und man wird ihn verurteilen, vielleicht wegen sinnloser Trunkenheit freisprechen. Sofern er es bis dahin überhaupt kommen läßt.
Er weiß alles im voraus und kann es doch nicht erwarten. Ihm ist zumute wie einem Verurteilten, dem man morgens auf dem Schafott eröffnet, daß der Herr Scharfrichter erst nachmittags um vier kommen wird.
Treskow geht nach Hause. Langsam. Er hat Zeit, viel Zeit, fast fünf Stunden. Vor der Haustür bleibt er stehen. Man wird ihm etwas anmerken. Natürlich wird man es ihm anmerken. Trude wird fragen; Elisabeth wird in ihn dringen, und er wird nicht ausweichen können. Mit sich selbst wird er fertig werden, aber wie soll er es ihnen beibringen? – Er steckt den Schlüssel wieder ein und kehrt um. Er will nicht ins Haus; jetzt nicht. Vielleicht später. Er wird in der Stadt essen, in einem Gasthaus, wo man ihn nicht kennt. Auch das ist nicht nötig, er hat keinen Hunger, wird nichts herunter bekommen.
Er wird spazieren gehen. Die frische Herbstluft tut ihm gut.

Sein Kopf wird freier. Aber nun sieht er alles noch deutlicher, unerbittlicher. Er will nicht denken; er braucht es auch nicht, es wird sich alles automatisch abspielen. Er läuft sinn- und planlos durch die Stadt, kommt in Straßen, die er nicht kennt, sieht graue, traurige Häuser mit kahlen Fenstern und dürftigen Vorhängen, verwahrloste Kinder, die haufenweise auf der Straße spielen und ihm etwas nachrufen, was er nicht versteht. Er kommt an Baustellen und Plätze, auf denen Müll und Unrat abgeladen wird, an geteerte Bretterzäune mit albernen Kreideaufschriften. Er befindet sich in dem Gürtel, wo die Stadt schon aufhört und das Land noch nicht beginnt.
Er hat sich müde gelaufen und kehrt um. Da ist ein staubiger Kinderspielplatz mit ein paar armseligen Bäumchen, die einen durchlöcherten Schatten auf den schwarzen Boden werfen. Auf den Bänken haben die Kinder ihre Sandförmchen ausgestülpt. Treskow wandert weiter; er kann sich kaum noch auf den Beinen halten. Schließlich geht er in eine Vorstadtkneipe, fällt müde auf einen Stuhl und bestellt sich einen Kognak, den er nicht trinkt. Er ist der einzige Gast. Eine dicke Frau hinter dem Schanktisch liest Zeitung und betrachtet ihn neugierig. Er paßt nicht hierher; für was mag sie ihn halten? An der Wand hängt auch sein Plakat mit den dreitausend Mark. Wer wird sie bekommen? Die gutsituierte Dame? Oder Frau Tigges? Nein, Frau Tigges wird sie nicht nehmen.
Dabei fällt ihm plötzlich ein, daß er noch keinen Grund hat, sich vor den Menschen zu verkriechen. Noch weiß es niemand, noch zeigt keiner mit dem Finger auf ihn. Er bestellt sich einen Wagen und fährt in die Stadt zurück. Im »Rebstock« nimmt er ein erlesen zusammengestelltes Mahl zu sich, an dem ovalen Tisch, wo er schon manches frohe Ereignis gefeiert hat. Heute ist es ein kleiner, einsamer Abschied. Übrigens hat er Hunger bekommen und wundert sich.
Zehn vor vier. Es ist soweit. Er gießt den Mokka herunter und geht zum Justizgebäude. Merkwürdig fremd und feindselig mutet ihn alles an, die schwere Tür, die graue, ausgetretene Steintreppe, der kahle Gang, das nüchterne Vorzimmer mit dem Bild dessen, an dem er sich vergangen hat. Hier hat er sich damals zum Dienstantritt gemeldet. Vor achtzehn Jahren.

»Herr Oberstaatsanwalt, ich komme zu Ihnen –«
»Aber mein lieber Treskow, nehmen sie doch erst mal Platz.«
»Gewiß ja, danke sehr. Entschuldigen Sie meine Erregung, ich kann Ihnen – ich darf vielleicht – ich muß zunächst –«
»Herr Kollege, vielleicht überlegen Sie zunächst in Ruhe, was Sie mir zu sagen haben.«
»Herr Oberstaatsanwalt, es ist nichts mehr zu überlegen, und ich hätte diesen schweren Gang schon längst getan, wenn ich gewußt oder auch nur geahnt hätte –«
»Herr Staatsanwalt – ich weiß noch nicht, um was es sich handelt. Ich will es vorläufig auch nicht wissen. Ich möchte Sie nur dringend bitten, nichts übereilt zu tun. Sie sind erregt, und es besteht die Gefahr, daß Sie sich die Sache nicht genügend überlegt haben. Es geht unter keinen Umständen an, daß ein Beamter auf Grund vager Vermutungen – bitte mich nicht zu unterbrechen –, auf Grund vager Vermutungen oder jedenfalls ohne hinreichenden Anlaß etwas tut, was nicht mehr rückgängig zu machen ist und in der Öffentlichkeit peinlichstes Aufsehen erregen, beziehungsweise das Ansehen unserer Behörde auf das schwerste erschüttern könnte. Sie wissen, was eine Behörde ist? Eine mehr oder weniger zweckmäßige Einrichtung zur Erledigung staatlicher Aufgaben. Sie hat deswegen die Pflicht absoluter Sauberkeit. Wenn das Staatswohl aber eine gewisse – Korrektur von Dingen verlangt, die sonst Grundsatz sind, so haben alle Bedenken zurückzustehen. Ein Beamter, der das nicht begreift, oder ein Beamter, der nicht den Mut zur Verantwortung hat, ist kein Staatsdiener, sondern ein Bürokrat, ich möchte fast sagen, eine Aktenbearbeitungsmaschine. Dies nebenbei und nur ganz theoretisch und allgemein. – Nun, Herr Staatsanwalt, ich hatte Sie wohl unterbrochen –«
Treskow ist das Wort im Munde erfroren, und es dauert eine ganze Weile, bis er sich von seinem Schrecken erholt hat. »Herr Oberstaatsanwalt, ich habe reiflich überlegt und bin mir über die Folgen klar. Ich muß Ihnen trotzdem eine Eröffnung machen –«
»Augenblick, Herr Kollege. Was ist denn da los?«
In der Tat hörte man aus dem Vorzimmer Töne, die an diesem ehrfurchtgebietenden Ort nicht üblich sind, ein heftiges Wortgefecht rauher Kehlen: »Wo jeht et herein?« – »Sie hören doch, Sie müssen warten.« – »Dafför hammer kein Zeit.« – »Es ist

jemand drin.« – »Dä kann ja eraus jonn.« – »Aber Sie können doch nicht einfach –« – »Paß emol upp, wat mer könne.«
Und schon platzt die Tür auf, und herein stolpern Wimm und Bätes, die den ganzen Vormittag vergeblich bei Treskow gesessen haben und nun kurzerhand zum Oberstaatsanwalt vorgedrungen sind.

Nun sind sie da und lassen sich nicht abwimmeln. Übrigens scheint es nicht unwichtig, was sie auf dem Herzen haben. Es ist wegen der Maulkorbsache, und es trifft sich gut, daß der Sachbearbeiter von Treskow zufällig anwesend ist.

»Also, was ist los? Zunächst: Wer sind Sie überhaupt?«

Wimm stellt sich vor: »Wilhelm Donnerstag, Agent.«

Und Bätes: »Albert Schmitz, verheiratet.«

»Und nun bitte. Aber einer nach dem andern.«

Wimm macht den Wortführer, Bätes das Echo. Wimm hat den Bätes in der Nacht beobachtet, wie er das am Denkmal gemacht hat, und der Bätes sagt ja. Der Wimm erzählt es mit allen Einzelheiten und schwört auf Ehre und Gewissen und spricht vor Begeisterung fast hochdeutsch. Und der Bätes gibt alles zu, was man von ihm haben will, bricht in heiße Reuetränen aus und schimpft auf Wimm, den fahlen Hund und Verräter, und will es nie mehr wieder tun. Sie haben ihre Rollen gut einstudiert, es klingt einigermaßen plausibel, und der Bätes paßt auch ganz gut auf die Beschreibung, die Rabanus beim Staatsanwalt gegeben hat: Untersetzt, Arbeiterstand, Mütze, Bart.

Treskow hat noch leise Zweifel. »Sagen Sie mal, besitzen Sie einen Hund?«

»Enää, mer han selber nix zu fresse.«

»Wie kommen Sie dann an den Maulkorb?«

Bätes weiß es nicht und blickt flehend zu Wimm. Der weiß es auch nicht.

Der Oberstaatsanwalt scheint es zu wissen.

»Vielleicht haben Sie ihn auf der Straße gefunden?«

»Jenau so is et, Herr Kriminal.«

Majestätsbeleidigung in Tateinheit mit Fundunterschlagung, registriert Treskow. Und dann zu Wimm: »Dann waren Sie das wohl, der wegen der Erhöhung der Belohnung bei uns angerufen hat?«

Wimm kann den Blick nicht aushalten und weiß nicht recht; auf die Frage ist er nicht präpariert. »Jewiß. – Wat war dat denn?«

Der Oberstaatsanwalt winkt ab. »Verstehe. Wir wollen das diskret behandeln, wenigstens in Anwesenheit Ihres Freundes.«
Aber nun hat Treskow plötzlich ein Bedenken. Es ist immerhin auffallend, daß Denunziant und Täter gemeinsam, fast Arm in Arm, hier erscheinen. Er flüstert mit dem Oberstaatsanwalt, und der wendet sich an Bätes: »Der Herr Staatsanwalt fragt, warum Sie mitgekommen sind.«
Bätes weiß wiederum nicht, aber diesmal weiß es der Wimm. »Dä is nit mitjekomme; dä han ich mitjebracht, hier beim Schlafittche. Männeke, han ich för ihm jesag, Männeke –«
Schon gut. Die Leute können gehen. Das Weitere werden sie demnächst vor Gericht erzählen, Bätes als Angeklagter, Wimm als Zeuge. Von einer Verhaftung wird Abstand genommen. Überhaupt wird Bätes besser behandelt, als er sich vorgestellt hat. Die beiden Staatsanwälte begleiten ihn zur Tür. »Wir freuen uns, Herr Schmitz, daß Sie durch Ihr offenes und reumütiges Geständnis der Justiz die Arbeit erleichtern; bei der Strafzumessung wird Ihnen das zugute kommen. Auf Wiedersehen.«
Dem Staatsanwalt von Treskow ist zumute, als müsse er sich mit beiden Fäusten vor den Kopf schlagen. Da hätten seine überreizten Nerven beinahe etwas angerichtet!
Rabanus hatte die Nacht in der Haftzelle unbequem, aber ohne Groll verbracht. Er hatte es sich selbst eingebrockt, und es war auch recht lehrreich. Es ist für einen Künstler von Nutzen, wenn er auch die Tiefen des menschlichen Lebens durchschreitet.
Es gab eine Enttäuschung. Er hatte erwartet, daß alles anders sei, als er erwartete, milder oder grausamer, komfortabler oder spartanischer, jedenfalls irgendwie anders. Und nun war gar nichts anders; es war genau so, wie es sich jeder vorstellt: eine kleine, ölgestrichene Zelle, ein vergittertes Fenster, ein Klappbett an der Wand, dazu Schemel und Holztisch, und das Essen nicht besser und nicht schlechter, als man in diesem Lokal verlangen kann, und der Wärter weder leutselig noch schnauzbärtig, allenfalls ein bißchen eilig. Reinfall auf ganzer Linie, konstatierte Rabanus.
Ein Glück, daß der Scherz nicht lange dauern konnte. Wimm und Bätes waren vor ihm gestartet und wollten um neun zur Staatsanwaltschaft, wie er erlauscht hatte. Zwischen zehn und elf muß also seine Freilassung erfolgen. Ein hübsches Spiel des

Zufalls, dachte Rabanus, daß diese Wimm-Bätes-Aktion nun ihm selbst zugute kam. So rentiert sich die Tugend.
Sie schien diesmal eine Ausnahme zu machen. Es wurde elf, es wurde zwölf. Anstatt der Freilassung erschien ein großer Blechnapf mit einem gekochten Mischmasch, der bestimmt sehr nahrhaft war, aber von Rabanus nicht berührt wurde, und dann kam eine Weile gar nichts, nur aus der Nebenzelle ein mörderisches Schreien und Toben, offenbar von einem, der den wilden Mann machte oder tatsächlich wild geworden war; wer will das wissen? Schon fühlte er selbst, wie die Zellenhaft den Menschen ändert. Und nicht unbedingt zu seinem Vorteil. Eine beißende Wut fiel ihn an. Mit welchem Recht hat man ihn verhaftet? Weil er in jener Nacht nicht zu Hause war? Oder weil man bisher nur Mißerfolge hatte und der ungeduldigen Öffentlichkeit zeigen will, daß die Justiz auf der Höhe ist?
Bei ihm war man an den Falschen geraten. Er konnte auspacken, wenn er wollte, und diesen aufgeblasenen Staatsanwalt, der ihm wie einem Hausierer die Tür gewiesen hatte, von seinem Sockel herunterholen. Um Trude freilich tat es ihm leid. Aber nüchtern besehen: Von dem hochgestochenen Staatsanwalt von Treskow würde er sie nie bekommen; der gestrandete Beamte würde mit sich reden lassen. Ein häßlicher Gedanke kroch ihn an; er spielte mit ihm, jonglierte mit Möglichkeiten und malte sich die Wirkung aus, verrannte sich tiefer hinein, und ehe er sich recht klar darüber war, hatte er den Wärter gerufen.
Er habe eine wichtige Aussage zu machen und bitte um seine sofortige Vernehmung.
Jetzt wird er tun, was eigentlich von vornherein seine verdammte Pflicht und Schuldigkeit als Zeuge und Staatsbürger gewesen wäre.
– Nach Stunden, gegen halb fünf, kam ein Beamter.
»Ich habe es mir anders überlegt«, sagt Rabanus, »Sie können wieder gehen. Ich mache keine Aussage.«
»Aussage? Wieso Aussage? Ich sollte Ihnen mitteilen, daß der Haftbefehl aufgehoben ist. Sie können nach Hause gehen.«
Als Rabanus fort ist, entdeckt man auf der Wand der Zelle eine seltsame Zeichnung: Sein Selbstporträt – mit einem Maulkorb.

Wimm und Bätes hatten Hand in Hand, wie zwei glückliche Kinder, das Justizgebäude verlassen, aber sie gingen nicht nach Haus. Freudige Ereignisse werden begossen. Dreitausend Mark, die bevorstehen, sind ein freudiges Ereignis.
Der Bätes soll einen ausgeben. Meint der Wimm.
Nein, der Wimm muß einen ausgeben, meint der Bätes.
Wer muß? Wer das bessere Geschäft macht. Darüber sind sie sich einig.
Wer macht das bessere Geschäft? Darüber geraten sie in die Wolle, stehen an der Straßenecke und diskutieren.
Natürlich der Wimm. Der hält bloß das Händchen auf und geht spazieren und hat keine Arbeit davon, und der Bätes muß sitzen.
Nein, der Bätes! Er sitzt faul im Kasten und frißt sich fett auf Staatskosten, während der arme Wimm draußen sein Geld aufzehrt.
Sie kämpfen mit dicken Köpfen und scharfen Argumenten. Nicht aus Geiz, nicht aus Prinzip: sondern weil keiner einen Pfennig in der Tasche hat. Als sie es gegenseitig feststellen, ist die alte Freundschaft wieder da. Man muß das Fest vertagen, bis das viele Geld kommt.
Wer wird es abholen? Natürlich der Wimm, das geht nicht anders. Und der muß es verwahren, bis der Bätes aus dem Kittchen kommt.
Bätes wird nachdenklich. Er hat mit Geld noch nie zu tun gehabt und infolgedessen zu den Menschen ein paradiesisches Vertrauen. Reichtum macht mißtrauisch. Er hat Angst, der Wimm könnte das Geld verlieren, oder es möchte ihm gestohlen werden, oder was sonst alles passieren kann. Wimm soll das Geld in Verwahr geben.
Vielleicht auf eine Bank, meint der Bätes.
Wimm ist dagegen. Die Bank könnte krachen.
Oder auf die Städtische Sparkasse?
Wimm schüttelt den Kopf. Er weiß nicht, wo sie ist.
Oder einem Freund geben?
Wimm zieht ein saures Gesicht. Für soviel Geld ist keine Freundschaft gut. Und wo die Menschen so schlecht sind!
Dann soll er es zum Herrn Pastor bringen.
Wimm hat zum Herrn Pastor keine Beziehungen, und der würde ihn vielleicht ausfragen, und den Herrn Pastor könne er nicht belügen. »Ich weiß auch nit, wat dat soll. Dat Jeld is bei mich

sicher wie Jold. Ich bin loßledig, ich han kein Ahl, die mich drüber jeht. Ich stopp dat Jeld unger de Matratz un stonn Tag un Nacht nit meh upp.«
So stehen sie an der Ecke und fechten, daß die Leute stehen bleiben. Bätes besteht auf Pastor, Wimm auf Matratze. Schließlich spielt Bätes seinen großen Trumpf aus. Die Herren am Gericht waren so freundlich zu ihm, er weiß, was er wert ist. »Wimm, dat will ich dich sage, ich bin de Hauptperson, ohne mich jeht et nit, un du bis ene Dreck. Und wenn de mich dumm kömms, dann jeh ich einfach nit in der Termin. Dann tret ich in Streik. Verstehste dat?«
Wimms Augen funkeln grün und giftig. »Wetten, Bätes, dat du im Termin bis?«
»Wetten dat nit?«
»Wetten dat doch!«
Kinder stehen herum. Sie hoffen auf eine Schlägerei. Man glaubt gar nicht, wieviel Kinder es gibt, kleine und große. Sie wachsen aus der Erde.
Es wird eine Enttäuschung. Wimm und Bätes bewahren Haltung.
»Du Laumann!«
»Du Drecksack!«
»Pennes!«
»Aaschloch!«
Nach verschiedenen Seiten ab.

Am nächsten Morgen meldete sich die gutsituierte Dame von neuem. In Glanz und Glacé und grell und wohlriechend wie beim erstenmal, vielleicht noch eine Kleinigkeit situierter und genau zehnmal so aufgeregt. Mit einer widerspruchslosen Selbstverständlichkeit marschiert sie geradezu in Mühsams Zimmer und überfällt den Nichtsahnenden und läßt ihn nicht zu Wort kommen.
»Entschuldigen Sie herzlichst, mein lieber Herr Kommissar, daß ich wieder da bin, es ist nur in Ihrem Interesse, nicht wahr, ich habe doch richtig gelesen, daß die Belohnung auf dreitausend Mark erhöht ist, aber Sie müssen nicht denken, so bin ich nicht erzogen, und mein Mann meint das auch, obgleich man es immer brauchen kann bei dem schlechten Geschäftsgang, das letztemal war ich etwas nervös, ich habe noch nie mit Polizei und so zu tun

gehabt, aber das macht nichts, man hat Pflichten gegen den Staat, der so nett für alles sorgt, mein Mann ist nämlich viel auf Reisen, und da weiß er auch, und was ist groß dabei, nicht wahr, die Hauptsache ist, was ich gesehen habe, das meint auch mein Mann, und es braucht auch nicht an die große Glocke, aber Sie müssen nicht denken, daß es wegen dem Geld ist; haben Sie mein Bankkonto notiert?«
Mühsam hat mit Armen und Beinen gegen den Wortschwall gerudert und benutzt die Atempause hinter dem Bankkonto. »Meine liebe Dame«, sagt er, »da kommen Sie nun zu spät. Ihre Aussage interessiert nicht mehr. Inzwischen ist es der Tatkraft und dem Scharfsinn der Polizei gelungen, den Täter zu ermitteln. Die Belohnung wird ein anderer bekommen, und am siebzehnten ist bereits Verhandlung.«
Da geht die Situierte in die Höhe, pflanzt sich drohend vor dem Beamten auf und vergißt all ihre Situiertheit, daß ihr die Stimme überschlägt und dem im Dienst erhärteten Beamten Hören und Sehen vergeht.
Das wäre ja noch schöner, da höre sich doch der Gurkenhandel auf, erst einen aushorchen und ausquetschen bis aufs Blut und die intimsten Familiensachen dazu, daß man schamrot wird bis wer weiß wohin, und dann auf einmal, wenn man alles heraus hat und so weiter und mit dem Geld, das könne sie sich schon denken, und er sei wirklich ein feiner Mann, der Herr Kommissär und ein gebildeter Mann, und die ganze Polizei könne ihr, aber das sei Nebensache, und das lasse sie sich auch nicht bieten, und wenn sie bis zum Minister ginge.

Staatsanwalt von Treskow war ein Mustergatte und Mustervater. Vor allen Dingen ein Musterbeamter, und darum sprach er zu Hause nie über amtliche Dinge.
Nicht einmal über den gefundenen Täter Bätes.
Es fiel ihm schwer, seine überschäumende Freude zu verbergen. Er freute sich wie ein Kind darauf, daß seine Familie den Triumph seiner staatsanwaltlichen Tätigkeit am nächsten Morgen in der Zeitung lesen würde. Er konnte nicht früh genug aufstehen, und dann hielt er beim Kaffee die Zeitung so, daß Frau und Tochter die fette Schlagzeile lesen mußten. Und dann kam das, worauf er schmunzelnd wartete: Die beiden Damen rissen ihm die Zeitung

aus der Hand, stießen einen zweistimmigen Jubel aus und balgten sich um das Blatt und lasen mit verhaltenem Atem: Denkmalattentäter ermittelt und geständig.

Treskow ließ die Glückwünsche leise abwehrend über sich ergehen. Auch die Billa kam aus der Küche, und der Gasmann war stolz, einem so berühmten Beamten die Rechnung zu bringen. Den ganzen Morgen über, auf dem Büro, auf der Straße, hatte er alle Hände voll zu tun, die Glückwünsche einzukassieren und die Händedrücke entgegenzunehmen. Man lobte seine Energie und seinen Scharfsinn. Und da alle es sagten, glaubte er schließlich selbst daran und bewunderte sich.

Bei Elisabeth und Trude hatte die Freude allmählich etwas komplizierteren Gefühlen Platz gemacht. Zunächst ging Frau von Treskow an ihren Schreibtisch. Der auf nächsten Freitag zum Butterbrot gebetene Rabanus wurde mit einer höflichen Wendung in aller Form wieder ausgeladen. Ein Glück, daß man diesen Menschen nicht mehr nötig hat.

Dann holte sie sich Trude. Hier war noch einiges zu regeln.

»Trude, wie geht es eigentlich dem Fräulein Spitzbart?«

»Och, wie soll es der gehen? Gut soweit.«

»War sie nicht ein bißchen krank?«

»Doch, ein bißchen.«

»Und gestorben ist sie wohl auch?«

Trude ist dunkelrot geworden und läßt den Kopf vornüberfallen.

»Trude!«

Die verliebte Sünderin reißt sich zusammen. »Mutti, ich wollte dich nicht traurig machen, wo soviel anderes war. Und das Geld für die Monatsrechnung, das du mir mitgegeben hast – dafür haben wir Blumen gekauft und das ganze Grab damit belegt. War das nicht gut so?«

»Wer ist wir?« Frau Elisabeth weiß es genau und ist auch nicht so furchtbar böse, wie sie anstandshalber tut. Es soll nur die Überleitung sein. »Sag mal, Trude, wo wart ihr denn – während der Klavierstunden?«

»Im Städtischen Museum, in der Keramik-Abteilung. Mutti, das ist wahnsinnig interessant, du mußt mal mit mir hingehen, da ist zum Beispiel –«

Mutti läßt sich nicht vom Thema abbringen. »Ich kenne das. Im Museum ist man allein und wird nicht gesehen. Ihr seid aber doch gesehen worden. In dieser Stadt wird alles gesehen, das

merk' dir mal. Außerdem ist das Nebensache. Was ich mit dir besprechen wollte: Wir wissen jetzt, daß ein gewisser Albert Schmitz der Täter ist. Was folgt daraus?«
»Ich weiß nicht, Mutti.«
»Du weißt es sehr gut: daß dieser Rabanus mit seiner angeblichen nächtlichen Beobachtung dich angelogen hat.«
»Ausgeschlossen, Mutti.«
»Aber erwiesen. – Warum hat er das getan?«
»Du meinst, er will sich wichtig machen?«
»Sein anonymer Brief ist deutlich genug: er will uns unter Druck setzen.«
»Der Brief ist nicht von ihm!«
»Ein Mensch, der derartig lügt und unsern lieben guten Papa in Verdacht bringt, schreibt auch solche Briefe. – So, mein Kind, du weißt nun, wie die Sache steht. Jetzt heul' dich ein bißchen aus. Das geht vorüber. – Was ich noch sagen wollte. Ich werde dich übrigens zum Tanzkurs anmelden. Wir können nachher bei Frau Maltzahn-Müller vorbeigehen. – Was ist los, wo willst du hin?«
»Ihn fragen.«
»Das läßt du selbstverständlich bleiben. Der Mensch ist von einer solch bestechenden Klugheit – ich weiß, wie er mich bei seinem Besuch zusammengeredet hat – der bringt es fertig und beweist dir im Handumdrehen, daß er der beste Kerl der Welt ist und alles nur für dich getan hat. Ein solches Übermaß von Intelligenz ist gefährlich und sitzt leider immer an der falschen Stelle.«
Trude soll versprechen, den »Heiratsschwindler« nicht mehr zu sehen: Sie weigert sich. – Grund: Dann müsse sie es halten. So ist Trude. – Infolgedessen setzt man sie unter Bewachung.

Bätes hat keine große Wohnung. Sie besteht im wesentlichen aus Küche, die nicht allein der Bereitung der Mahlzeiten gewidmet ist, sondern gleichzeitig als Wohnraum dient und als Eßraum, Schlafraum und Waschraum, kurz als Lebensraum.
Die Küche wiederum besteht im wesentlichen aus Kindern. Eins sitzt auf dem Bänkchen und macht mit Topfdeckeln Musik, eins spielt mit der Katze, eins wird von der Ältesten gebadet, eins spielt Verstecken hinter der Mutter, eins putzt einem andern das Näschen, eins ist am Heulen. Frau Bätes steht an der Waschbütt

und rubbelt eigene und fremde Wäsche über das gewellte Brett. Zwischendurch wischt sie sich mit seifenschaumiger Hand die Haarsträhnen aus dem verschwitzten Gesicht.
Bätes hat die Oberaufsicht über die Nachkommenschaft, schält Kartoffeln am laufenden Band und führt dabei wundersame Reden: Von Geld, von ganz viel Geld, von ehrlich verdientem Geld. Und macht geheimnisvolle Andeutungen. Frau Bätes hört nicht hin, sie kennt den Quatsch; manchmal ist er wohl nicht ganz richtig im Kopf, will ihr scheinen.
Aber die Kinder hören zu. Von Geld wissen sie zu Hause nicht viel; in der Schule wird es zum Rechnen benutzt. Wenn du 86 Mark in der Tasche hast und 37 ausgibst – sie können sich beides nicht vorstellen.
Dreitausend Mark, ist das viel? Gibt es das überhaupt? Bätes muß die Zahl aufschreiben, eine Drei mit wieviel Augen dahinter? Bätes weiß es selbst nicht genau, drei oder vier. Wahrscheinlich vier, sonst könnte er mit Wimm nicht teilen.
Und dann erzählt er den kleinen Menschlein, was für eine feine Sache das Geld ist, und was man alles dafür kaufen kann: »Warme Höskes un Schühkes, un son rote Zipfelmütze ein, mit nem Quast, un en Eiserbahn, die von selber läuft – ja, auch janz viel Kordel, ne janze dicke Knubbel, un en Mohrenpüppken un en Flizzepeh – ja, auch Kreid für an de Häuser zu male, un wat mer habe will, e Haus, ne janze Straß, de janze Welt kann mer kaufe.«
»Auch de Leut?«
»Ja, auch de Leut.« –
»Mach mich de Kinger nit doll«, mahnt es vom Waschfaß.
Bätes läßt sich nicht beirren. Die Kinder sind dicht auf ihn gekrochen; das eine hat seine Deckelmusik eingestellt, das andere kein Interesse mehr fürs Kätzchen, das dritte ist gebadet und steht mit triefenden Härchen, das vierte ist mit dem Näschen fertig, das fünfte heult nicht mehr; die ganze kleine Gesellschaft hängt wie eine Traube um den dicken Bätes und hört mit glühenden Bäckchen und offenen Mäulchen auf den Märchenmann: »Mit Jeld kann mer alles, mer kann Puffpuff fahre, beim Bäcker lecker Teilches hole, mer brauch nit auf de Arbeit un is reich, un alle Leut müssen einem jrüßen.«
Schlaraffenland – Weihnachten – Himmel. Sie sind Engelchen, und Bätes ist der liebe Gott.

Es klopft. Hart, soldatisch.

»Is dat schon dat Jeld, Papa?«

Nein, es ist ein Polizist. Und noch einer.

»Sind Sie der Gelegenheitsarbeiter Albert Schmitz?«

Die Kinder verstecken sich hinter die Mamma, glücklicherweise ist sie breit genug. Polizei ist für die Kinder der schwarze Mann, damit werden sie gebändigt, in den Schlaf gejagt. Polizei kommt, wenn man unartig ist. War der Papa denn unartig?

Bätes weiß, er soll zur Vernehmung. Aber weswegen kommen sie zu zweit? Es geht den Beamten schwer von der Zunge: Er soll sich von seiner Familie verabschieden, er wird vorläufig nicht wiederkommen. Haftbefehl.

Bätes ist keineswegs erschüttert. Im Gegenteil, das ist ein sicheres Zeichen, die Sache geht also voran. Die dreitausend Mark sind unterwegs. Die Kinder glauben an ihn, sie glauben alles, was schön ist. Bloß die Frau weiß nicht, was sie davon halten soll, und ringt die seifigen Hände. »Dä Doll, wat hätt dä nu widder jemacht?«

Bätes nimmt Abschied von seinem Volk; es ist eine lange Reihe. Sie begreifen es nicht, er selbst vielleicht auch nicht. Er ist ein Märtyrer und Held. Nur Frau Bätes jammert: »Is dat nu nödig? Is dat nu nödig?« Und dem Bätes fällt plötzlich ein: Der Staatsanwalt hat doch gesagt, er würde ihn nicht verhaften.

»Ja, da Sie Anstalten zur Flucht machen –«, klären ihn die Beamten auf.

»Wat? Wer sagt dat von mich?«

»Der Sie angezeigt hat. Offenbar ein guter Freund.«

»Dä Filu dä! Dat Ferkel! Ich hau ihm zu Rajuh!« Und da er den Wimm nicht leibhaftig zur Hand hat, nimmt er statt seiner den nächstbesten Stuhl und knallt ihn zu Brennholz. Die beiden Polizisten können ihn nicht bändigen. Erst als Mutter Bätes ihm von der Seite einen mißbilligenden Blick zuwirft, wird er zahm und verständig und läßt sich abführen.

Und faßt seine Gefühle dahin zusammen: »Dä Wimm, dä kritt noch Freud an mich, dä fiese Möpp, dä Labbes dä! Ich widerrufe alles beim Jericht, und da kritt hä keine rösige Pfenning. – Däh!«

Inzwischen belagert Wimm die Gerichtskasse.

Ob er denn endlich die Belohnung bekäme?

Erst nach der Verurteilung.

Oder wenigstens einen Vorschuß.

Vielleicht mal fürs erste tausend Mark?
Oder hundert? – Oder drei?

Rabanus hatte die Einladung zum Butterbrot erhalten und prompt darauf auch die Ausladung. Höflich und ein wenig deutlich. Dann war es aus. Trude unsichtbar, wie fortgeblasen. Brief unbestellbar, das Haus eine Festung.
Rabanus tat, was er immer tat, wenn ihm etwas quer ging: Er versuchte, sich etwas weiszumachen. Kein Zustand ist von ewiger Dauer. Alles geht vorüber; man muß warten können.
Warten können heißt: So lange etwas anderes tun. Rabanus stürzte sich in Arbeit. Es war Arbeit aus Wut. Sie wurde danach. Alles, was er anfing, kam grell, verkrampft, verbogen. Im Spiegel seiner Arbeit sah er, was mit ihm los war, und fand langsam den Mut, den Dingen ins Gesicht zu sehen.
Das war es: Ein kleines dummes Mädchen hatte ihn geprellt. Solange er gefährlich schien, war er gut genug. Nun, wo er den Karren aus dem Dreck gefahren hat, gibt man ihm den Eselstritt. Es war seine Schuld, seine überhebliche Bescheidenheit und lächerliche Rücksicht: Er wollte das Mädchen vor Konflikten bewahren und ihm den Glauben an den Herrn Papa wiedergeben. Er hätte besser getan, seine Rettungsaktion mit Wimm und Bätes zu offenbaren. Jetzt hatte er keine Gelegenheit mehr.
Übrigens fand er, daß ihm die Rolle des abgestellten Liebhabers nicht zu Gesicht stand. Sie steht keinem.
Das beste Mittel gegen Liebe ist Haß. Liebe verlangt Gegenliebe, Haß läßt sich einseitig bewerkstelligen. Rabanus hatte eine suggestive Art zu reden. Er redete es sich selbst so lange vor und redete sich tiefer hinein, bis er es schließlich glaubte, und der gewünschte Haß war fertig. Ein schöner Haß, ein heißer Haß, mit Verachtung durchzogen und mit Rachegedanken verziert. Er hatte seine psychologische Freude daran. Gewiß, wenn er sich selbst hinter die Karten guckte, und das konnte er nie lassen, so war es kein naturgewachsener, sondern ein gezüchteter Kunsthaß. Immerhin, Haß bleibt Haß. Und basta.
Daran, daß er durch seine geheime Wimm-Bätes-Aktion sich selbst und seine nächtliche Beobachtung Lügen gestraft hatte, dachte er freilich nicht. Was zu nahe liegt, übersieht man leicht, besonders, wenn man zu weitschauend sein will. Übrigens hätte

ihm die Erkenntnis auch nichts mehr genutzt. Es war endgültig versiebt.
Eines Tages lief ihm die Ria Prümper über den Weg. Sie sah noch tropischer, noch mohnblumiger aus, oder es kam ihm so vor. Er wollte einen Bogen schlagen, denn eigentlich war sie an der Geschichte schuld. Aber sie lief hinter ihm her und hielt ihn an. Er hatte sie schlecht behandelt, darum war sie lieb und anhänglich wie ein Hündchen.
»Wie jeht es Ihnen noch, Herr Rabanus? Sie sehen nit jut aus.«
»So?«
»Warum kommen Sie nit mehr bei uns vorbei, zum Frühstück oder zu nem Bölchen? Der Vatter meint, wenn Sie auch jesessen hätten, drum könnten Sie doch kommen. – Wat kucken Sie mich so an? Ich kann aber auch bei Sie auf et Atelier kommen. Zum Malen – oder zum Kaffetrinken.«

Das öffentliche Interesse an dem Maulkorb-Attentat war im Begriffe einzuschlafen. Man kann nicht Wochen hindurch über den nämlichen Ulk lachen, feixen, tuscheln und Gerüchte wispern. Was an offener Entrüstung und versteckter Witzelei aufzubringen war, hatte die Rechts- und Links- und Mittelpresse erschöpfend besorgt. Nun begann Gras zu wachsen.
Als der Tag der Gerichtsverhandlung kam, erlebte der sterbende Maulkorb seine glanzvolle Auferstehung.
Zunächst in den Zeitungen.
Wer war überhaupt dieser Albert Schmitz?
Wie so oft, erfuhr man auch hier zunächst die negative Seite: wer es nicht war. Jeden Tag standen Notizen in der Zeitung: Herr Buch- und Steindruckereibesitzer Albert Schmitz, Hohe Straße 14, legt Wert auf die Feststellung, daß er mit dem Täter nicht identisch ist.
Viele Schmitze legten Wert auf diese Feststellung.
Übrig blieb der Albert Schmitz aus der Liefergasse. Frau Bätes bekam viel Besuch, Herren in Sportanzügen mit Notizbüchern und Photoapparaten fragten sie aus. Anfangs war sie mißtrauisch, hielt die Männer für Geheimpolizisten und stellte sich dumm. Langsam kam sie dahinter, daß ihr Mann, der gute, dicke, blöde Bätes, über Nacht eine Berühmtheit geworden war. Sie hatte es sich längst abgewöhnt, die Wege des Schicksals zu

ergründen. Das Gute nahm sie hin, wie bisher das Böse, und ließ sich geduldig interviewen. Sie mußte von ihrem Bätes erzählen, Erinnerungen und Photographien auskramen, und wo sie etwas nicht wußte, erfand sie dazu, was man brauchen konnte. Das lernt sich schnell. Sie kam aus der weißen Schürze nicht mehr heraus und sträubte sich nicht, daß man ihr hier und da den Zeitaufwand bezahlte. Sie hatte neun Kinder.
Manchmal kamen Leute, die sehr leise sprachen und erst das Fenster schlossen. Ob Bätes sich schon früher politisch betätigt habe? Bei welcher Partei? Und ob er sich wohl als Kandidat aufstellen lasse? Frau Bätes wurde böse; sie wird das immer, wenn sie etwas nicht versteht.
»Ich laß meine Mann nit als Kandidat titeliere, dat verbitt ich mich! Dat is keine Kandidat, dat is ne anständije ordentliche Arbeitsmann.«
Am Tage vor der Verhandlung stand Bätes in allen Zeitungen. Bätes in Wort und Bild. Bätes als Säugling, Jüngling, Soldat, Familienvater. Ein zehnfacher Sittlichkeitsverbrecher hätte nicht höher bewertet werden können.
Bätes der Attentäter! Bätes der Denkmalschänder! schrieb die eine Seite mit flammender Entrüstung.
Bätes der Bekenner! Bätes die kochende Volksseele! schrieb die andere mit versteckter Bewunderung.
Bätes einerseits – Bätes andererseits! balancierte die Mittelpresse. – Bätes war der Held des Tages.
Und nicht etwa Treskow. Kaum, daß sein Name erwähnt wurde. Daß ein Staatsanwalt den Täter ermittelt, ist selbstverständlich; dafür wird er bezahlt. Treskow war nicht eitel, er buhlte nicht um Volksgunst und Zeitungsruhm. Er war nur ehrgeizig; an zuständiger Stelle würde man schon auf ihn aufmerksam werden.
Am Tage vor der Verhandlung hatte er noch einen ärgerlichen Zusammenstoß mit seinem Oberstaatsanwalt. Der hatte sich zu ihm aufs Zimmer bemüht, was er sonst aus Gründen der Autorität nie tat, war ungewöhnlich liebenswürdig, fast herzlich. Dann kam des Pudels Kern: »Ach, lieber Treskow, was ich noch sagen wollte – Sie sind vielleicht ein bißchen überarbeitet; wäre es nicht richtiger, wenn Sie die Wahrnehmung der Sitzung einem Ihrer Kollegen überließen? Oder mir persönlich, wenn Ihnen das lieber ist.«
Treskow bebt. »Ich wüßte nicht, Herr Oberstaatsanwalt, womit

ich einen derartigen Mangel an Vertrauen verdient hätte. Wenn ich den Täter ermitteln und zum Geständnis bringen konnte, dann werde ich auch in der Lage sein, seine Aburteilung durchzusetzen.«
Der Oberstaatsanwalt hat ihn scharf beobachtet und lenkt ein: »Ich glaubte, in Ihrem Interesse zu handeln. Aber wenn Sie der Sache so gegenüberstehen, wie ich mich jetzt erneut überzeugt habe, dann soll es mich aufrichtig freuen.«

Der Tag des Gerichtes war gekommen.
Dem Bätes war die Untersuchungshaft gut angeschlagen. Er hatte nie im Leben so viel und so gut zu essen bekommen. Bei ihm zu Hause ging alles in elf Teile. Hier hatte er seinen großen Napf für sich allein und konnte nachbestellen, so oft er wollte. Und wie nett sie alle zu ihm waren, die andern und der Aufseher. Er war schnell dahintergekommen: Er war etwas Besonderes, ein »Politischer«. Das ist viel. Allmählich glaubte er an sich und seine Sendung. Jeder glaubt an sich. Aber er wurde nicht stolz, er blieb leutselig und volksverbunden.
Auf die Nerven ging ihm lediglich die ungewohnte Ruhe des Gefängnisses. Es war ein völlig kinderloses Gebäude, und eine Änderung stand nicht in Aussicht.
Zur Feier der Verhandlung wurden ihm seine Zivilkleider zur Verfügung gestellt. Das ist üblich und richtig. Wer vor Gericht steht, ist noch kein Sträfling und soll nicht durch äußere Attribute vorbelastet erscheinen. Bätes hatte dafür kein Verständnis. In der blauleinenen Anstaltskluft kam er sich weit heroischer vor als in seinem ausgeleierten Sonntagsstaat. Einen schönen gestreiften Gummikragen bekam er mit Zustimmung der Gefängnisverwaltung von einem Zellennachbarn geliehen. Er wußte, was sich für einen Mann von Bedeutung ziemt.
Die Justizverwaltung wußte es auch. Wegen des zu erwartenden Andranges war die Verhandlung im Schwurgerichtssaal angesetzt. Es war nicht nur der größte, sondern auch der dunkelste Saal, und deswegen besonders feierlich. Alles war ausbruchsicher angelegt, die hochliegenden Fenster, der dunkle Zuführungsgang für die Angeklagten, und das massiv umbaute Armsünderbänkchen. An der Längswand hing ein von Cornelius gemaltes und im Baedeker mit Sternchen bezeichnetes Tripty-

chon, das den Himmel, die Hölle und das Fegefeuer darstellte und an dieser Stelle eindringlich die engen Beziehungen zwischen irdischer und himmlischer Gerechtigkeit dokumentierte.

Bätes hatte vom Schwurgerichtssaal schon gehört. Wimm war dort Stammgast und ging besonders gern im Winter hin, wenn er warm sitzen und eine kostenlose Unterhaltung haben wollte. Von ihm wußte er, hier kamen die dicken Sachen vor, hier flogen die Jahre »Z« den Leuten nur so um die Köpfe. Dem Bätes wurden die Knie weich.

Als er hineingeführt wurde, war schon alles versammelt. Man hatte auf ihn gewartet. Er fand ein ausverkauftes Haus. Die Leute auf den Bänken reckten die Hälse, wisperten und stießen sich an; vorn am Pressetisch saßen geschäftige Herren und begannen sogleich zu schreiben. Alles für ihn.

Ganz vorn auf der Zeugenbank saß der Wimm, fahl vor Neid und Habgier. Bätes übersieht ihn ostentativ. Es ist nur ein simpler Zeuge; aber er, der Bätes, Kernpunkt dieser Veranstaltung. Von seiner Estrade herab begrüßt er sein Volk mit einem wohlwollenden Winkewinke und wird zur Ordnung gerufen. »Was machen Sie denn da? Wenn Sie sich nicht benehmen können, sperre ich Sie drei Tage ein.«

Bätes zuckt zusammen und merkt auf einmal, daß das Gericht nicht nur aus ihm und seinen Zuschauern, sondern vor allem aus dem hohen Gerichtshof besteht. Auf einem Podest, das noch ein ganzes Stück höher ist als sein eigenes, steht eine endlos lange, leicht gekrümmte Theke mit einem grünen Tuch, das bis auf den Boden hängt, damit man die Beine des Gerichts nicht sehen kann. Und dahinter sitzen fünf schwarze Männer, dazu Staatsanwaltschaft und Gerichtsschreiber und Referendare und anderer schwarzgekleideter Zubehör. Und alle machen schwarze, undurchdringliche Gesichter und sehen ihn mit gerunzelten Augen an. Es wird ganz still. Man hört Aktenblättern und Federkritzeln.

Dem Bätes ist es unheimlich. Fünf gegen einen, denkt er. Wenn jeder von ihnen ihm nur drei oder vier Monate aufbrummt, das gibt zusammen – ojottojott. Er hat sich das als eine Art lustiges Theater vorgestellt, bei dem er den Helden spielt. Nun sieht er, in welche Maschinerie er geraten ist. Ein Glück, daß links oben am Ende des langen Tisches wenigstens der eine sitzt, der damals so freundlich zu ihm war und ihm milde Strafe ver-

sprochen hat. Aber heute ist auch der schwarz und ernst und tut fremd. Und sprechen tut er auch nicht. Sprechen tut nur der in der Mitte mit den breiten Schultern und der rollenden Stimme.
»Stehen Sie auf.«
Bätes schnellt in die Höhe. Er fühlt, daß hundert Augen ihn anstarren, und hat ein seltsames Gemisch von Angst und Eitelkeit. Ihm ist wie einem Schauspieler, der zum erstenmal auf der Bühne steht. Er weiß nicht, wo er die Hände lassen soll, er hat zwanzig Arme und fürchtet, sie könnten ihm abfallen. Und steckt vor lauter Verlegenheit die Hände in die Hosentasche.
»Hand aus der Tasche!« donnert der Vorsitzende.
Bätes denkt an Militär, steht stramm und sagt »Zu Befehl«.
»Lassen Sie die Mätzchen!« dröhnt der Vorsitzende.
Jetzt ist es aus mit Bätes. Seine Personalien werden abgefragt. Es verschlägt ihm die Stimme, er weiß nicht mehr, wie er heißt, ob er verheiratet ist, wieviel Kinder er hat. Der Vorsitzende muß alles vorsagen. Bätes läßt es über sich ergehen. Der Eröffnungsbeschluß wird verlesen. Bätes hört ein Gerassel von Worten, die er nicht versteht, Paragraphen und Zahlen, Majestätsbeleidigung, Idealkonkurrenz, Fundunterschlagung, Bundesstaat, fremde bewegliche Sache, Zueignung. Er bekommt einen Schreck, was er alles getan hat. Er möchte nach Hause, aber der Holzkäfig und die Gerichtsdiener würden ihn hindern.
Dann werden die Zeugen hinausgeschickt, Wimm und der Schutzmann. Bätes wird zur Sache vernommen.
Zunächst erhält er eine ausgiebige Verwarnung. »Ich rate Ihnen in Ihrem eigenen Interesse, auch heute die Wahrheit zu sagen. Lügen haben kurze Beine, besonders bei uns. Sie wissen, um was es sich handelt. Sie sollen das Denkmal unseres Allergnädigsten Landesherrn mit einem Hundemaulkorb versehen haben. Sie geben das alles zu?«
In Bätes kreisen die Gedanken: Majestätsbeleidigung, Zuchthaus, Wahrheit sagen, Belohnung, Kinder; ein Ringkampf zwischen Geld und Angst. Er weiß kaum noch, was oben und unten ist.
»Ob Sie das zugeben«, fragt der Vorsitzende, lauter, drohender.
Jetzt muß er antworten. Er denkt an die Kinderhöschen und Kartoffeln und sagt ja. Sieht die vielen schwarzen Männer hinter der Theke und sagt nein. Entschließt sich dann zu einem Mittelweg und fragt: »Was jefällig?«

»Ich frage, ob Sie das am Denkmal gemacht haben.«
»— Enää.«
»So? Sie wollen also jetzt bestreiten?«
»— Enää.«
»Was heißt nein? Sie können doch nicht auf beides nein sagen. Also, was wollen Sie, zugeben oder bestreiten?«
»— Eja.«
»Was heißt ja? Sie können eine alternative Frage doch nicht mit ja beantworten. Verstehen Sie denn kein Deutsch?«
»— Eja.«
Der Vorsitzende ist mit seiner Kraft zu Ende. Ihm ist kein Verbrecher zu gerissen, kein Verteidiger zu gefährlich. An Bätes zerschellt er. Er versucht es andersherum. »Nun seien Sie mal vernünftig. Sie haben das doch früher zugegeben.«
Bätes sieht sich hilfesuchend nach dem Wimm um; sein Platz ist leer. Das bringt ihn um den Rest der Fassung. Er fühlt sich allein und preisgegeben und bringt kein Wort mehr heraus. Die Tränen stehen ihm in den Augen.
Der Vorsitzende wendet sich nach links. »Ach, Herr Staatsanwalt, vielleicht können Sie ihm mal vorhalten, was er Ihnen erzählt hat.«
Darauf hat Treskow gewartet. Seine Angst war, daß es ein glattes Geständnis und eine lächerlich einfache Verhandlung geben könnte. Nun sah man, was es für ein verstockter Bursche ist. Außerdem war es eine seiner Spezialitäten, widerrufene Geständnisse in Ordnung zu bringen. Er nahm das strenge Barett ab, legte sein Amtsgesicht in heitere Falten und wandte sich an Bätes, den rheinischen Tonfall leicht imitierend: »Sehen Sie mich einmal an. Erkennen Sie mich nicht?«
»Jewiß dat«, sagt Bätes und freut sich über den freundlichen Frager.
»Sie haben mir die Sache damals doch so schön erzählt.«
Bätes schüttelt den Kopf. »Ich nit. Der Wimm.«
»Was ist Wimm?« fragte der fünfte Beisitzer, ein hoffnungsvoller Prädikatsassessor aus dem Osten. Er wird aufgeklärt, und Treskow kann fortfahren.
»Angeklagter, wir möchten das aber gern von Ihnen selbst hören. Also, Sie kamen in der Nacht am Denkmal vorbei — — nun? — — erzählen Sie doch.«
Bätes würgt: »Der Wimm — der Wimm —« Plötzlich kommt ihm

ein Gedanke. Der Wimm ist derjenige, der die Sache ausgeheckt hat; der Wimm braucht nicht zu sitzen und kriegt das viele Geld. Dafür kann der Wimm auch was tun. Mag der Wimm hier die hohen Herren belügen; er, der Bätes, will eine reine Weste haben und hält sich säuberlich dumm. Kein Wort ist aus ihm herauszuschlagen. Er wiederholt immerfort:

»Ihr müßt der Wimm frage. Der Wimm weiß Bescheid.«

Der Fall ist ungewöhnlich. Einen Täter, der mit der Sprache nicht heraus will und sich auf den Belastungszeugen beruft, das hat man noch nicht gehabt. Das Gericht flüstert und ist auf den Zeugen Wimm gespannt.

Vorher wird noch der Schutzmann vernommen, der morgens als erster am Denkmal war und den Tatbestand feststellte. Weiter weiß er nichts. Man hat ihn dennoch geladen. Zu einer ordentlichen Strafverhandlung gehört ein schwörender Schutzmann, das gibt der Sache Wucht und Ansehen.

Solch ein Schutzmann kommt in Helm und Festtagsuniform mit prallen Nähten, glänzendem Lederzeug und knarrenden Stiefeln, knallt die Hacken und kann die Eidesformel besser als der Vorsitzende. Seine Aussage beginnt: An dem fraglichen Tage... Das Weitere steht in seinem Notizbuch.

Dieser hier tut ein übriges. Er schildert mit tönender Wichtigkeit, welch ergreifenden Eindruck der Maulkorb an Allerhöchster Stelle auf ihn gemacht habe, und wie sich immer mehr Menschen ansammelten, und er nichts tun konnte, um ihnen den Anblick zu ersparen.

»Warum haben Sie das Ding nicht einfach heruntergenommen?« fragte ein Beisitzer, es ist aber nicht der Prädikatsassessor.

Der Schutzmann ist durch die Zumutung tiefst erschüttert und schnappt nach Luft. »Ja, dann wäre doch alles – dann wäre ja gar nichts –« Er kann sich nicht vorstellen, was dann wäre.

Der Vorsitzende vermittelt. »Die Frage liegt wohl etwas neben der Sache. Über die Täterschaft wissen Sie nichts?«

»Nein. Aber die Tat ist dem Angeklagten durchaus zuzutrauen.«

»Kennen Sie ihn?«

»Das nicht. Aber das sind die Elemente, die vor nichts zurückschrecken.«

Und dann kommt Wimm der Zeuge. Es war ihm nicht nach der Mütze, daß er draußen warten mußte. Nun weiß er nicht, was der Bätes gesagt hat, und sieht ihn fragend an. Bätes nickt ihm zu. Also ist die Luft rein. Wimm schlängelt sich nach vorn und legt sogleich los: »Ich un der Bätes, mir kame da vorbei, da trat der Bätes auf wat Weiches, dat war ne Maulkorb, und da sagt der Bätes, wat solle mer damit mache, un da sag ich: nix, und da sagt der Bätes: endoch, un jing am Denkmal un macht der Maulkorb dran fest, un ich jing laufe, ich wollt nix damit zu donn han.«

»Warten Sie, bis Sie gefragt sind«, unterbricht der Vorsitzende. »Sie werden zunächst den Zeugeneid leisten.« Wimm erhält die übliche Belehrung, er hört von Meineid und Sünde und Hölle und Zuchthaus; dann muß er die Hand in die Höhe halten und nachsprechen, und alle stehen auf.

Daran hat er nicht gedacht, daß er ans Schwören kommt, wo der Bätes doch alles eingestanden hat.

»Sprechen Sie nach: Ich schwöre –«

»Verzeihung, Herr Präsident, jeht dat nit auch ohne Eid?«

»Nein. Sprechen Sie nach: Ich schwöre bei Gott dem Allmächtigen –«

»Verzeihung, Herr Präsident, wenn ich aber nit richtig dran jlaub?«

»Das macht nichts, wenn Sie nur richtig ans Zuchthaus glauben. – Also bitte: Ich schwöre –«

Dem Wimm tropfen die Worte schwer und heiß wie flüssiges Blei aus dem Mund. Alle setzen sich wieder. Nun kann es losgehen.

Es geht nicht los. Wimm ist stumm wie ein Fisch. Er muß immer ans Zuchthaus denken.

»Wollen Sie gefälligst anfangen? Sie kamen in der Nacht über den Marktplatz, nicht wahr?«

Wimm schweigt weiter.

»Schön. Und da haben Sie beobachtet, wie der Angeklagte – Also bitte!«

»Jott, wat heißt beobachtet? Da hatt ich eijentlich jar keine Jrund för, wat jroß zu beobachten.«

»Also meinethalben gesehen, zufällig gesehen, ist ja gleichgültig. – Und was haben Sie gesehen?«

»Eijentlich nit viel, sozusage.«

»Viel oder wenig – wir wollen wissen, was Sie gesehen haben.«

Wimm wird immer kleiner. »Och, dat war eijentlich nit der Rede wert.«

»Bitte, was?«
Wimm ist beinahe im Erdboden. »Ja, Herr Präsident, dat war da son Sach, wie soll ich Ihne dat erkläre?«
»Nun quasseln Sie nicht. – Sind Sie etwa mit dem Angeklagten befreundet?«
Wimm tut einen ängstlichen Seitenblick zu Bätes. »Wie mer et nimmt.«
»So. Das habe ich mir gedacht. Jetzt tut es Ihnen leid, daß Sie ihn angezeigt haben, und Sie wollen ihn herauslügen. Aber damit haben Sie kein Glück. Ich warne Sie nachdrücklichst vor den Folgen des Meineides. Machen Sie sich nicht unglücklich, sagen Sie die reine Wahrheit. Also, was haben Sie gesehen?«
»Wenn mer et richtig nimmt: Nix.«
»Sie standen doch dabei.«
»Nit so richtig.«
»Oder jedenfalls in der Nähe.«
»Och, so arg nah war dat nit.«
»Wo waren Sie denn?«
»Wenn ich partuh de Wahrheit sage soll: Im Bett.«
»Da können Sie doch nichts gesehen haben.«
»Jrad, wat ich sag, Herr Präsedent.«
»Herr Wachtmeister, Sie sorgen dafür, daß der Zeuge den Saal vorläufig nicht verläßt.«
»Jawoll, Herr Landgerichtsdirektor.«
Treskow ist nervös geworden. Nein, so darf man den Zeugen nicht behandeln. Er kann es besser: »Herr Donnerstag, kommen Sie mal näher. Wir kennen uns doch, nicht wahr? Ich weiß auch genau, daß Sie die Anzeige nicht ohne Grund gemacht haben. Sie wollen offenbar nur sagen, daß Sie aus eigner Wissenschaft nichts wissen. Aber der Angeklagte hat Ihnen doch davon erzählt?«
»Wie soll ich dat verstehe?«
»Ich meine, er hat Ihnen gestanden, daß er das gemacht hat?«
»Dat kann man jrad nit sage.«
»Immerhin hat er Ihnen Andeutungen gemacht?«
»Dat wär eijentlich zu viel jesagt.«
»Jedenfalls hat er mit Ihnen über die Sache gesprochen? Überlegen Sie gut, es geht auf Ihren Eid.«
»Jesproche? Dat is möglich.«
»Was hat er mit Ihnen darüber gesprochen?«

»So allerhand, wat mer so spricht.«
»Hat er nicht gesagt, Sie sollen ihn nicht hereinreißen?«
»Enää, Herr Staatsanwalt, dat bestimmt nit, dat nehm ich auf den Eid, dat hätt hä nit jesag.« Wimm ist lebhaft geworden, es klingt durchaus glaubhaft.
»Woher wissen Sie denn, daß er der Täter ist?«
»Wissen is nit der richtije Ausdruck. Der Bätes muß es doch am besten selber wissen. Tun Se ihm doch mal frage.«
Schweigen rundum.
»Oder soll ich ihm selber frage?« Wimm wartet keine Antwort ab und wendet sich an Bätes: »Wie is dat, Bätes, du häs et doch jedonn. Oder nit?«
Bätes rührt sich nicht.
»Du Bangezibbel, nu sag et doch.«
Aller Augen sind auf Bätes gerichtet, Bätes sieht hilflos auf Wimm, und Wimm malt ihm heimlich eine Drei in die Luft, eine große runde Drei mit lauter Nullen dahinter.
Das hilft. »Ja, wenn de meinst«, sagt Bätes.
Der Prädikatsassessor fährt dazwischen. Er hat beobachtet, daß der Zeuge merkwürdige Handbewegungen zum Angeklagten gemacht hat; vielleicht versucht er ihn zu hypnotisieren. Außerdem sei es prozessual unzulässig, daß der Zeuge an den Angeklagten Fragen stellt. Der Assessor hat natürlich recht. Aber immerhin ist man froh, wenigstens ein Stückchen weitergekommen zu sein. Der Vorsitzende hilft liebevoll nach. »Angeklagter, wir meinen es gut mit Ihnen. Ein offenes Geständnis würde Ihre Lage verbessern. Sagen Sie uns die Wahrheit, dann kommen Sie mit einer milden Strafe davon.«
Bätes möchte das genauer wissen: Was heißt milde Strafe? Was würde er beispielsweise kriegen?
Auf diese Frage ist man nicht gefaßt. Man kann sich doch vorher nicht festlegen, das hat noch kein Mensch verlangt. Das wäre auch gesetzlich nicht zulässig. Der Prädikatsassessor wälzt Kommentare.
Nun wird Bätes erst recht mißtrauisch. Wenn man milde Strafe sagt, muß man auch wissen, wieviel, sonst ist das eine Redensart, darauf fällt er nicht herein.
Er ist nun wie eine Mauer und durch nichts mehr zu erschüttern. Wimm macht verzweifelte Zeichen, plinkt mit den Augen, der Vorsitzende redet auf ihm herum, sanft wie Äolsharfen und

donnernd wie eine Schlacht. Bätes sagt keinen Ton und bleibt verstockt und störrisch wie ein Esel.
Die Sache ist festgefahren.
Der Vorsitzende blättert ärgerlich in den Akten. Die Beisitzer tuscheln. Der Zuschauerraum wird unruhig.
Treskow bewahrt mühsam Haltung. Das ist ihm noch nicht passiert. Er geht mit einem rundherum geständigen Angeklagten und einem handfesten Augenzeugen in die Verhandlung, mehr kann man nicht verlangen, und nun kippt der Angeklagte und benimmt sich wie ein Halbidiot, und der Augenzeuge sagt unter Eid, daß er nicht das Geringste weiß. Es riecht nach Freispruch. Nach Fiasko.
In höchster Seelennot kommt ihm ein Gedanke.
»Da ist noch ein gewisser Rabanus, der angeblich den Täter gesehen hat und vielleicht wiedererkennen wird. Ich hätte ihn als Zeugen geladen, wenn ich diese Schwierigkeiten geahnt hätte. Ich beantrage, ihn hereinzuholen und die Sitzung so lange zu unterbrechen.«
Die können zu Hause lange nach mir suchen, dachte Rabanus. Er saß lustig auf der hintersten Bank des Zuschauerraumes und hielt sich in Deckung. Er hatte nicht die Absicht gehabt, sich den Betrieb hier anzusehen. Was ging es ihn an? Nun war er doch gekommen, vielleicht aus Langeweile, vielleicht aus kriminalwissenschaftlichem Interesse wie die andern, vielleicht auch, weil er der Erfinder von Wimm und Bätes war.
Das Gericht war abgetreten, die Zuschauer strömten langsam aus dem Saal, um frische Luft zu schöpfen. Rabanus hatte immer weniger Vordermänner, und ehe er es recht bemerkte, saß er frei und ohne Deckung. Eben will er sich zur Tür retten, da hat Treskow ihn erkannt. »Halt, da sind Sie ja! Bleiben Sie mal hier!«
Rabanus stört sich nicht daran; er ist ein freier Mann und kann gehen, wohin er will. Aber schon hat ihn der Wachtmeister geschnappt und führt ihn in den Saal zurück.
Das trifft sich gut. Das Gericht kommt zurück, im Augenblick ist der Saal wieder voll. Die Sitzung geht weiter. Der zweite Teil beginnt.
Der Zeuge Rabanus ist die große Hoffnung. Staatsanwalt von Treskow ist voll Zuversicht.
Der Vorsitzende macht dem Zeugen einige Vorhaltungen: »Sie

haben über die Person des Täters früher widersprechende Angaben gemacht. Erst war es ein großer Herr mit Mantel und steifem Hut, dann plötzlich ein kleiner dicker Mann mit Bart und Mütze, eine Beschreibung, die auf den Angeklagten passen könnte. Ich will nicht wissen, worauf diese Widersprüche beruhen, ich will Ihnen deswegen keine Vorhaltungen machen; Nachteile können Ihnen daraus nicht erwachsen, weil die Aussagen uneidlich waren. – Heute stehen Sie unter Eid, Sie haben geschworen, die reine Wahrheit zu sagen und nichts zu verschweigen. – Darf ich bitten?«

Rabanus beginnt. Die Worte kommen langsam, klar und sorgfältig abgewogen. »Ich war an dem Abend bei einem Kollegen und hatte mich kurz nach zwei verabschiedet und ging nach Hause. Mein Weg führte mich über den Marktplatz.«

»Waren Sie allein?«

»Jawohl.«

»Erzählen Sie, was Sie dort beobachtet haben.«

Rabanus holt tief Atem. »Ich sah, daß jemand über das Staket stieg und sich an dem Denkmal zu schaffen machte. Er kletterte daran hinauf, was unter Benutzung des Figurenwerkes leicht möglich war, rutschte einige Male wieder ab. Schließlich gelang es ihm, und ich sah, wie er einen Maulkorb vor dem Gesicht der Statue befestigte.«

Es ist mäuschenstill im Saal. Die Richter sitzen gespannt vornübergebeugt, die Herren von der Presse schreiben, daß die Stifte brechen, die Zuschauer halten den Atem an. Treskow wird groß hinter seinem Tisch. Jetzt läuft der Karren richtig. Aber die entscheidende Aussage möchte er persönlich herbeiführen. »Haben Sie den Täter aus der Nähe gesehen?« fragt er.

»Jawohl.«

»Würden Sie ihn bei einer Gegenüberstellung wiedererkennen?«

Rabanus zögert eine Sekunde. »Jawohl.«

»Sehen Sie sich um. Ist der Täter vielleicht hier im Saal?«

Rabanus denkt einen Augenblick nach. »Jawohl.«

»Dann zeigen Sie ihn.«

Treskow sieht fragend auf Rabanus und Bätes. Nun ist es soweit. Aber Rabanus schweigt. Er rührt sich nicht, ist auffallend blaß und starrt auf den Staatsanwalt.

»Was ist denn los?« mischt sich der Vorsitzende ein. »Haben Sie gehört, was der Herr Staatsanwalt Sie gefragt hat?«

»Jawohl.«
»Warum antworten Sie nicht?«
»Ich möchte an dieser Stelle meine Vernehmung abbrechen.«
»Was möchten Sie? Ob und wann Ihre Vernehmung abgebrochen wird, das bestimmen wir, und nicht Sie.«
»Dann will ich mich deutlicher ausdrücken: Ich meinerseits habe nicht die Absicht, meine Aussage fortzusetzen.«
»Ihre Absichten sind uns uninteressant. Als Zeuge haben Sie die Verpflichtung zur Aussage.«
»Und wenn ich dieser Verpflichtung nicht nachkomme?«
»Dann werden wir sie erzwingen!«
»Darf ich wissen, wie Sie das machen?«
»Wir können Sie bis zu sechs Monaten in Haft nehmen.«
Rabanus überlegt. »Mit sechs Monaten Haft ist mir nicht gedient. Aber wenn ich aussage, ist der Justiz erst recht nicht gedient.«
»Das verstehe ich nicht.«
»Das sollen Sie auch nicht verstehen; es genügt, wenn Sie es mir glauben.«
Staatsanwalt von Treskow hat sich in seiner schwarzen Länge erhoben. Er weiß, wie man renitente Zeugen zur Vernunft bringt. »Ich lehne eine Diskussion mit dem Zeugen ab. Nachdem er trotz Vorhalt auf seiner Weigerung beharrt, stelle ich den Antrag, gegen ihn das Zeugniszwangsverfahren einzuleiten und ihn in Haft zu nehmen.«
Rabanus wendet sich nach links. »Herr Staatsanwalt, Sie tun ja Ihre Pflicht, aber ich meine, gerade Sie hätten am wenigsten Anlaß –«
»Ich entsinne mich nicht, Sie um Ihre Meinung gefragt zu haben.«
Schon will das Gericht zur Beratung über den Antrag abtreten, da meldet Rabanus sich zum Wort. – »Ich habe es mir anders überlegt. Ich werde aussagen. Aber – falsch.«
»Wieso falsch?«
»Sie hören doch: Ich verweigere die Aussage nicht, ich werde alles sagen und alles beantworten, was Sie von mir haben wollen. Aber es wird nicht die Wahrheit sein. Ich werde etwas Falsches sagen.«
»Gut, dann werden wir Sie so lange in Haft behalten, bis Sie richtig aussagen.«

»Keineswegs, Herr Vorsitzender; eine falsche Aussage ist immerhin eine Aussage und keine Zeugnisverweigerung.«
»Aber durch diese falsche Aussage machen Sie sich des Meineids schuldig.«
»Keineswegs, Herr Vorsitzender; denn ich sage es ausdrücklich vorher – ich bitte es zu Protokoll zu nehmen –, daß meine Aussage falsch sein wird. Ich täusche niemanden.«
Also, das ist ganz etwas Neues: ein Zeuge, der seine eigene Aussage von vornherein für falsch erklärt. Hier ist ein juristisches Problem von großer Tragweite und grundsätzlicher Bedeutung.
Ein Gericht besteht aus mehreren Juristen und infolgedessen aus mehreren Meinungen. Zwei so und zwei so. Der Prädikatsassessor hütet sich, eine Meinung zu haben, und blättert in Kommentaren und Entscheidungen.
Schließlich zieht sich das Gericht zur Beratung zurück.
Die Herren von der Presse funkeln vor Freude. Endlich haben sie den großen Zwischenfall. Zeuge stört durch Mätzchen die Verhandlung, schreiben die Rechten. Zeuge bringt das Gericht in Verlegenheit, schreiben die Linken. Die Mittleren schreiben gar nichts und warten ab.
Der alte Gerichtsdiener klopft Rabanus leutselig auf die Schulter und flüstert ihm aus der Fülle seiner Erfahrung: »Sie, da kommen Sie nicht mit durch.«
Das Gericht kommt aus dem Beratungszimmer zurück. Die Richter setzen sich umständlich in ihre Sessel, der Vorsitzende zuerst, die Beisitzer säuberlich nach ihrem Dienstalter, und blicken mißmutig und bedrückt. Was haben sie beschlossen?
Der Vorsitzende verkündet keinen Beschluß. Sondern spricht väterliche Worte zu Rabanus. »Kommen Sie mal etwas näher. Warum machen Sie uns diese Schwierigkeiten? Was haben Sie dabei? Es hat den Anschein, daß Sie den Täter schonen wollen. Stehen Sie mit ihm in persönlicher Beziehung?«
Rabanus sieht abwechselnd den Staatsanwalt und den Bätes an. »Auch darüber kann ich mich hier nicht auslassen.«
Bätes scheint sich getroffen zu fühlen; er legt den struppigen Kopf auf die Seite und blickt voll Rührung auf Rabanus.
Der Vorsitzende wird noch eine Stufe väterlicher. »Sie haben Mitleid mit dem Mann?«
Rabanus: »Jedenfalls habe ich keine Lust, um eines dummen

Paragraphen willen einen Menschen unglücklich zu machen und seine Zukunft zu vernichten.«
Dem Bätes stehen schon die hellen Tränen in den Augen. »Och, Mann«, sagt er mit tremolierender Stimme, »Ihr seid zu jut för mich, dat han ich nit verdient. Macht Euch nur selber nit unjlücklich.«
Ist das der Anfang eines Geständnisses?
Rabanus hilft vorsichtig nach. »Außerdem, Herr Vorsitzender, ist die Sache gar nicht des Aufhebens wert. Der Täter war – und das nehme ich hiermit ausdrücklich auf meinen Zeugeneid – der Täter war offensichtlich stark betrunken. Er taumelte von einer Seite auf die andere und lallte wütende Worte, ich habe die Energie bewundert, die alkoholische Verbissenheit, mit der er immer wieder auf das Denkmal losging. Der Mann war im höchsten Grade bezecht und verdient aus diesem Grunde mildernde Umstände.«
Auf mildernde Umstände spitzt Bätes die Ohren. Das geht ihm ein. »Seht Ihr, Mann, dat sagt Ihr richtig. Nit nur bezecht, blau wie ein Veilchen! Elf Jlas Bier im Balg un die Körnches dazu un nix ordentlich jejessen.«
Rabanus: »Vielleicht – das kann ich allerdings nicht auf meinen Eid nehmen – vielleicht war sich der Täter nicht einmal klar darüber, was das für ein Denkmal war. Ich weiß nicht, ob das für die juristische Beurteilung von Bedeutung ist.«
Der Vorsitzende: »Angeklagter, hören Sie mal her. Sie kennen doch das Denkmal unseres Allergnädigsten Landesherrn?«
Bätes: »Un upp dem laß ich nix komme. Ich war Füselier bei de Neununddreißiger, un unser Hauptmann, dä hätt immer för mich jesag, Bätes, hätt hä jesag –«
Der Vorsitzende: »Sie haben also gewußt, wen das Denkmal darstellt?«
Bätes: »Jewußt nit viel, Herr Jerichtshof, mit de vierzehn Jlas Bier im Balg un dä viele Schabau un jenau nix jejesse.«
Der Vorsitzende: »Sie geben also jetzt zu, die Sache gemacht zu haben, bestreiten aber, in Ihrer Trunkenheit das Denkmal erkannt zu haben? Was haben Sie sich denn dabei gedacht?«
Bätes: »Och, lewen Här, von wejen denke, mit siebzehn Jlas Bier –«
Der Vorsitzende: Sie müssen sich doch irgendwas vorgestellt haben. Für was haben Sie das Denkmal denn gehalten?«

Bätes: »För wat ich dat Denkmal jehalde hab? Och, Herr Jerichtshof, eijentlich för nix. Vielleicht för sone allejorische Fijur, wie mer se hat. För sone Art Joethe oder wie mer dat nennt.«
Das ist die Wendung.
Durch den Zuschauerraum geht ein Rauschen. Die Presseherren schreiben und kommen nicht mit, die Richter sehen sich verblüfft an. Das hat niemand erwartet, an die Möglichkeit hat keiner gedacht, aber es ist nicht von der Hand zu weisen: Majestätsbeleidigung setzt eine absichtliche, gegen den Landesherrn gerichtete Handlung voraus. Wenn der Angeklagte sich im Augenblick der Tat nicht klar darüber war, wen das Denkmal vorstellt – und das kann man ihm angesichts seines trunkenen Zustandes auch nicht beweisen – wenn er es nur für eine Art Goethe hielt: Bei Goethe ist es keine Majestätsbeleidigung. Bei Goethe ist es bloß grober Unfug.
Urteil: Drei Mark Geldstrafe, durch die Untersuchungshaft verbüßt.

Wimm abermals an der Gerichtskasse.
Nun ist es soweit. Er streicht die Belohnung ein und ist blaß vor Gier. Er weiß kaum, wie ein Hundertmarkschein aussieht. Jetzt bekommt er drei Päckchen davon, und jedes hat zehn wohlgezählte Stück. Seine langen Finger zittern.
Aber zwei Schritte hinter ihm hat sich der Bätes aufgebaut, breitbeinig und stark, mit geheftetem Blick und fangbereiten Armen. Es wird ehrlich zugehen mit dem ehrlich verdienten Geld.
Eine Stunde später: Wimm hat sich eingekleidet wie ein Kammersänger und hat zwei Bräute im Arm. Morgen wird er ein Geschäft anfangen, Rechtsberatung, Finanzierung, Pfandgeschäft. Bätes aber läuft wie ein Wiesel mit Paketen durch die Straßen und verproviantiert seine Familie für drei Jahre im voraus. Den Rest bringt er zum Herrn Pastor, »als Notjrosche för de alde Dag.«

Rabanus bekam am Nachmittag durch Eilboten eine Einladungskarte.
Sie geben sich die Ehre?

Man dankt für die Ehre. Lieber wird man einen alten Besen fressen.

Als es sieben war, rasierte er sich. Nicht deswegen – warum soll man sich abends nicht rasieren?

Als es halb acht war, zog er sich an. Nicht wegen der Einladung – bloß, weil er sich einmal festlich sehen wollte.

Und als es von Sankt Lambertus acht schlug, war er auf dem Wege zu Treskows. Nicht weil er hingehen wollte. Sondern um es sich noch einmal zu überlegen.

Als er vor dem Hause stand, sah er weiches, warmes Licht durch die Spalten der Jalousien und hörte gedämpfte Musik und flirrendes Stimmengewirr.

Wenn sie ihm Abbitte tun wollen, darf man nicht unversöhnlich sein.

Die Billa, die ihm den Mantel abnahm, blickte ihn erstaunt an. Ja, mein Kind, dachte er, die Welt ist ein Karussell.

Sobald Trude ihn sah, flog sie auf die Mama. »Mutti, der Vater hat noch schnell den Herrn Rabanus eingeladen. Du sollst nicht böse sein, läßt er dir sagen.«

Elisabeth ist entsetzt. Ihr Mann ahnt offenbar nicht, was für ein Mensch das ist. Aber man darf jetzt kein Aufsehen erregen. Sie läßt sich nichts merken und begrüßt den Gast mit zurückhaltender Höflichkeit. Übrigens macht er, wenigstens äußerlich, eine gute Figur.

Inzwischen ist Trude beim Vater. »Pappi, die Mutter hat noch schnell den Herrn Rabanus eingeladen. Du sollst nicht böse sein, läßt sie dir sagen.«

Staatsanwalt von Treskow ist einigermaßen perplex. Merkt denn seine Frau nicht, was für eine dunkle Existenz das ist? Aber man darf vor den Gästen nichts merken lassen. Er begrüßt den Gast mit höflicher Zurückhaltung. Ein Glück, daß der Mensch sich wenigstens anständig benimmt.

Rabanus wundert sich über den frostigen Empfang. Vielleicht ist das in diesem Hause üblich.

Er sucht Trude.

Trude ist im langen Tüllkleid zur plötzlichen Dame erwachsen und wird von sorgfältigen jungen Leuten umkreist. Sie muß ihn wohl bemerkt haben, denn sie wird jedesmal ein bißchen verwirrt, wenn er zu ihr hinübersieht. Er tut es häufig und hat seinen Spaß an dem Spiel.

Inzwischen haben sich Herr und Frau von Treskow zu einer kurzen Aussprache gefunden.
»Herbert, ich verstehe dich wirklich nicht –«
»Liebe, es ist mir unbegreiflich –«
»Was hast du dir eigentlich –«
»Wie konntest du –«
»Wieso ich –«
»Ich??«
Das Truggebäude zerfällt. Diese unverschämte Kröte! – Bitte nicht jetzt! – Zunächst muß dieser Mensch unauffällig entfernt werden: Bedauerliches Mißverständnis und so weiter.
Wo ist Rabanus?
Rabanus sitzt im Wintergarten mit dem Herrn Oberstaatsanwalt. Sie sprechen lange und leise miteinander und haben sich wohl einiges zu erzählen. Der Oberstaatsanwalt scheint durchaus nicht indigniert über den Gast; er fragt und lächelt und schüttelt den weißen Kopf und nickt; dann stößt er mit dem jungen Mann an, drückt ihm die Hand, steht auf und nimmt ihn beim Arm und kommt auf die Treskows zu:
»Ich habe mich gefreut, diesen jungen Herrn bei Ihnen zu treffen. Wir haben uns ausgezeichnet unterhalten.«
Herr und Frau von Treskow wissen nicht, was sie sagen sollen. Trude ist herangehuscht und hört mit Nase und Mund.
»Wie gesagt, wir haben allen Grund, unsern jungen Freund gut zu behandeln, und ich würde mich nicht wundern, mein lieber Treskow, wenn er demnächst in ein näheres Verhältnis zu Ihrem Hause träte. Es würde der gegebenen Sachlage entsprechen – und wenn ich offen sein darf – ich würde es auch im dienstlichen Interesse begrüßen.«
Dem braven Treskow bleibt der Verstand stehen: »Herr Oberstaatsanwalt, nehmen Sie es nicht übel, aber das verstehe ich nicht.«
»Das sollen Sie auch nicht verstehen. Es genügt, daß Sie es mir glauben.«
Der Vorgesetzte hat gesprochen. Staatsanwalt von Treskow beugt sich der Autorität und bemüht sich leutselig um ein Gespräch mit dem empfohlenen Gast. Und Elisabeth wird ihn bei Gelegenheit einiges fragen. Rabanus ist bereits mitten in der Unterhaltung und erzählt von seinen Studien in Rom, Paris und München.

»In München waren Sie auch? Da lebt übrigens ein sehr berühmter Namensvetter von Ihnen, der Augenarzt Professor Rabanus. Haben Sie schon von ihm gehört?«
»Sie sprechen von meinem Vater?«
Die sprachlose Pause benutzt der Oberstaatsanwalt, sein Glas zu nehmen:
»Mein lieber Treskow, wir wollen darüber nicht vergessen, weswegen wir zusammengekommen sind. Ich gratuliere Ihnen zu Ihrem Erfolg. Es freut mich für unsere Behörde, daß der Täter so schnell ermittelt und zur Aburteilung gebracht ist. Es freut mich für unser Land, daß die Tat sich nicht als politische Demonstration, sondern als blöder Witz eines Betrunkenen herausgestellt hat. Und es freut mich für Sie persönlich, daß Sie unbekümmert Ihren Weg gingen und im rechten Augenblick das rechte Glück hatten. Glück ist erste Voraussetzung des Erfolges. Nur solche Beamte kann man brauchen. Ich trinke auf Ihre Ernennung zum Ersten Staatsanwalt.«
Die spitzen Kelche klingen. Rabanus tut mit, als Jüngster, nicht als Geringster. Er fühlt seltsame Blicke, das lustige Zwinkern des Oberstaatsanwalts, Treskows geweitete Augen, Frau Elisabeths mütterliches Wohlwollen. Und was Trude angeht, so benutzt er den einsetzenden Walzer und schwenkt mit ihr davon. Man hat sich einiges zu sagen.
Treskow erholt sich zusehends und faßt seine Gefühle dahin zusammen:
»Aber ich bin froh, daß ich diesen verfluchten Maulkorb hinter mir habe. Ich war stellenweise mit meinen Nerven derartig herunter, Herr Oberstaatsanwalt, daß ich manchmal fast auf den Gedanken kam, ich hätte es am Ende selber getan. Können Sie sich so etwas vorstellen?«

Der Landesherr soll, als er später durch einen Zufall von dem Maulkorb-Attentat erfuhr, lautschallend gelacht und sich auf die Schenkel geklopft haben. Am meisten über seine Rede, die in den Zeitungen nicht erschienen war und nicht erscheinen konnte – weil er sie gar nicht gehalten hatte.
Sein Denkmal steht noch heute auf dem Marktplatz. Staatsanwälte tun ihm nichts mehr. Nur friedliche Tauben fliegen um sein Haupt und setzen sich zutraulich auf Schulter und Helm.

Der Gasmann

Ein heiterer Roman

Durch den Schlafwagenzug geht ein Mann im Pyjama. Er kommt aus dem letzten Wagen und wandert nach vorn durch die langen, hell erleuchteten Gänge, die wie ausgestorben liegen, geht an endlosen Reihen der Mahagonitüren vorbei, hinter denen im dumpfen Dunkel die Menschen liegen und schlafen, balanciert über die unruhig wippenden Harmonikastege hinweg bis in die vordersten Wagen.
Der Schlafwagenschaffner in seinem Eckchen hat es sich bequem gemacht, die harte Mütze abgesetzt und den Kragen geöffnet und ist über seinem Kaffeekännchen, das ihn munter halten soll, leise eingeduselt. Der Herr im Schlafanzug geht vorsichtig an ihm vorbei, liest prüfend die Nummern der Schlafabteile erster Klasse und bleibt vor einer der Türen stehen. Wartet eine Weile und lauscht, späht nach rechts und späht nach links; es ist nichts zu hören als das dumpfe Klatschen der Lederbalgen an den Verbindungsbrücken. Dann öffnet er behutsam das Abteil und verschwindet ins Dunkel. Die Tür geht geräuschlos hinter ihm zu und sieht wieder genauso aus wie die anderen Türen.
Nächtliche Reisende sehen nicht viel von der Fahrt. Im Halbschlaf hören sie das Rattern der Schienen und Weichen, werden wach, wenn der Zug auf einem hallenden Bahnhof scheinbar endlos wartet, vernehmen wie aus weiter Ferne Rangiergeräusche, Rufe und Signale, und schlafen weiter, wenn der Rhythmus der rollenden Räder wieder einsetzt.
Dann ist es Morgen. Die Gänge der Schlafwagen werden lebendig, Türen öffnen sich, Reisende treten auf den Gang, rauchen ihre erste Zigarette und wischen an den beschlagenen Scheiben. Meist sind es Herren, die nachts fahren, weil sie tagsüber arbei-

ten oder Sitzungen haben, und wenn eine Frau darunter ist, dann ist sie schön oder jedenfalls bemerkenswert.

Auch der nächtliche Herr ist wieder sichtbar. Er trägt immer noch seinen grauseidenen Schlafanzug, auf den grell und frech die Frühsonne scheint. In diesem Gewand wirkt er befremdlich unter den Reisenden, die bereits mit Hut und Handgepäck herumstehen und sich zum Aussteigen bereitmachen.

Draußen erscheinen die ersten Vororte von Berlin. Der grauseidene Herr ist auffallend unruhig und irrt durch den Gang und die Menschen; er fühlt, daß man auf ihn aufmerksam wird und sucht den Blicken zu entgehen. So gerät er allmählich an das Ende des Wagens. Hier ist die vornehme Welt zu Ende, hier ist der internationale Schlafwagen an einen ganz gewöhnlichen D-Zug gekoppelt.

In dem nüchternen gelben Gang der dritten Klasse stehen allerlei Leute mit Koffern und Kartons, sagen hoppla, wenn sie sich auf die Füße treten, und sind böse, daß sie nicht sitzen. Ein Mann im blauen Sonntagsanzug, ein winziges Handköfferchen aus brauner Edelpappe in der Hand, ist über den Verbindungssteg ein Stückchen in den Schlafwagen getreten und guckt neugierig herum. Er besieht sich das spiegelnde Holz der Wandbekleidung und lugt scheu in die offenstehenden Luxusabteile mit Bett, Waschtoilette und Leselämpchen. Es interessiert ihn, wie reiche Leute reisen.

Da tupft ihn jemand auf die Schulter: »Hören Sie mal!«

»Ich gehe ja schon«, beeilt sich der Mann aus der dritten Klasse.

Der Herr im Schlafanzug stellt sich ihm in den Weg.

»Ich habe Ihnen einen Vorschlag zu machen«, sagt er mit leicht fremdländischem Akzent. »Zunächst eine Frage: Kennen Sie mich?«

Der kleine Mann sieht ihn aus großen runden Augen an: »Nein, wieso?«

»Dann ist es gut. Ich möchte Ihren Anzug kaufen.«

»Meinen Anzug?« staunt der Mann und geht mit den Fingern über den Stoff, »den will ich aber gar nicht verkaufen.«

»Was wollen Sie dafür haben? Dreihundert Mark – fünfhundert?«

Der Mann im Anzug kalkuliert. Dreihundert Mark wäre eigentlich schon Wucher; aber fünfhundert Mark ist ein schönes Stück Geld. Er stellt sich uninteressiert. »Wenn Sie wollen, dann können Sie heute nachmittag mal bei mir vorbeikommen, ich heiße Knittel, Hermann Knittel, Urbanstraße 163, Vorderhaus, 4 Treppen links. Soll ich es Ihnen aufschreiben?«

Der Herr im Pyjama dämpft die Stimme: »Ich brauche den Anzug sofort. Also sagen wir achthundert.« Und drängt Knittel in den kleinen Waschraum.

Der ist zwar verrückt, denkt Knittel, aber er muß es ja wissen. Er zieht Rock und Weste aus und freut sich, daß er noch gestern ein frisches Hemd angezogen hat; die blütenweißen Ärmel bauschen sich über den Gummiringen. Dann steigt er mutig aus seiner Kammgarnhose und hängt sie an die Türklinke. Da fällt ihm etwas ein: Was soll er denn jetzt anziehen, er hat gar nichts bei sich, nur ein kleines Nachtgepäck, er kann doch nicht nackt in Berlin ankommen.

»Das ist dumm«, sagt der vornehme Herr und ergreift von Knittels Sachen Besitz. »Dann müssen Sie eben das hier nehmen.«

Knittel tut einen schiefen Blick auf den Schlafanzug, der zerknautscht auf dem Rand des Waschbeckens liegt. »Was, haben Sie denn keinen Anzug?« – »Nein.«

»Sie müssen doch einen Anzug haben, Sie können doch nicht im Nachtkittel losgefahren sein.«

Der Herr gibt keine Antwort. Draußen erscheinen bereits hohe Häuser und Höfe.

»Gestohlen?« entsetzt sich Knittel. »Ja, Mann, das müssen Sie melden, rufen Sie den Zugführer, oder soll ich mal –«

»Ich möchte kein Aufsehen«, sagt der Herr scharf und kurz, »ich möchte Ihren Anzug.«

»Möchten, was heißt möchten? Deswegen kann ich doch nicht mit dem lächerlichen Ding da über den Bahnsteig laufen.«

»Einer von uns wird es müssen«, sagte der Fremde und hat bereits Knittels Hose an.

»Warum gerade ich, tun Sie es doch selbst, wie komme ich überhaupt dazu?«

»Weil ich nicht auffallen darf. Bei Ihnen kommt es nicht darauf an. Außerdem bin ich in der angenehmen Lage, Sie dafür zu bezahlen.« Der Herr hat dem Schlafanzug ein kleines Scheckbuch entnommen. »Welchen Betrag schlagen Sie vor?«

Knittel hört gar nicht hin: »Ich bin doch nicht verrückt, in dem Karnevalskostüm durch die Leute, das gibt einen Volksauflauf!«

»Der Auflauf wird mitbezahlt«, sagt der Herr und setzt zum Schreiben an.
»Jawohl, und dann kommt die Polizei, wegen Sittlichkeit und öffentlichem Ärgernis!«
»Schön, dann bezahle ich auch die Sittlichkeit und das Ärgernis.« Der Herr zerreißt den Scheck und beginnt einen neuen.
»Und dann kommt ein Mann mit einer Brille, tut mich in eine Anstalt und beobachtet mich!«
»Dann muß ich den Zeitverlust auch noch miteinkalkulieren«, seufzt der Herr noch und schreibt neu.
Der kleine Raum ist nicht berechnet für zwei aufgeregte Männer, von denen der eine schreibt und der andere schimpft. Knittel steht in Unterhosen und hat den Hut noch auf, und dabei kommt ihm ein neuer Gedanke: »Und was meinen Sie, was meine Frau dazu sagt, wenn ich ohne Anzug nach Hause komme?«
»Eine Frau haben Sie auch? Dann müssen wir den Betrag allerdings verdoppeln.« Und beginnt abermals einen neuen Scheck.
»Stellen Sie mir lieber eine kleine Bescheinigung aus«, meint Knittel, »damit sie mir das glaubt. Und vorgestellt haben Sie sich noch nicht.«
Der fremde Herr hat nicht die Absicht; er wünscht, fremd zu bleiben. Aber damit ist Knittel nicht gedient. »Was ist das überhaupt für eine Zumutung! Von einem Unbekannten kann ich doch keinen Scheck nehmen, der kann ja faul sein!«
»Wenn Sie darin ein Risiko sehen, dann wird die besondere Höhe des Betrages Sie beruhigen.« Der Herr zerreißt den letzten Scheck und schreibt nochmals neu.
Knittel wird immer aufgeregter. »Ja, haben Sie denn auch kein Geld? Das ist aber komisch, Sie laufen hier herum, mit nichts bei sich, wo kommen Sie überhaupt her? Da ist doch was nicht in Ordnung?«
Der Herr ist mit Umkleiden fertig und nimmt sich Knittels Hut. »Bitte Ihren Schirm.«
»Wieso Schirm, ich will meinen Anzug wieder haben! Haben Sie mich verstanden?«
»Hier ist der Scheck«, sagt der Herr, »und machen Sie keinen Lärm, Sie bringen sich selbst nur in Ungelegenheiten!« Und ist fort, ehe Knittel es begriffen hat.
»Meinen Anzug will ich haben!« schreit Knittel und will hinterher. Der Zug bremst bereits. Vor der Tür des Waschraums haben

sich die Leute gestaut, Knittel rennt gegen eine ältere Dame; sie sagt »Oh!«, da erinnert er sich seiner Unterhosen und flitzt in den kleinen Raum zurück. Steckt den Kopf durch den Türspalt und ruft nach dem Schaffner.
Der Schaffner ist am anderen Ende des Zuges. Schaffner sind das immer. Der Zug fährt langsam in die Bahnhofshalle ein und hält mit einem Ruck. Knittel reißt das Milchglasfenster herunter und sieht gerade noch, wie der Herr eilig aussteigt und in der Menge verschwindet.
Mit seinem schönen blauen Anzug! Dafür liegt vor ihm das graue Pyjama aus starrer Seide und obenauf der kleine Scheck. Er sieht nicht hin, er will mit der Sache nichts zu tun haben. Aber schließlich bleibt sein Blick daran hängen, und seine Augen weiten sich. Er sieht eine Zahl, die er nicht erwartet hat, und weiß nicht, wie er das verstehen soll. Und wird hinter dem Scheck ganz klein und gehorsam. Er denkt nicht mehr daran, Alarm zu schlagen, sondern sitzt still und verängstigt in dem engen Raum und steckt sich zunächst einmal, mangels andrer Möglichkeit, den Scheck tief in die Socke.
Er weiß, hier kann er nicht ewig sitzen; der Zug hält bereits eine Weile, der Lärm verebbt, die Leute sind ausgestiegen, gleich wird die robuste Frau mit dem Wäschesack und der Armbinde kommen und ihn in seinem Versteck aufstöbern. Er hört bereits ihren festen Schritt. Darauf will er es nicht ankommen lassen. Er schlüpft in den seidenen Schlafanzug, das ist besser als nichts, beißt die Zähne aufeinander, verläßt zitternd das schützende Häuschen und klettert mit Todesverachtung aus dem Zug.
Geht in seinem schlotternden Schlafanzug, das Köfferchen in der Hand, den Bahnsteig entlang. Die Augen hat er bis auf einen winzigen Spalt verdunkelt. Er will nichts sehen um sich herum, nicht die Leute, die hinter ihm zusammenlaufen, nicht die Kinder, die mit Fingern auf ihn zeigen, und nicht die Beamten, die alarmiert sind, um ihn festzunehmen. Er zieht die Schultern ein und spürt schon ihren Griff.
In Berlin ist man duldsam, auch in Fragen der äußeren Erscheinung. Es gibt genügend Leute, die durch die Absonderlichkeit ihrer Kleidung eine billige Aufmerksamkeit auf sich lenken wollen. Man ist daran gewohnt und tut ihnen nicht den Gefallen, man wundert sich über nichts. Und wenn man sich doch einmal wundern sollte, dann läßt man sich beileibe nichts merken; das

würde nach Provinz aussehen und wäre das Schlimmste, was einem Berliner widerfahren kann.
So kommt es, daß der putzige grauseidene Mann, der steif wie ein Schlafwandler über den Bahnsteig wandelt, ganz und gar keinen Eindruck macht. Vielleicht hält man den lustigen Anzug für eine vernünftige Sommermode oder eine exotische Uniform. Knittel kommt jedenfalls ungehindert bis an die Sperre. Auch der Mann mit der Zange tut ihm nichts; er sieht den Leuten auf die Karten, nicht auf die Kleider.
Knittel wird mutig und hebt die Augen. Er ist beinahe ein bißchen enttäuscht, daß man keine Notiz von ihm nimmt. Nicht einmal die Bahnhofswache tritt in Tätigkeit. Nur eine alte Frau entrüstet sich beim Stationsvorsteher: »Sehen Sie sich das an, da geht einer im Schlafanzug!«
»Ja und?«
Inzwischen ist Knittel auf den Bahnhofsvorplatz gekommen und stürzt ins nächste Taxi. Auch der Chauffeur ist nicht weiter verwundert, er kennt das Leben: »Sind wohl en bißken unter die Räuber jefallen?« Und fährt los.
Knittel merkt, daß er wieder in seinem lieben Berlin ist. Der Wagen fährt nicht geradeaus, sondern immer um etwas herum, um einen Häuserblock, einen Platz oder eine Abbruchstelle. Staubige Morgensonne liegt auf den Straßen. Die Taxe zeigt zwei Mark vierzig. Jetzt muß er bald zu Hause sein.
Er weiß, das schwerste steht ihm noch bevor. Es sind die vier Treppen in der Urbanstraße, wo ihm allerlei Leute begegnen, die ihn kennen und achten. Er ist städtischer Angestellter und wohnt schon sechs Jahre da.
Der Wagen hält. Knittel erreicht mit einem katzenhaften Sprung über den Bürgersteig den schützenden Toreingang und geht dann links hinein zur Vorderhaustreppe. Von oben hört er Tritte. In höchster Not kommt ihm ein Einfall. Er greift sich eine Milchflasche, die vor einer verschlafenen Haustür steht, es ist ein kleiner Diebstahl, aber bei ihm hat man das auch schon gemacht. Und mit der Flasche im Arm steigt er fröhlich treppauf, sagt strahlend »Morgen« und »Danke gut« und tut ein bißchen verschlafen.
So kommt Knittel unangefochten in seine Wohnung.
»Erika?«
Knittel geht suchend durch seine Zweieinhalbzimmerwohnung.

Sieht im Schlafzimmer nach, wo die Betten schon ausgelegt sind und in der Morgensonne leuchten, öffnet die Tür zu dem kleinen Wohnzimmer mit dem blumenprangenden Balkon, tut einen Blick in den schmalen Raum, wo an der Wand entlang die beiden Kinderbettchen stehen, und ist wieder in der Küche. Auf dem Tisch findet er einen Zettel: Bin mit den Kindern einholen. Küßchen.

Knittel ist eigentlich froh darüber. Jetzt hat er Zeit, erst einmal das lächerliche Seidenzeug auszuziehen. Er holt sich aus dem Kleiderschrank seinen gestreiften Wochentagsanzug und verwandelt sich schnell und gründlich wieder in einen ordnungsmäßig bekleideten Bürger. Dann setzt er sich in die Küche auf sein gewohntes Wachstuchsofa und kommt endlich in Ruhe.

Vor ihm auf dem Tisch steht der Morgenkaffee; Erika hat auf ihn gewartet. Er hat Hunger und fängt schon an. Die Aufregung ist ihm auf den Magen gegangen. Er holt das Kaffeekännchen unter dem gestrickten Kaffeewärmer hervor, schmiert sich sparsam seine Schrippe und nimmt, da es niemand sieht, drei Löffelchen Zucker und rührt gedankenvoll.

Es ist still in der Küche. Der Wasserhahn tropft. Erika weiß, daß er das nicht ausstehen kann. Aber er hat jetzt andere Sorgen. In der Tiefe seines Strumpfes drückt ihn der Scheck. Er holt ihn heraus und legt ihn neben den Teller. Kaut auf beiden Backen und besieht sich das kostbare Papierchen von oben und unten, von hinten und nach vorn. Es hat etwas gelitten, er streicht die Falten mit weichen Fingern wieder glatt.

Er weiß natürlich, was ein Scheck ist. Aber die Summe beunruhigt ihn. Es ist ein kleines Vermögen, das hier auf dem Wachstuch liegt, mehr, als er sich in langen Jahren würde ersparen können. Und leicht verdient, das muß er schon sagen, viel zu leicht für einen ehrlichen Menschen. Er kommt sich unanständig vor.

Gegen soviel Glück ist man mißtrauisch, das hat gewöhnlich einen Haken. Der Betrag ist sinnlos hoch für einen dummen Anzug, immer mehr kommt ihm das zum Bewußtsein. Und warum wollte der Mann seinen Namen nicht nennen? Auf den Scheck hat er ihn sogar schreiben müssen. Hereingefallen, mein lieber Unbekannter, denkt Knittel und studiert die Unterschrift. Sie ist nicht zu lesen. Das ist überhaupt keine Unterschrift, stellt Knittel fest, das ist nur ein alberner Schnörkel.

Und blitzschnell kommt ihm die Erkenntnis: Der Scheck ist

falsch! Eigentlich hat er das gleich gewußt, aber er hatte keine Zeit dazu. Jetzt ist es ihm klar, er ist einem Gauner in die Hände gefallen. Seinen schönen Anzug ist er los, und dafür hat er jetzt nichts als die Angst und Aufregung und die Blamage dazu und einen wertlosen Fetzen Papier. Natürlich, wer einen faulen Scheck ausschreibt, kann gut großzügig sein, dem kommt es auf ein paar Nullen nicht an. Das also ist das Rätsel des hohen Betrages. Knittel ist froh, daß er wenigstens jetzt den plumpen Schwindel erkennt. Aber er ist doch wieder traurig, nicht wegen des Anzugs, sondern daß ausgerechnet er darauf hereinfallen muß, der als Sperrbeamter des städtischen Gaswerks in Gelddingen auf der Höhe ist und gerade mit Zahlungen durch Schecks seine Erfahrungen hat. Er hört im Kauen auf und springt wütend hoch, daß die Tassen verrutschen und das Hänschen im Käfig sich flatternd in die Ecke drückt.

Dann aber wird er klein und leise und setzt sich wieder hin. Was wird Erika sagen? Der Anzug hat siebenundachtzig Mark gekostet, und es ist sehr die Frage, ob er für das Geld noch einmal so etwas Gutes bekommt.

Erika wird gar nichts sagen. So dumm ist er nun wieder nicht. Er wird ihr einfach nichts erzählen. Frauen sind ja immer so klug, besonders nachher, wenn es passiert ist. Und von Geschäften verstehen sie schon gar nichts. Wenigstens nichts von den großen.

Knittel holt sich den Schlafanzug, rollt ihn zusammen und stopft ihn in seine Aktentasche, zur Plombenzange und Beitreibungsliste. Stülpt seinen Hut auf, läßt den halbgetrunkenen Kaffee und das angegessene Brötchen stehen und schreibt unter den Zettel seiner Frau: Ich mußte ganz eilig zum Dienst. Gruß Männe. – Und fährt statt dessen zum Polizeipräsidium.

Die Polizeiverwaltung einer Millionenstadt ist ein großes und reich gegliedertes Unternehmen, mit seinen vielen zuständigen und noch mehr unzuständigen Stellen.

Knittel versteht sich auf Behörden, er selbst ist ein Stück davon. Er läuft nicht ins erstbeste Zimmer, um sich allmählich durchzufragen, wie das Frauen machen. Er fängt systematisch unten an, bei Zimmer eins. Es ist die Auskunft. »Verzeihen Sie, ich komme gerade von der Reise, da ist mir im D-Zug etwas passiert –«

Der Mann hinter dem Fensterchen ist schon im Bilde: »Zimmer hundertsiebzehn.«
Knittel steigt auf Zimmer hundertsiebzehn und liest: Verkehrsunfälle. Er wundert sich ein bißchen und erzählt ausführlicher: »Entschuldigen Sie vielmals, wenn ich Sie belästige, ich weiß auch nicht, ob ich hier richtig bin, ich war nach Halle gefahren, da habe ich nämlich meine Großmutter –«
»Zimmer dreihundertachtundzwanzig«, läßt sich Knittel belehren. Auf der Tür von dreihundertachtundzwanzig steht: Ariernachweis. Knittel hat keine Angst davor. Er klopft und geht hinein und erzählt kurz und sachlich: »Man hat mich um meinen Anzug geprellt, und da mußte ich im Schlafanzug –«
»Zimmer siebenhundertsechzehn«, unterbricht ihn der Beamte. Knittel klettert weiter und liest über siebenhundertsechzehn: Sittenpolizei. Er gibt es auf, sich zu wundern, tritt zaghaft ein und wird von einer lauten Stimme empfangen: »Wo ist Ihre Ladung?«
»Ich bin nicht geladen, ich wollte mich nur erkundigen, wo ich vielleicht –« – »Auskunft ist unten Zimmer eins!«
»Zimmer eins war ich schon.«
»Dann wissen Sie ja, wo das ist.«
Knittel möchte nicht wieder von vorn anfangen. Außerdem hat er es satt. Ist das Dienst am Kunden? Er sucht nach dem Ausgang und irrt über Treppen und Gänge, läuft sich tot, muß zurück und gerät immer tiefer in das Labyrinth. Er kommt irgendwohin, wo die Mauern immer dicker werden und die Fenster kleiner, die Türen feierlicher und die Nummern immer höher. Bei Zimmer zweitausenddreihundertvierundfünfzig, das offensteht, ruft es aus der Tür: »Sie, wo wollen Sie hin?«
»Bitte, wo komme ich hier heraus?«
»Heraus wollen Sie? Ach, kommen Sie doch mal herein.«
Plötzlich hat man Interesse für ihn. Knittel weiß nicht, bei welcher Abteilung er ist, aber hier läßt man ihn wenigstens erzählen. Vier ernste Männer hören ihn an und sind auffallend freundlich: »Sie geben also zu, daß Sie für Ihren Anzug einen Preis erzielt haben, der die festgesetzten Höchstpreise für Altkleider um ein Vielfaches übersteigt. Was haben Sie sich dabei gedacht?«
»Zum Denken war da gar keine Zeit«, verteidigt sich Knittel, »der Mann war in einer so wahnsinnigen Verlegenheit oder tat wenigstens so, und da bin ich drauf hereingefallen.«

Die vier Männer wechseln Blicke. »Verlegenheit? Dann geben Sie also zu, daß Sie bei dem Geschäft die Notlage dieses Mannes ausgenutzt haben, um sich einen wucherischen Gewinn zu verschaffen.«
Knittel geht in die Luft. »Was wollen Sie damit sagen, ich bin kein Erpresser, und ich habe das auch gar nicht gewollt, aber die bleiche Angst hätten Sie sehen müssen. – Mitleid war das von mir, nichts als Mitleid – und dann die Fixigkeit, mit der er aus dem Zuge war, noch ehe er hielt, und weg und verschwunden.«
Die vier wechseln abermals Blicke. »Sie wollen also damit sagen, daß Sie durch Ihren Anzug einen offensichtlichen Verbrecher auf der Flucht begünstigt haben.«
Höchstpreis, Wucher, Begünstigung? Knittel wird steif vor Schreck. Er bekommt kein Wort mehr heraus und sieht sich schon verhaftet und abgeführt.
Aber dann fällt ihm noch rechtzeitig ein, zu welchem Zweck er gekommen ist. Er legt den Kopf zurück und versucht ein hochmütiges Lächeln. »Meine Herren, Sie hätten recht, wenn ich das Geld wirklich bekommen hätte. Aber das ist ja gerade der Witz.« Knittel hebt seine Stimme: »Nichts habe ich bekommen, gar nichts, keinen nackten Pfennig, einen faulen Scheck hat man mir angedreht, jetzt bin ich meinen schönen Anzug los, und darum bin ich hier, daß Sie mir helfen. Dafür ist die Polizei ja schließlich da.«
Die vier Männer sind etwas enttäuscht: »Das ist natürlich etwas anderes. Sagen Sie das doch gleich! Was ist denn los mit dem Scheck, gefälscht? Oder ohne Deckung?«
»Ja eben«, bestätigt Knittel.
»Also was denn von beiden? – Lieber Herr, gehen Sie erst mal zur Bank und stellen das fest und lassen es sich bescheinigen. Und dann kommen Sie nochmal her.«
Knittel sagt »jawohl« und geht. Er ist offensichtlich froh, hier möglichst schnell herauszukommen.
Die vier aber stellen nachträgliche Betrachtungen an:
»Was meinste, ob wir den wiedersehen?«
»Wer war denn das überhaupt?«
»Den hätten wir man gleich sollen hier behalten.«

Knittel tut wie geheißen. Obgleich es ihm entsetzlich peinlich ist, bei der Bank mit einem faulen Scheck zu kommen.
Es ist eine sehr vornehme Bank, auf die der Scheck lautet. Der Kassensaal spiegelt in buntem Marmor, die Schalter prunken in schwerer Bronze, und alles geht gedämpft wie auf Filz, auch die Stimmen. Knittel fühlt sich nicht hergehörig. Er geht an den Schalter für Schecks, läßt zwei Leute vor, um mit dem Beamten allein zu sein, und fragt dann so leise er kann: »Wenn ich Sie einen Augenblick stören darf, ich wollte nur mal hören, wie das hier mit dem Scheck ist.« Er will noch weitersprechen, aber der Herr hinter dem Bronzerahmen sagt »bitte« und drückt ihm ein Nümmerchen in die Hand. »Wollen Sie solange Platz nehmen, Sie werden aufgerufen.«
Knittel muß sich in einen der dicken Klubsessel setzen. Es dauert verdächtig lange. Knittel hält das kleine, klebrige Nümmerchen krampfhaft zwischen den Fingern. Seine Dreihundertsechs kommt nicht. Er hört bereits dreihundertelf, dreihundertzwölf. Er ist böse mit sich. Er hätte die Sache lieber nicht verfolgen sollen; seinen Anzug kriegt er ja doch nicht wieder.
Endlich dreihundertsechs. Knittel muß wieder an den Schalter. Ihm schlägt das Herz bis zum Hals. Kann man ihm etwas tun, weil er einen faulen Scheck hat?
Der Herr hinter dem Schalter ist undurchdringlich. Er sagt wieder »bitte« und schiebt ihm ein Brett hin. »Wollen Sie bitte nachzählen.«
Ein ganzes Brett voll lauter Geld.
Knittel steht davor und klappt mit den Augen. Was soll das? Haben die nichts gemerkt, oder sollte am Ende –? Er kann nicht denken, er sieht nur, daß er Geld bekommt, einen Berg, eine wohlgestaffelte Treppe von Päckchen. Merkwürdig, einer geschriebenen Zahl kann man es kaum ansehen. 1000,00 oder 10 000,00 – es liest sich beinahe gleich. Aber in grünen Päckchen auf das Tablett gebreitet ist es ein gewaltiger Unterschied. Hier ist Geld nicht mehr abstrakte Zahl, sondern greifbare Substanz, Volumen.
Knittel steht immer noch und rührt keine Hand.
»Stimmt es nicht?« fragt der Herr hinter dem Schalter.
»Doch, doch«, beeilt sich Knittel und beginnt hastig zu zählen. Seine Finger zittern, und er zählt auch gar nicht. Ihm schwirren die Gedanken. Er hat Angst vor dem Geld.

Auf die Dauer kann er hier nicht stehenbleiben. Das weiß er selbst, und von den Hintermännern wird es ihm leise angedeutet. Er weiß nicht, ob er das Geld annehmen soll oder darf oder muß, oder vielleicht nur einen Teil davon, der dem Wert des Anzuges entspricht. Darüber wird er in Ruhe nachdenken, draußen oder zu Hause. Mit unsicheren Händen nimmt er endlich die Päckchen vom Brett. Weiß nicht, wohin damit, stopft einige in die Rocktasche, in die Hosentasche, in die Westentasche. Da fällt ihm etwas Besseres ein; er holt sie wieder hervor und verstaut sie in seine Aktentasche. Zu dem grauseidenen Schlafanzug, den er darin versteckt hat.
Als er draußen ist, sieht er sich noch einmal um. Es kommt niemand hinter ihm her.

Abends gegen zehn, wenn die großen Bürohäuser in der City schwarz und verödet liegen und der Kurfürstendamm zum brausenden Nachtleben ausholt, gehen in den breiten Wohnvierteln des Berliner Ostens die Leute schlafen. Die langen, uniformierten Straßen sterben aus; blaß und sparsam brennen die zuckenden Gaslaternen, und die Fenster in den endlosen Häuserfronten verlöschen eines nach dem andern.
In Knittels Küche ist noch Licht. Erika hat die Kinder zu Bett gebracht und einen Pflaumenkuchen gebacken. Das große Blech steht auf einem Stuhl vor dem offenen Backofen und sendet seinen brenzlich-süßen Duft durch die Wohnung.
Knittel aber genießt in der Küche seine abendliche Feierstunde. Er hat Rock und Schuhe ausgezogen, den Kragen aufgeknöpft und die Weste über den Stuhl gehängt; nun macht er es sich auf dem Wachstuchsofa bequem, langt sich vom Küchenschrank seine Flasche Schultheiß und vom Fensterbrett seine Morgenpost. Die bescheidene Gashängelampe mit den rosa Glasperlen scheint hell auf den Tisch und das blaugemusterte Wachstuch. Seine geschwollene Aktentasche hat er wie zufällig neben sich auf dem Sofa und läßt sie nicht aus den Augen.
Jetzt ist er in Ruhe. Jetzt könnte er nachdenken und einen Entschluß fassen. Aber Erika hantiert um ihn herum und spricht über dies und jenes. Sie ahnt nicht, was für ein schicksalsschweres Problem er mit sich herumträgt.
Dann ist Erika fertig. In stiller Bewunderung betrachtet sie ihr

Kuchenwerk; sie räumt noch ein bißchen auf, bindet sich die Schürze ab und hängt sie hinter die Tür.
»Männe, es ist dreiviertel elf.«
Männe hat noch keine Lust. Männe liest Zeitung.
Erika setzt sich zu ihm aufs Sofa und liest über seine Schulter mit. Sie weiß, dann hört er auf. Aber heute stört es ihn nicht. Seine Gedanken sind nicht bei der Zeitung.
»Tu das doch weg.« Sie patscht ihm das Blatt aus der Hand und kuschelt sich an ihn.
Knittel wird mißtrauisch. »Was hast du denn?«
»Nix«, sagt Erika und macht ein geknicktes Gesicht. »Es ist nur, weil doch schon der achtundzwanzigste ist.«
Knittel weiß Bescheid und ist in Gönnerlaune. »Ach so, und da hast du natürlich kein Geld mehr.«
»Doch«, behauptet Erika und fährt leise fort: »Noch zweiundsiebzig Pfennig.«
»Und weiter?« Knittel läßt sie ein bißchen zappeln und liest im Wetterbericht.
»Männe, ich meine, ob du mir nicht was leihen kannst, so von deinem Taschengeld?«
Knittel stellt zunächst die dicke Aktenmappe auf die andere Seite, dann holt er sein Portemonnaie aus der Hosentasche. »Nimm dir die zwei Mark und laß mir das Kleingeld drin.«
Für seine zwei Mark bekommt er einen Kuß. Und dann fragt Erika. »Männilein, bist du noch nicht müde?«
Knittel hat keine Zeit, müde zu sein. »Geh nur schon, ich komme nach.«
Erika macht einen Flunsch und wartet ein Weilchen. Dann sagt sie »och«, wippt mit der Schulter und verschwindet ins Schlafzimmer. Die Tür läßt sie ein Stückchen offen.
Knittel ist allein mit sich und seiner Aktenmappe. Er nimmt sie auf den Schoß, befühlt zärtlich ihre prallen Rundungen und denkt angestrengt nach.
Das Geld ist nicht ehrlich. Soviel Geld kann nicht ehrlich sein. Wohin mit dem Geld? Soll er zurück zur Polizei? Da hat er keine schöne Erinnerung, man hat ihn schlecht behandelt. Soll er es wegwerfen? Es wäre eine Sünde um die gute Gottesgabe. Außerdem hat er seinen Anzug geopfert und ist Spießruten gelaufen.
Er hört, wie Erika ins Bett klettert. Sie ist seine liebe kleine Frau.

Sie ist mehr als das, sie ist dazu da, mit ihm Leben, Schicksal und Verantwortung zu teilen. Warum hat er ihr noch nichts davon erzählt? Er hat es den ganzen Tag vorgehabt, aber er wollte erst mit sich selbst ins reine kommen. Jetzt schämt er sich; das sieht beinahe aus wie ein schlechtes Gewissen.

»Erika?«

»– –«

»Schläfst du schon?«

»Ja.« Nach einer wartenden Pause: »Was hast du denn?«

Knittel nimmt einen Anlauf. »Du, soll ich dir mal eine dolle Sache erzählen?«

»Kannst du auch im Bett.«

»Nein, das kann ich nicht. – Mir ist heute morgen etwas Wahnsinniges passiert, im Zug habe ich einen Mann kennengelernt, – du wirst es mir vielleicht nicht glauben, aber ich habe hier den Beweis.«

Knittel hat die Aktentasche mit einem kleinen Schlüssel geöffnet. Dann kommen ihm Bedenken. Was wird Erika tun, wenn sie das Geld sieht? Er weiß es genau. Sie wird einen gehörigen Schrecken bekommen, und dann wird sie sagen: »Du gehst sofort zur Polizei und gibst das Geld ab. Wie sich das gehört.« Das allerdings weiß er auch ohne Erika, und den Schrecken kann er ihr ersparen. Also ist es besser, ihr nichts zu sagen. Das Geld wird er morgen abliefern, dazu ist er fest entschlossen. Eigentlich ein bißchen schade um das viele schöne Geld. Bei der Polizei fährt es nutzlos in einem staubigen Geldschrank herum, ihn aber könnte es reich und glücklich machen. Ein Jammer, daß man so ehrlich ist.

Erika wartet immer noch auf die dolle Sache. »Männe, du wolltest mir doch was erzählen, was war denn mit dem Mann?«

»– – Ach so – weiter nichts, der hat mir seine Bouillon über den Anzug geschüttet.«

»Über den guten blauen Anzug? – Du, Männe, wo ist der überhaupt, den habe ich noch gar nicht gesehen.«

Knittel überlegt einen Augenblick. »– Ja siehst du, den hat dein kluger Mann sofort zur Reinigung gebracht. Aber der wird wie neu, hat das Fräulein gesagt. Vollkommen neu.«

»Darum bist du den ganzen Tag auch so komisch. Komm, denk nicht daran.« Sie erscheint tröstend in der Tür. »Komm lieber ins Bett.« Sie hat ein langes Nachthemd an und bloße Füße und

sieht aus wie ein Weihnachtsengel. Es ist ein einladendes Bild. Knittel hat im Augenblick keine Verwendung dafür, ihm liegt die Aktentasche auf der Seele.
Erika steht immer noch und formuliert ein Ultimatum: »Ich warte jetzt noch zwei Minuten, und wenn du dann nicht kommst, dann schlafe ich schon.« Geht und schließt die Schlafzimmertür hinter sich. Ein bißchen laut, damit er es merkt.
Jetzt ist Knittel ungestört. Es ist hörbar still um ihn. Von der Wand tickt die Küchenuhr ihren hinkenden Gang. Er wartet ein paar Minuten, dann steht er auf, zupft die Fenstervorhänge mißtrauisch zusammen und dreht lautlos den Schlüssel in der Schlafzimmertür, legt dann seine Aktentasche vor sich auf den Tisch und macht sie andächtig auf. Die glatten, grünen Fünfzigmarkscheinpäckchen quellen hervor und rutschen ihm über die Hand. Er befühlt sie mit den Fingerspitzen, ob sie wirklich sind, wiegt sie in der Hand und stapelt sie vor sich auf und zählt leise mit den Lippen.
Er denkt nicht mehr daran, daß dicht hinter der Tür seine Erika liegt und auf ihn wartet und sich über ihn wundert. Das ist sie an Männe nicht gewohnt. Merkwürdig, daß er gerade nach der Reise so verdreht ist. Wahrscheinlich hat er in Halle wieder Ärger mit seinen sächsischen Verwandten gehabt und will es nicht wahrhaben vor ihr. Das gerade ärgert sie am meisten, das macht sie traurig, und darüber schläft sie ein.
In der Küche aber sitzt Knittel über seinen Päckchen und kann sich nicht trennen von seinem heimlichen Schatz. Und spielt mit dem Geld und mit den Gedanken.

Der nächste Tag fängt an wie alle andern. Knittel ist eilig und hungrig und verdeckt seine innere Unruhe, und Erika ist ausgeschlafen und nicht mehr traurig und gibt ihm den gewohnten Kuß mit auf den Weg. Er nimmt die Liste der rückständigen Gasrechnungen und die Plombierzange und klemmt seine Aktentasche fest unter den Arm. Sie ist verdächtig dick und knistert. Offenbar hat Männe heute sehr viel zu tun.
So setzt er sich in Marsch, geht seine Straßen, klettert seine Treppen und klingelt seinen Kunden. Sein Beruf ist eine soziale Studie; er führt ihn zu unterschiedlichen Menschen, hoch und niedrig, gut und böse. Nur daß sie eben ihre Gasrechnungen

nicht bezahlt haben. Die Gründe sind verschieden, die Folge ist überall die gleiche und eindeutig vorgeschrieben. Es ist ein Rest kapitalistischer Unerbittlichkeit: Nix Geld – nix Gas.
Auch in besseren Häusern, mit schwülstigen Türen und plüschbelegten Treppen, hat Knittel seine Lieblinge. Manchmal öffnet eine feiste Köchin – huch, der Gasmann! – und verschwindet wieder; dann hört er heftiges Tuscheln hinter der Tür und man erzählt ihm, es sei niemand zu Hause, er könne ja in ein paar Tagen noch mal versuchen. Nein, das kann er nicht, aber schon schlägt ihm die Tür vor der Nase zu, und die Köchin geht wieder in ihre gekachelte Küche an ihren sechsflammigen Gasherd und macht ein verächtliches Pöh! Da machen die Flammen ebenfalls pöh! eine nach der anderen, und sind tot; Rheinsalm und Rebhuhn bleiben unvollendet.
Oft muß Knittel hohe Treppen klettern, hinauf zu den Mansarden, wo die einsamen Leute wohnen. Schon von draußen hört er die Fingerübungen und Läufe des alten Musiklehrers. Er ist übriggeblieben aus der Zeit der klavierübenden Töchter; moderne Maiden betreiben Mundharmonika und Blockflöte. Offenbar weiß Knittel Bescheid, er braucht nichts zu sagen und hält dem Spieler schweigend den Zettel hin. Der schüttelt traurig den schmalen Kopf, und Knittel muß sperren. Er kann es nicht, es ist schon gesperrt. Oder vielmehr, es ist noch gesperrt, vom letztenmal. »Und es bleibt auch gesperrt«, sagt das graue Männlein; »ich habe nämlich eine Entdeckung gemacht: Man braucht kein Gas. Beethoven und Bach hatten auch kein Gas. Ich gehe früh zu Bett und lebe von Milch und Haselnüssen.« Und setzt mit triumphierenden Trillern und rauschenden Arpeggien wieder ein.
Mitunter kommt Knittel in Gefahr. »Ach, Sie sind der Herr vom Gaswerk, das habe ich doch gleich gesehen, kommen Sie doch bitte einen Augenblick zu mir herein.« Die kleine Frau ist noch nicht ganz angezogen und öffnet ihm bereitwillig ihre süße Wohnung. »Sie sind sicher müde von dem vielen Laufen und dem ewigen Treppauf und Treppab, das muß ja ein schrecklicher Beruf sein und immer bei armen Leuten, die es nicht haben, und dann gleich sperren, nehmen Sie doch ein bißchen Platz, vielleicht ein Schnäpschen gefällig oder ein Zigarettchen, und nun seien Sie doch nicht gleich so furchtbar geschäftlich, überhaupt die Beamten heutzutage, die sind ja alle so entsetz-

lich genau, ich hatte mal eine Freundin, das heißt keine richtige, die hatte auch einen Gasmann, ich sage Ihnen, das war einer, jedesmal wenn der kam –«

Knittel sieht ein aussichtsvolles Dekolleté, eine grüne Flasche und einen weißen Arm. Er muß es trotzdem tun. »Siebzehn Mark fünfunddreißig, wird das bezahlt? Sonst muß ich zumachen.«

Da wird die kleine Frau mit einem Mal sehr unfreundlich und holt das Geld aus der Puderdose: Wieso zumachen, das sei eine Frechheit, eine wehrlose Frau in der Wohnung zu überfallen, und gleich mit der Plombierzange auf einen los, das wäre Erpressung, und sie werde sich beschweren, überhaupt habe sie einen Vetter, der sei bei der Partei, und da könne er mal was erleben!

Knittel kennt diese Walze, er quittiert und ist schon wieder auf der Treppe.

Manchmal muß er in die Tiefe steigen, ausgewaschene Steinstufen hinunter in dumpfe Kellerläden, wo kleine Handwerker und Händler ihren mühseligen Erwerb betreiben. Da haust auch der Flickschneider, der am schmalen Tisch unter dem Kellerfenster alte Hosen auf neu bügelt. Hier ist Knittel bekannt. Ein kleines, durchsichtiges Mädchen trippelt ihm entgegen und gibt dem guten Onkel ein Händchen. Aber er kann nichts daran ändern, drei Rechnungen sind rückständig, und alle Stundungen und Verlängerungen hoffnungslos abgelaufen.

»Wie ist das, Herr Kaschunke, haben wir es heute, oder geht es immer noch nicht?«

»Tun Se, wat Se müssen«, sagt der Schneider, ohne seine Arbeit zu unterbrechen.

Knittels Augen heften sich auf das Gasbügeleisen. »Ja Mann, wenn ich aber jetzt sperren muß –«

»Weeß ick, kann ick nich mehr arbeeten. Is ooch ejal.«

Knittel sucht einen Ausweg. »Haben Sie denn keinen, der Ihnen das Geld leiht?«

»Wer soll mir armen Deubel schon Geld leihen?« Der Schneider dreht die Hose auf die andere Seite und bügelt, daß es dampft. »Lassen Se mir wenigstens det Stick zu Ende machen.«

Knittel steht traurig daneben und bringt es nicht übers Herz. Er denkt nach und fühlt unter seinem Arm die Aktentasche. Hier ist ein Vermögen, das brach liegt und keinem gehört; jedenfalls erhebt niemand Anspruch darauf. Und da ist ein Mensch, dem zum Leben dumme siebenundzwanzig Mark achtzig fehlen. Dieser Widersinn will ihm nicht in den Kopf. Er wendet sich ab, tastet mit der Hand in die Aktentasche und zieht aus einer Banderole vorsichtig einen Schein hervor, einen einzigen, dünnen Schein. »Ich kann Ihnen für ein paar Tage aushelfen. Nehmen Sie die fünfzig Mark nur ganz, ich muß sie auch ganz zurückbekommen, ich habe sie selbst nur geliehen.«

Der Schneider nimmt das Geld, er ist weder erfreut noch verwundert, er sagt nicht einmal danke; das Leben hat ihn stumpf gemacht.

Als Knittel die glitschigen Stufen wieder emporsteigt und ans weiße Tageslicht kommt, ist er sich nicht klar darüber, ob er etwas Gutes getan hat oder etwas Schlechtes.

Mit zehntausend Mark unter dem Arm – es sind nur noch neuntausendneunhundertfünfzig – sieht die Welt erheblich anders aus als mit fünf Mark Taschengeld.

Knittel hat seinen Dienst hinter sich und trödelt nach Hause. Er erblickt auf einmal Dinge, die er bisher nicht bemerkt hat, weil sie jenseits seiner Lebensmöglichkeiten lagen. Da sind zunächst die unerfüllten Knabenwünsche: Seriöse Füllfederhalter, dicke, wie sein Vorsteher einen hat, garantierte Feuerzeuge mit tausend Zündungen, schneidige Stockschirme, jedem Wetter gewachsen; sein Auge wird mutiger und bleibt an hinterradgefederten Motorrädern hängen und an schwundausgleichenden Weltempfängern und an all den anderen schönen Dingen, die jedem notwendig erscheinen, der das Geld dazu hat.

Und damit kommen unausweichlich auch die dunkleren Gedanken. Er bemerkt halbnackte Plakate mit verrenkten Damen und schwarze Toreingänge mit Täglich Tanz, er sieht geschminkte Augen, die ihn streifen, und bestrumpfte Beine, die vor ihm paradieren, er liest Möblierte Zimmer mit Nachtglocke für Tage und Stunden. Die Großstadt, die Weltstadt tut sich vor ihm auf. In seiner Mappe bauscht sich ein Vermögen. Noch weiß er nicht, ob er ein reicher Mann ist oder ein Verbrecher; vielleicht ist der Unterschied gar nicht so groß. Aber was dem Schneider recht ist, ist dem Gasmann billig. Knittel ringt mit sich und dem Teufel. Darüber kommt er an einen freien Platz und geht in die gläserne Telephonzelle. Wieder tut seine Hand einen verstohlenen Griff in die Mappe, zupft aus dem obersten Päckchen nochmals einen raschelnden Schein und ersetzt ihn durch einen schnell geschriebenen Zettel: Fünfzig Mark leihweise entnommen Knittel. Den Schein aber überführt er beklommen in sein privates Portemonnaie, das noch vierundachtzig Pfennig enthält.

Ein rasender Gedanke hat ihn befallen. Diese fünfzig Mark will er auf den Kopf hauen. Heimlich, in einer einzigen Nacht. Er will Versäumtes nachholen, er will endlich wissen, wie es tut, wenn man reich ist. Eine rauschende Nacht will er erleben, unerhört in Saus und Braus, will mit dem Geld um sich werfen und nicht rechnen und zählen. Jawohl, das will er! Und wenn die ganzen fünfzig Mark dabei zum Teufel gehen.

Am Abend um sechs, er kann die Zeit kaum erwarten, erfindet er eine Ausrede. Er hat darin keine Übung, aber Erika hat auch kein Mißtrauen. »Und sei ein bißchen nett zu deinem Vorsteher und iß nicht soviel, und wenn die andern gehen, dann gehst du auch.«

Knittel verspricht alles, setzt sich in die Untergrund und fährt in den Westen.

Für den richtigen Berliner ist der Westen eine fremde Stadt. Er kommt selten dorthin, höchstens wenn er Besuch hat und den Bärenführer spielt, und dann stellt sich heraus, daß der Fremde das alles viel besser weiß.

Auch Knittel ist hier unbekannt und sicher vor Freunden und Kollegen, die ihm auf die Schulter klopfen: »Was machen Sie denn hier?«

Das ist es gerade, was Knittel sucht. Hier ist er ein freier Mann, hier kann er tun und treiben, was er will. Leider weiß er nicht, wie das gemacht wird. Im Kino ist es ihm oft genug vorgeführt worden, aber er hat nicht das rechte Vertrauen dazu, auch nicht zu sich selbst; er hat Lampenfieber.

Mit diesen Gedanken und Empfindungen läuft er einige Male um die Gedächtniskirche, pendelt über den Kurfürstendamm, studiert die Plakatsäulen und kann sich nicht entschließen.

Er hat sich etwas verfrüht, es ist erst kurz vor sieben. Für diese Gegend ist es noch Nachmittag. Herren aller Sprachen in weichen Flanellanzügen, Damen aller Farben in wehenden Foulardkleidern sitzen vor den Cafés und Likörstuben, löffeln ihr Eis oder trinken ihren Cocktail.

Knittel ist nicht gewohnt, ohne Erika auszugehen. Er kommt

sich ein bißchen dumm vor. Warum hat er sie nicht mitgenommen? Aber das wäre ja gelacht, wenn er nicht einmal allein losgehen sollte. Dafür ist er Mann, und das ist der Reiz der Sache. Es ist für ihn eine einmalige Gelegenheit des Lebens, er hat Zeit und Geld und Mut. Seine Wünsche wachsen ins Gigantische, er hat unerhörte Ansprüche. Denn er hat fünfzig Mark in der Tasche, und dafür will er den größtmöglichen Gegenwert an Amüsement und Erlebnis erhalten.

Das ist ungefähr das, was jeder Fremde will. Infolgedessen wendet sich Knittel an die hierfür geschaffene Einrichtung, den Verkehrsverein. Der Kiosk ist gerade noch offen. Knittel bittet um einen Amüsiervorschlag in der Preislage von fünfzig Mark. Der junge Mann ist sehr beflissen. Was es denn sein soll? Vielleicht Kätchen von Heilbronn, oder Klavierabend von Cortot? Nein, das gerade nicht so sehr. Er sei fremd und außerdem Junggeselle. Wenigstens im Moment.

Der junge Mann versteht, und da er gerade Schluß macht, übernimmt er gern und interessiert Knittels Führung. Auf dem von Knittel begehrten Gebiet allerdings ist er nicht auf der Höhe. Aber dafür weiß er einen pensionierten Schutzmann, der in der Nähe wohnt und von Berufs wegen die einschlägigen Kenntnisse hat. Man holt ihn ab und unterstellt sich seinem Kommando. Leider ist er etwas verjährt; die interessanten Lokalitäten, die er kennt, sind abgerissen oder in Büros und Eisdielen umgewandelt.

Aber er ist ein lieber, einsichtsvoller Mann und kennt in der Nachbarschaft einen Kellner, der mit solchen Sachen viel zu tun hat. Man geht in die kleine Weinkneipe und hat Glück; der Kellner wird gerade abgelöst und ist bereit, die Leitung der Expedition zu übernehmen.

Allerdings ist er müde vom Dienst und fußleidend wie alle Kellner. Man muß einen ihm nahestehenden Taxichauffeur hinzuziehen, der nicht nur die Beförderung übernimmt, sondern auch erstaunlich gute Beziehungen hat.

Zunächst allerdings hat er Hunger. Die übrigen haben das auch, und der Durst gesellt sich von selbst hinzu. Die vier Gesellen, die Knittel sich verschrieben hat, besorgen sich vorerst eine solide Grundlage, um den kommenden Strapazen gewachsen zu sein, und beratschlagen das Amüsierprogramm. Knittel wird gar nicht mehr gefragt, die vier essen und trinken und reden und bestellen. Knittel hat ein kleines Helles vor sich stehen und macht eine doppelte Feststellung: Erstens, daß seine Ratgeber im Grunde genommen gar nichts wissen und auf den Inseratenteil der Nachtausgabe angewiesen sind. Und zweitens, daß die Spesen der Vorbereitung das Betriebskapital von fünfzig Mark bereits erschöpft haben. Ihm bleiben gerade noch die Groschen für die Heimfahrt.

Am nächsten Morgen hat Knittel den großen Moralischen.

Es fängt damit an, daß er vorzeitig wach wird. Er hört, wie es drei Uhr schlägt, vier Uhr. Er sieht, wie der graue Morgen allmählich durch die Vorhänge kriecht. Nun liegt er regungslos mit kristallklaren Gedanken und kann nicht mehr einschlafen. Den Moralischen hat er erwartet. Er weiß, das ist der Preis, mit dem man nachträglich bezahlt, wenn es sehr schön war; er hat ihn bei seinem Vergnügungsplan mit einkalkuliert. Er hatte gehofft, daß es sich lohnen würde. Nun war es gar nicht schön gewesen, dafür fehlen ihm jetzt hundert Mark, an dem Geld, das er zur Polizei bringen will, oder soll, oder muß, es ist schwer, zu entscheiden. Jedenfalls muß er das Loch schleunigst stopfen. Er hat bisher darüber nicht nachgedacht, ist dem Gedanken peinlich ausgewichen, um sich das Vergnügen nicht zu trüben. Jetzt muß etwas geschehen.

Knittel überlegt und stellt zunächst das Problem: Wie kommt man schnell an hundert Mark.

Knittel weiß, hundert Mark sind ein begehrter Artikel und wenn das so einfach wäre, dann täte es jedermann, und die soziale Frage wäre im Handumdrehen gelöst. In dieser allgemeinen Fassung ist das Problem hoffnungslos.

Knittel überlegt weiter. Er hat den vielen andern etwas voraus. Er ist kein Beliebiger, er hat Höhere Schule, bis Quarta einschließlich, dann ist er ins praktische Leben getreten. Außerdem hat er Betriebskapital. Er könnte, selbstverständlich nur vorübergehend und leihweise, von dem Geld noch einmal fünfzig Mark nehmen und sie in den Dienst der Aktion stellen. Knittel präzisiert die Frage genauer: Wie kann man mit fünfzig Mark schnellstens hundert Mark gewinnen?

Mit fünfzig Mark könnte man in ein Wettbüro gehen. Er weiß Kollegen, die schwören darauf. Aber es ist nicht seine Stärke, auf das richtige Pferd zu setzen. So hat er bei der SPD jahrelang geklebt und Beiträge bezahlt, ohne daß er jetzt für sein

Fortkommen den geringsten Nutzen davon hat. Und wie soll man wissen, welches von den zehn oder vierzehn Pferden am besten läuft? Immerhin bringt ihn das auf einen Gedanken: Mit seinen fünfzig Mark könnte er auf alle vierzehn setzen, eines davon muß dann gewinnen. Aber so schlau wie er werden viele sein. Er kommt im Augenblick nicht dahinter, aber es hat gewiß einen Haken.

Er denkt noch heftiger nach und rollt sich auf die andere Seite. Neben ihm schläft Erika. Sie liegt mit geöffneten Lippen und sieht aus wie ein Kind. Die hat gut schlafen, denkt Knittel und ist ein bißchen neidisch, die hat ja auch kein Geld und keine Sorgen.

Damit gerät er auf eine andere Überlegung. Es ist gar nicht wahr, er hat keine fünfzig Mark Betriebskapital, sondern, wenn er will, neuntausendneunhundert. Dadurch unterscheidet er sich wesentlich von den anderen Leuten, die arm sind und klein anfangen. Er formuliert nunmehr das Problem endgültig dahin: Wie kann man mit neuntausendneunhundert Mark weitere hundert erringen?

Das dürfte kein Problem sein. Geld wirft Junge, das weiß jedes Kind, und die Kapitalisten leben davon. Es ist zwar unanständig und keineswegs sozialistisch und zeitgemäß; aber wenn man in der glücklichen Lage ist, macht man gern Gebrauch davon. Knittel ist zum äußersten entschlossen.

Er könnte an der Börse spekulieren. Aber er weiß nicht, wie man das macht, er weiß nur von dicken Herren mit Zylindern, die da herumlaufen, und in den Zeitungen liest er geheimnisvolle Zahlen und Worte: meist gedrückt – freundliche Haltung – bröckeln ab. Er ist überzeugt, daß man ihn übers Ohr haut. Oder es kommt wieder ein schwarzer Freitag.

Er könnte auch sein Geld nach Art ordentlicher Familienväter auf die Sparkasse tun und auf die Zinsen warten. Aber das würde einige Monate dauern, und dann kann er nicht mehr zur Polizei gehen.

Muß er überhaupt zur Polizei? Eigentlich will er nichts von ihr und wenn sie etwas von ihm will, so mag sie zu ihm kommen. Er hat keine Eile und, wenn er es sich richtig zurechtlegt, auch ein verhältnismäßig gutes Gewissen.

Wie wäre es, wenn er sich ein Los kaufte? Das größte Vertrauen hat er natürlich zur Winterhilfslotterie, man hört und liest so viel von Gewinnen. Aber gerade für ihn ist es nicht das Richtige, da fällt sofort die Entscheidung. Er will warten müssen, nicht allzu lange natürlich, aber ein bißchen, denn diese Zeit über kann er das Geld noch behalten und hat das erhebende Gefühl, mit einem kleinen knisternden Vermögen durch die Weltgeschichte zu laufen. Und wenn das Los schließlich herauskommt, wird er damit die fehlenden hundert Mark decken und auch dasjenige, was inzwischen weiter fehlen wird; man ist ja Mensch. Und wenn das Los nicht herauskommen sollte, man muß auch daran denken, so hat er wenigstens den guten Willen bewiesen, dann hat das Schicksal eben anders gesprochen und gegen ihn entschieden, für diesen Fall müßte man – oder besser schon von vornherein – man darf nach keiner Seite herunterfallen – das Geld bleibt auf dem Wasser – wenn die Laterne nicht stimmt – er merkt kaum, daß seine Gedanken allmählich zerfließen und in einen sanften Halbschlaf hinübergleiten. Und in diesem begnadeten Zustand kommt ihm ein wunderbarer Einfall, eine Lösung, die ihm alle Sorge nimmt und alle Freude läßt, und so genial, daß er sich selbst um den Hals fallen möchte. Er schwimmt auf einer Wolke von Glück und Frieden.

Rärrrrr!

Knittel springt hoch, es ist der Wecker.

Nun sitzt er mit wirrem Haar im Bett und hat ein Lächeln auf dem Gesicht. Er denkt an seine Patentlösung. Wie war das doch? Augenblick mal. Er tastet mit den Gedanken rückwärts, erst behutsam, dann energisch, schließlich wild und verzweifelt. Je mehr er sich quält, desto weiter läuft es vor ihm weg. Er bekommt seinen grandiosen Einfall nicht mehr zusammen. Der Wecker hat ihn zerrissen.

Eines Mittags bei Tisch, als die Kinder artig ihr Süppchen löffeln, hat Knittel eine Neuigkeit für Erika: »Weißt du, Kleines, wen ich heute getroffen habe? Kannst du auch nicht wissen, ist ein alter Schulfreund von mir, netter Kerl soweit, nein, den kennst du nicht, der wohnt draußen im Westen, Seitenstraße vom Kurfürstendamm oder ähnlich.«

»Dann bring ihn doch mal mit«, meint Erika.

»Nein, das gerade nicht. Aber der hat eine Art Reklameunternehmen, und da könnte ich für ihn Adressen schreiben, so abends, weißt du, wo ich nichts zu tun habe.«

»Du bist doch nicht verrückt!«

»Aber Erika, das wird bezahlt. Du glaubst gar nicht, wie gut das bezahlt wird!«

Erika hört auf zu essen: »Was kriegst du denn dafür?«

»Weiß ich noch nicht, zehn Mark vielleicht –«

»Den ganzen Monat?«

»Oder auch hundert, je nachdem. Aber ich glaube nicht, daß ich das mache.«

Erika bekommt vor Aufregung rote Bäckchen. »Wieso denn, das ist doch endlich mal eine gute Idee, sowas hättest du längst machen sollen, das tun deine Kollegen doch auch, siehste, die sorgen für ihre Familie. Und dann kannst du mir auch das Haushaltsgeld erhöhen, wenn du wüßtest, wie überhaupt meine Strümpfe aussehen!« Und ist außer sich vor Begeisterung.

Knittel bremst vorsichtig ab: Erstens sei das keine reine Freude, abends da immer herauszufahren –

»Ja wie, kannst du denn nicht zu Hause arbeiten?«

»Nein, nein, das geht nicht. Das ist doch klar, daß das nicht geht. Und zweitens, liebe Erika, mußt du dich damit abfinden, daß meine Nebenarbeit dem Familienleben abträglich ist. Du wirst dann manchen Abend auf mich verzichten müssen.«

Erika behauptet, das wäre ganz egal, und er solle froh sein, daß er die schöne Gelegenheit hat, und dann hätte sie ihn noch einmal so lieb. Ganz bestimmt.

Aber je mehr Erika auf ihn einredet, desto stärker werden Knittels Bedenken. Auf die Dauer allerdings kann er sich ihren Gründen nicht verschließen. Unter Ächzen und Stöhnen gibt er allmählich nach: »Also, wenn du es durchaus willst. Aber nicht, daß du mir nachher mit Vorwürfen kommst!« – Erika freut sich, daß sie ihn so nett überzeugt hat; sie ist eine tüchtige Frau.

Leider erweisen sich Knittels Bedenken als nicht unbegründet. Das Adressenschreiben ist ebenso anstrengend wie zeitraubend. Knittel muß jeden zweiten Abend weg; es wird immer sehr spät und manchmal noch später, und er kann nicht ausschlafen und ist den nächsten Tag blaß und müde. Dann blickt Erika ihn heimlich von der Seite an. Ist es nicht rührend, wie er für seine Familie schuftet? Er sieht wirklich überarbeitet aus; sie wagt nicht, es ihm zu sagen.

Dafür pflegt sie ihn mit doppeltem Eifer. Er bekommt morgens sein Ei und mittags sein Beefsteak, der Zuschuß zum Haushaltsgeld erlaubt diese Sonderleistung. Und jeden Abend, wenn er schreiben geht, steckt sie ihm zwei fürstliche Stullen, an denen der Schinken fingerlang heraushängt, in die Rocktasche. Ein Jammer, daß er sich nicht die Zeit gönnt und sie meist ungegessen wieder mitbringt.

Wofür Erika allerdings weniger Verständnis hat: Daß er sich zum Adressenschreiben jedesmal sorgfältig rasiert und reine Strümpfe anzieht und überhaupt auf einmal sehr eitel wird und die Woche zweimal badet. Knittel klärt sie auf: Gerade wenn man untergeordnete Arbeit tut, muß man auf sich halten, sonst glauben die Leute, man hätte es nötig.

In der Tat scheint er hübsch zu verdienen. Er läßt sich zwar im einzelnen nicht darüber aus, aber jede Nacht, wenn er leise ins Bett schlüpft, legt er seiner schlafenden Erika ein Fünfmarkstück auf den Nachttisch.

Manchmal allerdings ist er weniger geräuschlos. Und als er eines Nachts in einer Verfassung nach Hause kommt, die sich Erika durch übermäßige Schreibarbeit nicht erklären kann, wird sie wach und stellt allerlei Fragen. Knittel erweist sich als nicht verhandlungsfähig; kann vom vielen Sitzen nicht mehr stehen, sein Zustand ist beklagenswert. Und als er gar noch Einzelheiten über den nahrhaften Adressenfreund im Westen erzählen soll, wird er plötzlich frech, klopft auf den Tisch und droht mit sofortiger Einstellung seiner nächtlichen Nebenarbeit.

Männer sind am lautesten, wenn sie allen Grund hätten, still zu sein. Aber Erika weiß das noch nicht, und auf die Drohung will sie es nicht ankommen lassen. Sie lenkt vorsichtig ein. Wenn ein Mann nach schwerer Arbeit noch ein Gläschen trinkt oder schließlich auch zwei, so kann man das verstehen.

Sie zieht ihren Knittel aus und tut ihn liebevoll ins Bett. Er wartet es nicht ab, sondern schläft ihr schon in den Armen ein. Durch das Fenster fällt fahles Licht auf den Schläfer. Erika betrachtet aufmerksam sein Gesicht. Sie versteht nicht viel davon, aber es sieht nicht nach geschriebenen Adressen aus. Es bewegt sich leise, als wenn Gestalten und Ereignisse einer lebhaften Nacht durch ein aufgewühltes Gehirn treiben. Und im Zimmer spürt sie etwas Fremdes; es ist ein leiser Duft, den sie nicht kennt. Aber sie kann sich auch irren.

Sie sucht sich zu beruhigen. Wenn Männe bummelt, statt zu arbeiten, dann könnte er kein Geld nach Hause bringen. Aber andererseits, wenn Männe arbeitet, wie er sagt, dann könnte er nicht betrunken sein.

Sie zögert. Auf dem Stuhl liegen seine Kleider. Sie hat es noch nie getan und will es auch bestimmt nicht wieder tun; aber hier sieht es niemand, und es ist schließlich auch in seinem Interesse. Sie nutzt die Gelegenheit und unternimmt eine kleine eheliche Taschenrevision.

Sie hat gar nicht gewußt, wieviel Taschen so ein Mann hat, sie zählt dreizehn Stück. Und was er alles mit sich herumtragen muß: Schlüsselbund, Taschentuch, Zigaretten, Personalausweis, Taschenmesser, Feuerzeug, Notizbuch, Uhr, Kamm, Portemonnaie, dazu alte Fahrscheine, Büroklammern und Kinobilletts, alles unverdächtig, aber es nimmt kein Ende. Daneben allerdings findet sie auch Sachen, die ihr auffallen und mit dem Adressenschreiben in keinem erkennbaren Zusammenhang stehen: Eine Schachtel Pralinen, die sich leider als leer erweist, ein rotes Papierstreifchen mit dem rätselhaften Aufdruck: »1000.– RM, ohne Gewähr, bei Empfang zu zählen«, und ein Strafgesetzbuch in Dünndruck.

Der Schläfer merkt nichts von alledem. Knurrend träumt er seine Erinnerungen weiter und hört auch nicht das kleine, wütende Fauchen, das Erika von sich gibt, als sie seine am Schrankschlüssel hängende Hose revidiert und dort Dinge zutage fördert, die nicht in eine anständige Hose gehören: Zwei Zahnstocher mit dem Aufdruck »Kempinski« und einen Damenhandschuh, der nach Parfüm riecht.

Auf Grund dieses Befundes hätte Erika jetzt ein unbestreitbares Recht, ihrem Männe einmal eindrucksvoll die Meinung zu sagen. Sie tut es nicht. Sie weiß, dann hat Männe seinerseits auch eine Meinung, die anders lautet. Sie hat es im Laufe ihrer sechsjährigen Ehe an kleinen Dingen hinreichend erfahren: Gegen Knittel kommt sie nicht auf. Gegen Knittel kommt niemand auf. Er würde ihr sofort mit wendiger Logik und logischer Wendigkeit beweisen, welch himmelschreiendes Unrecht sie ihm tut, er würde in fünf Minuten den Fall völlig umstülpen, dann ist er der Beleidigte, und dann muß sie ihm noch abbitten obendrein.

Darauf will sie es nicht ankommen lassen. Sie tut, was man immer tut, wenn man nicht weiter weiß. Sie wendet sich an Onkel Alfred.
Onkel Alfred ist Erikas Bruder und eine Art Familienvormund. Er hat in der Oranienstraße ein gutgehendes Beerdigungsinstitut und gilt in Dingen der Moral als anerkannte Autorität. Im Hinblick auf seinen traurigen Beruf hat er sich zwei Sprechtonarten zurechtgelegt, eine gedämpftsalbadernde in Moll für die Trauerkundschaft und eine strahlendheitere in Dur für den Privatbedarf.
Als Erika ihn aufsucht, ist er gerade im Sargmagazin. Und während er auf der einen Seite einer zahlreichen Hinterbliebenenschaft in gedämpftem Trauerklang seine Särge vorführt und die richtige Größe aussucht: »Wie lang war der liebe Tote, wenn ich fragen darf? Ich empfehle diesen, Eiche geritzt ist im Augenblick das Modernste –«, tröstet er zur anderen Seite seine Schwester in fröhlichem Dur: »Ist gemacht, Mädelchen, den Burschen werde ich mir kaufen.«
Am Abend also knöpft Onkel Alfred sich den Knittel vor. Nicht zu Hause, das ist peinlich, und die Kinder stehen herum. Man erledigt das nach Männerart in einer stillen Kneipe.
Dem Knittel kommt die Geschichte nicht geheuer vor. Und als Onkel Alfred mit belegtem Räuspern auf dem Stuhl hin und her rückt und zur Sache kommen will, unterbricht ihn Knittel: »Ich weiß nicht, das Bier schmeckt mir nicht bei dem Sauwetter. Wollen wir nicht irgendwo eine vernünftige Flasche trinken?«
Alfred hat nichts gegen vernünftige Flaschen, besonders wenn ein anderer sie bezahlt. Außerdem ist man dort ungestörter. Er läßt sich von Knittel in eine seriöse Weinstube verschleppen.
Der ehrwürdige Burgunder gibt ihm ein gutes Fundament für die ernste Mission und löst ihm die Zunge. Aber wieder kommt ihm Knittel zuvor: Die plüscherne Stille geht ihm auf die Nerven, und schräg gegenüber weiß er eine lustige Bar.
Onkel Alfred sagt nicht nein. Er erachtet es für zweckmäßig, ja geradezu notwendig, den Hermann einmal auf nächtlicher Fahrt zu erleben. Man kommt dann auch leichter aufs Thema.
In der lustigen Bar sind lustige Damen, das ist der Zweck dieser Einrichtung. Zwei von ihnen setzen sich ungefragt an Knittels Tisch und bestellen ungefragt Sekt, sie scheinen ihn zu kennen und sagen zu ihm »Herr Direktor«. Die eine ist nicht mehr ganz

jung und ein bißchen mager und hat es auf Onkel Alfred abgesehen; sie betut sich mit französisch-englischen Brocken, und der Chef des Beerdigungsinstituts nutzt die Gelegenheit, sich hochgebildet zu unterhalten. Dabei behält er Knittel gut im Auge, mehr noch allerdings dessen Partnerin, einen süßen brünetten Bummel, der in Lustigkeit macht und jedes Wort von sich und den anderen mit einem jauchzenden Lacher quittiert und dem Direktor Knittel in immer kürzeren Abständen um den Hals fällt. Onkel Alfred muß staunen; aber er hat Lebensart und haut keineswegs moralisch auf den Tisch. Sondern steht leise auf und raunt Knittel ins Ohr: »Komm mal mit raus, Hermann, ich muß dir etwas sagen.«

Draußen in dem gekachelten Raum, wo der übliche alte Mann eifrig das Waschbecken füllt und das kleine Handtuch hält, senkt Onkel Alfred die Stimme in tiefen Begräbniston: »Hör mal zu, Hermann, es ist mir peinlich genug, und ich wollte es dir die ganze Zeit schon sagen – – kannst du mir mit zwanzig Mark aushelfen?«

»Zwanzig Mark habe ich nicht«, sagt Knittel und zieht aus der Gesäßtasche einen Fünfziger hervor. Das ist seine gangbare Münze. Alfred schnarrt mit heller Stimme »all right!« und steckt den Schein unternehmungslustig in die äußere Brusttasche.

Wenige Minuten später muß Knittel feststellen, daß Onkel Alfred gegangen ist. Auch Knittels Dame, die mollige Brünette, ist verschwunden und kommt nicht mehr wieder.

In den nächsten Tagen hat Onkel Alfred viel zu tun und für Erika keine Zeit. Und als sie ihn schließlich erwischt, verhält er sich etwas undurchsichtig: Er habe Knittel stundenlang verhört und ihn gequetscht und gepreßt bis in die tiefe Nacht, aber das sei eine undankbare Aufgabe.

»Nun sag schon, hat er was mit Mädchen?«

Onkel Alfred flüchtet sich ins Allgemeine: »Wer sieht uns Menschen ins Herz? Der Gerechte fällt siebenmal am Tage.«

Das scheint Erika ein bißchen viel. Und wenn Alfred versagt, muß sie sich anderweitig helfen. Über den Zahnstocher käme sie noch hinweg, aber den Handschuh kann sie sich nicht gefallen lassen. Wenn es auch nur einer ist.

Wozu zahlt man Beiträge? Sie macht die Kinder fein und zieht

mit ihnen zur Frauenberatungsstelle. Das ältliche Fräulein ist sehr beflissen und geht der Sache methodisch auf den Grund. Seit wann ist er liederlich? Seitdem er Adressen schreibt? Davon kann es nicht kommen. Aber seitdem er gut gefüttert wird! »Liebe Frau, das haben Sie falsch gemacht. Die Filetbeefsteaks und Schinkenbrote sind ihm in den Kopf gestiegen.«
Hat man erst die Ursache, dann ist Abhilfe leicht: »Kochen Sie vegetarisch«, rät das kluge Fräulein; »das ist gesund und macht bescheiden und zahm. Kochen Sie vegetarisch, da wird ihm der Überschuß an Lebenswandel schon vergehen.«
»Meinen Sie wirklich?«
»Sehen Sie mich an, seit dreißig Jahren lebe ich ohne Fleisch, und das hat mich vor allem bewahrt; mit Männern oder so habe ich nie etwas zu tun gehabt.«
»Da haben Sie aber viel versäumt«, platzt Erika leise heraus.
»Wie bitte?«
»Ich meine, das leuchtet mir ein«, sagt Erika. »Das mach ich! Und vielen Dank auch.«
Auf dem Heimweg denkt sie über ihren Entschluß nach. Sie hält den Blick steil geradeaus gerichtet und zerrt die Kinderchen hinter sich her. – »Mammi, sag doch mal was.« – »Mutti, warum müssen Hunde immer? Muttiii!!« Mammi gibt keine Antwort und drängt nach Hause. Sie will noch heute damit anfangen.
Was wird Knittel dazu sagen?
Knittel scheint es nicht zu merken, nicht am ersten Tage und auch nicht an den folgenden. Oder er tut wenigstens so und sagt kein Wort. Erika tut ebenfalls nichts, sie hat auch keinen Anlaß dazu. Die Ehe wird schweigsam, und Knittel deckt seinen Fleischbedarf heimlich im Wirtshaus; er hat Geld, und dafür kann er sich kaufen, was er will.
Erika vermag keine Besserung festzustellen, Knittel geht noch häufiger aus als zuvor. Den kriege ich schon klein, denkt sie und dreht schweren Herzens die Schraube noch eine Windung weiter: Sie kocht Rohkost. Von Kochen kann man nicht mehr sprechen, sie schnitzelt und schrappt und würfelt und reibt grüne und gelbe, rote und weiße Substanzen und richtet sie farbfreudig an. Die Kinder finden es lustig und gedeihen prächtig dabei. Knittel aber sagt immer noch nichts, er handelt. Er bleibt dem häuslichen Herd, der kein Herd mehr ist, fortan fern und kommt nur noch nächtlich zum Schlafen nach Hause.

Es ist ein dünner Faden, an dem die Ehe hängt. Und auch dieser Faden ist bereits in Gefahr.

Die Gefahr ist hellblond, hat goldene Fingernägel und wiegt neunundvierzig Kilo; Knittel hat sie beim Haarschneiden kennengelernt, wo sie als einziges weibliches Wesen zwischen den weiß emaillierten Operationsstühlen der Herren herumhuschte und ihre Dienste anbot. Knittel hat ihr vertrauensvoll seine Hand zur Maniküre überlassen und sich über ihre luftige Bekleidung gewundert, daraus hat sich der Plan einer gemeinsamen Freizeitgestaltung entwickelt.

Über die Einzelheiten dieser Gestaltung herrscht allerdings Unklarheit. Es ist ein sehr gediegenes Fräulein, an das er geraten ist. Sie ist sogar verheiratet, mit einem Russen natürlich, der sie bedroht und mit dem sie in ständiger Scheidung liegt, nur weil sie einmal mit einem fremden Herrn Korrespondenz getrieben hat. Sie ist von Gefahr und Tragik umwittert und auch sonst aus erstklassiger Familie, sie heißt nicht Lulu oder Godo, sondern still und bescheiden Elisabeth-Charlotte, und der Vater schwankt zwischen Landgerichtsrat und Oberingenieur.

Nicht einmal eine Tasse Tee darf man bei ihr trinken. Aber sie ist todunglücklich, daß Knittel jeden Abend für sie solche Ausgaben hat. Wo sie doch gar nicht weiß, wie sie das gutmachen soll. Knittel meint, er wüßte schon. Aber das ist nicht, worauf sie hinaus will. Sie steht im Begriff, sich selbständig zu machen, und will sich einen kleinen Parfümerieladen kaufen. Ob Knittel nicht einen wüßte?

Einen, der ihr das Geld dazu leiht.

Knittel sieht das ein. Er hat wirtschaftlichen Sinn, und das hier wäre eine einmalige Ausgabe. Er tut einen herzhaften Griff in seine Päckchen und kauft ihr den Laden in der Bleibtreustraße. Er ist acht Quadratmeter groß, ein Gedicht in Chrom und Kristall, und von außen sichtbar steht hinter dem winzigen Ladentisch das Fräulein als lebende Reklame und beglückt galante Damen und schöne Herren mit Kästchen und Fläschchen, die das Fünfzigfache ihres Inhalts kosten.

Mitunter promeniert Knittel vor dem Laden auf und ab und freut sich seines Erfolges. Er hat es weit gebracht. Eigentlich ist er ein Mordskerl, und wenn Erika wüßte, welches Glück er bei den

Frauen hat, sie würde vielleicht mehr Respekt vor ihm haben. Und anständig kochen.
Auf die Dauer freilich genügen ihm die stolzen Empfindungen nicht. Schließlich müßte er der Tasse Tee auch langsam nähertreten.
Das Fräulein aus der guten Familie hat es weniger eilig. Das eine Mal ist sie viel zu müde dazu und hat den ganzen Tag gearbeitet. Das andere Mal läßt sie ihm durch ihre Wirtin bestellen, sie sei überhaupt nicht da und könne auch nicht sagen, wann und wo. Und das drittemal macht ihm ein verdächtig junger Mann die Tür auf und behauptet, seine Braut empfange keine Herrenbesuche, und was er hier eigentlich wolle.
Knittel fühlt sich benachteiligt.
Am nächsten Morgen erledigt er seine Sperrkundschaft mit verbissenem Grimm. Der freundliche Mann ist völlig verwandelt, er schnauzt herum und ist geradezu böse, wenn er Geld bekommt und nicht sperren kann.
Dann fährt er in den Westen und ärgert sich über den Autobus und die vielen Haltestellen, ersetzt das Mittagessen durch eine Anzahl feuriger Sherrys und marschiert, wie eine Lokomotive schnaubend, in den Liliputladen ein. Er hat sich vorgenommen, ganz ruhig zu bleiben, aber er weiß genau, was er sagen wird.
Zunächst allerdings muß er warten. Es sind allerhand Damen zu bedienen, Damen, die ebensoviel Zeit wie Ansprüche haben. Sie lassen sich die verwickelte Anwendung der verschiedenen Wässer, Öle und Fette erklären, für morgens und abends und mittags und nachts; Seifen werden beschnuppert, Puder probiert und gemischt und nochmals probiert. Knittel hört zwitschernde Reden und exaltiertes Getue, als wenn es um das nackte Leben ginge und nicht um ein Stückchen Haut. Er würde laut lachen, wenn ihm nicht rechtzeitig einfiele, daß ihm todernst zumute ist.
Als er schließlich an die Reihe kommt, ist sein gestauter Groll noch etliche Atmosphären gestiegen. Aber inzwischen ist neue Kundschaft gekommen, er muß seine rhetorischen Fragen flüstern, und so bleiben sie ohne Wirkung. Das Fräulein kräuselt leise die Lippen und tut fremd. »Was wünscht der Herr bitte?« Und bedient weiter.
Knittel will kein Aufsehen. Aber als der Laden einen Augenblick leer ist, schließt er die Tür von innen ab und baut sich breit vor der Undankbaren auf: »So, jetzt bin ich hier!«

Das Fräulein sieht ihn mit kalten Augen an. »Bitte?«
Knittel läßt seinen Unmut von Stapel: Wie sie sich das eigentlich denke, und wer dieser Jüngling sei, und warum der und nicht er, und ob sie sich einbilde, er hätte ihr den Laden zum Vergnügen gekauft?
»Zum Vergnügen, das weiß ich nicht, aber ich kann mir nicht denken, daß du dabei irgendwelche Nebenabsichten gehabt hast. Wo du überhaupt verheiratet bist.« – Knittel fühlt sich auf den Kopf gehauen und wird ausfallend: »Das geht dich einen Dreck an!« Um so kühler bleibt das Fräulein. »Jedenfalls bin ich nicht so wie du, ich habe meinen Bräutigam, und dem bleibe ich treu und wenn du meinst, du könntest hier Ansprüche stellen, nur weil du ein bißchen Geld hast – für was hältst du mich überhaupt?«
»Für was ich dich halte, das merkst du doch«, pariert Knittel, »oder soll ich deutlicher werden?«
»Wenn du hier ordinär werden willst, mein Guter, dann müßte ich dich bitten –«
Knittel bebt. »Was, du willst mich hier herausschmeißen, du mich?«
»Herausschmeißen ist vielleicht übertrieben, dazu bin ich leider zu schwach. Aber wenn du wissen willst, wie ich sowas mache –«
»Bitte!!«
Sie tritt einen Schritt zurück, pumpt ihre zarte Brust voll Atem, formt den Mund zu einer kreisrunden Öffnung und intoniert – Aahh!! – ein mörderisches Hilfegeschrei, daß die Kristallscheiben klirren und die Leute auf der Straße stehenbleiben.
Es ist ein Rezept erfahrener Frauen, den Mann ins Unrecht zu setzen, noch ehe er angefangen hat. Knittel steht wie ein Sittlichkeitsattentäter in dem durchsichtigen Laden. Draußen gaffen die Menschen und drücken ihre Nasen an den Scheiben platt. Ein großer schöner Schutzmann ist auch schon da und rüttelt die Klinke. Hinter ihm drein flutet die Menge.
Sein geschulter Blick erfaßt die Lage. Er hält Knittel beim Handgelenk fest und beugt sich ritterlich zu dem kleinen Fräulein herunter. »Hat er Ihnen was getan?«
»Noch nicht«, sagt sie mit Betonung, tupft sich eine mühsame Träne aus den geschwungenen Wimpern und kuschelt ihren Kopf schutzbedürftig an seine soldatische Brust. »Aber er wollte gerade, der ist zu allem fähig. Sie glauben nicht, wie brutal der ist.«
Knittel bekommt rote Streifen auf der Stirn. »Was sagt das

Luder, brutal?« Er klappt den Mund ein paarmal auf und zu, dann faßt er eine Vitrine mit bunten Flakons. »Jetzt will ich dir mal zeigen –« Pang! schmettert sie zu Boden, – »wie brutal ich bin!« Pang! schmettert die zweite Vitrine. Die spiegelnde Herrlichkeit zerspringt in tausend Splitter, auf dem Boden liegen die glitzernden Scherben in einer Lache von kostspieligen Flüssigkeiten.

Scherben bringen nicht nur Glück, sie wirken auch Wunder. Bei dem, der sie schmeißt, und bei denen, die dabeistehen. Der Laden hält den Atem an, sogar der Schutzmann ist starr. Knittel ist durch seine Scherben von seiner Wut befreit. Eine verdächtige Ruhe ist über ihn gekommen, und er weiß gar nicht mehr, warum er sich aufregt. »So, Herr Wachtmeister, jetzt werden Sie feststellen, Hausfriedensbruch, Sachbeschädigung, abführen. Stellen Sie lieber erst mal fest, wem der Krempel hier gehört.« Er reißt seine Brieftasche hervor, ein Päckchen Fünfzigmarkscheine fliegt im Bogen mit heraus, und gibt dem Wachtmeister ein Schriftstück zu lesen. Der zwinkert und buchstabiert. »Wie? Was? Dann gehört der Laden ja gar nicht dem Fräulein.«

»So dumm bin ich ja nicht«, sagt Knittel mit geweiteter Brust. »Wenn ich was bezahle, dann sorge ich auch dafür, daß es mir gehört. Der Laden ist mein Eigentum, und damit kann ich machen, was ich will, hier kann ich reingehen so oft ich will, da kann ich kaputtschlagen, was ich will, und da kann ich rausschmeißen, wen ich will. – Darf ich bitten!«

Die Aufforderung ist nicht mehr nötig. Aus dem Trümmerhaufen der zerbrochenen Gläser und Flakons sind die entfesselten Wohlgerüche der ganzen und der halben Welt emporgestiegen und haben sich in sinnloser Menge und Mischung zu einer grausamen Duftwolke vereinigt, die sich den Anwesenden betäubend auf Lunge und Gehirn legt. Sie weichen benommen aus dem Laden, an die frische Luft, erst die Gaffer, dann das abgesetzte Fräulein, schließlich auch röchelnd der Schutzmann. Knittel, das Taschentuch wie eine Gasmaske vor das Gesicht pressend, bleibt als Letzter und kehrt die Scherben zusammen.

Dann nimmt er die Kasse an sich und schließt den Laden.

Als er wieder auf der Straße ist und die frische Luft ihm um den Kopf geht, kommt er zu sich. Das Gefühl seines Triumphes fällt von ihm ab und langsam dämmert die Erkenntnis: Eine gute Figur hat er vielleicht gemacht bei der Sache im Laden, geradezu schneidig hat er sich aufgeführt. Aber das Ergebnis? Er ist geneppt worden, für sein gutes Geld hat er die Freundin nicht errungen und einen zertrümmerten Laden am Bein. Der Fall zeigt ihm wieder einmal, was er aus hundert anderen wußte, aber nicht wahrhaben wollte: Daß es überall nur sein Geld ist, auf das man es absieht, und daß er nach wie vor nichts anderes ist als ein kleiner Gassperrbeamter aus der Urbanstraße ohne Format und Bedeutung, der sich lediglich durch seine leichtfertigen Fünfzigmarkscheine ein zweifelhaftes Ansehen bei Weinkellnern und Barmädchen verschafft hat.

Seine Gedanken laufen weiter. Das Geld hat ihn zum Narren gemacht. Mit Geld glaubte er die Höhepunkte der irdischen Freuden zu erreichen, und ist dabei jämmerlich einer banalen und kaltschnäuzigen Vergnügungsindustrie in die Arme gelaufen. Er, der geborene Berliner und Weltstadtbürger, ist wochenlang auf das hereingefallen, was dem Mann aus der Provinz höchstens für eine halbe Nacht passiert.

Vor Geld hat er allerhand Achtung. Es ist nicht nur ein behaglicher Zustand, sondern auch eine Auszeichnung, gewissermaßen Ausdruck einer bewiesenen Tüchtigkeit. Sein Geld ist anderer Art. Ein boshaftes Schicksal hat es ihm sinnlos um die Ohren geschlagen; nun muß er sehen, wie er damit fertig wird.

Er marschiert planlos weiter, von seinen Gedanken getrieben, zwischen eiligen Menschen, die ihm fremd sind, und steilen Häuserfronten, die ihn nichts angehen. Immer mehr kommt ihm zum Bewußtsein, daß er einsam ist.

Auf einer Brücke bleibt er stehen, stützt die Arme auf das eiserne Geländer und schaut trübselig in das schwarze Wasser. Leute kommen vorbei und werden aufmerksam. Was ist mit dem Wasser? Sie bleiben stehen und schauen ebenfalls. Erst einer, dann andere, es werden immer mehr. Als die Brücke voll ist, kommt ein weißer Verkehrsschutzmann: Weitergehen!

Knittel wird mit fortgedrängt. Er weiß nicht, wohin er will. Er ist längst an seiner Haltestelle vorüber, auch an dem U-Bahnhof, wo er umsteigen müßte. Ein unheimliches Gefühl sitzt ihm im Nacken, er hat eine Ahnung, als wenn ihm noch etwas sehr Trauriges bevorstünde. Von seinen Päckchen hat er schon ein gutes Teil verzettelt, mehr, als er jemals wird ersetzen können;

den Rückweg zur Redlichkeit hat er sich abgeschnitten. Vielleicht läuft schon irgendwo ein drohendes Aktenstück hinter ihm her. Wird man so schnell zum Verbrecher? Ohne Sinn und Ziel irrt er weiter, durch Straßen und Viertel, die er nie gesehen hat. Das Gehen tut ihm gut, lenkt ihn ab von den jagenden Gedanken. Schließlich ist er müde und setzt sich auf eine Bank.

Wie ist das alles gekommen? Knittel schämt sich und sucht nach Mitschuldigen. Erika hat ihn schlecht behandelt, offenbar hat sie sich an ihm rächen wollen. Natürlich hat sie recht, aber das konnte sie nicht wissen, sie hat ihm nichts beweisen können. Und darum hat sie unrecht. Erika ist schuld.

Die Bank, auf der er sitzt, ist landschaftlich ohne Reiz. Sie steht an einer freien Ecke zwischen Häuserblocks, die abgerissen werden. Auf der einen Seite stampft und faucht eine unerbittliche Dampframme, hinter ihm geistert ein verwegener Kran durch die Luft, und dicht neben ihm wird Bauschutt verladen und sendet graugelbe Staubwolken zu ihm herüber. Knittel merkt nichts davon. Ihm ist alles gleich.

Auf einmal stehen zwei kalkbestaubte Arbeiter vor ihm. »Sie, Sie müssen jetzt aufstehen!«

»– ? –«

»Die Bank wird ooch abjerissen!«

Bei Erika in der Küche ist Samstag.

Samstag werden die Kinder gebadet. Über zwei Küchenstühle ist eine Zinkwanne gestellt. Das Wasser ist auf dem Herd in verschiedenen Gefäßen, Suppentopf, Wasserkessel und Weckapparat heiß gemacht und dampft jetzt in der Wanne. Die Küche ist voll Schwaden, es riecht nach Schwamm und Seife. Die kleine Lotte sitzt im Wasser, kräht und zappelt und planscht, daß es auf den Boden schwappt; Bübchen ist schon fertig und turnt mit einem Frottiertuch und triefenden Haaren durch die Küche. Erika muß sich um beide kümmern. Sie hat sich die Bluse ausgezogen, den Rock in der Taille zu einer Wurst hochgekrempelt und eine blaue Gummischürze vorgebunden. Sie ist nasser als die Kinder.

Für Lotte ist Baden nicht Selbstzweck. Sie will Schiffchen haben. Die Schiffchen macht der Pappa aus Papier. Pappa ist nicht da. Warum ist der Pappa immer nicht da?

Bübchen fühlt sich verpflichtet, den Vater zu vertreten. Er reißt

den Samstag vom Kalender und faltet daran herum. »Schiffchen machen kann ich ooch.«
»Wie sprichst du schon wieder«, sagt Erika. »Du sollst nicht ‚ooch' sagen, es heißt ‚auch'.«
«Ha'ck doch ooch jesaacht«, erklärt Bübchen beleidigt.
In das Idyll klingelt ein Dienstmann und bringt ein großes Paket. Beim Auspacken sind es zwei: Eine kleine Stahlkassette und ein Koffergrammophon. Schöne Empfehlung und es wäre von Herrn Knittel.
Wenn der glaubt, mit einem dummen Geschenk –! Erika sieht an den Sachen vorbei. »Nicht drangehen, Bübchen!«
Jetzt weiß Bübchen, daß es sich lohnt. Und während Erika, immerhin etwas aufgeregt, der kleinen Lotte das Köpfchen seift, hört sie plötzlich eine Stimme hinter sich, etwas blechern zwar, aber es ist die Stimme ihres Herrn. Bübchen hat nämlich das Grammophon in Gang gesetzt, und die von Knittel besprochene Platte gibt folgende Erklärung ab: »Liebe Erika, meine lieben Kinder, verzeiht mir, daß ich auf diesem Wege zu euch spreche, aber hier müßt ihr mich wenigstens ausreden lassen. Ich hätte –«
Der ist wohl verrückt. Erika ist hinzugesprungen und hat den Tonarm abgehoben. Aber dann siegt ihre Neugier. Sie setzt die Nadel wieder auf, ein paar Rillen zurück, und Knittel wiederholt mit der gleichen Betonung, der gleichen Zerknirschung und den gleichen Kratzern und Seufzern:
»– auf diesem Wege zu euch spreche, aber hier müßt ihr mich wenigstens ausreden lassen. Ich hätte auch einen Brief schreiben können, aber dann wäre ich ein Feigling. Und nun –«
»Der Pappa!« jubeln die Kinder und stehen mit offenen Mäulern.
Erika macht »scht« und lauscht weiter.
»– liebe Erika, wollte ich dich nur davon in Kenntnis setzen, daß ich mit meinem liederlichen Leben jetzt Schluß mache, (betrübt) es erfüllt mich mit Abscheu, und es wird dir vielleicht ein Trost sein, (noch betrübter) daß ich mich dabei nicht besonders amüsiert habe. (Erwartungsvolle Pause.) Ich weiß nicht, was jetzt werden soll. Aber in der Kassette ist Geld, das wird wohl fürs erste langen. – Lebt wohl! Euer euch liebender Vater.«
Die Platte ist scheinbar zu Ende. Erika steht verstört und rührt sich nicht, man hört nur das leise Kratzen der Nadel; dann fängt das Grammophon wieder an, räuspert sich und spricht leise und bittend noch ein Postskriptum:

»Liebe Erika, wenn du aber meinst, wir könnten es noch einmal miteinander versuchen, dann erwarte ich von dir ein Zeichen. Es soll darin bestehen, daß du im Schlafzimmer die Gardine aufziehst. (Flüsternd und eindringlich) Hörst du, Erika?«
»Mutti, wo ist denn der Pappa?« schreit Lotte und fängt an zu heulen. Und während Brüderchen dem Schwesterchen aus der Badewanne hilft und ihm dabei altklug das Wesen des Grammophons erklärt, steht Erika nebenan im Schlafzimmer und späht durch den Spalt der Gardine hinunter auf die Straße. Tief unten steht Knittel; in der steilen Sicht von oben sieht er verkürzt aus; wirklich klein und häßlich.
Knittel hat richtig gerechnet. Erika weiß nicht, was sie soll: lachen über den verrückten Einfall, traurig sein über ihr Unglück, oder Mitleid haben mit dem Büßer da unten. Sie weiß nur das eine, sie ist unversöhnlich. Mag der stehen, bis er anwächst, das tut ihm gut! Aber dann bekommt sie ein bißchen Angst. Was heißt »Lebt wohl!« und »es wird fürs erste langen?« Und wie sonderbar der da unten steht! Eine Viertelminute vergeht, dann zieht sie die Gardine, nicht aus Versöhnung, sondern unsicher und verwirrt und ein bißchen hastig. Die Schnur zerreißt und fällt ihr über den Kopf.
Erika merkt, sie hat zu schnell gezogen. Sie hat noch nicht überlegt, was sie ihm sagen wird. Am besten gar nichts, für sie ist er Luft. Und wie sieht es in der Küche aus! Und sie selbst im aufgekrempelten Rock, nasser Schürze und ausgezogener Bluse ist auch kein Bild, um auf einen Mann Eindruck zu machen. Sie steigt aus den nassen Sachen und macht sich so schön wie möglich.
Ihr Instinkt ist richtig, doch sie begeht damit einen Regiefehler. Als sie in die Küche tritt, ist Knittel schon da. Jetzt kommt er nicht zu ihr, sondern sie zu ihm, und das ist ein gewaltiger Unterschied. Außerdem hat er an jedem Hosenbein ein nacktes Kindlein, das verleiht ihm Würde und Gewicht. Demgegenüber kann Erika nichts in die Waagschale werfen als ihre neue Tupfenbluse, die er noch nicht kennt, und ein paar unbequeme Fragen, die sie ihm stellt.
Zunächst funkelt sie ihn kampflustig an. Jetzt, wo er leibhaftig vor ihr steht und sie keine Angst mehr um ihn hat, schwindet ihre Rührung. »Was willst du?«
Knittel versucht sieghaft zu lächeln; es gerät ein bißchen dünn.

»Mir war, als hätte jemand die Gardinen gezogen.«
»Und was hättest du getan, wenn ich nicht gezogen hätte?«
»Dasselbe.«
Erika hat sich einen reuigen Sünder anders vorgestellt. »Sag mal, schämst du dich gar nicht?«
Knittel pariert. »Doch, aber nicht, wo die Kinder dabei sind.«
Auch Versöhnung ist Kampf; es geht um die Friedensbedingungen, und es gibt auch hier Sieger und Besiegte. Erika will sich ihr Oberwasser nicht nehmen lassen. Sie geht an die Sagobüchse. »Wo ist das her?« und zeigt ihm zwei Zahnstocher.
»Steht doch drauf, von Kempinski.«
»So. Und wie kommst du an den Handschuh?«
Knittel nimmt seine ganze Unschuld zusammen. »Wieso Handschuh?«
»Der so nach Parfüm stinkt!«
Knittel wird blaß. »Tu mir den Gefallen und sprich nicht von Parfüm.«
Das war ungeschickt von Knittel. Jetzt hat Erika einen Anhaltspunkt, von dem aus sie weiter fragen und forschen kann. Sie kreist ihn ein, kommt immer mehr in Fahrt und will eine Beichte; das ist das wenigste, was sie verlangen kann.
Eben das will Knittel nicht. Er will allgemein bleiben und keine Einzelheiten von sich geben, die er vielleicht zeitlebens aufs Brötchen bekommt. Und als Erika immer unbequemer wird und es ganz genau wissen will, wann und wo und mit wem und wieso, da spielt Knittel seinen großen Trumpf aus, den er für den Fall der Not in Bereitschaft hat. »Gut, daß ich daran denke, hast du schon gesehen, liebe Erika, was ich dir mitgebracht habe?« Er öffnet die Kassette, die seinen Reichtum birgt, und hält sie der kleinen Frau unter das zürnende Gesicht.
Erika will nicht, sie blickt eigensinnig weg. »Wenn du glaubst, mit so einem bißchen Geld ist alles wieder gut? Was soll ich damit, ich will kein Geld, das ist doch gleich wieder alle!«
Immerhin, Geld ist Geld. Sie blinzelt ein bißchen um die Ecke, ihre Augen werden groß. Das ist nicht, was man allgemein unter Geld versteht, das ist ein ganzer Stapel von Päckchen, und jedes Päckchen hat wer weiß wie viele grüne Scheine, von denen schon jeder einzelne ein Erlebnis bedeutet. Sie kann nicht überschlagen, wieviel es ist, versucht es auch gar nicht, es ist ein Vermögen.
Geld in hinreichender Menge ist nicht nur ein freundlicher An-

blick, sondern eine überzeugende Wirklichkeit, die keiner Begründung bedarf, es hat seine eigene Moral und liegt jenseits von Gut und Böse. Erika steht wie betäubt. Sie ist klein und still und fragt nichts mehr und sagt nichts mehr. Sie fragt auch nicht: »Wo hast du das her?« Sie lispelt leise: »Bist du verrückt?« Aber auch das ist gegen den Besitzer eines solchen Reichtums eigentlich schon unpassend.

Knittel ist Seelenkenner, aber auch Lebenskünstler. Während Erika die Kinder ins Bettchen bringt, richtet er ein Liebesmahl. Er weiß genau: ist die Versöhnung erst einmal gefeiert und vollzogen, dann kann sie durch nachträgliche Aufrollungen nicht mehr rückgängig gemacht werden. Aus diesem Grund hat er in der Aktentasche bereits alles Nötige mitgebracht, Rehrücken und Rheinlachs, Gänseleber und Tilsiter und ein Bund Radieschen; er ist inzwischen ein Mann von Welt geworden.

Das Liebesmahl findet im schönsten Raum statt, den die Wohnung hat, es ist der Balkon. Er ist der Stolz und das Prachtstück der Knittels und ersetzt Landhaus und Sommerfrische. Üppiges Laubwerk ist an den Seiten hochgezogen und zum Dach gespannt, und in den weitgebauchten eisernen Stäben wuchert ein Wall von Petunien und Kressen. Es ist ein kleiner hängender Garten, eine dichte blühende Laube hoch in der Luft über dem Lärm und Staub der Großstadt, gerade groß genug für einen winzigen Tisch und zwei Menschen, die aus ihrer Versöhnung eine kleine Hochzeit machen.

Erika wird verwöhnt, sie muß gehorsam sitzen bleiben, während Knittel mit einem fast verdächtigen Eifer den Tisch festlich deckt und die Herrlichkeiten auftischt. Der kleinen Erika gehen die Augen über.

»Hast du die ganze Zeit immer so gegessen?«

Knittel ist galant. »Jedenfalls nicht in so entzückender Gesellschaft.« Er küßt sie aufs Haar; Erika taut auf und eröffnet ihm, daß sie auch noch eine Flasche Bier im Schrank hat.

Bier? Knittel holt aus seiner unerschöpflichen Aktentasche eine Flasche Sekt und stellt sie bumsend auf den Tisch, und einen prächtigen Kullerpfirsich dazu. Er weiß, wie man Frauen betört. Es ist ein weicher Sommerabend zwischen Tag und Dunkel. Auf den Dächern der Häuser liegt letztes Sonnenlicht. Unten in den Straßen brennen schon die Lampen. Und Knittel ist glücklich, daß er den bösen Traum hinter sich hat und wieder im Hafen ist.

Er zerreißt sich vor Liebe und Sorge um die kleine Frau. »Soll ich dir ein Kissen holen für den Rücken, oder vielleicht das Fußbänkchen?« Er spricht und plaudert am laufenden Band und läßt Erika nicht zu Wort kommen. Er ist sich klar darüber, wenn sie erst anfängt zu fragen, dann wird es kritisch.
Nicht einmal nach den Kindern darf sie sehen. Er läßt sie nicht aufstehen und nimmt ihr den Gang ab.
Auch im Kinderzimmer wird der Tag entsprechend gefeiert. Lotte und Bübchen haben eben eine Kissenschlacht beendet, die Bestandteile der Bettchen liegen über den Boden verstreut, und nun hat Bübchen sich als Glanzpunkt des Abends das Grammophon geholt; er weiß, es ist furchtbar verboten und darum wunderbar schön. Er sitzt damit am Boden auf einem Kissen und läßt die Platte laufen. Sie klingt schon etwas heiser und hat auch sonst gelitten. »— du aber meinst, wir könnten es noch einmal miteinander versuchen miteinander versuchen miteinander versuchen —« Lottchen strahlt. »Is jetzt kaputt?«
»Quatsch«, sagt Bübchen sachverständig und will neu aufziehen, da schreitet Knittel ein, kommandiert die Kinder in die Bettchen und nimmt die Platte an sich. Er zerbricht sie heimlich, er will nichts mehr von ihr wissen.
Als er zum Balkon zurückkommt, sitzt Erika mit roten Bäckchen und stützt den Kopf. Sie hat Zeit zum Nachdenken gehabt und überfällt ihn mit der Frage, die den ganzen Abend in der Luft lag und nur künstlich unterdrückt war: »Männe, jetzt will ich aber endlich wissen, wie kommst du an das viele Geld?«
Knittel kann nicht mehr ausweichen und erzählt seine Geschichte von dem Scheck und dem Pyjama und dem Herrn mit dem Schlafwagen. Er erzählt wie ein Schuljunge, klein und kläglich, er weiß, was er zu erwarten hat. Er kennt seine Frau, sie wird in flammender Entrüstung aufspringen: Hermann, wird sie sagen, Hermann, was hast du getan, du bist ein Verbrecher! Hermann, du bringst das sofort zur Polizei!
Kein Mann kennt seine Frau. Erika hört sich die Sache geduldig an. Sie ist sich nicht klar darüber, ob das ein Witz sein soll oder eine Ausrede, und begnügt sich mit einem verlegenen Lachen, und als er anfängt zu beteuern und zu schwören, da wächst ihre Neugier, sie bettelt und schmeichelt an ihm herum. »Männe, sag doch mal richtig, wo hast du das Geld her? Kannst du mir ruhig sagen, wo ich doch deine Frau bin.«

»Habe ich doch gesagt«, brummt Knittel.
Erika hat nicht gern, daß man sie für dumm hält. Da steckt natürlich etwas anderes dahinter, was er nicht erzählen möchte. »Du mußt dir nichts darauf einbilden, Hermann; wenn ich richtig wollte, würde ich das schon aus dir herauskriegen. Aber wenn es dir so furchtbar unangenehm ist –« Plötzlich schießt ihr das Blut in den Kopf. »Hermann, ist das gestohlen – oder womöglich von einer Frau?«
Knittel schwört ein doppeltes Nein.
»Also geschäftlich? Dann will ich dich nicht quälen, da verstehe ich doch nichts von, und wenn du meinst, es wäre vielleicht besser für mich, wenn ich es nicht weiß –« Sie tut einen schnellen, tiefen Schluck, daß ihr der Kullerpfirsich gegen die Nasenspitze rollt. Aber dann möchte sie doch allerhand wissen. »Du, wie lange hast du das schon? Ich meine, das Geld? Und da ist noch gar nichts nachgekommen? Männe, ich weiß ja nicht, wie du das gemacht hast, ich will es auch gar nicht wissen. Aber ich bin wahnsinnig stolz auf dich.«
Sie hängt an seinem Hals, klettert auf seinen Schoß. Er muß es gerissen angefangen haben, bei soviel Geld darf man schon ruhig sagen, genial. Das hat sie gar nicht gewußt, daß ihr kleiner Knittel ein so großer Mann ist.
Es ist inzwischen völlig dunkel geworden. Der Großstadthimmel leuchtet in rötlichem Dunst. Knittel holt eine kleine Windlampe und stellt sie auf den Tisch. Die Versöhnung nimmt ihren Fortgang.
»Männe, hör mal, bekomme ich auch was davon ab? Ich meine, von dem Geld?«
»Wollen mal sehen, was sich machen läßt.«
»Viel?«
»Wenn du lieb bist.«
Das braucht man Erika nicht zweimal zu sagen, sie ist fast auf seinen Schultern. »Wenn ich aber sehr lieb bin, sehr, sehr, sehr – was kriege ich dann?«
Knittel ist völlig besiegt: »Alles!«
»Das ist auch besser, als wenn es dir andere abnehmen«, meint Erika. »Und da kann ich mit machen, was ich will?«
»Gewissermaßen«, sagt Knittel, aber es klingt ein bißchen betreten. Eigentlich möchte er dazu etwas bemerken, aber er will die Stimmung nicht stören und spricht zärtliche Dinge. Erikas

Gedanken laufen anders, und daraus ergibt sich folgender Dialog:
Er, ein bißchen albern wie alle verliebten Männer: »Bist du mein kleines Spätzchen?«
Sie: »Natürlich. – Du, die Hasselmanns oben haben sich einen Kühlschrank gekauft, weißt du, was der kostet?«
Er, mit ihrem Kopf beschäftigt: »Wo hast du denn die kleinen rosa Öhrchen?«
Sie: »Au, nicht so fest! – – Findest du nicht, daß Indisch Lamm ein bißchen alt macht?«
Er, unentwegt: »Erika, bist du noch gar nicht müde? Überleg mal.«
Sie: »Nö. – Was meinst du, ob ich noch Klavier kann, wo ich sechs Jahre nicht mehr gespielt habe?«
Er, gedankenlos: »Warum?«
Sie: »Wo wir doch vielleicht eins kriegen.«
Nun muß Knittel seine verliebte Laune einen Augenblick unterbrechen und zupft sich die verrutschte Krawatte zurecht: »Erika, ich hätte dazu noch einiges zu sagen. Ich möchte nämlich auf keinen Fall, daß die Leute –«
»Was für Leute?«
Knittel sieht sie verliebt an. »Ach, wir reden morgen darüber. Heute ist mir die Zeit zu schade, heute wollen wir von dem verdammten Geld nicht mehr sprechen, hörst du? Und auch nicht mehr daran denken!« Er steht auf und bläst bedächtig die Windlampe aus. »Komm.« Er legt den Arm um sie und zieht sie ins Zimmer. »Wir haben jetzt Besseres – ich habe dich – und du hast mich.«
Erika haucht: »Ach ja. – – Ist das viel, sag mal?«
»Was?«
»Das Geld.«

Als Knittel am nächsten Tage vom Dienst nach Hause kommt, bringt er ein Blatt Papier mit, einen ganzen Aktenbogen vollgekritzelt mit Zahlen und Notizen. »Erika, ich weiß jetzt, wie wir das machen, daß nichts herauskommt. Wir haben in Berlin vierzehn Sparkassen, da tun wir überall ein bißchen hin, dann fällt es nirgendwo auf, und ich habe genau ausgerechnet, von unserem Geld bekommen wir dann –«
»Wieso, das ist doch mein Geld.«

»Also schön, dann bekommen wir von deinem Geld – ich meine, dann bekommst du von deinem Geld jedes Jahr einhundertzweiundneunzig Mark und dreiundzwanzig Pfennig Zinsen. Was sagst du dazu?«
Erika ist merkwürdig kleinlaut: »Och.«
»Du mußt nicht ‚och' sagen. Das sind immerhin rund vierundfünfzig Pfennig pro Tag. Und wenn wir das mit unserm Gehalt zusammentun, dann haben wir schon soviel, als wenn ich sechs Dienstjahre älter wäre. – Willst du nicht wenigstens zuhören?«
Erika hantiert in der Küche herum und ist merkwürdig uninteressiert: »Das Geld hast du mir doch geschenkt, oder nicht, und damit kann ich –«
Knittel unterbricht sie: »Ich habe dir gestern schon angedeutet, ich muß da eine kleine Einschränkung machen. Natürlich kannst du damit tun, was du willst. Aber ich möchte nicht, daß du es ausgibst.«
Erika ist enttäuscht: »Wie, was, wenn ich das nicht ausgeben darf, was habe ich denn davon?«
»Auf jeden Fall wünsche ich nicht, daß die Leute etwas merken und sich die Mäuler zerreißen.«
»Och, wenn es niemand sieht, dann macht mir das ganze Geld überhaupt keinen Spaß.«
Knittel tritt ernst vor sie hin. »Liebe Erika, von Spaß ist hier sowieso nicht die Rede. Wenn ich dich darum bitte, dann hat das seine Gründe.« Er reicht ihr die Hand. »Ich erwarte, daß du mir – – Augenblick mal, wer klimpert denn da, ist das bei uns?«
Er reißt die Tür zum Wohnzimmer auf und sieht ein Klavier, schwarz, spiegelnd und kantig mit grellweißen Tasten, und davor stehen Lotte und Bübchen und drücken mit runden Fingerchen auf den Tasten herum.
»Hast du das gekauft?« schnaubt Knittel.
»Ja sicher, das ist für die Kinder, meinst du, die sollen so unmusikalisch aufwachsen wie du? Auch der Kühlschrank ist für dich, damit du dein Bier kalt hast, kostet im ganzen Monat nur ein Gasflämmchen für 18 Pfennig, und hier in die Ecke kommt das Telephon, auch für dich, damit ich abends sehen kann, ob du auch dort bist, wo du sagst.«
Knittel stolpert über ein schlaksiges Geschöpf mit viel zu großen Füßen. »Was wollen Sie denn hier, Fräulein?«
»Aber Männe, das ist doch unsere Emma, für die Kinder und

zum Einholen, wo man heute so schwer an Personal kommt, und dann habe ich noch ein Kistchen Zigarren für dich, der Teppich kommt morgen, ich wollte dich so schön überraschen, was machst du für ein Gesicht, ist auch alles schon bezahlt, Männe, und mit dem Geld kann ich machen, was ich will, hast du eben noch gesagt und die Leute brauchen das auch gar nicht merken, du bist ja auch selbst schon feste drüber gewesen, und überhaupt, wenn es auf ist, ist es auf!«
Männe ist knallrot geworden, in seiner Brust staut sich die Luft. Das ist keine Manier, das ist offene Revolution, man will ihn vergewaltigen, vor vollendete Tatsachen stellen, so soll man ihm kommen! Er beißt die Zähne aufeinander und hat gerade noch soviel Beherrschung, vorher das Küchenfenster zu schließen, wegen der Nachbarn.
Es ist ein dreiteiliges Doppelfenster, klemmen tut es obendrein, und das heiße Apfelmus steht im Wege. Aber dann ist es soweit. Er kann loslegen.
Er tut es nicht. Das umständliche Fenster hat seinen Zorn verbraucht. Er ist es leid und macht eine müde Bewegung mit der Hand: »Du weißt schon, was ich sagen will. Aber von mir aus, macht nur so weiter, ihr werdet schon sehen!« Er zieht Schuhe und Kragen aus, hüllt sich in Resignation und zieht sich still und traurig in sein Wachstuchsofa zurück. – »Macht nur so weiter!«
Erika sieht alles ein, was Knittel gesagt und was er nicht gesagt hat. Wer soviel Geld verdient, gleichgültig wie, hat auch etwas zu sagen. Männe ist ein so kluger Mann, und sie will es bestimmt nicht wieder tun. Nur noch ein paar Kleinigkeiten bettelt sie: Ein Hackbrett und eine Frisiertoilette, und was bei der Schneiderin schon in Arbeit ist für sie und die Kinder. Und dazu noch einiges, um den Besitzstand abzurunden; neue Anschaffungen zeugen neue Bedürfnisse.
Knittel bringt es nicht übers Herz, nein zu sagen; erstens weil er nicht gefragt wird, zweitens hat er immer noch ein schlechtes Gewissen, und Erika versteht es meisterlich, im gegebenen Augenblick ihn taktvoll daran zu erinnern. Außerdem bekommt er langsam Spaß an den Dingen. Manchmal, wenn er sich unbeobachtet fühlt, schlenkert er durch die Wohnung und besieht sich alles sehr genau.
Die Päckchen in der Kassette lichten sich. Erika ist nicht kleinlich. Knittel darf auch mal hineingreifen. Aber es ist sein Kummer,

daß sie immer wieder neue Päckchen anreißt, ehe die alten aufgebraucht sind, so bringt man es zu nichts.
Immerhin, es ist ein schönes Gefühl, wenn man essen und trinken kann, was einem schmeckt, und kaufen, was einem gefällt. Erika kocht auch nicht mehr vegetarisch, und Knittel wird rund und lustig. Es ist Weihnachten in Permanenz und Flitterwochen dazu, ein heimliches Glück hinter verschlossenen Türen.
Es gibt keine verschlossenen Türen. Die Nachbarn sind längst mobil; die neuen Bettvorleger in Knittels Fenster haben Beachtung gefunden, vor seiner Korridortür riecht es mitten in der Woche nach Braten, Bübchen läuft auf dem Hof herum und zeigt seine Armbanduhr, vier Mark achtzig mit Leuchtzifferblatt, und Erika hat alles neu und ist über Nacht erblondet.
Der Sektpfropfen in der Mülltonne aber gibt den Rest. Knittels plötzlicher Reichtum wird ruchbar, kriecht durch Ritzen und Türen und zieht seine Kreise. Die Leute grüßen tiefer und sind ein bißchen unsicher, wenn man mit ihnen spricht. Entfernteste Verwandte tauchen auf, um den Sippegedanken zu pflegen; Knittel hat gar nicht gewußt, wie verwandt er ist. Und überall entstehen alte Klassenkameraden und drücken ihm die Hand und sind momentan in Verlegenheit; er entsinnt sich nicht, aber es muß eine große Klasse gewesen sein.
Auch seine Post wird umfangreich durch zahlreiche Drucksachen. Kleine Leute bekommen keine, aber Knittel ist durch ein unergründliches Spürsystem in die Reihe der kaufkräftigen Bürger einregistriert, man überschüttet ihn mit Weinlisten, Autoreklamen und Reiseprospekten. Sie stehen lang und sperrig aus dem kleinen Blechbriefkasten heraus und erregen öffentliches Ärgernis bei den Leuten, die daneben und darüber wohnen und sich das nicht leisten können.
Und eines schönen Morgens findet Knittel unter seiner üppigen Post auch einen gelblichen Brief mit einer roten Siegelmarke und dem rechteckig umrandeten Aufdruck: Frei durch Ablösung Reich. Es ist aber nichts Schlimmes. Es ist nur vom Finanzamt.
Knittel fühlt sich fast ein bißchen geschmeichelt. Das Finanzamt interessiert sich nur für bessere Leute; bei den kleinen wird es als Lohnsteuer erledigt. Außerdem weiß er, Steuern müssen sein, und wer hat, soll auch geben. Mit diesen Betrachtungen öffnet er den Brief. Übrigens ist es keine Veranlagung oder Zahlungsaufforderung, sondern nur eine Vorladung. –

Als Knittel zum Finanzamt kommt und vor dem Zimmer steht, ist schon jemand drin. Beim Finanzamt ist immer jemand drin. Knittel marschiert wartend vor der Tür auf und ab und überlegt noch einmal: Schlimm kann es nicht werden. Finanzamt bedeutet: Tu Geld in deinen Beutel. Das hat er getan. Und wenn unbequeme Fragen kommen, wird er sie mit Gegenfragen beantworten nach dem Schema: Wie geht es Ihnen? – Gott, wie soll es mir gehen? Er hat zwar irgendwo gelesen, das sei unarisch, aber das braucht er ja nicht zu wissen.

Nach einer knappen Stunde darf er hinein. Es kommt aber niemand heraus; es war der Beamte aus dem Nebenzimmer, der sich mit seinem Kollegen über die Aufzucht von Wachsbohnen ausgesprochen hat.

Der Inspektor hat ein freundliches Gesicht. Steuerbeamte haben das immer, wahrscheinlich ist es vorgeschrieben. Sie haben das schonende Lächeln von Krankenschwestern.

Zunächst wird Knittel jovial eingewickelt: »Nett, daß Sie mal kommen, Herr Knittel, sind ja auch Beamter, fressen aus der Staatskrippe, kennen wir, wenig aber sicher, und dann die Kinder –« Plötzlich eine scharf gestochene Frage: »Was verdienen Sie eigentlich, Herr Knittel?«

»Zweihundertsechsundachtzig Mark vierzehn.«

»Und was haben Sie nebenher?«

Knittel stellt die Gegenfrage: »Was soll ich nebenher haben?«

»Sie leben auf großem Fuß, Herr Knittel?«

Knittel fragt zurück: »Von zweihundertsechsundachtzig Mark vierzehn, Herr Inspektor?«

»Eben!« Der Steuerbeamte blättert in den Akten. Ein handgeschriebener Brief im Zehnpfennigformat wird sichtbar. »Sie haben sich ein schwarzpoliertes Klavier gekauft, halten sich eine Hausgehilfin und sind zweiter Klasse nach Wannsee gefahren. Und ein Telephon haben Sie auch. Sie haben offenbar Nebeneinnahmen.«

Knittel weicht aus. »Wenn Sie meinen, daß ich vielleicht etwas zu zahlen hätte?«

»Zunächst mal Umsatzsteuer, Einkommensteuer, Bürgersteuer, Mehreinkommensteuer, Kirchensteuer, noch mehr Einkommensteuer –«

Knittel hält sich am Stuhl fest: »Wieso Einkommen – wenn ich das Geld aber nur geerbt habe?«

»Also Erbschaftssteuer, ist allerdings höher. Bitte, wer ist gestorben und unter welchem Aktenzeichen.«
»Dann Schenkungssteuer, ist aber noch höher. Und natürlich auch Vermögenssteuer, Kapitalertragssteuer –«
Knittel schwitzt und versucht zu lächeln. Der Steuerbeamte lenkt ein. »Also Spaß beiseite, Sie haben Nebenverdienst, sehr anzuerkennen, Fleiß und Strebsamkeit, muß aber versteuert werden.«
Knittel bekommt einen Fragebogen in die Hand gedrückt. Frist eine Woche.
Den Nebenverdienst will Knittel gern auf sich sitzen lassen, es ist ein guter Ausweg. Aber vor dem Fragebogen hat er Angst. Ein Fragebogen ist kein gewöhnliches Formular, es ist eine auf das Gewissen gerichtete Pistole. Nein, es sind siebenundzwanzig Pistolen, da es siebenundzwanzig Fragen sind, jede einzeln noch mit a und b und Unterabteilungen, und die Fragen sind geheimnisvoll miteinander verbunden durch ein unsichtbares Gespinst, sie sind aufeinander abgestimmt, eine Frage kontrolliert die andere. Einen Fragebogen belügen ist Wissenschaft, verlangt Aufmerksamkeit und Fleiß, Lampenlicht und Vertiefung.
Knittel macht den letzten Versuch: »Herr Steuerinspektor, was sollen wir lange reden und auch noch schreiben obendrein, Sie haben wenig Zeit, ich habe wenig Zeit, wir sind Beamte. Sagen Sie mir, was Sie kriegen, dann bezahle ich, was Sie verlangen, es soll mir nicht darauf ankommen.« Und greift in die knisternde Gesäßtasche.
Das hätte er nicht tun sollen. Leute, die es mit dem Zahlen derart eilig haben, sind verdächtig.
Und während Knittel tagelang mit dickem Gesicht zu Hause herumsitzt und die Wortmathematik des Steuerbogens studiert und sich fromme Lügen zurechtlegt, geht das Aktenstück vom Finanzamt an die Direktion der Städtischen Gaswerke: Ob dort über den Nebenverdienst des p. p. Knittel Näheres bekannt sei. Die Gasanstalt interessiert sich nicht dafür, ob das Finanzamt seine Steuern bekommt, und ist auch nicht darauf erpicht, für andere Behörden die Arbeit zu tun. Beachtenswert ist lediglich die Tatsache, daß einer ihrer Beamten einen Nebenerwerb betreibt ohne die erforderliche Genehmigung seiner Behörde. Knittel muß zum Vorsteher.
Der Vorsteher hat einen runden Kopf mit einem Kneifer. Gegen Knittel hat er nichts. Aber wenn ein nachgeordneter Beamter sich

den gleichen Füllfederhalter anschafft wie sein Vorgesetzter, so ist das zwar nirgendwo verboten, aber es beweist einen Mangel an Distanz. Vorgesetzte haben das nicht gern.

Übrigens hat der Vorsteher taktische Begabung und fängt von hinten an: »Herr Knittel, es fällt uns auf, daß Sie in diesem Jahr noch kein Unterstützungsgesuch eingereicht haben.«

Dem Knittel rollt ein Stein vom Herzen: »Ach so, daran habe ich noch gar nicht gedacht, aber wenn Sie meinen –«

»Vielleicht liegt es daran, daß es Ihnen in diesem Jahr besser geht?«

»O ja, danke.«

»Sie können sich jetzt sogar einiges erlauben, was sich ein Beamter Ihrer Gehaltsstufe eigentlich nicht leisten kann?«

Knittel bemerkt das aufgeschlagene Steueraktenstück mit einem eingeklebten Briefumschlag, aus dem ein Sektpfropfen herausrollt. Er weiß jetzt, worauf der Vorgesetzte hinaus will und kommt ihm zuvor. »Herr Vorsteher, ich wollte mit Ihnen schon immer darüber reden und eventuell um Genehmigung nachsuchen. Ich habe einen kleinen Nebenerwerb.«

Der Vorsteher hat keinen Nebenerwerb, er muß von seinem Gehalt leben. »Sagen Sie, Herr Knittel, das scheint Ihnen aber allerhand Geld einzubringen. Nach dem, was man so hört.« Er blättert in den Akten.

Knittel muß es zugeben, und der Vorsteher zieht die Folgerung. »Dann wird diese einträgliche Sache Ihnen aber sehr viel Zeit wegnehmen?«

»Nein, nein, nicht der Rede wert«, beeilt sich Knittel.

Damit erweckt er noch weniger Wohlwollen. »Scheint ja ein putziger Nebenerwerb zu sein«, meint der Vorsteher, »viel Geld und wenig Arbeit, sowas hätte ich mir auch schon gewünscht. – Was ist denn das überhaupt?«

Jetzt muß Knittel aufpassen. Er überlegt schnell und scharf, er muß hier dasselbe sagen wie auf dem Steuerbogen, aber er weiß nicht mehr genau, was er geschrieben hat, Häuserverwaltung, Adressenschreiben, Weinvertretung, Versicherung; er hat so vielerlei erfunden und wieder verworfen. Er zögert und stottert und wird merklich unsicher. Dann findet er den Ausweg. »Herr Vorsteher, ich werde wegen der Genehmigung ein schriftliches Gesuch einreichen.«

Der Vorsteher hält nicht viel von Sachen, die im stillen Kämmerlein ausgebrütet und frisiert werden. »Herr Knittel, es handelt sich nicht um ein Gesuch, es handelt sich zunächst um eine Feststellung. Aber wenn Sie durchaus schreiben wollen, bitte!« Und reicht ihm einen Bogen und einen Federhalter.

Es gibt Menschen, die können kaum ihren Namen schreiben, wenn jemand zusieht. So ist Knittel gerade nicht, aber dafür muß er nicht nur schreiben, sondern dichten. Lügen! Und dies unter den Augen des Vorgesetzten, die sich an seine Hand heften, die ihm jedes Wort und jeden Strich schon im Entstehen aus der Feder saugen.

Es ist eine teuflische Methode. Knittel ist ihr nicht gewachsen. Nachdem er den dritten Bogen verkleckst hat und vor Zittern nicht mehr schreiben kann, legt er mit einem plötzlichen Entschluß die Feder hin. »Herr Vorsteher –«

»Bitte?«

»Ich muß Ihnen etwas eingestehen. Ich habe gar keinen Nebenverdienst, ich habe bloß so gesagt. Ich habe das Geld woanders her, es ist eine umständliche Geschichte, und ich weiß auch nicht, ob Sie mir das überhaupt glauben werden, ich habe es auch noch keinem Menschen erzählt.«

Der Vorsteher nickt kummervoll. »Kann mir schon denken. – Jaja, das alte Lied!«

Knittel stutzt: »Wieso?«

Er bekommt keine Antwort. Der Vorsteher putzt den Kneifer. »Sie können gehen.«

Knittel will noch etwas sagen. Der Vorsteher wiederholt: »Sie können jetzt gehen!« Und greift zum Telephon.

Als Knittel das Vorzimmer durchquert, sieht man heimlich hinter ihm her. Und als er durch das nächste Zimmer kommt, tritt jemand auf ihn zu und nimmt ihm die Diensttasche ab. – Revision.

Knittel muß lächeln. Revision? Dann kann ihm nichts passieren. Damit ist die Sache wundervoll auf ein totes Geleise gelaufen. Als ob ausgerechnet er das nötig hätte, sich an dummen Gasgeldern zu vergreifen! Im Gegenteil, es wird sich herausstellen, daß er wiederholt kleinere Beträge vorgelegt hat, die ihm noch gar nicht bezahlt waren.

Gerade das wird ihm zum Verhängnis. Das hat man noch nicht gehabt, man weiß nur, daß es nicht in Ordnung ist. Dieser Mann fängt an, unheimlich zu werden? Wie kommt er an das Geld? Und warum lügt er?

Das Vereinigte Gaswerk zerbricht sich eine Woche lang den Kopf und kommt schließlich dahinter: Der Mann ist ein Rätsel. Ist das Gaswerk dazu da, Rätsel zu lösen? Die Frage wird einstimmig verneint. Für Rätsel ist das Gaswerk nicht zuständig. Wer ist zuständig? Es gibt eine Stelle, die immer zuständig ist, sie ist das staatlich eingerichtete Mädchen für alles.
Infolgedessen gehen die Akten von der Gasanstalt an die Polizei »zur gefl. Kenntnisnahme und evtl. weiteren Ermittlung«.

Eines Morgens gegen sieben, als Erika den Kaffee macht und Knittel sich im Schlafzimmer rasiert und schöne ausgeschlafene Gedanken hat, glaubt er, in der Küche eine Männerstimme zu hören. Übrigens sind es zwei, und Erika scheint sich aufzuregen und hat einen merkwürdig hohen Tonfall: »Große Ausgaben? Sie sind wohl nicht ganz! Wovon denn?«
Da vergißt Knittel, daß er in Hemd und Hosenträgern steht und kommt in die Küche. Er findet zwei wichtige Herren, einen großen Gemütvollen und einen kleinen Scharfen, beide haben Lodenmäntel und militärisch geschnittenes Haar und zeigen unter dem Rockaufschlag ihre Erkennungsmarke. Knittel meistert seine Angst und wird witzig: »Meine Herren, wenn es so früh klingelt, dann weiß man ja, daß es nicht der Briefträger ist. Womit kann ich dienen?«
Erika ist außer sich und hantiert sinnlos mit dem Wasserkessel. »Denk mal, Männe, die wollen hier alles nachsehen, wir hätten Geld im Haus, so ein Quatsch!«
»Warum hast du mich nicht gerufen?«
»Die wollten das nicht, die wollten mich erst mal allein haben.«
Die beiden Herren wenden sich zu Knittel und nehmen ihn zwischen sich. »Sie bestreiten also ebenfalls, daß Sie über größere Geldmittel verfügen?«
»Ein Beamter und am Siebenundzwanzigsten!« höhnt Erika.
»Ich bestreite gar nichts.« Knittel sieht, daß es keinen Zweck hat, und holt aus dem Küchenschrank die Kassette. »Meine Frau weiß nämlich nichts von dem Geld.« Aber als er öffnen soll, sagt er kleinlaut: »Erika, gib doch mal den Schlüssel.«
Die Beamten durchwühlen den Inhalt und zählen die Päckchen.
»Wieviel haben Sie davon schon verbraucht?«
»Kaum.«

»So! Und was ist das? Und das? Und das?« Sie holen leere Banderolenstreifchen hervor, eins nach dem anderen, halten sie Knittel unter die Augen und addieren und überschlagen. »Das ist ja ein dolles Ding!« Und überrumpeln Knittel mit der Frage: »Wo haben Sie das her?«
Knittel ist vorbereitet und versucht diesmal eine neue Taktik. »Darauf gebe ich keine Antwort.«
Den Herren im Loden bleibt der Verstand stehen. Daß sie belogen werden nach Strich und Faden, darauf sind sie eingearbeitet, es ist ihr tägliches Brot. Aber daß ein Angeklagter sich weigert, ihnen Rede und Antwort zu stehen, das ist geradezu Beamtenbeleidigung, Widerstand gegen die Staatsgewalt. Der große Gutmütige setzt sich keuchend auf Knittels Wachstuchsofa. Der kleine Scharfe läuft im Zimmer herum und nimmt den Kampf mit Knittel auf. »Sie, wissen Sie, was das ist, das ist eine Frechheit!«
»Nein, das ist ein Prinzip!« beharrt Knittel. »Und das fechte ich durch! Als Beschuldigter brauche ich keine Aussage zu machen, ich habe mich informiert, es heißt ausdrücklich, ob der Angeklagte etwas zu erwidern habe. Wohlgemerkt ob, nicht was!«
»Wer sagt, daß Sie Angeklagter sind? Vielleicht sind Sie Zeuge.«
»Zeuge? Ach nee! Gegen wen richtet sich denn die Untersuchung?«
»Sagen wir mal vorläufig gegen Unbekannt.«
»Und was soll der Unbekannte getan haben?«
»Das wissen wir noch nicht, das wollen wir gerade feststellen.«
»Aha!« sagt Knittel und ist wieder ganz oben. »Und nun soll ich als Zeuge aussagen, ob ein Unbekannter etwas Unbekanntes getan hat.«
Ironie ist keine geeignete Waffe gegen Kinder und Polizisten.
»Wir sind einfache Leute«, sagt der Dicke im Wachstuchsofa. »Auf so einen komplizierten Kram können wir uns nicht einlassen. Wir wollen auch keine Aussage von Ihnen, wir möchten nur wissen, wem das Geld gehört. Dafür sind wir Polizei.«
»An meinem Gelde ist nichts Polizeiliches dran.«
»Das wollen wir Ihnen gern glauben, aber das müssen Sie uns erst mal beweisen.«
»Ich muß gar nichts. Geld ist kein Verbrechen, und Sie wären froh, wenn Sie selber welches hätten. Und wenn Sie meinen,

daß bei mir was nicht stimmt, dann müssen Sie mir gefälligst beweisen, was, wie und wo.«

Die kluge Rede machte auf die Herren im Loden keinen Eindruck. Der große Gemütvolle versucht es anders herum. »Sie müssen unseren Standpunkt verstehen. Sie werden das Geld nicht gestohlen haben, Sie sind nicht der Mann dazu. Sie haben es auch nicht unterschlagen, das ist bereits nachgeprüft. Gefunden haben Sie es auch nicht, dann wäre der Verlust gemeldet. Folglich haben Sie es von irgend jemand bekommen, den Sie nicht nennen wollen.«

»Schön«, sagt Knittel, »wenn Sie das für wahrscheinlich halten, mir soll es recht sein.«

Der unheimliche Dicke zieht die Schlinge. »Soviel Geld bekommt man natürlich nicht umsonst. Sie sind dem Mann vielleicht gefällig gewesen. Wie das manchmal so kommt, nicht wahr?«

Knittel merkt nichts. »Nun ja, man ist gut erzogen und tut, was man kann.«

»Sehen Sie! Und nun gibt es merkwürdige Leute, die solche Gefälligkeiten mitunter hoch bezahlen, eine kleine Auskunft, es kann auch eine Skizze sein oder ein Photo. Besonders wo Sie Beamter sind und manches wissen, was das Ausland eigentlich nichts angeht.«

Spionage, Landesverrat? Knittel weiß, was das bedeutet. Ein kalter Schreck kriecht ihm den Rücken herunter. Aber jetzt muß er die Nerven behalten. Er lacht dem Mann hell ins Gesicht. »Ach Mensch, was kann man von mir schon erfahren. Wo der Gasometer steht, das wissen die auch so.«

Der Gemütvolle steht auf und ist plötzlich sehr offiziell. »Es braucht nicht gerade der Gasometer zu sein.«

Die Herren legen ihre Lodenmäntel über den Stuhl und schreiten nunmehr zur Haussuchung. Was sie suchen, wissen sie nicht. Sie werden schon etwas finden.

Erika nutzt einen unbewachten Augenblick. »Männe, erzähl denen doch die Geschichte von dem Mann mit dem Scheck.«

»Ich bin doch nicht wahnsinnig!« flüstert Knittel zurück. »Dann laufen die zur Bank und stellen den Mann fest, wer weiß, was der ausgefressen hat, und ich sitze mit drin. Außerdem kann ich das immer noch tun.«

Erika steht mit erschrockenen Augen: »Wie, ist das denn richtig wahr?«

Eine Haussuchung ist ein schmerzhafter, wenn auch notwendiger Einbruch der Staatsgewalt in das Privatleben. Man könnte es Heimsuchung nennen. Die Beamten öffnen Gelasse und Gefäße, Schränke und Schubfächer und stülpen das Innerste nach außen, durchstöbern Bücher und Briefe, beschlagnahmen Löschblätter und Notizbücher, beklopfen die Wände und prüfen die Dielen. Selbst die Kinderbettchen werden durchwühlt. Bübchen und Lotte schreien nach der Mutti und wollen angezogen werden. Bei einer Haussuchung ist jedes Ding wichtig und jedes Ding verdächtig. Die gewissenhaften Herren haben ein Blatt Papier gefunden, das ihr Interesse erregt: »Wollen Sie uns bitte sagen, was das ist?«

»Da habe ich meine Zinsen drauf ausgerechnet.«

»So, und was bedeuten diese eigentümlichen Zeichnungen und Striche?«

»Das sehen Sie doch, hat mein kleiner Junge gemacht. Aber wenn Sie es nicht glauben –« Knittel wartet die Antwort nicht ab; in seinem Übereifer hat er Bübchen schon herbeigeholt. »Sieh mal, Helmut, das hast du doch gemalt?«

Bübchen sieht ernste Gesichter; Bübchen weiß, Pappis Papiere sind heilig. Bübchen kommt auf den Vater zu und sagt vorsichtshalber »nein«. Und bleibt dabei.

Das Blatt wird beschlagnahmt, auch die Kassette mit dem Geld. Knittel möchte noch etwas sagen, erläutern, beweisen. Die Beamten machen eiserne Gesichter und lassen sich auf nichts mehr ein. »Machen Sie sich fertig.«

»Fertig? Wofür? Wieso?«

Erika hat schneller begriffen: »Hermann, wenn sie dich holen, ich gehe mit!« und klammert sich an seinen Arm. »Die müssen dich überhaupt erst Kaffee trinken lassen.«

Die Herren sind beiseite getreten und haben eine kleine Beratung. Sie flüstern und gestikulieren und zeigen abwechselnd auf ihre Notizen und auf ihre Dienstanweisung und mit dem Finger auf die Stirn. Man kann nicht verstehen, was sie sagen, sie scheinen sich nicht einig zu sein.

Knittel wartet mit klopfendem Herzen. Tausend Gedanken schießen ihm durch den Kopf: Haussuchung, Beschlagnahme, Verhaftung. Was können sie sonst noch wollen?

Inzwischen haben die Beamten ihren Beschluß gefaßt. Sie knöpfen sich ärgerlich die Mäntel zu und setzen ihre Jägerhüte auf,

klemmen ihre Aktentaschen unter den Arm und verabschieden sich.
Knittel weiß nicht, was er davon halten soll. Er läuft hinter ihnen drein. Was ist denn nun, muß er mit, oder ist die Sache erledigt, und was wird mit dem Geld? – Er bekommt keine Antwort. Die Polizei lächelt flach und undurchsichtig und zieht ab. Nicht einmal die Tür macht sie hinter sich zu.

Mit dem Hauswart fängt es an. Er ist nicht Knittels Freund. Ein ordentlicher Hauswart ist niemandes Freund. Jetzt soll er der Polizei über Knittel ein Leumundszeugnis geben, über Ruf, Lebenswandel und Umgang. Streng vertraulich!
Für einen Hauswart ist das ein Fressen. Er sieht und hört und weiß und riecht alles, was im Hause vorgeht, und noch ein bißchen mehr. Und was ihm dann noch fehlt, holt er sich von den Mietern und den anderen Leuten, die an seinem Fensterchen vorbeigehen. Streng vertraulich!
Schon nach wenigen Tagen fühlt Knittel, wie sich eine Mauer um ihn legt. Die Hausbewohner sehen schief an ihm vorbei und vermeiden die üblichen Treppengespräche. Die entfernten Verwandten entfernen sich wieder, die zahlreichen Schulkameraden können sich nicht mehr entsinnen, und auch Onkel Alfred hat geschäftliche Rücksichten und kommt nur noch bei Dunkelheit. Inzwischen hat der Hauswart auch bei Knittel Andeutungen gemacht über den verantwortungsvollen Auftrag, und das sei viel Arbeit und Schreibwerk, und wer ihm das überhaupt bezahle? Knittel ist nicht knickerig und tut das Seine, auf daß der Leumund gut gerät.
Aber nun weiß er, was sich um ihn spinnt. Die Kerle haben ihm nichts nachweisen können, jetzt sind sie böse auf ihn und liegen auf der Lauer. Aus Bübchens Kritzeleien hat er erfahren: steht man erst einmal in Verdacht, dann wird auch das Harmloseste übel gedeutet. Also muß er dafür sorgen, daß auch nichts Harmloses geschieht. Das ist schwer.
Knittel vergrübelt sich immer tiefer in das Problem und fängt an, Gespenster zu sehen. Es fällt ihm auf, wenn jemand auffällig langsam durch seine Straße geht oder hinter ihm in den Autobus steigt; das ist natürlich ein Geheimer. Mehr noch fallen ihm die Männer auf, die unauffällig sind und schnell

über die Straße gehen und nicht hinter ihm einsteigen; das sind wahrscheinlich die ganz Geheimen. Die einzigen, bei denen er sicher ist, sind die Polizisten in Uniform. – Knittel hat den Geheimen Polizeikomplex.

Selbstverständlich wird auch seine Post kontrolliert. Er kann zwar keine Spuren der Verspätungen feststellen, aber das ist gerade das Raffinierte. Noch klarer ist ihm, daß man sein Telephon überwacht und seine Gespräche abhört. Manchmal vernimmt er Nebengeräusche, das ist der beste Beweis, und wenn er keine Geräusche hört, ist es erst recht verdächtig.

Und eines Abends, als er auf seinem Wachstuchsofa brütet und sein Telephon feindselig anstarrt, kommt ihm ein entsetzlicher Verdacht. Ob die nicht durch eine verruchte Schaltung mithören können, was im Zimmer gesprochen wird, auch wenn der Hörer nicht abgehoben ist? Er hat einmal davon munkeln hören. Er weiß genau, es ist ein dummes Greuelmärchen, aber unheimlich ist es doch, und man kann nie wissen. – Knittel bekommt den Unheimlichen Telephonkomplex.

Er verständigt Frau und Kinder. Das Telephon ist in der Küche angebracht, wo das Familienleben stattfindet. Es wird von nun an im Flüsterton betrieben und mit verängstigtem Seitenblick auf den verdächtigen Apparat, der wie ein Stück Polizei mitten in das Knittelsche Privatleben gepflanzt ist. Knittel ist fest davon überzeugt, am anderen Ende der Strippe hängt ein finsterer, stirnrunzelnder Mann, stenographiert, was er hört, versteht falsch, wenn man zu leise spricht, und mißdeutet, wo ihm der Zusammenhang fehlt.

Man muß sich darauf einrichten. Knittel wacht wie ein Zensor über jeden Satz und unterbricht mit erhobenem Finger, wenn es verfänglich werden könnte. Alle Gespräche werden von ihm dirigiert und staatspolitisch abgestimmt. Der Stil leidet darunter. Man benimmt sich durchaus hundertfünfzigprozentig, alles ist schön und groß und gut. Nur wenn von Beiträgen die Rede ist oder von Butter, wirft man einen besorgten Blick auf das Telephon und schleicht ins Schlafzimmer.

So macht sich Knittel seine Küche zum Kasperletheater.

Und als er schließlich noch eine Vorladung bekommt, nicht eine gewöhnliche zum Polizeirevier, damit hat er schon gerechnet, sondern eine feierliche durch besonderen Boten und zum Alexanderplatz, da ist er mit seinen Nerven am Ende. Er wütet durch

die Wohnung, trommelt mit den Fäusten auf den Küchentisch und behauptet, er sei es leid, das täte er nicht mehr länger mit, und er nähme sich das Leben.
»Nimm dir lieber einen Anwalt«, jammert Erika.

Von Onkel Alfred hat Knittel die Adresse bekommen, und es ist in der Tat ein lieber und feiner Herr, und er kommt nicht gleich mit Vorschuß und Paragraphen, sondern hört sich Knittels Leidensweg geduldig an: »Gut, daß Sie mir Ihre seelischen Beschwernisse so rückhaltlos offenbaren, dann ist Ihnen auch leichter zu helfen. Sie haben eine kleine Neigung zum Querulieren, Sie müssen sich überwinden und endlich einmal damit abfinden, daß die Polizei recht hat.«
Knittel geht in die Höhe. »Wieso?«
»Weil sie ein Stück Staat ist. Und der Staat – hat immer recht. Außerdem kommt es praktisch nicht darauf an, wer recht hat, sondern wer recht behält. Und da sind Sie gegen die Polizei im Nachteil. Sie hat den längeren Atem und die bessere Konstitution; sie kann warten, bis Sie durch Ihr schlechtes Gewissen die Nerven verlieren. Und mir scheint, Sie haben damit schon angefangen.«
»Wer sagt, daß ich ein schlechtes Gewissen habe, ich weiß es selber nicht richtig«, klagt Knittel. Dann reißt er sich zusammen: »Im übrigen stehe ich auf dem Standpunkt, mein Geld ist Privatsache und geht keinen was an.«
»Da muß ich Sie abermals enttäuschen. Es gibt heute keine Privatsachen mehr. Und wenn wir das beliebte Luftschloß träumen und uns durch Zauberschlag zehntausend Mark in die Brieftasche wünschen, so sind wir im Irrtum: Es genügt nicht, daß man Geld hat, in einem geordneten Staatswesen muß man auch wissen, woher.«
Knittel sieht es ein. »Herr Doktor, Sie meinen also, ich soll die Sache mit dem Schlafanzug ruhig erzählen?«
»Ich kann Ihnen darüber nichts Maßgebendes sagen, aber wenn Sie meine private Meinung hören wollen, dann möchte ich Ihnen empfehlen, sich vielleicht etwas Besseres auszudenken.«
»Ausdenken? Erlauben Sie mal, das ist doch wahr. Aber wenn Sie mir das nicht glauben!«
Der alte Herr schaut in die Luft. »Richtig. Auf das Glauben

kommt es an. Wahrheit ist kein objektiver Begriff. Als wahr können wir immer nur das bezeichnen, was wir für wahr halten. Ein anderer Maßstab steht uns nicht zur Verfügung. Und daraus ergeben sich drei Folgerungen. Erstens: Was von keinem Menschen geglaubt wird, kann nicht den Anspruch auf Wahrheit erheben. Zweitens: Was alle Menschen glauben, wird dadurch zur Wahrheit. Und drittens: Was nur der einzelne glaubt, ist seine ganz private Wahrheit. Übrigens das einzige Gebiet, auf dem es noch Privatsachen gibt.«

Knittel kann es nicht länger ertragen: »Herr Doktor, ich bin nicht zu Ihnen gekommen und zahle mein teures Geld, um mir weise Sprüche anzuhören, die habe ich zu Hause auf dem Abreißkalender. Ich will jetzt endlich wissen, woran ich bin und was ich tun soll!«

Der alte Herr ist diesen Ton nicht gewohnt, aber aus langer Praxis weiß er das Mittel dagegen: »Rauchen Sie?« Mit der gemeinschaftlich entzündeten Zigarre dämpft er das Gemüt und stellt den Frieden wieder her. Und als die blauen Schleier in der Luft hängen und um die Köpfe weben, kann er in seinen Betrachtungen fortfahren: »Ich persönlich will Ihnen den Gefallen gern tun und an den Schlafanzug glauben. Ich bin ein alter Mann und wundere mich nicht mehr. Aber die Polizei ist jung und hat keinen Sinn für Romantik, da müssen Sie schon etwas anderes erfinden. Etwas, das vielleicht weniger wahr, aber glaubhafter ist.«

»Wie meinen Sie das?«

»Erzählen Sie zum Beispiel, Sie hätten das Geld – sagen wir mal – gefunden.«

»Sie meinen, das klingt besser? – Übrigens wäre das Fundunterschlagung.«

»Eben darum. Das Schlechte wird uns immer geglaubt, das brauchen wir nicht zu beweisen.«

»Aber Herr Doktor! Das geht doch nicht«, entrüstet sich Knittel, »dann hätte sich längst der Verlierer gemeldet, bei dem Betrag! Glaubt mir doch kein Mensch.«

Tja. Die beiden Männer sitzen sich gegenüber und denken nach. Außerdem steht auf Fundunterschlagung Gefängnis.

Auf einmal schnellt Knittel in die Höhe. »Herr Doktor, ich weiß, ich habe das Geld im D-Zug gefunden, was sagen Sie nun, jawohl, im Waschraum hinter einem Brettchen verschraubt, wie

die Devisenschieber das machen, sehen Sie, jetzt ist klar, warum sich keiner meldet und da ist auch niemand, der Strafantrag stellt, der wird sich schön hüten. Auf diese Weise kann mir gar nichts passieren, gar nichts passieren!«
Der alte Herr ist nicht so schnell mitgekommen. Er gehört zu den Menschen, die langsam denken, weil sie weise sind. Oder ist er weise, weil er langsam denkt?
»Mach ich, mach ich«, jubelt Knittel und schüttelt ihm stürmisch die Hand. »Herr Doktor, ich danke Ihnen, Sie sind ein großartiger Mensch! Und auf was für Ideen Sie einen bringen! Ich hätte nie gedacht, daß man mit einem Rechtsanwalt so vernünftig reden kann.«
Der Weltweise hebt den Blick. »Rechtsanwalt? Ach so, Sie wollten zum Anwalt? Das tut mir aber leid, da haben Sie sich verlaufen, der wohnt eine Treppe höher. Ich bin Nervenarzt.«

Knittel läuft mit seinem Einfall spornstreichs zur Polizei. Er kann es nicht erwarten. »Meine Herren, der Klügere gibt nach. Wenn Sie durchaus erfahren müssen, wie ich an das Geld gekommen bin. Bitte!« Ein kleines Protokoll wird aufgenommen und verlesen, Knittel unterschreibt und kann gehen.
Der Erfolg bleibt nicht aus. Eines Nachmittags, als er im Rahmen der neu erblühten Ehe seiner Erika beim Abwaschen hilft und die Teller abtrocknet, kommt die Post und bringt eine Zustellung: Die Ladung zur Kriminalpolizei ist aufgehoben.
Knittel tut, als sei das gar nichts. Innerlich rollt ihm ein Berg von der Seele, und das kann man ihm nachfühlen. Vor Erika aber nimmt er das Ereignis zum Anlaß, ihr einen kleinen Vortrag zu halten. Einen Vortrag über den Umgang mit Behörden: »Ich bin dahinter gekommen«, doziert er und fuchtelt mit Tuch und Teller durch die Luft, »auf Recht oder Unrecht kommt es da gar nicht an. Die Intelligenz entscheidet, und da kommen die nicht mit. Mit mir jedenfalls nicht. Und wenn man das ein bißchen gerissen anfängt – was liegt denn da noch?« Die Post hat noch eine zweite Zustellung gebracht. Sie ist dicker als die erste und außerdem vom Gericht.
Knittel reißt auf und liest. Sagt kein Wort und liest noch einmal, studiert vorwärts und rückwärts, was er nicht begreifen kann und nicht begreifen will:

»... wegen der Beschuldigung ... einen im Eisenbahnzug versteckten Geldbetrag, einem nicht ermittelten Eigentümer gehörig .... in der Absicht rechtswidriger Zueignung weggenommen ... Beweis: Geständnis ... Vergehen gegen § 242 Strafgesetzbuch ... auf Antrag der Staatsanwaltschaft ... Verhandlungstermin ... Schöffengericht Moabit ...«

Erika fragt und quält und bekommt keine Antwort. Sie sieht, wie Knittel blaß und rot wird und die Lippen hängen läßt.

»Männe, ist dir was? Komm, setz dich hin, oder soll ich dir eine Tasse Milch machen? Oder soll ich mal zum Staatsanwalt gehen, wenn ich mich ein bißchen nett anziehe und vielleicht die Kinder mitnehme –?«

»Sei doch mal ruhig!«

»Hermann, nicht wahr, du hast da was nicht richtig gemacht, gib es doch zu.«

»Ausgeschlossen, ganz ausgeschlossen! Davon verstehst du nichts. Laß mich nur weitermachen.«

»Siehste, das haste davon. Jetzt kannste am Ende noch ins Gefängnis kommen. Hättste dich vorher nur richtig erkundigt.«

»Wieso hättste?« knurrt Knittel. »Hättste mit dem Geld nicht so angegeben–«

»Wieso ich«, mault Erika, »wärste mir mit dem blödsinnigen Geld lieber vom Leibe geblieben!«

Siehste wärste hättste kannste! Im Handumdrehen entwickelt sich daraus jener beliebte Dialog, bei dem man sich wechselseitig mit den Fehlern beschäftigt, mit den gemachten natürlich, denn vorher weiß man nicht, ob es welche sind. Und selbstverständlich mit den Fehlern des anderen, die eigenen zu erörtern überläßt man dem Gegner. Mit Siehste-hättste-wärste-kannste kann man geräuschvoll, wenn auch unfruchtbar, das Leben und die Weltgeschichte rückwärts korrigieren bis auf Adam und Eva und den Apfel.

Bei Knittel kommt es nicht soweit. Er gibt plötzlich keine Antwort mehr und läßt seine Erika ins Leere reden, er krempelt die Hemdsärmel herunter und zieht seinen Rock an, nimmt Hut und Mantel vom Haken und geht.

»Hermann! – Männe, wo willst du hin?«

Knittel steht wieder vor dem Bankgebäude und wird von den blanken Bronzebuchstaben geblendet, in denen sich die Sonne spiegelt. In der Drehtür überlegt er noch einmal, ob er es tun soll; aber schon setzt sie sich in Bewegung, tritt ihm auf die Hacken und schleust ihn hinein in den Kassensaal. Unsicher geht er über das geschliffene Marmorparkett und sucht den Schalter ›Auskunft‹.

Er hat es sich genau zurechtgelegt, er will sich nicht lächerlich machen?

»Sie wünschen?«

»Ich habe bei Ihnen am siebzehnten Mai vormittags gegen zehn Uhr vierzig einen Scheck eingelöst – mein Name ist Knittel, Hermann Knittel – können Sie mir sagen, von wem der Scheck ausgestellt war?«

»Das muß doch draufgestanden haben.«

Knittel ist vorbereitet. »Die Unterschrift war nicht zu lesen, das ist ja immer so.«

»Aber Sie wissen doch, von wem Sie den Scheck bekommen haben.«

Knittel hat auch darauf eine Antwort: »Der hat sich natürlich vorgestellt, aber das kann man ja nie verstehen.«

Der Beamte bedauert: »Mein Herr, wie denken Sie sich das, wir können doch unmöglich die Schecks unserer sämtlichen Kunden durchsehen.«

Knittel läßt sich nicht abwimmeln. »Das ist mir egal, ich muß das wissen, und wenn Sie eine anständige Bank sind –«

»War es denn ein höherer Betrag?«

Knittel tut von oben herab: »Nicht besonders. Zehntausend.«

»Zehntausend Mark?« Der Beamte stutzt. »Und da wissen Sie nicht, wer Ihnen den Scheck gegeben hat, das ist aber sehr – – Augenblick mal!«

Der Beamte verschwindet. Irgendwo wird geflüstert, und dann kommt ein Bankdiener und führt Knittel in einen schmalen, nüchternen Raum. »Wollen der Herr bitte warten.« Der Diener wartet mit.

Dem Knittel wird die Sache unheimlich, er möchte wieder fort, aber der Diener steht in der Tür und geht nicht beiseite. »Bitte der Herr sich zu gedulden.«

Knittel setzt sich wieder hin und versucht zu lesen, auf dem runden Tisch liegen Jahresberichte, Bilanzen und Prospekte.

Dann beginnt er mit dem Diener ein unbefangenes Gespräch über das Wetter. Der Diener antwortet mit: Jawohl, mein Herr. Ich weiß es nicht, mein Herr.
Schließlich kommt jemand. Es ist ein zweiter Bankdiener, größer als der erste und mit mehr Schnüren und sehr viel freundlicher. »Der Herr Direktor läßt bitten!«
Knittel wird durch eine Flucht von Türen in ein anderes Zimmer geleitet. Es hat üppige Eichentäfelung, einen echten Teppich und Polstertüren; in der Mitte steht ein Konferenztisch mit Schreibmappen und Ledersesseln. Hier muß er wiederum warten; dann erscheint aus dem anstoßenden Zimmer ein dunkel gestreifter Herr, nötigt ihn in einen Sessel und setzt sich ihm gegenüber. Man habe den Scheck gefunden und mit dem Kontoinhaber telephoniert, die Sache sei selbstverständlich in Ordnung.
Was heißt in Ordnung? Knittel wird vorsichtig frech. Er habe jetzt lange genug gewartet, und er wolle endlich den Namen wissen.
Der gestreifte Herr windet sich, er bittet um Entschuldigung und bedauert unendlich, aber den Namen des Kunden könne er ihm leider nicht nennen.
»Wie, was, den wissen Sie nicht? Sie sagen doch, Sie haben gerade mit ihm telephoniert?«
»Ganz recht, aber er hat mich ausdrücklich gebeten –«
»So, Sie dürfen nicht?« Das ist ein schlechtes Zeichen. Knittel hatte immer noch gehofft, die Sache könne sich als harmlos herausstellen. Er dämpft die Stimme. »Herr Bankdirektor, können Sie mir nicht wenigstens eine Andeutung machen? Mal ganz unter uns, was ist das für ein Mann, ich meine, ist das sonst ein anständiger Mensch?«
Der dunkel Gestreifte lächelt gläsern. »Die Kunden unserer Bank, mein Herr, sind lauter anständige Menschen.«
»Ihre Bank in Ehren, aber daß dieser Mensch mit allen Mitteln seinen Namen verheimlicht, wo er mir einen Scheck von zehntausend Mark gegeben hat, das müßte Ihnen immerhin zu denken geben!«
Knittel irrt. Es ist nicht die Aufgabe einer Bank, zu denken, sondern Geld zu bewegen. Wozu es geschieht, was mit dem Gelde bezahlt oder bezweckt wird, damit hat die Bank nichts, aber rein gar nichts zu tun. Sie ist ein Geldinstitut und keine moralische Anstalt.

Infolgedessen betrachtet der Herr Bankdirektor die Besprechung als beendet und erhebt sich mit einer leichten Verbeugung: »Wenn ich sonst noch mit etwas dienen kann?«
Knittel bleibt sitzen.
Der Herr Bankdirektor wiederholt die Verabschiedung. »Hat mich sehr gefreut. Bitte mich jetzt zu entschuldigen.«
Knittel sitzt immer noch, er ist wie auf den Kopf gehauen. Der Bankdirektor wird ungeduldig: »Worauf warten Sie noch? Ihr Geld haben Sie bekommen, was wollen Sie denn mehr!«
»Geld habe ich bekommen, jawohl!« schreit Knittel ihn an. »Und was habe ich davon gehabt? Sorge, Ärger, Kummer, Zank und Elend, und jetzt –« er haut seine Anklageschrift auf den Tisch, »und jetzt heißt es auch noch, ich hätte das Geld gestohlen! Aber das sage ich Ihnen –« er rückt dem Bankmann bedrohlich nahe auf den Leib – »ehe ich deswegen ins Gefängnis gehe, nur weil dieser saubere Herr sich vor mir versteckt, da ist mir alles egal, dann schicke ich Ihnen die Polizei auf den Hals, die wird den Kerl schon herauskriegen, und wenn hier der ganze Laden hochgeht!«
Wer schreit, kriegt recht.
»Einen Augenblick bitte.« Der Direktor verschwindet hastig ins Nebenzimmer. Knittel kann es sich nicht verkneifen, er geht an die Tür und spitzt die Ohren; sie ist beiderseitig gepolstert. Wo sollten die Banken bleiben, wenn man durch ihre Türen hören könnte?
Der Bankmann kommt zurück. »Herr Knittel, wenn Sie mit dem Herrn selbst mal sprechen wollen!« Er nimmt ihn in sein Arbeitszimmer und drückt ihm den Hörer in die Hand. Knittel zittert am ganzen Leib. »Ja, hier ist Knittel, Hermann Knittel, wer ist da bitte, sind Sie der Herr mit dem Schlafanzug, was war los mit Ihnen, wozu haben Sie mir das viele Geld gegeben, haben Sie etwas getan, warum hatten Sie keinen Anzug, oder waren Sie auf der Flucht?«
Die Stimme aus dem Telephon antwortet ihm, ruhig und bestimmt: »Fragen Sie nicht. Gehen Sie in Ihren Termin und warten Sie ab, was geschieht. Und wundern Sie sich über nichts.«
Knittel will noch allerhand wissen. Das Telephon macht ›knack‹ und ist tot.

»Angeklagter, stehen Sie auf!«
Knittel ist für Moabit keine Sensation. Man ist hier Besseres gewohnt. Nun steht er in einem der zahllosen kleinen Verhandlungssäle des mächtigen Strafjustizgebäudes und ist hier nichts anderes als die vorletzte Sache an diesem Vormittag, die auf zehn ein viertel angesetzt ist und um halb zwei Uhr an die Reihe kommt. Das Gericht ist schon ein bißchen abgekämpft und hungrig und sieht auf die Uhr: Geständige Sache, ist in ein paar Minuten erledigt, dann noch eine kleine Körperverletzung, und der Tag ist wieder mal überstanden. Der Zeitungsberichterstatter ist schon nach Hause. Über dem Saal liegt eine schläfrige Ruhe; an den grauen Fensterscheiben summt eine Fliege. Knittel blickt in den Zuschauerraum und sieht leere Bänke. Niemand von denen, die seinem Herzen nahestehen, ist erschienen, weder der Hausmeister an der Spitze seiner Mieterschaft, noch seine lieben Kollegen und neuen Klassenkameraden. Er hätte ein bißchen mehr Interesse für sein Schicksal erwartet. Bloß Erika ist da, und gerade ihr hat er es ausdrücklich verboten. Sie nickt ihm von Zeit zu Zeit ermunternd zu und versucht ein strahlendes Gesicht zu machen, obgleich ihr das Heulen in den Augen steht. Auf der hintersten Bank langweilen sich einige Kriminalstudenten, die nicht auf ihre Kosten kommen, und ein paar alte Männer, die sich wärmen. – Knittel hat Herzklopfen. Jetzt ist es soweit. Er denkt an die rätselhaften Worte aus dem Telephon, auf die er gebaut hat. Aber nun ist nichts, gar nichts. Was soll er abwarten? Worüber soll er sich nicht wundern?
Der Vorsitzende blättert in den Akten. Zeugen sind nicht geladen. Knittel steht und muß seine Personalien und Formalien anhören. Er hat nichts daran auszusetzen. Dann konstatiert der Vorsitzende: »Sie geben den Diebstahl zu.«
Knittel gibt keine Antwort und überlegt. Soll er bei dem Devisenschieber verbleiben oder es lieber einmal mit der Wahrheit versuchen? Um Zeit zu gewinnen tut er das, was er in solchen Fällen schon in der Schule tat, er läßt etwas fallen, seinen Hut, kriecht auf den Boden und hebt ihn umständlich wieder auf.
Der Zeitgewinn rentiert sich. Als er mit dem Kopf wieder hoch kommt, hat die Situation sich überraschend geändert. Gericht und Zuschauer drehen die Köpfe zur Tür, die sich weit öffnet, und herein wallt in lang wehendem Talar, mit dem Kopf und den Gesten eines Staatsschauspielers, der Geheime Justizrat

Fabricius in starrender Seide und porzellanweißer Binde. Knittel kennt ihn nicht, aber es scheint ein sehr berühmter Mann zu sein; die Kriminalstudenten werden munter und stecken die Köpfe zusammen, und der Vorsitzende begrüßt ihn betont respektvoll. »Herr Geheimrat, in welcher Sache kommen Sie bitte?« Man ist nicht gewohnt, den prominenten Verteidiger, den man aus den Sensationsprozessen des Schwurgerichts kennt, vor dem bescheidenen Schöffengericht zu sehen.
»Ich habe die Sache Knittel übernommen«, sagt der Geheime Justizrat mit vornehm müder Stimme und breitet sich an dem wackligen Verteidigertischchen aus.
Knittel bekommt einen knallroten Kopf und beugt sich zu ihm herunter. »Um Gottes willen, wenn Sie mich verteidigen wollen, ich kann Sie aber nicht bezahlen, ich habe kein Geld.«
Der berühmte Anwalt scheint durch das Wort ›Geld‹ peinlich berührt und hebt die Hand zu einer abwehrenden Geste. Aber Knittel will es genau wissen: Wie er dazu käme, ob es aus Menschenfreundlichkeit sei oder aus Armenrecht?
Der Geheime Verteidiger gibt keine Antwort. Er sagt nur mit Betonung: »Fragen Sie nicht, warten Sie ab, was geschieht. Und wundern Sie sich über nichts.«
Knittel beugt sich noch tiefer an sein Ohr. »Bitte, Herr Rechtsanwalt, was soll ich gleich sagen?«
»Angeklagter, hören Sie her«, unterbricht der Vorsitzende. »Ich habe Sie gefragt, ob Sie den Diebstahl zugeben? Oder soll ich Ihnen vorlesen, was Sie bei der Polizei bereits erklärt und unterschrieben haben?«
Hinter dem schwarzen schützenden Rücken seines Verteidigers wird Knittel mutig: Wieso Diebstahl? Das könne er nicht einsehen, wem das Geld denn überhaupt gehöre, das da im Zuge versteckt war, hat der sich etwa gemeldet? Na also, dann hat er auch keinen Strafantrag gestellt, und wo kein Kläger ist, da ist auch kein Richter.
Knittel wird belehrt. Bei Diebstahl ist kein Strafantrag nötig, und die Anklage hat die Staatsanwaltschaft erhoben.
»Das wollte ich nur wissen!« triumphiert Knittel. »Die Staatsanwaltschaft gibt sich also dazu her, Handlangerdienste für einen Devisenschieber zu machen, für so einen Schädling am Volksvermögen, und darüber zu wachen, daß diesem wertvollen Herrn nichts von seinem unsauberen Geld verlorengeht!«

Knittel hätte jetzt eine Ordnungsstrafe verdient, oder zumindest eine energische Rüge; aber da es auf zwei Uhr geht, begnügt sich der Vorsitzende mit einer müden Bemerkung: »Auch einen Verbrecher darf man nicht bestehlen.«
»Wieso bestehlen?« Knittel kommt immer mehr in Fahrt. »Der hat durch mich doch nur, was er verdient und Sie sollten mir dankbar sein, jawohl, und ich habe mich geradezu verpflichtet gefühlt, dem das Geld wegzunehmen, und dem Vaterlande – dem Vaterlande – –« Er hat vor lauter Vaterland den Faden verloren und tupft seinem Anwalt auf die atlasseidene Schulter: »Sie, nun sagen Sie doch auch mal was!«
Der rührt sich nicht, und Knittel bezieht von dem Vorsitzenden abermals eine Belehrung: »Wir sind von Ihrer patriotischen Tat geradezu erschüttert. Leider haben Sie in Ihrer Begeisterung eine Kleinigkeit vergessen – Sie hätten das Geld dem Zugführer oder der Polizei abliefern müssen.«
Mit Juristen soll man nicht streiten. Knittel appelliert nunmehr an den gesunden Menschenverstand. »Gewiß, das hätte ich tun sollen; aber wie das im Leben so kommt, es spielt einem kleinen Mann einen Packen Geld in die Hand, man kann es so gut gebrauchen, und es gehört einem Menschen, der es nicht besser verdient, und der sich nicht melden wird, man weiß, es kann nichts nachkommen und dann soll man das abliefern?« Knittel läßt seine Augen treuherzig durch den Saal laufen. »Wer von uns hätte das wohl getan?«
Die Kriminalstudenten stoßen sich an und sind der gleichen Meinung. Der Staatsanwalt betrachtet seine Fingernägel, und der Vorsitzende verzieht keine Miene und fährt fort. »Angeklagter, wie hoch war der Betrag? Ich meine damals, als Sie ihn fanden?«
Knittel ist vorsichtig. »Das weiß ich nicht, den habe ich nicht erst großartig gezählt.«
»Das ist aber schade, da wissen wir ja gar nicht, wieviel Monate wir Ihnen geben müssen.«
Monate? Knittel schnappt nach Luft. »Wieso Monate, das wollen wir doch erst einmal sehen!« Er sieht keinen anderen Ausweg mehr. »So, und jetzt will ich Ihnen mal die Wahrheit sagen!«
»Werden Sie nicht unverschämt«, warnt der Vorsitzende.
»Unverschämt? Ich soll doch hier die Wahrheit sagen, ich habe das Geld nämlich gar nicht gefunden, das habe ich von einem

Herrn im D-Zug bekommen, da werden Sie vielleicht staunen, der lief da im Pyjama herum und wollte meinen blauen Anzug haben –«
»Ach, wissen Sie, gestaunt haben wir schon genug. Beim Finanzamt hatten Sie überhaupt kein Geld, beim Amtsvorsteher war es ein bißchen Nebenverdienst, bei der Polizei wollten Sie keine Auskunft geben, dann haben Sie es gefunden und wissen nicht mal wieviel, und jetzt haben Sie es plötzlich vom großen Unbekannten. Na ja. – Herr Verteidiger, Anträge werden wohl nicht gestellt? Dann schließe ich die Beweisaufnahme.«
Der Geheime Justizrat hat sich geräuschlos erhoben und steht unbeweglich, bis spannungsvolle Stille eingetreten ist: »Draußen wartet eine Zeugin. Sie wird aufklären, woher der Angeklagte das Geld hat.«
Der Vorsitzende bemüht sich, seinen Unwillen zu verbergen. »Aber Herr Geheimrat, das hat er uns doch selber erzählt!«
»Herr Vorsitzender, vielleicht ist es Ihnen im Laufe Ihrer Praxis schon aufgefallen: nicht alles, was Angeklagte erzählen, ist lautere Wahrheit.«
Der Vorsitzende tuschelt zum rechten und zum linken Beisitzer – in der Gerichtssprache nennt man das Beratung – und verkündet: Die Vernehmung der Zeugin wird abgelehnt, das Gericht hält den Fall für genügend geklärt.
»Der Fall mag klar sein«, sagt der Verteidiger. »Aber – Klarheit ist nicht immer Wahrheit.«
Noch ehe der Vorsitzende eine auf gleicher Höhe stehende Entgegnung findet, hat der Geheime Justizrat seine Zeugin kurzerhand in den Saal geholt und in wohlberechnetem Abstand vor dem Richtertisch aufgebaut und erwartet die Wirkung.
Man muß zugeben, die Zeugin ist des großen Justizrates würdig. Schlank, elegant und selbstsicher steht sie im Brennpunkt der Blicke, eine auffallend schöne Frau, wie sie ein kleines Schöffengericht nicht jeden Tag zu sehen bekommt; sie bringt eine Woge von Luxus und großer Welt in den nüchternen, ölgestrichenen Saal und gehört offenbar zu den Frauen, deren Lebenszweck darin besteht, gut auszusehen, und die es gewohnt sind, daß man sie anstarrt.
Knittel weiß nicht, was er davon halten soll. Er revidiert sein Gedächtnis; er hat manches erlebt, als er noch reich war, aber so vornehm war es nie. Und Erika schießt aus dem Zuschauer-

raum wütende Blitze auf ihn: Wer ist die Person, da hat er nie was von erzählt!
Auch der Richtertisch ist begeistert und faßt sich an seine Krawatten. Der Verteidiger hat richtig gerechnet: Eine schöne Frau ist stärker als ein kluger Gerichtsbeschluß. Man bringt es nicht übers Herz, die Zeugin ungehört wieder hinauszuschicken. Der Vorsitzende legt sein Gesicht in bedeutende Falten und formt seine Stimme zu einem wohltemperierten Bariton. »Gnädige Frau, wollen Sie bitte nähertreten?«
Die Zeugin ist mit dem Angeklagten weder verwandt noch verschwägert und über die Bedeutung des Eides unterrichtet. Nun soll sie beginnen.
Der Staatsanwalt ist bereits im Bilde. »Zunächst eine Frage, auf die Sie die Aussage verweigern können. Sind Sie es vielleicht, die das Geld im Zuge versteckt hat?«
Die Zeugin lächelt ein überlegenes Nein. Sie habe in dem Zuge lediglich ein Schlafabteil erster Klasse gehabt und abends im Speisewagen einen gewissen Herrn kennengelernt –
»Den Angeklagten?«
»Nein. Einen Herrn.«
Herr ist für das Gericht kein eindeutiger Begriff. Wie heißt er, er wird sich doch vorgestellt haben, was hat er mit der Sache zu tun, kann er als Zeuge erscheinen?
Die Dame schüttelt den Kopf. »Ich bin statt seiner gekommen. Der Herr möchte unter allen Umständen unbekannt bleiben, heute wie damals.«
»Kann ich mir denken«, behauptet der Staatsanwalt und ist schon wieder im Bilde, »dann ist dieser Herr also derjenige, der das Geld im Zuge versteckt hat!«
»Herren meiner Bekanntschaft pflegen ihr Geld nicht zu verstecken«, sagt die schöne Zeugin. »Sie neigen eher zum Gegenteil.«
»Scheint immerhin ein schwerer Junge zu sein, dieser Herr, der das Tageslicht scheut.«
Die Dame hebt die Augen und sieht die Richter der Reihe nach an. »Ich möchte hoffen, meine Herren, daß wir uns alle hin und wieder in Situationen begeben, bei denen wir keinen Wert auf Tageslicht legen.«
Knittel in seinem Anklagebänkchen hat schon mehrfach heftige Zeichen gemacht. »Wenn ich endlich mal etwas sagen darf, ich

habe in dem Zug auch so einen komischen Mann kennengelernt, der seinen Namen nicht sagen wollte, vielleicht ist das derselbe.« Knittel sieht die Zeugin fragend an.

Sie weiß es nicht. Aber wenn sie einmal den Schlafanzug sehen könnte?

Wieso Schlafanzug? Der Vorsitzende wird ernsthaft ungeduldig. Aber Knittel läßt sich nicht irremachen und ruft in den Zuschauerraum: »Erika, nimm dir mal schnell ein Taxi und hol das Ding!«

»Das habe ich nicht mehr«, ruft Erika zurück, »da habe ich allerhand draus gemacht!«

»Dann holst du das, was du daraus gemacht!«

»Das hast du doch an! Den neuen Schlips, hast du das noch gar nicht gemerkt?«

Knittel besieht seine Krawatte und will sie aufknoten. Schon steht die Zeugin vor ihm, setzt sich eine seriöse Schildpattbrille auf die kleine Nase und beugt sich zu ihm herunter, um das Beweisstück aus der Nähe zu betrachten. »Es sieht fast so aus. – Gestatten Sie?« Sie zieht mit leichter Hand die Krawattenenden aus der Weste und befühlt die Seide prüfend zwischen den Fingerspitzen. Knittel ist von der Nähe der schönen Frau benommen, er zieht das Kinn an und wagt nicht zu atmen. – Nun?

»Jawohl, das ist der Schlafanzug jenes Herrn, mit dem ich im Speisewagen zusammen war.«

»In den Speisewagen kommt man nicht im Schlafanzug«, behauptet der korrekte Staatsanwalt; »woher also ist Ihnen dieses nächtliche Kleidungsstück bekannt?«

Die Zeugin nimmt die Brille wieder ab und sieht ihm voll ins Gesicht. »Erwarten Sie darauf eine Antwort, Herr Staatsanwalt?«

Der Vorsitzende interessiert sich weniger für die Beziehungen der Dame zu dem Schlafanzug; er will endlich wissen, was der Angeklagte damit zu tun hat.

Knittel schwenkt seine Krawatte: »Sehen Sie, Herr Vorsitzender, hier ist der Beweis! Ich habe mein Geld keineswegs von dem großen Unbekannten, sondern von dem Herrn im Schlafanzug, der mit der Dame war.«

»Soso, und der hatte so viel Geld bei sich?«

»Nein, Geld eigentlich nicht, der hat mir nur einen Scheck geschrieben«, sagt Knittel und sieht sich triumphierend um.

Die Wirkung entspricht nicht seiner Erwartung. »Daß jemand

im Schlafanzug ausgerechnet ein Scheckbuch mit sich herumträgt, habe ich auch noch nicht erlebt«, meint der Vorsitzende, und die andern meinen das auch.
Die Zeugin ist anderer Ansicht. »Doch, meine Herren, das gibt es.«
»Wollen Sie damit sagen, daß Ihr Herr ein Scheckbuch im Schlafanzug hatte?«
»Warum nicht? In unseren Kreisen pflegt man höhere Beträge durch Scheck zu erledigen.«
Der Staatsanwalt ist zum drittenmal im Bilde: »Angeklagter, wie kam dieser Mann dazu, auch Ihnen etwas zu schenken? Haben Sie die Bekanntschaft mit der Dame vielleicht – vermittelt?«
Knittel steht blutübergossen. »Mit Ihnen rede ich nicht mehr. – Außerdem hat er mir gar nichts geschenkt, der hat mir nur meinen Anzug abgekauft.«
»Und was haben Sie dafür erzielt, wenn man bescheiden fragen darf?«
Knittel wird klein und bleich. Er weiß, jetzt wird man über ihn lachen, wenn er es sagt: »– Zehntausend.«
Niemand lacht. Moabit hat Mitleid mit armen Sündern, die nicht mehr aus und ein wissen und sich in eine Sackgasse lügen. Aber der Vorsitzende ist böse und haut mit der flachen Hand auf den Tisch.
»Ich will zugeben«, fährt Knittel fort, »es war vielleicht ein bißchen viel und ich wollte das Geld auch gar nicht; aber der war so furchtbar im Druck und machte auch soweit einen ganz ordentlichen Eindruck, ich kann doch nicht ahnen, was das für ein Mensch ist.«
An dieser Stelle wird Knittel von seinem Verteidiger unterbrochen: »Ich bin nicht ermächtigt, über die Persönlichkeit dieses Herrn, den zu vertreten ich die Ehre habe, auch nur die allergeringste Andeutung zu machen. Ich kann nur betonen, daß er infolge seiner besonders exponierten Stellung es sich nicht leisten konnte, im Schlafanzug über einen Berliner Bahnsteig zu laufen und der allgemeinen Lächerlichkeit anheimzufallen. In dieser Zwangslage war ihm kein Preis zu hoch, um an einen Anzug zu kommen.«
Der Staatsanwalt ist wie immer im Bilde: »Furchtbar einfach, der Anzug war natürlich bei dem Fräulein.«

»Nein«, sagte die Zeugin mit Betonung; »eben – nicht! Den Anzug hatte der Herr in seinem eigenen Abteil, hinten im Kurswagen nach Hamburg.«

Kurswagen?

Der Verteidiger überreichte dem Gericht ein Kursbuch. »Ganz recht, und in der Nacht wurde er abgehängt.«

Wer, der Herr?

Nein, der Wagen.

Also der Anzug.

Der Eindruck auf das Gericht ist unterschiedlich. Der Vorsitzende sagt »aha« und lächelt vor sich hin, der Staatsanwalt hat es von Anfang an gewußt und wollte bloß nichts sagen und der Referendar hat einen Onkel, dem das auch mal passiert ist. Nur der ältere Beisitzer macht ein steinernes Gesicht; die anderen bemühen sich um ihn, flüstern auf ihn ein und klären ihn auf. Die Kriminalstudenten auf den Zuschauerbänken geraten in Streit. Wer kann das gewesen sein, ein Filmstar, ein hohes Tier, oder ein Schwergewichtsmeister?

Die schöne Zeugin hat ihre Pflicht getan und betrachtet sich als entlassen; auch der Geheime Justizrat ist nicht mehr da, er hat es eilig, berühmte Verteidiger haben das immer. Überhaupt ist das ganze Gericht ein bißchen aus den Angeln und vergißt beinahe, den Freispruch zu verkündigen.

Nur Knittel kann sich nicht beruhigen: Das wären keine Zustände, bloß weil ein großer Herr eine verliebte Laune kriegt, dafür hat er büßen müssen, er, der kleine Mann, und sich monatelang gequält und geschunden mit dem lausigen Geld!

Erika hat andere Sorgen und klettert zu ihm ins Anklagebänkchen. »Hermann, wenn das zehntausend Mark waren, mir hast du nur sechs gegeben, wo hast du denn das andere?«

»Mein liebes Kind«, sagt Knittel und ist beinahe selbst davon überzeugt: »Mein liebes Kind, von dem fehlenden Geld habe ich dir einen süßen kleinen Parfümerieladen gekauft, ich wollte dich damit überraschen, aber wenn du meinst, können wir ihn wieder verkaufen.«

Auf einmal strömt auch Onkel Alfred hervor, der sich bisher in Deckung gehalten hat. »Ich gratuliere, Hermann, da bekommst du doch das beschlagnahmte Geld zurück!«

»Ja, und von dir bekomme ich noch fünfzig Mark.«

Heute schreiben wir das Jahr 1960. Bübchen und Lotte sind

herangewachsen und alt genug, und wenn Knittel guter Laune ist, dann erzählt er ihnen seine Geschichte. Die Geschichte von seiner Armut und seinem schönen blauen Anzug, den er für fünfzig Mark hat verkaufen müssen, und von der eisernen Sparsamkeit, mit der er das Geld immer wieder auf Zinseszins gelegt hat, bis er Bübchen davon auf die Höhere Schule schicken konnte; die Kinder sollen es besser haben als der Papa.
Der exponierte Herr, der nicht erkannt sein wollte, hat nun silbernes Haar, und erinnert sich nur dunkel. Er hält Schlafwagen immer noch für die angenehmste Art des Reisens. Aber er kommt dabei nicht mehr in Gefahr.

Nachwort

von Alexander Spoerl

Meinen Vater erkennt man an seinen Werken. Darum habe ich nichts hinzuzufügen.
Auch seine Werke brauchen keinen Kommentar. Papa benötigte keine schizophrenen Helden, weder Unter- noch Überschwelliges, noch verrenkte Konflikte. Er war Baumeister mit den Menschen und Situationen des Alltags. So, als wenn es Ziegelsteine wären, ganz normale, genormte Dinger. Darum bewundere ich ihn.
Er wollte Ingenieur werden, aber seine schlechten Augen erlaubten es ihm nicht. Sie erlaubten ihm jedoch, bei einer von mir ins Haus geschleppten Freundin gleich festzustellen, daß sie falsche Zähne hatte!
Notgedrungen wurde er Rechtsanwalt. Kein guter: die einen schickte er nach Hause, weil ihre Sache aussichtslos sei. Die anderen, weil er ihre Sache nicht mit Überzeugung vertreten könne. Meine Mutter meinte, er solle auch einmal an die Familie denken und nicht immer an die ›Würde seines Standes‹. So wurde mein Vater zwar ehrenwert, aber nicht reich. In meiner Klasse hatte ich einen Mitschüler, dessen Vater es umgekehrt erging. Bei dem hatten wir Schulden.
Meine Mama meinte, Papa könne ein guter Schriftsteller werden. Papa glaubte das weniger. Weil er Mama aber so liebte, begann er zu schreiben. Mama tippte. Oder auch ich (dann bekam ich eine Entschuldigung, warum ich keine Schularbeiten machen konnte. Wir waren darin sehr erfinderisch). Mama ging noch weiter: sie gab ihren Beruf als Konzertsängerin auf. Nur, um für Papa zu tippen, der nicht an sich glaubte.
Das Erstaunliche war später nicht der Erfolg, sondern vorher der Mißerfolg! Entweder bekam er auf seine eingesandten

Manuskripte gar keine Antwort – und das war die Regel – oder eine vernichtende. Mama tippte unbeirrt weitere Exemplare und ich mußte sie mit dem Fahrrad auf die Post bringen.

Daran denke ich heute mit Wehmut zurück. Papa hatte mir sogar ein besonders schönes, ganz verchromtes Fahrrad gekauft. Damit ich mehr Schwung hätte beim Zur-Post-Bringen. Es nutzte aber nichts.

Als Mama endlich einen gutmütigen Verleger für Papa gefunden hatte, waren wir ganz sicher, endlich reich zu werden. Mama ließ gleich einige Sessel neu überziehen – und anschreiben –, außerdem richtete sie eine ›Bar‹ im Musikzimmer ein; sie bestand bescheiden aus zwei antiken Leuchtern, einer Flasche Cinzano und einer Flasche Bols Gin. Das mischten wir jeden Nachmittag gegen 6 Uhr und warteten auf das Geld.

Es kam erst, als das Buch verfilmt wurde. Mir wurde ein Faltboot geschenkt, Papa ein neuer Hut und Mama hatte recht behalten.

In diese Zeit fiel eine Verteidigung, die mein Vater für einen Gaswerks-Angestellten übernommen hatte. Wegen ›Heimtücke‹. Denn inzwischen trampelten braune Horden durch die Straßen. Der Angeklagte hatte in einer Trambahn geäußert, ein BDM-Mädchen habe Zwillinge bekommen. – Der Staatsanwalt tat sein Bestes. Mein Vater auch. Es waren aber weder das geschwängerte BDM-Mädchen aufzutreiben noch dessen Zwillinge, und so versuchte es mein Vater auf die lustige Tour: er beantragte Sachverständigen-Gutachten, daß die Zugehörigkeit zum BDM es biologisch verunmögliche, Zwillinge zu entwickeln. Papa mußte dafür 100 Mark wegen ›Ungebührlichkeit vor Gericht‹ bezahlen. Aber das Gericht lachte dabei und sprach den Gasmenschen frei. – Als der in seine Freiheit und aus dem Sitzungssaal marschieren wollte, wurde er von SS-Hilfspolizei ins KZ gebracht. – Erst weinte mein Vater, der immer so an Justitia geglaubt hatte. Dann schrie er so, daß es die Leute über uns hören mußten. Und dann meldete er sich als Anwalt ab.

So wurde er Schriftsteller.

Papa wollte, daß auch ich Schriftsteller werde. Ich sagte ihm, daß ich nie an ihn heranreichen werde. Und *da* habe ich recht behalten.

Alexander Spoerl

Memoiren eines mittelmäßigen Schülers
269 Seiten. SP 1202

»Lausbubengeschichten«, freilich vor der ernsten Kulisse der dreißiger und vierziger Jahre in Deutschland erlebt, aber auf Spoerlsche Weise unnachahmlich heiter und amüsant – und dazu eine scharfsichtige satirische Zeitanalyse. Das alles ist Alexander Spoerl mit seinen »Memoiren eines mittelmäßigen Schülers« gelungen.

Das Beste von Karl Valentin.
Herausgegeben von Elisabeth Veit. Mit 7 Abbildungen. 397 Seiten. SP 3392

Karl Valentin war ein »Philosoph des Alltags« und ein begnadeter Humorist, dessen Skurrilität bis heute nichts eingebüßt hat. Dieser Band versammelt seine berühmtesten Dialoge und Streitgefechte, Monologe und Reden, Szenen und Theaterstücke, Couplets und Lieder, Filmszenen und satirischen Briefe. Hier erklärt Karl Valentin, warum ein Aquarium keine Wände aus Draht haben darf, warum man zum Autofahren eine Impfung braucht und warum keine geheimen Sachen in der Zeitung stehen und vieles andere mehr. Die Sammlung wird abgerundet durch eine biographische Zeittafel und ein Nachwort der Herausgeberin.

Otto Schenk (Hg.)

Sachen zum Lachen

Ein Lesebuch. 224 Seiten.
SP 2143

Erst als Vortragsprogramm, dann als Video-Kassette, schließlich als Buch: Otto Schenks »Sachen zum Lachen« werden in jeder Form zu einem riesigen Publikumserfolg. Das liegt (neben dem grandiosen Vortrag natürlich) vor allem auch an der Qualität der ausgewählten Texte, die ausnahmslos zu den Meisterwerken der humoristischen Literatur, selbstverständlich speziell der wienerischen, gehören. Peter Altenberg und Alfred Polgar, Roda Roda, Egon Friedell, Robert Neumann und der große Karl Kraus vertreten diese Spielart der »Sachen zum Lachen«. Aber Goethe und Schiller, die großen Klassiker, sind ebenso präsent wie die Spötter Heinrich Heine, Wilhelm Busch und Kurt Tucholski.

»Wem dieses Buch nicht mindestens ein Schmunzeln entlockt bei dem ist Hopfen und Malz verloren.«
Münchner Merkur

Konrad Hansen

Der Spaßmacher

Ein schamloser Roman aus dem Leben eines Unbefugten.
224 Seiten. SP 2844

Seine Behausung: eine baufällige Baracke am Friedhof seines Heimatdorfes. Sein Beruf: stellvertretender Totengräber. Kwalle lehnt Arbeit und gesellschaftliche Konventionen kategorisch ab. Schmarotzend, saufend und vögelnd lebt er in den Tag hinein, unterbrochen von gelegentlichen Halluzinationen und intensiven Gesprächen mit den Geistern der Toten. Diese anarchische Lebensweise mißfällt den Dorfbewohnern mehr und mehr, untergräbt sie doch die festgefügte dörfliche Ordnung. Kwalle ist der Stachel im Fleisch, verkörpertes schlechtes Gewissen, Gegenstand von Neid, Haß und unterdrückter Lust. Er entlarvt die Fassade der bürgerlichen Selbstgerechtigkeit und setzt nie geahnte Aggressionen und Gewalttätigkeiten frei. Hansen erzählt die eigentlich traurige Geschichte des Außenseiters Kwalle unterhaltsam, humorvoll, subtil und würzt sie mit einem Schuß deftiger Erotik.

Wenedikt Jerofejew

Die Reise nach Petuschki

Ein Poem. Aus dem Russischen von Natascha Spitz. 172 Seiten. SP 671

Die absurde Reisebeschreibung einer feuchtfröhlichen Zugfahrt ist seit 1978 ein zum Dauerseller mutierter Geheimtip und ein singuläres Meisterwerk.

Auf dem Weg zum Kursker Bahnhof in Moskau beginnt dieses Selbstgespräch des Trunkenboldes Wenedikt Jerofejew, das sich zu einer Reisebeschreibung entwickelt, die in ihrem scharfen Witz und in ihrer bodenlosen Albernheit innerhalb der zeitgenössischen sowjetischen Literatur einzigartig ist. Wenedikt, Einwohner von Moskau, der den Kreml noch nie gesehen hat, weil er im Suff immer wieder daran vorbeigefahren ist, besteigt mit einem Köfferchen voll Schnaps den Vorortzug nach Petuschki. Die Reise wird zu einer einzigen Sauftour: Wenedikt trinkt, die Mitreisenden trinken, Oberschaffner Semjonytsch, der von den Schwarzfahrern statt einer Kopeke ein Gramm Wodka pro Kilometer kassiert, trinkt. Von Station zu Station und von Flasche zu Flasche werden Wenedikts Monologe und sein Gedankenaustausch mit den Reisegefährten aberwitziger, der Alkohol durchtränkt jede Seite des Buchs. Das paradiesische Petuschki wird Wenedikt nie erreichen.

»Jerofejews Komik hat viele Facetten, äußerst bedenkenlos läßt er die Schilderung chaotischer Realität in handfeste Satire und sehr intelligenten Nonsens übergehen.«
Robert Gernhardt